U.G.E. 10|18
12, avenue d'Italie - PARIS XIIIe

LA DERNIÈRE GARE

PAR

Jaroslaw Marek RYMKIEWICZ

Traduit du polonais
par Véronique PATTE

Préface d'Henri Raczymow

10|18

« Domaine étranger »
dirigé par Jean-Claude Zylberstein

ÉDITIONS ROBERT LAFFONT

Si vous désirez être régulièrement tenu au courant
de nos publications, écrivez-nous :
Éditions 10/18
12, avenue d'Italie
75627 Paris Cedex 13

Titre original :
Umschlagplatz

ISBN 2-264-01696-5

La dette

Vous souvenez-vous d'Icyk Mandelbaum, de Sarah Fliegeltaub, de Chaya Gelechter, de Jakub Wurzel, de Fejga Rozenblat, voire de Shloïmelé le boiteux? Ma demande est certes bien perfide: ces noms qui écorchent nos oreilles sont ceux de personnages fictifs. Mais ma demande n'en est pas moins sérieuse. Juif polonais, je me souviens d'eux. Pourtant, je ne les ai pas connus. Ils n'ont jamais existé. Mais peut-être, après tout, que je me trompe. Oui, ils ont existé. C'était en 1937, dans un lieu de villégiature non loin de Varsovie qui avait et a toujours pour nom Otwock — prononcez Otwotsk. *Le nom est resté. On peut le lire sur n'importe quelle carte de la Pologne, au sud-est de la capitale. Mais seul le nom est resté. Sa signification n'est plus la même. Comment le nom d'une ville, d'un village peut-il changer de signification? Si je dis Paris ou Chantilly, n'est-ce pas, ce sont des noms stables. Le sens de ces noms n'a pas varié en cinquante ans. Otwock, oui. Voilà, je le redoute, notre lecteur français déjà découragé. Qu'on se rassure. L'auteur de l'œuvre qu'on s'apprête à découvrir s'est adressé d'abord en polonais à des Polonais. Si son livre eût pu circuler librement, il n'est pas certain que ses premiers lecteurs l'eussent mieux compris, plus vite compris. Ou bien c'est qu'ils ne l'eussent pas voulu, pas de tout leur cœur...*

Otwock, c'était une station de cure à la mode. Avant-guerre, les fins de semaine ou durant les chaleurs de l'été, y venaient les Juifs de Varsovie. De la bourgeoisie ou de la petite bourgeoisie. Beaucoup d'intellectuels, des écrivains, des journalistes, des gens de théâtre. Ils descendaient dans une pension juive, entre les bois de pins et la rivière Świder. Quand les Allemands entrèrent en Pologne, ils commencèrent par brûler les synagogues. Après ce furent les gens. A Otwock, il y avait 14000 Juifs. Après la liquidation du ghetto, on retrouva dans les bosquets des environs de curieux petits trous creusés dans le sable chaud d'août 1942 et recouverts de rameaux d'acacia. Des terriers, en quelque sorte. Une dizaine d'enfants qui avaient réussi à prendre la fuite les avaient aménagés. On retrouva les terriers, seulement les terriers.

Mais nous sommes en 1937, au mois de juillet 1937. A l'ouest Hitler, à l'est Staline. L'un de ces ogres, c'est certain, mangera la Pologne. Mais dans cette station à la mode d'Otwock, dans la pension que tient Mme Sarah Fliegeltaub au milieu d'un bois de pins, sur la véranda de cette villa, tout va bien. Un peu étourdi par la chaleur de l'air, par la douceur de la vacuité, par le parfum des roses en fleur qui ornent la véranda, dans des chaises longues ou des fauteuils d'osier, on devise, on rêve, on attend vaguement le gâteau de l'hôtesse, Mme Sarah. Icyk Mandelbaum, l'écrivain, y pense justement, à ce gâteau. C'est qu'il vient d'apprendre qu'il est raté, qu'il a brûlé. Et, en bon intellectuel, sa rêverie le porte à réfléchir sur les liens problématiques qui uniraient création et existence. On confectionne une pâtisserie avec amour et compétence, et le voici voué à la poubelle. Et les hommes, ce fleuron de la création divine? Tenez, Dieu a créé les Juifs et Il les mène à Umschlagplatz, ce lieu de Varsovie où, l'été 1942, les Juifs furent menés avant d'être conduits à Treblinka. La bagatelle de 310000 hommes, femmes et enfants. Tout se passe comme si Dieu se contentait de créer et se moquait ensuite de sa création. Pourquoi alors la création? Mais qui donc pose cette question? Est-ce Icyk, en juillet 1937? C'est là que réside tout l'art de Rymkiewicz, dans le dédoublement et l'identification. C'est bien Icyk qui est censé écrire ce roman. Mais il est aujourd'hui à New York, au vingt-deuxième étage d'un gratte-ciel, se rappelant, tentant douloureusement de se rappeler l'Otwock du doux été 1937, la véranda de Mme Sarah, de visualiser à nouveau sa robe de chambre, et puis les jambes de Fejga Rozenblat, la bonne à tout faire, et les roses et les deux marches qui mènent à la véranda, et le gâteau, et Chaya Gelechter, la comédienne... Chaya dont il possède une photo sur laquelle on la voit patauger dans l'eau de la rivière Świder... Mais c'est en vérité Rymkiewicz lui-même qui imagine Icyk faisant cet effort de mémoire. Mieux, il devient Icyk, amoureux de Chaya... Et le voilà, parlant de façon doublement impossible, à cinquante ans et sept mille kilomètres de distance, avec l'écrivain juif, peu de temps avant la Catastrophe. Icyk peut-il prévoir ce qui va se passer d'ici quelques mois? Pourquoi les gens ne partent-ils pas? Sommes-nous en juillet 37 ou en juillet 87? Voici: Icyk Mandelbaum reviendrait à Otwock, retournerait au cimetière, à la villa de Mme Sarah bien que celle-ci n'existe plus depuis les années 1960. Il reverrait Chaya qui aurait à jamais vingt-quatre ans, elle qui fut conduite à Umschlagplatz. Ce qu'il faudrait alors redouter, pour Icyk, comme pour l'auteur, comme pour nous-mêmes, c'est le savoir qui est désormais celui de la jeune femme. Ce qu'elle sait, ce qu'elle a vu, entendu, respiré est un savoir qu'elle ne saurait partager avec quiconque a survécu. Les morts parlent une langue qui nous est à jamais inintelligible. On songe à l'inoubliable poème de Czelaw Milosz, « Campo di Fiori », où le supplice de Giordano Bruno sur cette place d'une Rome indifférente métaphorise la mort solitaire des Juifs du ghetto oubliés du monde et dont la langue nous est aussi étrangère que celle d'une planète désormais éteinte... Et ce n'est pas un hasard si l'antithèse tout au long développée dans le poème entre la solitude désespérée de Giordano Bruno qu'on brûle et la foule des Romains vaquant à leurs occupations quotidiennes, emplissant les tavernes, déambulant au milieu de corbeilles d'olives et de citrons, renvoie, dans le poème encore, à l'autre opposition, plus insupportable encore, pour Milosz, pour Rymkiewicz, entre ce carrousel qu'on a planté contre le mur du ghetto, au printemps 1943, avec son air de danse, ses chevaux de bois qui s'élèvent et redescendent, et dont les cavaliers ignorent qu'à deux pas de là, derrière le Mur, les derniers Juifs brûlent vivants dans les maisons en flammes... Mais l'ignorent-ils vraiment?

« Pendant très longtemps j'ai recherché le plan d'Umschlagplatz. » C'est ainsi que commence ce livre dont on aura quelque peine à définir le genre. Un roman? Une chronique? Une confession? C'est plutôt un témoignage. A ceci près que l'auteur ne fut pas un témoin de la Catastrophe juive. Mais c'est un témoignage, au sens chrétien du terme. Et ce livre me bouleverse pour cela même: son auteur est un Polonais chrétien. Ce livre porte témoignage d'une blessure, d'une question qui agit comme une blessure, comme une plaie qui jamais ne cicatrisera. Nommer cette plaie, cette blessure serait prématuré, hâtif. Ce livre témoigne de ce qu'un Polonais porte en lui une blessure secrète, que ses compatriotes mêmes ignorent et veulent ignorer. Il la porte en lui, en son cœur, comme la Pologne portait en son cœur un peuple minoritaire qui lui était d'une certaine façon radicalement étranger. Ne parlant pas la même langue, ne se vêtant pas de la même façon, ne partageant pas la même religion, n'exerçant pas les mêmes métiers. Ce peuple majoritaire et ce peuple minoritaire, en son sein, vécurent sur la même terre depuis la fin du Moyen Age. Ce ne fut pas précisément une idylle. Plutôt une coexistence plus ou moins pacifique. Toujours est-il que cela s'acheva, comme on sait, dans la cendre. Au sens propre. Comme, aujourd'hui, le ghetto est « propre », et Umschlagplatz, en particulier: une aire de jeux, quelques tours, un centre commercial. Les Allemands, eux qui pourtant dissimulaient le sens des mots dans leurs « opérations », leurs « actions », avaient en l'occurrence le mot juste: judenrein. *On ne peut plus parlant. La question est ici posée, par l'auteur lui-même: pourquoi donc, quarante-cinq ans après, un Polonais, un* goy, *s'intéresse-t-il au sort des Juifs du ghetto de Varsovie, à la topographie d'Umschlagplatz? Il a beau se confier aux êtres qui lui sont le plus proches, nul ne le comprend. On pourrait, d'une certaine façon, répondre laconiquement: à cause du manège dont parle Milosz. Au fond, à voir certaines photos, l'occupation allemande fut-elle vraiment si épouvantable? Rymkiewicz contemple deux photos. Sur l'une, c'est lui-même,*

enfant, à Otwock. Sur l'autre, un petit garçon juif dans le ghetto. Ces deux photos sont exactement contemporaines. Rymkiewicz, enfant, sourit à l'objectif. Quant à l'enfant juif, son visage est sans expression. On trouvera dans ce livre dix exemples de ce même thème : la contemporanéité de deux visages, l'un de vie, l'autre déjà recouvert comme d'un voile de mort. Qu'on ne s'y méprenne pas. Ce ne sont pas les Polonais qui sont les responsables de la Solution finale. Mais que cela se soit passé sur leur sol et devant leurs yeux pose question. C'est là la raison de la démarche de Rymkiewicz, de sa déambulation à n'en plus finir dans ce qui reste de la rue Leszno, de la rue Mila, de la rue Stawki, le long de laquelle se trouvait la rampe où stationnaient les wagons pour Treblinka. De l'époque, il reste une vingtaine d'immeubles. « Viendra un jour où le ghetto ne sera plus qu'un immeuble. Puis il ne sera plus rien. » Quel sens cela a-t-il de vivre à côté de ce lieu ? Pour le commun des Polonais, cela n'a pas le moindre sens. Ce qui est arrivé aux Juifs, entend-on, cela regarde les Juifs. Éventuellement les Allemands. Ou Dieu. Eh bien non, répète inlassablement Rymkiewicz, Dieu, les Allemands, ce n'est pas la question. La question, c'est le rapport entre les Juifs et les Polonais. Les Polonais ne peuvent occulter qu'ils furent, dans cette histoire, les témoins privilégiés du génocide. Le génocide des Juifs les regarde parce qu'ils l'ont regardé. Il est arrivé quelque chose aux Juifs de Pologne, mais il est arrivé quelque chose aussi aux Polonais qui étaient là, aux première loges. N'auraient-ils vraiment rien à dire ? Non pas sur les Allemands, sur Dieu, ni même sur les Juifs : non, sur eux-mêmes. La mémoire est affaire d'éthique. Se souvenir des vitres brisées de boutiques ou de maisons juives par des voyous polonais : qu'est-ce qui, dans la « mentalité polonaise », autorisait ces bris de vitres ? Se souvenir de ce qu'on pouvait lire dans la presse d'avant-guerre, de ce jeune poète qui écrivait que bientôt viendrait le temps « où son pays embaumerait le blé et non plus l'intellect rabbinique ». Se souvenir de cette plage au bord de la Świder où des jeunes gens se baignaient, alors que tout près passaient les convois des Juifs d'Otwock transférés à Varsovie pour la destination finale que l'on sait. Se souvenir de cette palissade d'Otwock que franchissaient les Polonais pour piller les demeures juives après que les Juifs eurent été rassemblés près de la gare en attendant l'arrivée des wagons. Se souvenir des dénonciateurs, des racketteurs polonais. Se souvenir des cris lancinants hurlés par une brave dame quand elle apercevait dans la zone aryenne un enfant juif, exhortant par là Allemands, Lettons ou Ukrainiens à intervenir: « Jude ! Jude ! » *Se souvenir aussi d'octobre 1968, quand les derniers Juifs polonais attendaient sur les quais de la gare de Gdansk les trains à destination de Vienne. Se souvenir du pogrom de Kielce, en juillet 1946. Se souvenir de Chaya Gelechter, de Sarah Fliegeltaub, de Fejga Rozenblat, de Jakub Wurzel et de Shloïmelé le boiteux... Ils reviendraient en délégation du pays des morts saluer l'écrivain Icyk Mandelbaum, le porter, le conduire rue Leszno, au ghetto... On songe ici à ce que Tadeusz Kantor, à propos de* Wielopole-Wielopole, *appelle un « marionnettisme métaphysique ». Ces délégués de la Shoah, réunis par la fiction de Rymkiewicz à Otwock l'été 1937, sont revenus le hanter l'été 1987. Pourquoi aujourd'hui, justement aujourd'hui? On peut risquer une hypothèse. L'actuelle décomposition du communisme en Pologne autorise la levée d'un écran qui masquait l'histoire et l'identité mêmes des Polonais. Qu'un écrivain polonais, aujourd'hui, en vienne à sonder ce que cette histoire et cette identité portent de traces juives, en vienne simplement à ce constat impossible auparavant: ici, il y avait trois millions cinq cent mille Juifs dont il ne reste que des fantômes, en vienne à se demander quel est le sens de cette perte dont les jeunes générations ignorent jusqu'à l'existence, qu'un écrivain polonais utilise un vocable hébreu,* sofer, *pour désigner sa fonction sacrée de porter témoignage, cela me trouble, me force à reconnaître avec cet homme la proximité fraternelle d'un même questionnement.*

Henri RACZYMOW

Les citations de l'Ancien Testament sont extraites de la traduction polonaise de la Bible dite du Millénaire (Pallotinum, Poznan, 1965). Les citations des paraboles des zaddikim proviennent de l'édition polonaise du livre de Martin Buber *Opowieści chasydow* *, traduction de Pawel Hertz. Quelques phrases de la discussion entre Jurek Wasiuntyński et Icyk Mandelbaum sont un pastiche d'extraits du livre de Vladimir Jabotynski *Ideologia Betaru. Zatys betarowego światopoglądu* ** (Lvov, 1934). Certaines répliques de la conversation entre Benjamin Fondane et Lev Chestov sont des citations de l'édition polonaise *Apoteozy nieoczywistości* ***. Je remercie tous ceux qui, au cours de mon travail, m'ont prodigué leurs conseils et m'ont aidé à reproduire les « realia » de cette époque. Je remercie plus particulièrement les employés de la bibliothèque et des archives de l'Institut historique de Varsovie ; sans leur aide ce livre n'aurait pu voir le jour.

---

* Poznan, 1986 ; *Les Récits hassidiques,* Paris, éditions du Rocher, 1978 (N.d.T.).

** Non traduit en français (« Idéologie du BETAR. Essai sur les conceptions du BETAR »).

*** Londres, 1983 ; *Apothéose du déracinement,* Flammarion, 1967 (N.d.T).

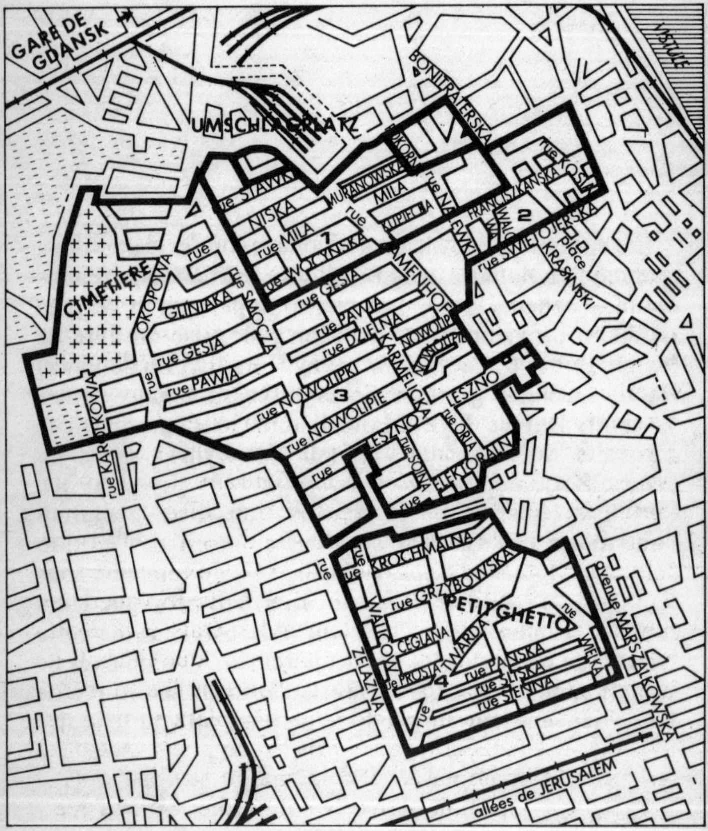
GARE DE GDANSK
UMSCHLAGPLATZ
BONIFRATERSKA
VISTULE
CIMETIÈRE
rue STAWKI
NISKA
rue MILA
MURANOWSKA
MILA
KUPIECKA
rue NALEWKI
rue WOŁYNSKA
ZAMENHOF
rue GESIA
FRANCISZKANSKA
rue SWIETOJERSKA
place KRASINSKI
OKOPOWA
GLINIAKA
rue SMOCZA
rue GESIA
rue PAWIA
rue PAWIA
rue DZIELNA
NOWOLIPKI
KARMELICKA
NOWOLIPIE
rue NOWOLIPKI
rue NOWOLIPIE
rue NOWOLIPIE
LESZNO
rue ORLA
rue SOLNA
ELEKTORALNA
rue KAROLKOWA
KROCHMALNA
rue GRZYBOWSKA
PETIT GHETTO
WALICÓW
CEGLANA
rue PROSTA
TWARDA
rue PANSKA
rue SLISKA
rue SIENNA
ZELAZNA
WIELKA
avenue MARSZALKOWSKA
allées de JERUSALEM
1
2
3
4

Pendant très longtemps j'ai recherché le plan d'Umschlagplatz. Sur les cartes du ghetto de Varsovie — elles sont légion —, Umschlagplatz est représenté par un petit rectangle. Si la carte est un peu plus précise, alors un rectangle plus petit y est enchâssé — il représente des bâtiments —, accompagné de quatre ou cinq traits qui symbolisent un embranchement ferroviaire. Ces rectangles et ces traits ne suggèrent pas grand-chose, car ils ne permettent pas d'imaginer la configuration du lieu qui, voici quarante-cinq ans, s'appelait Umschlagplatz. Je ne connais ni l'hébreu ni le yiddish, mais j'ai parcouru beaucoup de livres écrits dans ces deux langues sur l'histoire du ghetto de Varsovie : le plan que je recherchais n'y figurait pas non plus. Pourtant, j'étais à peu près convaincu — je le reste toujours — que parmi les historiens juifs spécialisés dans ce domaine il s'en trouve bien un qui a retracé le plan d'Umschlagplatz. C'est là que l'histoire des Juifs polonais a pris fin ou plus exactement qu'elle s'est immobilisée. Il a même pu sembler que, là précisément, elle était arrivée à son terme. Lorsqu'elle a repris son cours — car pendant un certain temps la roue a continué de tourner —, plus rien n'a été pareil : sa direction avait changé et n'avait plus rien à voir avec ce qu'elle avait été. Les lieux où se déroulent de tels événements sont généralement décrits par les historiens de façon très détaillée : d'où mon idée, je dirais même ma conviction, que quelque part, à Tel-Aviv ou à New York, il y a longtemps, le plan d'Umschlagplatz a été reproduit, puis publié dans un ouvrage sur l'histoire des Juifs polonais. A Varsovie — j'en suis également presque sûr —, cet ouvrage est inconnu et inaccessible : on ne peut le trouver nulle part en bibliothèque. Je trouve cela étrange, car Varsovie est la ville où se trouvait Umschlagplatz.

Après d'interminables et infructueuses recherches — près de la moitié de ce livre était déjà écrite —, je sollicitai l'aide de M. Michał. Je savais que, parmi ses amis, certains étaient passés par Umschlagplatz : l'un d'eux accepterait peut-être de me dessiner le plan de ce lieu ? M. Michał me promit de m'aider, mais peu après il m'avoua qu'il ne pouvait satisfaire ma demande : ses démarches n'avaient, semble-t-il, rien donné. Les amis de M. Michał avaient probablement dû trouver ma quête un peu suspecte. Je présume qu'ils avaient demandé : « Pourquoi a-t-il besoin de ce renseignement ? » ou bien : « Pourquoi s'occupe-t-il de cela ? » Cette défiance — si défiance il y eut, car il se peut que M. Michał n'ait tout simplement pu répondre à ma demande — me semble légitime. Pendant quarante-cinq ans, les Polonais habitant à proximité d'Umschlagplatz n'ont pas manifesté d'intérêt particulier pour ce lieu, même si, traversant Umschlagplatz ou passant à côté, ils frissonnaient à l'idée de ce qui s'y passa, même s'ils compatissaient au malheur de ceux qui s'y trouvèrent, même s'ils étaient conscients que cette place appartient autant à l'histoire juive qu'à l'histoire polonaise. Néanmoins, si telles étaient leurs pensées, Umschlagplatz ne devint pas — rien en tout cas ne le prouve — un foyer de la vie spirituelle et intellectuelle polonaise. J'ignore s'il fait désormais partie du patrimoine culturel juif. Personnellement j'ai à cœur celui des Polonais. Certes, on arrose des fleurs dans des pots verts fixés à un mur blanc ; certes, on frissonne ; mais cela ne va sans doute pas plus loin. Par conséquent, la défiance des amis de M. Michał — si défiance il y eut — est naturelle : pourquoi, quarante-cinq ans après, un Polonais — un *goy* — se mettrait-il soudain à s'intéresser à cette place? Pourquoi chercherait-il à en posséder le plan?

Je vais tout de suite vous dire pourquoi. Mais avant je voudrais revenir sur le plan d'Umschlagplatz que j'ai fini par trouver. En 1946 ou peut-être avant, Henryk Rudnicki, auteur du livre *Le Martyrologe et l'extermination des Juifs de Varsovie* *, dessina le plan d'Umschlagplatz. Ce livre, aujourd'hui difficilement accessible, où l'on peut donc trouver ce plan — il faut le dire d'emblée —, n'est guère fiable: il contient de nombreuses erreurs étranges dont il sera question plus tard. En ce qui concerne le plan, nul ne sait s'il est précis car on ne peut le comparer à aucun autre. Néanmoins, malgré ses erreurs, c'est un document digne d'intérêt. Le voici (voir page 18). C'est peut-être le seul plan d'Umschlagplatz.

Quelques mots de commentaire. Ce plan contient certains éléments qui, au premier coup d'œil, suscitent le doute. Aucun récit sur Umschlagplatz ne parle de l'état-major SS rue Niska. La *Befehlstelle* SS — c'est-à-dire le commandement d'Aktion Reinhard — se trouvait ailleurs: au 103 de la rue Żelazna. D'autre part, sur le plan de Rudnicki, au-dessus de l'accès à Umschlagplatz, se trouve une sortie qu'aucun récit ne mentionne. Il en est de même pour le double mur rues Zamenhof et Dzika qui n'est signalé nulle part ailleurs: d'après le plan de Rudnicki, les colonnes de Juifs accédaient à Umschlagplatz en passant entre ces deux murs. Par ailleurs, l'emplacement du bâtiment défini sur le plan comme hôpital est également contestable: il est peu vraisemblable que cet établissement se dressât au beau milieu de la rue Stawki et que son pignon donnât sur cette rue. Il manque également sur ce plan des bâtiments qui devraient, à ma connaissance, y figurer. Tout près d'Umschlagplatz se trouvait un immeuble qui, pendant la grande liquidation de juillet 1942, abritait la *Werterfassungstelle*: c'était une institution — le mot ne convient pas très bien, mais que dire d'autre: une entreprise? une unité? — dont la fonction était de trier les

* Łódź, 1946.

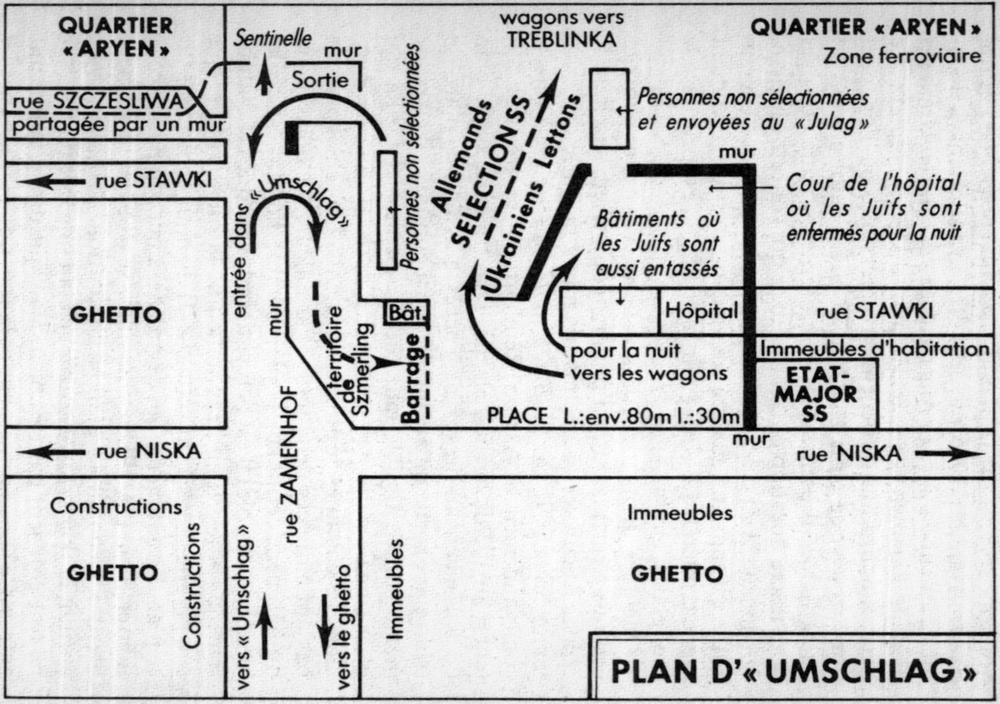

PLAN D'« UMSCHLAG »

biens en provenance de logements appartenant ou ayant appartenu à des Juifs. Sur le plan de Rudnicki, nulle mention de ce bâtiment. Nulle mention non plus de la *Transferstelle,* ces magasins — des baraquements sans doute — dont le rôle consistait à approvisionner les « ateliers * » et à évacuer du ghetto la production de ces entreprises. Ce qui ne veut pas dire que Rudnicki se soit trompé. C'est possible, mais ce n'est pas sûr. Selon lui, certaines parties d'Umschlagplatz, notamment les baraquements de la *Transferstelle,* ne méritaient pas d'être signalées. Il a pu également remarquer à Umschlagplatz, où il est passé trois fois, des choses que les autres n'ont pas vues ou n'ont pas notées. Les récits des rescapés d'Umschlagplatz sont extrêmement enfiévrés et chaotiques.

Dans l'album *Polish Jews: The Final Chapter* **, l'auteur écrit en anglais qu'Umschlagplatz est *infamous.* Il écrit littéralement : *infamous* Umschlagplatz. *Infamous*, cela signifie honteux, ignominieux. Je comprends ce qu'il veut dire : il considère qu'à Umschlagplatz ont été commis des actes honteux. C'est évidemment la vérité. Mais cet homme semble ignorer que cette épithète est polysémique. *Infamous* Umschlagplatz. On peut également comprendre que c'était le lieu d'une mort honteuse. Ou bien que c'est un lieu déshonoré par une mort honteuse. Lorsqu'on écrit sur Umschlagplatz, il faut éviter les mots polysémiques. Le lieu où 310 000 hommes ont attendu la mort n'est pas *infamous*. Sur notre planète, de tels endroits sont rares. On peut même dire qu'ils sont uniques. Nous vivons aux abords de ce lieu, en plein cœur de Varsovie, nous nous devons donc de réfléchir sur le sens qu'il représente pour nous. Je ne pense pas au passé, c'est-à-dire à la manière dont nous avons réagi à ces événements, bien que cela soit important, car nous sommes toujours le produit de notre passé. Ainsi une personne ayant habité pendant la période de la grande liquidation rue Grzybowska, entre la rue

* En polonais « *Szopy* » : entreprises allemandes employant une main-d'œuvre juive (N.d.T.).

** Édité à New York en 1977.

Wronia et la rue Żelazna, raconte-t-elle qu'elle pouvait de sa fenêtre voir le petit ghetto, des enfants juifs se glissant sous les fils de fer — car il y avait des fils de fer — pour se rendre du côté aryen, les Lettons en uniforme noir marchant le long de ces barbelés et faisant la chasse à ces enfants. Eh bien, cette personne qui a aujourd'hui la soixantaine passée m'a dit que ce qu'elle a vu et vécu a entièrement changé sa vie : elle est aujourd'hui ce qu'elle est parce qu'elle a vu ce qu'elle a vu. Non, je pense à notre avenir. A tout ce que cela signifie pour la vie et la spiritualité polonaises, au sens que cela représente, que cela peut représenter pour notre avenir : le fait que nous vivions aux abords du lieu où *eux* sont morts. Voilà. J'ai essayé de vous expliquer les raisons qui m'ont incité à rechercher le plan d'Umschlagplatz.

Jakub Wurzel ôte son lorgnon et l'essuie avec son mouchoir — ce dernier est vert, ses bords violets —, puis, le tenant à bras tendu par le fil de sa monture dorée, il fait passer le jour au travers des verres comme pour vérifier s'il pourrait les utiliser en guise de lunette ou de loupe.

— Lisez cela », dit-il en faisant glisser un journal posé sur le guéridon en osier — il s'agit de *L'Hebdomadaire illustré* — en direction d'Icyk Mandelbaum, assis de l'autre côté du guéridon dans un fauteuil en osier, le même que celui dans lequel est assis Jakub Wurzel. « C'est irrésistible.

— Je n'ai pas envie de lire », dit Icyk tout en ouvrant *L'Hebdomadaire illustré* dont la page trois, celle où on peut voir la photographie du colonel Adam Koc et du maréchal Edward Rydz-Śmigły côte à côte, est souillée par une tache de thé ou de bouillon, ce qui n'a rien d'étonnant car ce numéro traîne sous la véranda depuis deux ou trois mois déjà. « Qu'y a-t-il à lire ?

— Le feuilleton, dit Jakub Wurzel, à la page cinq. Malheureusement il n'est pas signé. C'est un peu dans l'esprit des romans historiques d'Herbert Wells ou de notre compatriote Antoni Słonimski, à cette différence près que l'œuvre est réduite aux dimensions d'un feuilleton. » Ce dernier mot, Jakub Wurzel le prononce à la française, mais ce n'est pas très réussi. « En 1941 à Moscou a lieu le grand procès de Joseph Staline qui, dans le feu croisé des questions du procureur Vychinski, avoue qu'il est un espion à la solde des Anglais et qu'il s'est engagé à revendre à ces derniers Arkhangelsk ainsi que la moitié de la Sibérie. A la suite de quoi le camarade Staline est fusillé et c'est le camarade Boudionnyj qui prend le pouvoir. C'est irrésistible.

— C'est peut-être irrésistible », dit Icyk. Il est presque midi et sous peu Mme Sarah Fliegeltaub viendra sous la véranda annoncer le menu du déjeuner. Icyk se déplace avec son fauteuil d'osier afin que le soleil, qui à cette heure de la journée inonde toute la véranda, la salle à manger, la cuisine, les chambres à l'étage, ne l'aveugle pas tandis qu'il contemple les longues et ravissantes jambes de Mme Lilka. Celle-ci, les paupières protégées par deux feuilles de jasmin, se repose sur une chaise longue sous le petit arbuste d'où elle a arraché ces deux feuilles. « C'est peut-être irrésistible, mais c'est peu vraisemblable. Je présume que Staline, qui sait ce qu'il fait, s'arrange pour faire fusiller tous ceux qui sont susceptibles de le fusiller, lui.

— Pensez-vous que notre Radek ait été passé par les armes, demande Jakub Wurzel.

— Je n'en sais rien », répond Icyk qui en arrive à la conclusion que si Mme Lilka fait un mouvement de plus sur sa chaise longue sa robe agrafée sur le devant, qui est en fait un court peignoir à fleurs, s'ouvrira plus encore et qu'alors il pourra contempler non seulement les jambes ravissantes, mais ses tout aussi ravissantes cuisses. « Vas-y, bouge, pense Icyk à part lui, je t'en supplie, je t'ordonne de bouger et tout de suite, car il est impossible que seul ton Szymon ait le droit de contempler tes cuisses. Si Dieu a créé une chose pareille, de telles jambes et de telles cuisses, c'est sans doute avec l'idée que ce chef-d'œuvre extraordinaire puisse être admiré par tous ceux pour qui il a été créé : il n'est d'ailleurs pas à exclure que Dieu ait créé ces cuisses exclusivement pour pouvoir les admirer lui-même, alors, bouge donc. » Et comme si elle obéissait à la puissante, quoique silencieuse, injonction d'Icyk, Mme Lilka fait un mouvement sur sa chaise longue, s'étire et de ses deux mains saisit la traverse recouverte de toile grise au-dessus de sa tête. A ce moment-là, le peignoir à fleurs s'entrouve sur ses adorables cuisses et la manche de son peignoir glisse sur son bras tendu, dévoilant une touffe de poils blonds collés par la sueur. Mais Icyk n'a le loisir de contempler ce tableau que l'espace d'un instant, car Mme Lilka tire aussitôt sur son peignoir tout en croisant les jambes. C'est ainsi que ses attraits nous sont ravis, pour toujours peut-être.

— Il n'est pas à exclure, dit Jakub Wurzel, que Staline garde Radek en prison pour l'utiliser à des fins qui nous dépassent.

— Tôt ou tard », dit Icyk se déplaçant à nouveau avec son fauteuil en osier afin que Szymon Warszawski étendu sur une chaise longue aux côtés de Mme Lilka ne s'aperçoive pas que lui, Icyk, regarde avec insistance Lilka. Si Szymon devait s'en apercevoir, il est sûr qu'au déjeuner il le regarderait avec une malveillance offensée, il le bouderait, il le foudroierait du regard, lui faisant par là comprendre qu'il n'a pas le droit de regarder aussi effrontément une femme qui lui appartient à lui, Szymon. « Tôt ou tard, détrompez-vous, il le fera fusiller.

— J'ai pitié de ce Radek, dit Jakub Wurzel. C'était quand même un homme très intelligent.

— S'il avait été intelligent, il ne se serait pas mêlé de toute cette affaire », dit Icyk tout en se demandant si Mme Lilka va à nouveau bouger sur sa chaise longue. Mais il chasse aussitôt cette pensée de son esprit car il lui en vient une autre, ô combien plus grave : « Lorsque Dieu créa les ravissantes jambes de cette tout aussi ravissante *goy*, détermina-t-il par la même occasion leur destin, décida-t-il si ces jambes seraient, dans le futur, contemplées par un Juif ou par un chrétien, si elles appartiendraient au bout d'un certain temps à un Juif ou à un chrétien, ou, pour appréhender le problème autrement, l'acte de création renferme-t-il le sort de la chose créée et, lorsqu'Il crée une œuvre, Dieu conçoit-Il également l'existence de cette créature, ou bien, au contraire, l'acte de création est-il séparé de l'acte d'existence et l'avenir de ce qui est créé est-il éventuellement l'objet d'interventions, d'actes créatifs de Dieu, si tant est que Dieu s'intéresse à ce qu'Il a créé, car il n'est pas à exclure que le destin de Ses créatures Lui soit indifférent?» Je doute, quant à moi, de l'intelligence de votre Radek. Un Juif intelligent se doit de prévoir les voies de son destin.

— Et si c'était réellement un espion allemand? dit Jakub Wurzel. Qui sait? Les Allemands ont pu l'acheter, puis aller le rapporter à Staline. Tout cela bien sûr dans le but d'affaiblir les Soviets, car c'est sans doute une de leurs préoccupations majeures.

— Je ne crois pas que l'affaiblissement des Soviets soit dans l'intérêt des Allemands, dit Icyk. Les Allemands ont besoin d'une Russie puissante à laquelle ils pourraient s'allier au cas où ils attaqueraient l'Angleterre.

— Si les Allemands déclarent la guerre à l'Angleterre, c'est qu'ils sont devenus fous, dit Jakub Wurzel. Le premier jour de la guerre, les Anglais et les Français occuperaient la Ruhr et, une semaine après, ils seraient à Berlin. Mais, pour en revenir à Radek, savez-vous qu'il n'est pas à exclure — Jakub Wurzel essuie à nouveau son lorgnon puis, levant la main dans laquelle il le tient, regarde au travers des verres l'arbuste de jasmin et Mme Lilka sur sa chaise longue comme s'il voulait tester le pouvoir grossissant ou réducteur de son binocle ou qu'il essayait de percer l'avenir, notamment les mystérieux plans de Staline, Hitler, Mussolini et autres dictateurs —, il n'est pas à exclure que l'objectif de Staline consiste tout simplement à éliminer les Juifs. Ce qui ne veut pas dire que je le considère comme un antisémite. Un homme politique de cette envergure — car c'est incontestablement un homme politique de grande envergure — ne peut se laisser guider par des préjugés raciaux. Mais il se peut qu'il en soit arrivé à la conclusion que l'élimination de tous les Juifs qui, à ce jour, dirigent les affaires du pays où ils ont fait leur révolution est dans l'intérêt de la Russie soviétique. Vous n'avez qu'à voir qui l'on condamne à ces sales procès. Comme par hasard, ce sont presque uniquement des Juifs.

— Mais justement, pour quelle raison votre Staline, demande Icyk qui s'efforce de retrouver le fil de sa pensée embrouillée par la faute de Staline, Radek ou d'autres Juifs dirigeant la Russie soviétique — de cette pensée qui continue de tourner quelque part dans sa tête pour comprendre si l'acte de création est distinct de l'acte d'existence —, pour quelle raison votre Staline aurait-il besoin d'éliminer les Juifs? S'il n'est pas, comme vous l'affirmez, antisémite, quel intérêt peut-il y trouver?

— La Judéo-Commune *, dit Jakub Wurzel. C'est à elle que je pense ou plutôt que lui, Staline, pense. Il lit certainement les journaux anglais et français. Ou ses secrétaires les lui lisent. Or cette presse ne cesse de répéter que la Russie soviétique est un État gouverné par la Judéo-Commune dont l'Europe a une peur bleue. Si Staline a l'intention de s'entendre avec les Allemands ou les Français, il faut avant tout qu'il les persuade que les Soviets sont gouvernés par des Russes et non par des Juifs, qu'il n'est pas à la botte de ces derniers. Car ses alliés refuseront de discuter avec ceux qu'ils jugent inféodés aux Juifs. C'est là tout le problème, monsieur. Pour s'entendre avec Hitler, Staline doit éliminer les Juifs. Vous vous souvenez de sa secrétaire, Mlle Kaganovitch?

— Je ne m'en souviens pas», dit Icyk qui cherche à savoir s'il pourrait communiquer par la pensée avec Mme Lilka qui s'est sans doute assoupie sur sa chaise longue et si, à supposer qu'il parvienne à bien maîtriser ses pensées la concernant, ces dernières auraient une chance quelconque de pénétrer le doux rêve qu'elle est en train de dérouler

---

* Expression typiquement polonaise, datant probablement du début des années vingt, lors de la guerre polono-bolchevique. Elle implique l'existence d'un complot fomenté par le bolchevisme et le judaïsme, liés pour attenter à l'intégrité de la nation polonaise et de la foi catholique.

derrière l'écran des deux feuilles de jasmin, ce qui ne manquerait pas de charme. « Est-ce la fille de ce Kaganovitch qui en ce moment gouverne avec Staline ?

— Il vaudrait mieux dire que c'était la fille de Kaganovitch, dit Jakub Wurzel, car je crois qu'elle n'est plus de ce monde. Si ma mémoire est bonne, Staline l'aurait renvoyée en avril ou en mai. En tout cas, c'est ce qu'ont raconté nos journaux. Jusqu'alors cette demoiselle Kaganovitch était sa secrétaire. C'était une personne très influente en Russie soviétique. Elle était même considérée comme son épouse. Aussitôt après sa destitution, nos journaux se sont mis à dire qu'en Union soviétique une campagne antisémite avait été lancée. J'estime quant à moi que Staline a pu la révoquer ou même la tuer pour des motifs tout à fait différents. Pouvez-vous vous imaginer Hitler accueillant à la gare de Berlin Staline accompagné d'une secrétaire ou d'une épouse juive ? Jamais Hitler n'aurait accepté une chose pareille. Aussi est-il possible que Staline ait licencié Mlle Kaganovitch pour ouvrir la voie à des négociations avec Hitler.

— Mais il se peut aussi que Mlle Kaganovitch », dit Icyk en fermant les yeux tout en s'imaginant que ses pensées pénètrent le doux songe de Mme Lilka, effleurent les pensées somnolentes et langoureuses de son rêve teinté de jasmin, « il se peut qu'elle ait cessé de plaire à Staline et qu'il l'ait pour cette raison révoquée ou même supprimée comme vous semblez le dire. Ce serait là une explication du triste sort de cette malheureuse Mlle Kaganovitch. Ou il se peut encore que Mlle Kaganovitch fût très laide ? Laide au point que Staline ne pût la regarder ?

— En tout cas », dit Jakub Wurzel qui semble prendre à la légère l'idée incontestablement sotte d'Icyk, « je n'exclus pas non plus la possibilité suivante : Staline supprime ses adversaires car il a l'intention d'instaurer en Russie un régime parlementaire et démocratique. Pour ce faire, il doit préalablement se débarrasser d'eux. Ce Trotski, qui est sans conteste un dictateur-né, n'aurait d'ailleurs jamais accepté une chose pareille.

« Si l'acte de création, pense Icyk qui a soudain retrouvé

le fil de sa pensée qu'il avait égaré par la faute de Staline, Radek, Trotski et Mlle Kaganovitch, si l'acte de création ne détermine en rien l'existence future de la chose créée, cela signifie que mon destin ainsi que celui de Jakub Wurzel, celui de Mme Lilka et de son amant Szymon Warszawski sont totalement inimaginables, cela signifie que la seule chose que l'on puisse concevoir est que ce qui va nous arriver est imprévisible, extraordinaire, par exemple que Mme Lilka deviendra un beau jour ma maîtresse, c'est tout ce que l'on peut prévoir. Ces considérations concernent également le destin de Mme Sarah Fliegeltaub, la propriétaire de cette pension d'Otwock qui sort justement sous la véranda pour annoncer :

— Au déjeuner, je vous propose du potage froid aux betteraves, des boulettes de viande avec des pommes de terre et des carottes. Il y aura aussi un dessert, mais je préfère garder pour moi ce doux secret et réserver à mes chers hôtes une belle surprise.

Au dessert, ce jour-là, il y eut un gâteau aux pommes avec une crème fouettée qui devait se figer dans le four, mais soit que la crème se fût infiltrée dans le gâteau, soit que les pommes eussent été trop juteuses, la pâtisserie en partie se désagrégea, en partie se transforma en une pâte molle. A supposer que Mme Sarah ait connu le triste sort de son dessert, aurait-elle pris la peine de préparer la pâte, d'éplucher les pommes, de casser les œufs, de battre la crème ? Elle se serait assurément abstenue de ce prélude où il était question d'un doux secret et d'une belle surprise pour ses chers hôtes. Finalement le dessert fut englouti par deux matous à moitié sauvages au pelage jaune-roux, dont l'un était aveugle, qui nichaient dans la cave de la pension.

« L'acte de création, pense Icyk, n'est pas lié à l'acte d'existence et la chose créée, qui n'est pas assurée de son avenir, doit attendre dans l'angoisse l'acte de création suivant à la suite duquel, à l'instar du gâteau de Sarah Fliegeltaub, elle se désagrégera ou se transformera en une masse informe. »

Je suis du même avis qu'Icyk Mandelbaum, mais je devrais plutôt dire que c'est lui, Icyk, qui pense la même chose que moi. Je ne peux savoir, c'est l'évidence même, à quoi pensait Icyk il y a cinquante ans, en juillet 1937, à Otwock, sous la véranda de la villa en bois de Sarah Fliegeltaub tandis qu'il discutait avec Jakub Wurzel du sort de Radek — Radek était natif de Tarnów — tout en contemplant les jambes de Mme Lilka.

Non sans quelque honte, je lui prête mes propres pensées. Icyk Mandelbaum, poète et prosateur juif, âgé à l'époque d'une trentaine d'années puisqu'il est né en 1907 rue Krochmalna, est l'auteur d'un recueil de poésie, d'un roman et de quelques récits. Il se considérait comme le disciple d'Itzhac Leibouch Peretz, tout en estimant à juste titre qu'il dépasserait très vite son maître. Il est peu vraisemblable qu'en juillet 1937 quelqu'un pensât exactement la même chose que moi, en juillet 1987, de la même manière que moi, prosateur et poète polonais, auteur d'un roman et de quelques recueils de poésie. Je dois donc modifier quelque peu les idées que je prête à Icyk afin qu'elles s'adaptent à ce qu'il pensait à l'époque, afin qu'elles trouvent place dans sa tête. D'ailleurs, si dans les années soixante ou soixante-dix — maintenant ce n'est plus possible — on avait demandé à Icyk ce qu'il pensait au mois de juillet 1937 à Otwock, il aurait certainement été en peine de nous répondre ou tout au plus aurait-il dit quelque chose dans le genre: « Je pensais que j'en avais assez de tout cela. Je l'ai même dit au déjeuner à Szymon Warszawski: "Monsieur Szymon, j'en ai assez de tout cela, j'en ai même par-dessus la tête." Ce à quoi Szymon qui n'en a pas assez puisqu'il a le doux bonheur de dormir aux côtés de Mme Lilka n'a rien répondu, se contentant de me regarder avec un air manifestement hostile. » Il n'y a pas d'autre solution et Icyk a beau ne pas se souvenir de ce qu'il pensait en juillet 1937, je dois lui enfoncer dans le crâne mes propres idées. Je fais seulement remarquer à mes chers lecteurs, pour reprendre la formule préférée de Mme Sarah Fliegeltaub, qu'une fois légèrement modifiées et enfoncées dans son crâne mes pensées se métamorphosent un peu pour se transformer en propriété collective: celle d'Icyk et la mienne.

Je pourrais aussi appréhender les choses ainsi : ce sont mes idées, mais vues de loin, d'un point de vue différent, pour moi imprévisible, comme si elles étaient observées au travers du lorgnon de Jakub Wurzel ou de celui d'Icyk Mandelbaum. Car, en cet été 1937, Icyk portait également un lorgnon. Puis, dans les années cinquante, il se mit à porter des lunettes à grosse monture de corne, dans les années soixante-dix des lunettes à fine monture en argent ou en or. Exactement le même fil qui enserrait les verres de son lorgnon cinquante ans auparavant. Voilà pour ce qui concerne les lunettes et les idées d'Icyk. Passons maintenant au dessert.

— Excusez-moi, madame Sarah », dit Icyk d'un ton extrêmement affable lorsque, après les boulettes et les carottes, Fejga eut posé sur la table le gâteau aux pommes et à la crème fouettée. Fejga, jeune fille de dix-neuf ans que les hôtes appelaient également Fecia (« Fecia, je m'en vais en promenade, tu peux faire ma chambre »), travaillait comme servante « Au coin tranquille », bien que Madame Sarah ne fût guère satisfaite de ses services, estimant que la vocation de Fejga était ailleurs, si vous voyez ce que je veux dire. La crème fouettée était devenue une infâme matière en suspension. Icyk, après y avoir goûté, déclara d'un ton fort gentil : « Excusez-moi, mais votre gâteau est complètement raté, il est immangeable », et il repoussa sa coupelle ainsi que le morceau de pâte mal cuite — ce qui d'ailleurs était déjà beaucoup moins gentil — dans lequel il avait préalablement creusé de sa petite fourchette un énorme trou béant.

— Monsieur Icyk », répondit Mme Sarah en s'adressant moins à Icyk qu'à toute la tablée, c'est-à-dire à Chaja Gelechter, Jakub Wurzel, Szymon Warszawski, Mme Lilka, la libertine Fejga et au dieu juif qui de ses hauteurs contemplait le gâteau ainsi qu'Icyk creusant de sa fourchette un trou dans sa part, « vous êtes très difficile.

Et Chaja Gelechter d'ajouter : « Ne fais pas tant de simagrées. » Puis s'adressant à Mme Sarah : « Ne vous inquiétez pas, il va le manger, ce gâteau.

— Non, dit Icyk, je ne le mangerai pas.

— C'est en tout cas une gentille surprise», dit Jakub Wurzel, et lui aussi de creuser avec sa fourchette dans sa part de gâteau comme pour vérifier qu'Icyk avait raison quand il affirmait que le gâteau était absolument immangeable ou comme pour y chercher quelque chose. « Pour en revenir à Staline, monsieur, il conviendrait d'envisager une autre éventualité.

— Laquelle? demande Icyk.

— L'éventualité que Staline n'a absolument pas l'intention d'instaurer un régime parlementaire, mais quelque chose de radicalement différent. Il est fort possible qu'il fasse fusiller tous ceux qui s'opposent à lui car le tsarisme le fascine: le personnage d'Ivan le Terrible, vous voyez? Lorsqu'il n'y aura plus personne pour le contrer, il convoquera le Saint-Synode et se fera couronner à Pétersbourg, je veux dire à Leningrad. Radek et Kamenev, qui sont juifs, n'auraient jamais accepté une chose pareille. Ceci expliquerait également l'affaire de Mlle Kaganovitch. Le tsar de toutes les Russies ne peut quand même pas être marié avec une Juive. Mlle Kaganovitch comme tsarine, c'est plutôt cocasse, non?

— Je pense que votre Staline a de tout autres plans, dit Icyk, mais j'ignore lesquels.

— Que vais-je pouvoir servir à mes chers hôtes? dit Mme Sarah. Je n'ai vraiment rien d'autre comme dessert. Par contre, si vous le souhaitez, je puis servir le thé avec des confitures. Fejga, va à la cave et ramène-nous un pot de confiture de fraises.

— Quelle gentille surprise», dit à nouveau Jakub Wurzel dont la remarque concerne cette fois les confitures de Sarah Fliegeltaub et non plus son immangeable gâteau ni les plans obscurs de Joseph Staline. Quant à Icyk, il poursuit ses méditations:

« Si au moment de l'acte de création la chose créée n'est pas assurée de son avenir, alors tout est possible. On peut s'attendre à toutes les surprises. » Et, avec son fauteuil, il s'éloigne de la table pour scruter les ravissantes jambes de Fejga qui s'en va vers le vestibule d'où, sous une trappe munie d'un anneau métallique, descend l'escalier de la cave.

— A l'époque j'avais onze ou douze ans, dit ma sœur, je ne crois donc pas que je pourrai t'aider. Je ne me rappelle pas grand-chose. Tout ce dont je me souviens, ce sont des images décousues: le café Latone et la veste blanche du serveur qui m'apportait des glaces. Ce café se trouvait à quelques pas d'ici, à peu près là où se trouve la cour où est érigé un cerf en métal. Quant à savoir si c'était en 1941 ou en 1942, je suis incapable de le dire.

— Tu as quand même trois ans de plus que moi, dis-je. Si l'un de nous doit se souvenir, c'est plutôt toi que moi, car moi je n'arrive pas à me rappeler quoi que ce soit.

Nous sommes assis dans une chambre donnant sur la petite place où la rue Górski et la rue Julian-Tuwim se rejoignent. Devant nous, sur le bureau de ma sœur, sont posés trois albums de photos. Les arbres de la rue Julian-Tuwim sont recouverts de feuilles minuscules — nous sommes en mai 1987 —, dans l'aveuglante lumière de cette jeune verdure, dans l'aveuglante lumière du ciel azuré qui inonde la rue Górski et la place des Insurgés de Varsovie, exactement comme elle inondait jadis la rue Hortensja et la place Napoléon, ma sœur et moi regardons des photos de famille vieilles d'un demi-siècle. En janvier, ou peut-être en février 1945, ma mère arriva de Piaseczno à Varsovie et descendit à la cave de notre immeuble incendié de la rue Koszykowa afin de récupérer ce qu'elle y avait enterré dès le début de l'insurrection. J'ignore ce que ma mère avait enfoui dans la cave, mais je suppose que c'étaient des couverts en argent ainsi que les objets de valeur de notre appartement du troisième étage. Mes parents avaient dû emporter avec eux tous leurs dollars ainsi que leurs *świnka* au moment où ils quittèrent Varsovie. Pour ceux qui sont nés après la guerre et ne se souviennent même pas de ce dont moi je me souviens, je signale que les *świnka* étaient des pièces en or de vingt roubles. Lorsque au début de l'année 1945 ma mère descendit à la cave, l'argenterie qu'elle avait reçue en dot avait bien évidemment disparu. Il est difficile, vu ce qui se passait à l'époque, de considérer cette perte comme une chose grave, mais j'aimerais bien savoir où, dans quelle demeure allemande, à Hambourg ou à Brême, ces couteaux et ces fourchettes, ornés du monogramme de jeune fille de ma mère — H.B. —, sont aujourd'hui utilisés. Le SS ou le Lituanien qui déterra puis déroba notre argenterie était suffisamment aimable et bien éduqué pour laisser dans la cave les trois albums de photos qui s'y trouvaient. Certes, ces derniers ne lui étaient d'aucune utilité, mais il aurait pu les détruire gratuitement : c'est pourquoi je considère cet homme, qui était certainement par ailleurs un criminel, comme quelqu'un de gentil et de bien éduqué. Ces trois albums sont le seul vestige de notre appartement rue Koszykowa. Je vois là une sorte de signe adressé à ma mère, à moi-même, peut-être aussi aux générations futures : voilà tout ce qui reste, n'espérez rien de plus. Les enfants du SS qui nous a volé nos fourchettes peuvent être assurés que cela me suffit et que je n'ai jamais rien espéré de plus. Les albums sont maintenant chez ma sœur. Les deux premiers contiennent des photographies datant de l'entre-deux-guerres : Pułtusk 1929, Varsovie 1936 et 1937. Le troisième, des photos d'avant la guerre : Varsovie, Otwock, Świder et Jozefów *, 1941 et 1942.

— Regarde, dit ma sœur, cette photo a été prise rue Marszałkowska. Tu étais à l'époque — ma sœur de scruter alors ma calvitie — un garçon vraiment très mignon.

Sur cette photo prise au printemps 1941, deux beaux enfants, un petit garçon et une fillette un peu plus grande que lui, marchent aux côtés d'un homme très élégant. Ils sont bien vêtus. Le petit garçon porte une blouse de marin avec une petite cravate et des socquettes blanches. Quant à la fillette qui tient le garçon par la main, elle a sur la tête un chapeau à bord étroit et deux gros nœuds blancs au

* Otwock, Świder, Josefów, localités situées à une vingtaine de kilomètres de Varsovie, connues surtout comme lieux de villégiature pour les habitants de Varsovie.

bout des tresses. Si on décollait cette photo de la page de l'album où on peut lire: «Printemps à Varsovie, 1941», pour la recoller dans un autre album avec la mention : «Printemps à Varsovie, 1939», ou bien: «Printemps à Varsovie, 1937», personne ne s'apercevrait de la substitution. Le monsieur élégant — chapeau, lorgnon, canne et mouchoir blanc dans la poche du veston — qui, par cette journée printanière, emmène ses enfants en promenade et rencontre un photographe de rue, c'est mon père, Władysław. Ma mère l'appelait: Władziu ou Władeczku.

— J'ai comme l'impression, dis-je, qu'en cette terrible année 1941 nous ne nous portions pas si mal que ça. La terrible occupation de Varsovie n'a pas été aussi terrible qu'on a bien voulu le dire. Il n'est pas exclu que nos spécialistes du martyrologe nous abusent quelque peu lorsqu'ils affirment que l'occupation était abominable. Et même s'ils ne nous abusent pas, ils taisent le fait qu'à Varsovie, malgré toutes les abominations qui pouvaient s'y passer, on pouvait vivre tout à fait agréablement. Ce silence, c'est aussi une sorte de mystification, c'est évident. Tu ne crois pas que cette photo pourrait également être collée dans l'album d'une famille française ou italienne avec l'inscription : "*Printemps à Paris, 1941*", ou bien: "*Primavera a Roma, 1942*"?

— Tu dis des sottises, dit ma sœur. Sur cette photo, il n'y a qu'une parcelle, une minuscule parcelle de vérité. Voilà: les deux enfants heureux que nous sommes partent en promenade avec leur père. Mais, deux rues plus loin, il y a une rafle ou bien les Allemands mettent quelqu'un contre le mur et s'apprêtent à le fusiller. Sur cette photo, on ne peut voir ces scènes, ce qui ne veut pas dire qu'elles n'aient pas eu lieu.

— Je ne dis pas qu'à cette époque il n'y ait eu ni rafles ni exécutions. Je dis seulement que notre mère est confortablement installée avec des amies, là, à la terrasse du café Latone, à déguster son café, elle donne l'impression d'une personne très heureuse de vivre. N'est-ce pas aussi une vérité sur cette époque?

— Malheureusement, dans un instant, maman sera

embarquée par les Allemands qui avaient encerclé la rue du Nouveau-Monde, dit ma sœur. Regarde, on peut voir que c'était la guerre, car juste derrière elle — l'autre personne, c'est sans doute tante Helenka — on voit un Allemand.

— Même trois Allemands, dis-je. Au fond, il y en a encore deux. Je suis curieux de savoir de quelle formation il s'agit. Ce sont sans doute des SS, mais j'ignorais que les SS portaient des képis avec des visières pareilles. Et là, regarde, tu vas à ta première communion en robe blanche. Sous cette enseigne en forme de montre on peut lire — mets donc tes lunettes — "*Uhrmacher* — Horloger".

— Je me souviens de ma première communion, dit ma sœur. C'était en mai 1941. Je me souviens aussi de cette enseigne bilingue.

— J'ignorais qu'à cette époque à Varsovie il y avait des enseignes écrites en allemand et en polonais, dis-je. Et cet immeuble de l'autre côté, oui, celui-là, de style néo-gothique, il existe encore aujourd'hui, je crois, à l'angle de la rue Marszałkowska et de la rue de l'Abbé-Skorupka, enfin la rue Sadowa. Tu sais comment s'appelait pendant l'occupation la rue de l'Abbé-Skorupka?

— Je l'ignore, dit ma sœur. Mais elle portait sûrement un autre nom.

— En fait, dis-je, ce n'est pas à propos de ces photos que je voulais t'interroger, mais à propos de celles qui sont là. Regarde: c'est Świder, en 1942. C'est toi, près de la maison, sur une balançoire. Là, nous sommes tous les deux sur la plage au bord de la rivière. Là, c'est moi, sur le quai de la gare d'Otwock. Avec cravate et casquette. Et toujours ces socquettes blanches. Quant à la maison où nous passions alors nos vacances, je n'en ai gardé aucun souvenir.

— Moi non plus», dit ma sœur. Et elle lit ce que notre mère a écrit sur la page de l'album où est collée la photo avec la cravate, la casquette et les socquettes blanches sur le quai surélevé de la gare d'Otwock: «*Kermesse à Otwock, le 19 juillet 1942*».

— Savais-tu, dis-je, qu'en été 1942, à Otwock, il y avait encore un ghetto?

— Tu dois te tromper, dit ma sœur, il me semble qu'ils ont tous été transférés à Varsovie bien plus tôt.

— J'ai oublié où je l'ai lu, dis-je. Soit dans un livre sur l'histoire du ghetto de Varsovie, soit dans les souvenirs de Szpilman. Par la suite, j'ai essayé d'obtenir des informations sur le ghetto d'Otwock, mais mes investigations n'ont pas abouti. Je présume que ce dernier n'a été décrit par personne et, si à ce jour personne ne l'a fait, il est vraisemblable que plus personne ne le décrira, que personne ne saura jamais ce qui s'y est passé. Maintenant, écoute-moi. La grande liquidation du ghetto de Varsovie a commencé le 22 juillet. Si le ghetto d'Otwock existait encore à l'été 1942, on a dû commencer à le liquider avant, quelques jours avant que ne commence la liquidation de celui de Varsovie. Or cette kermesse à Otwock au cours de laquelle notre père et notre mère nous ont photographiés a lieu le 19 juillet. Tu ne trouves pas qu'il y a là quelque chose d'indécent?

— En quoi cela serait indécent? demande ma sœur. Parce que cette kermesse ou cette foire avait justement lieu à ce moment?

— Non, dis-je. Ce n'est pas cela que je veux dire. L'indécence vient du fait que nous, enfants chrétiens, si beaux, si bien vêtus, si souriants, si heureux de vivre, soyons là sur le quai, sur la plage, sous les pins, toi sur une balançoire, moi avec un énorme ballon, et là tout près, à quelque trois ou quatre kilomètres, il se passe, enfin tu sais ce qui se passait alors. Je ne vais tout de même pas te raconter ce qu'ils faisaient aux enfants juifs. C'est dans tout cela que je vois une profonde indécence: le fait que nous, enfants chrétiens, ayons eu la possibilité de jouer, de rire et de jouir de la vie. Papa te fait un sourire et dit: "Reste là, c'est bien, Alinka, sous ce pin." Puis il met un genou à terre, colle son œil au Leica ou à un autre appareil. Vous souriez à nouveau, papa te sourit, tu souris à papa, parce que vous vous aimez vraiment beaucoup, et papa est ravi de pouvoir te photographier. Comme il est agréable, comme il est doux de se tenir là sous les pins de Świder ou d'Otwock en regardant la lentille noire et mystérieuse, les profondeurs ténébreuses de l'appareil photographique dans lequel se reflétera dans un instant, pour s'y fixer indéfiniment, le trouble, le miraculeux, l'énigmatique : la vie. La douceur de cette vie. La douceur de ce mois de juillet, de cette année. Cependant, à quatre kilomètres de là, il se passe ce que l'on sait.

— Quand tu raisonnes ainsi, dit ma sœur, c'est comme si tu parlais, je ne sais comment le dire, mais c'est comme si tu parlais de l'essence même de la vie. Une si douce journée. Mais en même temps si pleine d'horreur. Seulement, c'est aujourd'hui que tu ressens les choses ainsi, à l'époque cela ne pouvait te traverser l'esprit.

— Non seulement je trouve indécent, dis-je, que nous, enfants chrétiens, ayons eu la possibilité de goûter à cette merveilleuse douceur alors qu'à côté c'était l'horreur, mais je trouve plus indécent encore que nous ayons généralement survécu tandis que les autres enfants, les enfants juifs, sont allés tout droit au gaz, au four. N'est-ce pas là une idée hautement indécente du dieu polonais ou juif?

— Ne mêle pas Dieu à cette affaire, dit ma sœur. Cela ne regarde que les Allemands et les Juifs. Les hommes.

— Je n'ai rien à faire des Allemands, dis-je. Ils se repentiront de leurs actes jusqu'à la fin du monde, ce sont leurs problèmes de conscience, non pas les miens. Personnellement, je considère qu'il s'agit d'une affaire entre Juifs et Polonais. Pour ce qui est de Dieu, tu as dans une certaine mesure raison, car en Le mêlant à cette affaire nous nous comportons comme si nous voulions échapper à toute responsabilité : Il a conçu les choses de cette manière, Il a pris telle décision et non pas telle autre, alors nous ne pouvions rien y faire, ce n'est pas notre faute si les choses se sont passées ainsi. Ce qui ne veut pas dire pour autant que je renonce à L'interroger sur Son rôle dans cette affaire. Sans doute, d'un point de vue théologique, les questions concernant les intentions divines ne sont-elles pas permises. En fait, ce n'est pas de ce point de vue que je L'interrogerai, mais de celui du petit garçon qui est là, debout, en casquette et socquettes blanches sur le quai surélevé de la gare d'Otwock. N'étant sans doute pas habilité à le faire, je ne lui demanderai pas : "Pourquoi leur as-Tu fait cela?" Je Lui demanderai seulement: "Pourquoi m'as-Tu fait cela, à moi, petit garçon aux socquettes blanches?" Alinka, je voudrais encore te montrer une photo qui m'intrigue beaucoup. Je voudrais que tu me dises ce que tu en penses.

— C'est moi, dit ma sœur.

— Je sais que c'est toi, dis-je. Mais l'enfant, la fillette qui est à tes côtés, sais-tu qui c'est?

Sur cette photo, ma sœur — tresse enroulée autour de la tête, petite robe d'été à rayures — est debout sur un sentier à l'ombre de pins rabougris. Le soleil qui brille à travers les branches jette des taches de soleil sur son visage, sur ses bras, sur sa petite robe. On est en 1942, en juillet ou en août. La photo a été prise à Świder, probablement à proximité de la maison en bois où nous passions alors nos vacances. A côté de ma sœur se tient un enfant, sensiblement plus petit qu'elle, vêtu d'une longue robe qui traîne presque jusqu'au sol. C'est donc probablement une fillette, bien qu'on ne puisse le dire avec certitude car les cheveux de l'enfant, de la fillette, sont coupés court, pratiquement à ras. Une chose est certaine: ses cheveux sont noirs, très noirs, d'un noir troublant. Ma sœur regarde celui qui prend la photo en souriant. Quant à l'enfant qui arrive à peu près à la hauteur de son coude, il a la tête bizarrement penchée, légèrement inclinée sur le bras de ma sœur, et regarde l'objectif avec une espèce de méfiance comme s'il était un peu ou même très effrayé.

— Je ne sais pas qui c'est, dit ma sœur. Peut-être une pauvre fillette des environs. Regarde, elle a le bras curieusement tordu.

— Voisine ou pas, dis-je, avec une allure pareille, elle aurait dû se cacher, car on aurait pu la fusiller dans la rue sans même lui demander qui elle était. Je n'arrive pas à croire que notre père ou notre mère t'ait photographiée en 1942, à Świder, avec cette fillette juive. Cela me semble invraisemblable. Les fillettes comme ça, on les cachait derrières les armoires, alors qu'elle est là, debout, au beau milieu du chemin, en plein soleil.

— Maman aimait tellement cela, dit ma sœur, d'ailleurs elle continue d'aimer la photo, bien qu'elle ne soit absolument pas douée. Elle était tellement passionnée qu'il est possible que cette idée stupide, voire complètement folle, lui soit passée par la tête.

— Si c'est une petite Juive, dis-je, on aurait pu tous se faire fusiller sous ces pins, rien qu'à cause de cette photo. Sous les taches lumineuses de ce soleil de juillet.

— Je ne me rappelle pas qui c'était, dit ma sœur.

— Tu ne te souviens pas si elle se cachait là? Et si c'est le cas, qui la cachait?

— Non.

— Mais comment est-ce possible que tu ne te souviennes pas? dis-je irrité.

— Si je ne m'en souviens pas, dit Alinka, cela veut dire que c'est possible. Toi non plus d'ailleurs, tu ne te souviens presque de rien.

— C'est vrai, dis-je, je ne me souviens même pas de ces pins, de ces taches de soleil, de ces socquettes blanches sur le quai. Mais, en disant cela, je ne suis pas très honnête car il y a quelque chose dont je me souviens, parfaitement même. Je peux même donner une date précise quoique seulement vraisemblable car je ne peux avoir sur la question de certitude absolue. Je peux donner la date de ce qui s'est passé, bien qu'en disant qu'il s'est passé quelque chose j'exagère un peu. Ce que je me rappelle c'est plutôt une sorte de sentiment ou de pressentiment. Cette sensation diffuse est certainement liée au fait que ce jour-là tout le monde avait été pour moi, petit garçon aux socquettes blanches, particulièrement gentil, ou bien au fait que ce jour-là j'avais reçu de merveilleux cadeaux. Il se peut que cela se soit passé le jour de mon anniversaire: le 13 juillet 1942. Pressentiment intime, c'est sans doute ainsi qu'il faudrait le nommer, souvenir secret dont je n'ai jusque-là parlé à personne. Si je m'épanche ici, aujourd'hui, c'est parce que, non loin de là, à quelques kilomètres, il se passait ce que l'on sait, parce que ma sensibilité a rejoint ce qui se passait non loin de là. Petit garçon de sept ans, je courais par un sentier serpentant entre les pins, le long d'une clôture, un chemin sablonneux menant je ne sais où, je poussais de petits cris, fous et inarticulés. Je m'étouffais, je m'étranglais. La raison pour laquelle je courais, je criais — je ne me souviens pas de ce que je criais, mais c'étaient probablement des *ouhouhou*, des *ohoho*, des *yahaha* — est la suivante : pour la première fois de ma vie on m'avait donné le sentiment que j'étais, que j'existais, que je participais au miracle extraordinaire de notre existence ici-bas. Ce sentiment m'emplissait d'un bonheur que je ne parvenais pas à exprimer autrement, à articuler autrement que par ces cris, cette course à perdre haleine. Je finis par m'écrouler sous les pins au bord du sentier. Je restai là, couché, sans doute un long moment, m'enivrant du parfum de la résine, me frottant à la mousse rugueuse, les lèvres toutes collées d'aiguilles : j'existais. Que te dire encore, Alinka ? Vraisemblablement à quelques kilomètres de là il se passait ce que l'on sait.

Je vais maintenant essayer de décrire la villa de Sarah Fliegeltaub. Mais aussitôt surgit une question qui, pour employer la terminologie dont faisaient jadis usage les auteurs d'introduction à l'histoire de la philosphie, est de nature tant épistémologique qu'ontologique : que vais-je exactement essayer de décrire ? Cette villa n'existe plus, mais je me souviens, je peux même dire que je me souviens assez bien d'elle puisqu'elle n'a été détruite qu'à la fin des années soixante. Je ne peux donc décrire que ce dont je me souviens, ce qui est dans ma tête. L'objet de ma description n'est qu'un faisceau d'ondes émises par mon cerveau, rien de plus : la villa de Sarah Fliegeltaub n'a et n'a pas eu, semble-t-il, d'autre existence. Peut-être conviendrait-il d'appréhender le problème différemment et de parler d'une chimie opérée par mon cerveau, de processus chimiques se déroulant dans mon cerveau. Bref, restons-en au terme d'ondes. Ces ondes — je pense à celles qui concernent la villa ou qui sont la villa — ne sont émises par mon cerveau que sporadiquement, je dirai assez rarement, très rarement même : ma mémoire, comme toute mémoire, doit se souvenir de milliers, de millions, peut-être de milliards d'objets. Elle n'a pas souvent l'occasion et peut rarement se permettre de s'intéresser à cette villa. Le statut ontologique de la villa est par conséquent plutôt incertain : tantôt elle est, tantôt elle n'est pas. Le plus souvent elle n'est pas. Et lorsqu'elle est — lorsqu'elle apparaît et se met à être sous forme d'ondes —, elle existe quelques secondes, quelques minutes tout au plus. Puis elle disparaît, et son statut ontologique devient alors une chose que je ne parviens pas à expliquer : en effet, quelle peut-être, dans une mémoire, l'existence d'une villa que cette mémoire même a pendant un certain temps oubliée ? En outre est-il permis d'appeler cela existence ?

J'ai utilisé plus haut une expression que j'affectionne particulièrement et qui revient fréquemment sous ma plume : « semble-t-il ». La villa de Sarah Fliegeltaub n'a, semble-t-il, eu d'autre existence que celle que lui prête ma mémoire ou plutôt la conscience que j'ai de ma mémoire. J'ai employé l'expression « semble-t-il », car les émanations de ma mémoire sont en désaccord, en contradiction avec les émanations — me voilà bien embarrassé car je ne sais quel mot employer — de mon pressentiment, de mon intuition, de ma connaissance de l'existence de ce qui n'existe pas aujourd'hui mais qui a jadis existé, connaissance qui me vient je ne sais d'où et qui m'a été transmise par je ne sais qui. Le statut ontologique de la villa que j'ai décrite plus haut — peut-être est-ce la bonne démarche pour appréhender le problème — n'épuise pas toutes les possibilités de son existence actuelle, ou bien ce statut incertain — cette approche convient peut-être mieux encore — n'est pas le seul statut ontologique qui puisse lui être attribué. Détruite dans les années soixante, en 1968 ou 1969, la ville de Sarah Fliegeltaub n'existe pas seulement dans mon esprit, dans ma mémoire, sous forme d'ondes qui de temps à autre, plutôt rarement, sont émises par mon cerveau. Elle existe autrement. Comment ? Elle existe vraiment. Et que l'on ne vienne pas me demander ce que j'entends par « vraiment ». Vraiment, cela veut dire vraiment. Comprenez-moi bien : je ne veux pas dire que, sur un ordre ou une par autorisation venus d'En Haut, cette villa aurait été transférée dans une sphère disons métaphysique et que, là, il lui aurait été attribué une existence dont nous autres, ici-bas, ignorons tout ; en tout cas, ma connaissance de ce qui n'existe pas ne me dit pas qu'il en est ainsi. Je le répète, ce n'est pas ce que je veux dire. La vérité de cette sphère, si toutefois cette dernière existe, est pour nous impénétrable et tout à fait différente de notre vérité, de la vérité d'ici-bas. La villa existe vraiment, dans la ville d'Otwock d'ici-bas et non pas dans la ville d'Otwock de là-bas.

Lorsque l'on descend à la gare d'Otwock, on prend la rue Warszawska — c'est une rue assez longue —, on traverse la voie ferrée, puis, après avoir tourné à droite, on arrive à la petite place qui se trouve près de la rue du 11-Novembre. Arrivé à cette place, il faut tourner à gauche, puis se diriger vers la rue Andriolli. On peut aussi descendre à la gare de Śródborów — le chemin sera un peu moins long —, par la rue Narutowitcz rejoindre le bâtiment dans lequel se trouve l'école élémentaire, puis de là emprunter la rue du 11-Novembre ou une autre rue pour se diriger vers la rue Andriolli. C'est là, à proximité de cette rue, que commencent les problèmes. Je présume que la villa de Sarah Fliegeltaub existe — j'ai maintenant à l'esprit son statut ontologique, incertain et inconstant : tantôt elle est, tantôt elle n'est pas —, donc je présume que la villa de Sarah Fliegeltaub n'existe pas seulement dans mon esprit. Je ne suis pas le seul à émettre les ondes qu'est — de temps à autre — cette villa. Celui qui émet les mêmes ondes ou presque les mêmes que les miennes — sans doute des dizaines ou des centaines de personnes participent à ce jeu — pourrait, tandis qu'il se trouve à proximité de la villa en même temps que moi, demander : « Ne voyez-vous pas ces pavés, cet asphalte, cette Fiat 125 rouge garée exactement là où se trouvait la véranda ? Qu'avez-vous donc à l'esprit lorsque vous dites que la villa de Sarah Fliegeltaub existe vraiment ? » Il pourrait aussi poser la question de cette manière: « Où est la villa qui d'après vous existe vraiment? Moi, je vois une entrée de garage, une terrasse dallée en terre cuite rouge, une cage d'escalier vitrée et des fenêtres grillagées, bref une tout autre villa. » A ces questions, je proposerais la réponse suivante: « J'ignore ce que j'ai à l'esprit quand je dis que la villa de Sarah Fliegeltaub existe vraiment. Probablement rien, car cela n'a aucun rapport avec la pensée. La villa se trouve là où il y a une entrée de garage, une terrasse dallée en terre cuite et une Fiat 125 rouge. S'il en était autrement, si cette villa existait seulement sous forme d'ondes qui de temps à autre imitent la mémoire, ma vie ici-bas perdrait toute signification: je serais rejeté de la sphère de l'existence dans la sphère de la non-existence, du non-être, du néant. Or cette sphère n'existe pas. Mon intuition et ma connaissance, qui me viennent de je ne sais où, me sont léguées par je ne sais qui, ne m'en disent pas plus long.

Je vais maintenant essayer de décrire la villa de Sarah Fliegeltaub. Après la guerre y habitaient, du moins je le présume, des locataires qui, dans l'attente d'être relogés, comptaient tôt ou tard obtenir un appartement à Varsovie. Les fuites du toit, les champignons dans la cave et les chambres du rez-de-chaussée ne les dérangeaient pas outre mesure, car ils considéraient à juste titre que plus vite la villa s'écroulerait, plus vite ils seraient relogés dans les nouveaux ensembles de Rakowiec ou de Wawrzyszew. Qu'auraient-ils répondu, ces locataires provisoires de la villa envahie par les champignons, si on leur avait demandé ce qu'ils pensaient de Sarah Fliegeltaub? « Vous savez, moi, ces braves Juifs, je les ai toujours respectés parce que ce sont de petits malins. Mais on peut dire qu'ils nous ont bien embêtés. Enfin, Dieu soit loué, ils sont partis. » Telle aurait sans doute été leur réponse. Lorsque la dernière famille de ces locataires provisoires eut déménagé à Rakowiec ou à Wawrzyszew, la villa de Mme Sarah se trouvait dans un tel état de délabrement qu'elle était bonne pour la démolition: vue du portillon, la partie gauche du toit recouvert de carton-pierre s'était effondrée et pendait lamentablement au-dessus de la chambre dans laquelle, l'été 1937, habitait Chaja Gelechter ; le balcon au-dessus de la véranda jadis surmontée d'un auvent à double pente avait carrément disparu : il ne restait ni auvent, ni plancher, ni balustrade dont les motifs en bois sculpté rappelaient un peu les chalets de Zakopane. En octobre 1968, les derniers Juifs polonais attendaient alors sur les quais de la gare de Gdansk les trains à destination de Vienne. Je me trouvais dans la villa de Sarah Fliegeltaub. Voilà ce dont je me souviens : une partie du toit qui s'écroule, un balcon qui n'existe plus et, sous la véranda — les balustrades latérales avaient également été cassées ou sciées —, des cartons de macaronis vides. Un locataire qui faisait ses malles avait sans doute accumulé une quantité excessive de ces emballages et les avait abandonnés sous la véranda. La description de la villa dans laquelle Sarah Fliegeltaub dirigeait sa pension, c'est-à-dire la description de l'état manifestement transitoire dans lequel se trouvait la villa l'été 1937, compte tenu du tournant historique qui arracha, emporta, jeta d'un espace historique dans un tout autre espace historique le toit recouvert de carton-pierre, la véranda, le balcon, les volets, les balustrades, les cache-pots, les escaliers et les marches, cette description paraît quasi impossible. Je vais toutefois essayer, en espérant que les binocles de Jakub Wurzel ou ceux d'Icyk Mandelbaum, telles des jumelles, me permettront de voir, en agrandissement ou en réduction, le passé ou l'avenir, me permettront de percevoir les émanations de mon intuition.

C'était une villa à un étage. Devant la villa, si l'on se place du côté du portillon, il y avait une plate-bande entourée de morceaux de tuiles brisées. Mais, avant d'en arriver là, je voudrais m'attarder un instant sur le portillon. Il était constitué de planchettes fixées verticalement, reliées entre elles, en haut et en bas, par deux longues lamelles métalliques, l'ensemble étant peint en vert. Vert également, un ressort court et solide reliait le portillon au poteau : lorsqu'on pénétrait dans le jardin, on était obligé de le maintenir ouvert, sinon il se refermait aussitôt, grâce à ce ressort justement. On entendait alors — je parle du moment où l'on poussait le portillon — le tintement d'une clochette. Ce qui permet de déduire qu'il y avait quelque part une clochette. Mais je ne me rappelle pas où elle était placée. Une plante grimpante s'enroulait autour du poteau et des planchettes : petites fleurs blanches ou rosées, du liseron sans doute, c'est ça, c'était certainement du liseron. Revenons au tintement de la clochette : je l'entends encore aujourd'hui. De temps à autre un son retentit, c'est celui de la clochette. Compte tenu de ce que j'ai écrit sur le statut ontologique de la villa, je peux utiliser une forme impersonnelle : aujourd'hui encore, on entend le tintement de cette clochette. Le statut du portillon est le même que celui de la villa. Que ce qui a existé continue d'exister ! Passons à la plate-bande. Elle était mal entretenue, envahie par les mauvaises herbes. Mais pas toujours, semble-t-il, car je me souviens de pensées, jaunes et violettes, ainsi que de Chaja Gelechter planant au-dessus des pensées ? Y cherchait-elle quelque chose ? Je l'ignore, mais je me souviens de ses souliers — ils étaient gris — frôlant les pensées jaunes et violettes.

Derrière la plate-bande, un peu à droite, poussaient deux grands arbres, des feuillus sans doute, chose rare à Otwock. Aujourd'hui, ils ne sont plus, il reste seulement deux souches. Un connaisseur pourrait certainement les identifier. Mais je n'en suis pas un. Une murette le long de laquelle court un tasseau en bois, une sorte de moulure d'où dégouline l'eau de pluie pour s'infiltrer aussitôt dans le sol sablonneux m'arrive à peu près au coude : elle a donc un mètre de hauteur, peut-être un peu plus. On ne pénètre pas dans la villa par la façade : celle-ci ne comporte que des fenêtres. Pour y entrer, il faut la contourner par la gauche. Dans le mur latéral sous l'auvent se trouve une porte donnant sur la cuisine. Devant l'entrée, il y a trois marches sans rampe. Si l'on continue de contourner la villa sur la gauche, on aperçoit la véranda. Elle est surmontée d'un balcon, le balcon d'un auvent. La villa est en bois, mais elle doit être habitable l'hiver car on a calfeutré les planches avec des aiguilles de pin, au demeurant excellent isolant. A droite, si l'on se place du côté du jardin donc face à la véranda, pousse une vigne vierge qui enlace les colonnes de bois. Donc à droite la véranda est ombragée, car la vigne crée une cloison latérale. On peut s'asseoir sur la balustrade de la véranda, auquel cas la vigne se trouve dans notre dos. Si l'on penche un peu la tête en arrière, on se retrouve avec une couronne de feuilles de vigne sur la tête. Les chaises longues qui se trouvent devant la véranda sont dans un piteux état. Il faut faire attention lorsqu'on s'y assoit. Elles sont pliantes et risquent de pincer les doigts de leurs utilisateurs éventuels. Revenons à la vigne : grimpant jusqu'au premier étage, elle voile l'une des fenêtres d'un rideau feuillu. Cette dernière n'est pourtant pas condamnée, car des taches d'ombre et de lumière dansent sur le visage de celle qui l'a ouverte. Dans l'embrasure, derrière le voilage de feuilles, apparaît Chaja Gelechter dont moi, Icyk, suis amoureux depuis un an environ, donc depuis très longtemps : mais Chaja ne prend pas mon amour — ou ma constance — au sérieux. Entre la fenêtre et la véranda, la vigne vierge a également envahi une gouttière : lorsqu'il pleut, que l'eau y gargouille, on a l'impression que ces glouglous proviennent moins de la gouttière que de la vigne vierge, que ce gargouillis remonte des profondeurs ténébreuses du feuillage. La pluie est vite absorbée par le sable, car à Otwock il y a une couche de sable de plusieurs mètres d'épaisseur, les flaques d'eau ne résistent guère plus d'une heure ou deux. C'est ainsi que la pluie entraîne avec elle les glouglous obscurs et un peu inquiétants dans les profondeurs sablonneuses.

Voilà à quoi ressemble la villa de Sarah Fliegeltaub. Ma description est confuse, ma mémoire est misérable, les fruits de mon imagination s'émiettent et se désagrègent. Ce qui jadis avait la dureté des planches, du carton-pierre, de la tôle a aujourd'hui la consistance d'ondes émises je ne sais où par mon cerveau. Il se peut que dans l'espace quelqu'un capte ces signaux. Voit-il ce que je vois, j'aimerais bien le savoir : une villa dans un bois de pins, une véranda, des chaises longues. Je suppose, en effet, que les signaux émis par mon cerveau peuvent s'organiser sous une forme différente. Je suis curieux de savoir si nous nous comprenons, si nous pouvons nous comprendre, mon dieu et moi.

— Zbyszek Bujak *, lui aussi, a été trahi, dit Hania. Il en est de même pour Grot Rowecki, quarante ans auparavant. Et que s'est-il passé avec Szymon Konarski? Je ne me souviens pas très bien de cette affaire, mais il me semble qu'il a également été vendu. Il y a de cela cinquante ans. On ne peut donc dire que seuls les Juifs ont été dénoncés. On a toujours trahi et on continue de trahir les siens ; les Polonais les Polonais, les Allemands les Allemands, les Français les Français, et ainsi de suite. Tu ne crois tout de même pas qu'il s'agit là d'une spécialité polonaise, d'une spécialité du pays. J'ai lu quelque part, j'ai oublié où, le récit d'une personne qui avait réussi à fuir le ghetto pendant la grande liquidation et qui se cachait dans la zone aryenne de Varsovie : il y est question d'un "racketteur", tu sais, ces gens qui se faisaient du lard sur le dos des Juifs. Cet "indic" sévissait aux environs de la place de l'Union et de la place de Puławska ; ses collègues l'avaient surnommé Judas. Tu imagines un peu ce que cela veut dire, tu te rends compte de la conscience professionnelle, si je puis dire, de ces gens. Ils connaissent la profession qu'ils exercent. Ils savent qu'il s'agit là d'une pratique ancestrale qui existe partout et depuis toujours, qu'ils exécutent un impératif constant de la nature humaine : gagner de l'argent en dénonçant ses proches.

— Ce qui m'intéresse actuellement, dis-je, ce n'est pas l'aspect éternel, l'essence de ce problème. Je cherche plutôt à savoir pourquoi les Polonais faisaient chanter les Juifs, pourquoi ils les donnaient. Pourquoi justement les Polonais, pourquoi justement les Juifs. Pourquoi justement à ce moment-là. Car le fait de trahir les siens n'a en soi rien de surprenant, je suis bien d'accord avec toi. Il y a toujours des gens qui trahissent et des gens qui sont trahis. Mais on ne peut expliquer que des Juifs aient été trahis à ce moment

* Responsable de Solidarność de Varsovie.

précis de l'histoire en alléguant seulement les traits éternels de la nature humaine qui est ainsi faite et pas autrement, en alléguant que Dieu nous a ainsi créés et pas autrement, qu'il a donc fait de nous de pitoyables créatures. C'est une explication, mais elle me paraît insuffisante. Il y avait, je le sens, une motivation spécifique qui explique la présence à Varsovie, à cette époque, d'un si grand nombre "d'indics". J'aimerais savoir ce que l'un d'entre eux avait dans la tête, lorsqu'en 41 ou en 42, sur les allées Ujazdowskie, où se trouvait, je crois, la Kripo *, il marchait aux côtés d'un Juif ou d'une Juive et marchandait : "Vingt dollars c'est peu, ajoute encore dix dollars ou un porte-cigarettes en argent et ça sera bon, je te laisserai aller."

— C'est un thème abominable, dit Hania. A quoi cela te mènera-t-il de regarder dans l'âme de ce "racketteur", si tant est qu'il eût une âme ? Faut-il vraiment que tu te mêles de toute cette histoire ?

— Il le faut, dis-je. Si ma femme avait été polonaise, je ne me serais peut-être pas mêlé de cette affaire. Mais puisque tu es juive, je dois savoir ce que ces Polonais — comment les appeler autrement ? c'étaient quand même des Polonais — te voulaient. Ce que signifait pour eux la couleur rousse de tes cheveux.

— A cette époque, je portais un foulard noir à fleurs jaunes et rouges », dit Hania. Ses paroles m'étonnent, car je sais qu'elle n'aime pas parler de ce qui est prétexte à évoquer sa splendide chevelure rousse. « J'étais une petite campagnarde, une fillette venue d'un village incendié. Je me souviens même du nom de ce village : Podbory. Personne n'avait donc jamais vu mes cheveux roux. A l'exception de ces dames qui me frictionnaient la tête avec de la *Sabadilla* : tu sais, cette lotion contre les poux.

— Je connais, dis-je. On m'a également frictionné la tête avec ce produit. Il me semble que c'était après l'insurrection. Mais pourquoi avais-je des poux dans les cheveux ? D'où venaient-ils ? Je ne m'en souviens pas.

— Ça s'est passé plus tard, dit Hania.

---

* *Kriminal Polizeï.*

— Quoi?

— Ces dames et cette *Sabadilla*. Sans doute en 1944. Bref, juste après la grande liquidation, je vivais chez Gienia. C'était la domestique que nous avions avant la guerre, la meilleure que nous ayons jamais eue. Chez nous on disait que c'était ma bonne. Je me souviens de sa coiffe en dentelle, bien appliquée sur sa tête avec un ruban blanc derrière, coiffe qu'elle était tenue de porter, car maman considérait qu'une bonne digne de ce nom devait porter un bonnet blanc. Elle habitait à Grochów et, après la liquidation, elle me prit chez elle. Elle était courageuse. Des Allemands venaient chez elle, des SS.

— Ils cherchaient les Juifs?

— Tu ne comprends rien, dit Hania. Elle recevait des Allemands. Elle buvait de la vodka avec eux, et moi je restais assise sous la table car il n'y avait pas d'autre chambre. Je me souviens de leurs bottes. Une nappe blanche d'où dépassent des bottes noires.

— L'un d'entre eux aurait pu se pencher pour jeter un coup d'œil sous la table, dis-je.

— Pour moi, c'est un peu flou, dit Hania. Peut-être que ces Allemands savaient que j'étais sous la table. Gienia leur avait peut-être dit qu'elle était la mère de cet enfant dont elle ne savait que faire lorsqu'ils venaient la voir. Elle ne pouvait tout de même pas me faire assister à ces scènes inconvenantes. Je pense que, s'il en était ainsi, ces Allemands n'avaient rien à redire à ce que je reste assise sous la table, tandis qu'ils s'amusaient avec Gienia. Si j'étais sortie de dessous la nappe, ils auraient sans doute été un peu gênés.

— Cela durait longtemps?

— Ces séances sous la table? demande Hania. Cela dépend. Généralement quelques heures. Mais il arrivait que Gienia m'oubliât jusqu'au matin. Tu ne crois tout de même pas que je vais te raconter mes émotions sous cette table! D'ailleurs, je ne me souviens pas de grand-chose. Je me souviens surtout de ces bottes. Et des joyeux petits cris que poussait Gienia, sans doute lorsqu'ils essayaient de l'attraper. Tu sais pourquoi je te raconte tout cela?

— Oui, dis-je. C'est la duplicité de Gienia qui te tourmente.

— Elle recevait des Allemands, dit Hania, ce qui n'était pas pour me déplaire si l'on envisage les choses sous l'angle de ses petits cris joyeux. En même temps, elle cachait une fillette juive aux cheveux roux. Mécontent de ses services, l'un de ses amants aurait très bien pu jeter un œil sous la table et m'emmener faire un petit tour du côté du poste de gendarmerie.

— Oui, la duplicité de Gienia me déconcerte, dis-je, car elle t'a quand même sauvé la vie. Mais il y a une différence entre Gienia et les "indics". La duplicité de ces derniers, si tant est qu'il y eût des "indics" doubles, qui faisaient chanter les Juifs et à d'autres occasions se comportaient de manière tout à fait honorable, ne m'intéresse pas. La seule chose qui m'intéresse, c'est leur nature "d'indic", le côté "indic" de leur nature. Tu sais bien ce qui m'intéresse : faisaient-ils cela pour l'argent et seulement pour l'argent ou avaient-ils une motivation supplémentaire ? Faisaient-ils cela parce que, je ne sais pas, moi, comment le dire, dans l'air, dans l'atmosphère, il y avait à cette époque, à cet endroit, quelque chose qui les autorisait, qui les incitait à agir de la sorte ? Une puanteur ? Et ils la sentaient.

— Cette puanteur planait alors sur toute l'Europe, dit Hania. La première moitié de ce siècle empeste horriblement. Comme un énorme tas de viande nauséabonde. Mais ai-je le droit de parler ainsi : il me semble que cette phrase ne pourra être prononcée que dans cent ou cinq cents ans.

— Justement, je suis en avance sur mon temps, dis-je, et mon nez délicat est capable de capter les odeurs de cette époque. Maintenant, dis-moi ce que tu en penses : qu'avait à l'esprit un "racketteur" pendant la guerre, à Varsovie ? Voulait-il gagner cinq ou dix mille złoty ? Ou bien avait-il une autre motivation ?

— Arrête, dit Hania. Pourquoi cherches-tu à savoir ? A quoi cela t'avancera de connaître les motivations de ces gens-là. Je te l'ai déjà dit : c'est un thème abject, un thème répugnant.

— Tu te rappelles de l'histoire que nous a racontée Danka, l'histoire de cette femme au coin de la rue Grzybowska et de la rue Żelazna ?

« — Nous vivions alors — tel est le récit fidèle de Danka — rue Grzybowska, entre les rues Wronia et Żelazna. Des fenêtres de notre appartement, nous pouvions voir le petit ghetto et les barbelés : il n'y avait pas de mur, il n'y avait que des barbelés. Je passais le long de ces fils de fer plusieurs fois par jour car c'était l'unique chemin pour se rendre au centre de la ville. Nous marchions de l'autre côté de la rue. Des enfants juifs se glissaient sous ces fils — je les ai vus plus d'une fois — pour passer du côté aryen, des enfants de cinq ou sept ans, en haillons. Des petits squelettes déguenillés. Une fois qu'ils avaient franchi les barbelés, ils mendiaient dans les rues ou bien allaient de maison en maison frapper aux portes. Les Allemands — en fait ce n'étaient pas des Allemands, mais des hommes en uniforme noir, des Lettons sans doute ou bien des Ukrainiens — tiraient bien sûr sur ces enfants échappés du ghetto. Alors que nous habitions rue Grzybowska, un gamin âgé de huit ans environ vint chez nous à plusieurs reprises. Il s'appelait Gecelek. Je ne connais pas ce prénom, mais on s'adressait à lui ainsi : "Gecelek, nous connaissons des dames qui pourraient te cacher. — Non, je dois retourner là-bas, madame, car mon père est malade, en plus j'ai un petit frère et je ne peux les laisser seuls. Il faut que quelqu'un travaille." Gecelek, petit garçon de huit ans qui venait travailler du côté aryen et qui frappait aux portes des appartement chrétiens ! La dernière fois qu'il vint nous rendre visite — c'était en mai, je crois —, il nous dit que son père était mort, mais comme son petit frère vivait toujours, il était retourné au ghetto pour s'occuper de lui. En fait, je voulais vous parler de cette femme. J'avais à cette époque dix-neuf ans et ce qui se passait alors — je ne pense pas à cette femme, je pense à tout ce qui se passait en général, c'est-à-dire ce qu'on leur faisait —, donc tout cela — je n'arrive pas à m'exprimer —, c'est à cause de tout cela que je suis ce que je suis. J'ai assisté à tout cela et cela m'a modifié du tout au tout : ces événements ont été les plus importants de ma vie, d'avoir vu ce que j'ai vu a été pour moi déterminant. Pour en revenir à cette femme, elle suivait, comme moi, la rue Grzybowska. Quelques pas nous séparaient. Soudain, elle se mit à crier. Je ne me souviens pas exactement comment cela s'est passé, si c'est moi qui vis la première cet enfant se glissant sous les fils de fer ou si c'est elle. Je crois que c'est elle. Quant à cet enfant, je ne me souviens pas de lui, je ne me souviens que des cris de cette femme. Elle hurlait : "*Jude! Jude!*" exhortant par là les Allemands, Ukrainiens ou Lettons à faire leur devoir, à faire feu sur cet enfant juif. Écoute, Jarek. Je te jure que cela s'est produit plus d'une fois. Nul ne sait combien de fois cela a pu arriver. D'ailleurs, je ne suis pas la seule à avoir entendu ces cris : "*Jude! Jude!*"

«— Cette femme, dis-je, te souviens-tu d'elle ?

«— C'était une femme ordinaire, dit Danka. Entre trente et quarante ans. Du reste, elle n'a pas eu de chance car sa prière n'a pas été exaucée. Il n'y avait probablement pas d'Allemands ni de Lettons dans les parages. On peut donc dire que cette histoire s'est très bien terminée, s'il est permis de parler d'heureuse issue dans un tel contexte. Un homme marchait devant moi. Il s'approcha de la femme et la frappa au visage. Puis il l'attira sous un porche. J'ignore la suite de cette histoire. Mais il s'ensuivit sans aucun doute une paire de gifles. Peu importe, du reste. L'important, c'est cette femme. Car il y avait dans son comportement quelque chose que je ne comprends pas. La raison pour laquelle les "indics" faisaient ce qu'ils faisaient, c'est encore facile à comprendre : c'était pour eux une affaire d'argent. Pourquoi les Allemands faisaient ce qu'ils faisaient, je le comprends également : il s'agissait pour eux d'assassiner tous les Juifs. Mais pourquoi donc cette femme tenait-elle à ce que les Allemands attrapent et tuent cet enfant juif ? Elle voulait assister à sa mise à mort ? C'est cela qu'elle voulait ? »

— Le récit de Danka établit en tout cas une chose :

certaines gens ont en eux un je ne sais quoi qui les rend incompréhensibles. Comme si on leur avait greffé un mécanisme au fonctionnement inexplicable. Et si c'est incompréhensible, inexplicable, cela veut dire que c'est indescriptible. Il se peut que quelqu'un parvienne à décrire ce phénomène. Mais ce n'est pas un thème pour toi. Il n'y a pas de raison que tu t'occupes de ces problèmes. D'ailleurs que peux-tu en savoir, toi, petit garçon de la rue Nowogrodzka, de la rue Koszykowa? Tu avais dix ans à la fin de la guerre! Quand as-tu vu ton premier Juif? En 1945 sans doute.

— Si ce n'est pas un thème pour moi, pour qui en est-ce un? dis-je. Tu connais quelqu'un qui aurait envie de se mêler de cette affaire? Je ne parle pas seulement de ce qui s'est passé entre Polonais et Juifs, car finalement ce n'est peut-être pas ce qu'il y a de plus important aujourd'hui. Laissons cela aux historiens. C'est leur travail. Laissons-leur le soin d'écrire et de juger la manière dont nous avons traité le peuple juif, les fautes dont nous nous sommes rendus coupables à son égard et les services que nous lui avons rendus. A eux de comptabiliser nos petits arbres plantés à *Har Hazikaron* *. A eux de faire le point sur le nombre "d'indics" exécutés pendant la guerre. Mon propos est tout autre. L'histoire des Juifs polonais, et par conséquent des chrétiens polonais, n'a pas été pensée jusqu'au bout. Si tu veux, nous ne savons pas pourquoi cette femme, rue Grzybowska, se mit à crier: "*Jude! Jude!*" Ce n'est pas en la traitant de vaurien, de canaille, d'ordure, d'antisémite que tout s'éclaircira. Je me trompe peut-être en disant que personne n'a réfléchi à ce problème. Sans doute de nombreux chrétiens, pieux et honnêtes, ainsi que de nombreux Juifs, tout aussi pieux et honnêtes, y ont réfléchi, mais ils refusent, ils ont peur ou bien ils ont honte d'aborder ce thème.

— En tout cas, ce n'est pas un thème pour toi », répète Hania tandis que dans sa chevelure rousse de petites étincelles s'allument et s'éteignent sans fin. Il y a là quelque

* Mont du Souvenir en Israël (hébr.) (N.d.T.).

chose d'extraordinairement mystérieux, car on ne sait plus si ce sont ses cheveux roux qui captent et reflètent la lumière qui, en les effleurant, s'empêtre dans leur masse pour s'y fixer, ou bien si, entre les boucles et les ondulations de sa chevelure rousse, se crée une tension mystérieuse qui fait que ses cheveux sont source de lumière, brillent de leur propre éclat tandis que les étincelles qui s'allument et s'éteignent ne sont rien d'autre que des décharges, de minuscules éclairs scintillant au-dessus des nuages tourmentés, de la tempête fougueuse de sa chevelure rousse. « C'est un thème pour les Juifs, laisse-leur le soin de s'en occuper. Quant à toi, abandonne cette histoire.

— Même si les Juifs n'ont pas dit tout ce qu'ils avaient à dire, ce qu'ils ont encore à dire ne peut remplacer ce que peuvent, ce que doivent en dire les chrétiens. Je com-patis avec les Juifs, avec leur histoire pendant la dernière guerre, avec leur histoire actuelle : et entre le préfixe et le verbe je mets sciemment un trait d'union, car je ne prends pas ce mot au sens de pitié, mais au sens étymologique, je pâtis, je souffre, je sens *avec* eux. Seulement je ne suis pas juif, je ressens les choses en tant que chrétien et c'est seulement en tant que tel que je puis m'exprimer. C'est précisément ce témoignage chrétien qui me semble fondamental.

— Tu n'arriveras pas à l'écrire, dit Hania. A mon avis, c'est impossible. Si tu devais y arriver, ils te flanqueraient une telle raclée que tu ne t'en remettrais pas.

— Qui me flanquerait une raclée ?

— Les Juifs, dit Hania, et les Polonais aussi. Et les uns et les autres n'auraient pas tort.

— Tant pis, dis-je. Je n'ai l'intention de faire plaisir ni à mes compatriotes polonais, ni à mes compatriotes juifs. Toute cette histoire a été extrêmement désagréable et, si Dieu lui-même n'en a tiré aucun agrément, il n'y a aucune raison que quelqu'un d'autre y prenne un quelconque plaisir.

— Je t'aurai prévenu, souviens-t'en, insiste Hania. En tant que Juive et en tant que Polonaise.

— S'il te plaît, dis-je avec l'intention de la taquiner, de

la faire tourner en bourrique, de la tourmenter un peu, mets-toi de profil face à la fenêtre, au jour. J'ai envie de regarder les minuscules étincelles qui parcourent tes cheveux roux.

— Je t'aime, dit Hania qui s'est placée de profil. C'est pourquoi je préférerais que tu t'occupes de quelque chose de plus agréable pour toi et pour les autres.

— Moi aussi, je t'aime, dis-je, bien que tu sois juive. » Ce à quoi Hania devrait rétorquer : « Tu es un antisémite » ou bien : « Tu es un antisémite de la rue Koszykowa », montrant que ma phrase : « Bien que tu sois juive » est absolument intolérable. Mais Hania qui se tient de profil à la lumière du jour ne répond rien. Elle se contente de me regarder un peu étonnée, comme si elle voulait dire : « Tu m'étonnes », ou bien : « Tu me chagrines », ou bien : « Tu m'amuses », tandis que des étincelles rousses s'allument, s'éteignent, volettent parmi les nuages tourmentés de sa chevelure.

Umschlagplatz : essai de description. Je présume que ce nom n'a commencé à être utilisé qu'au moment de la guerre. Auparavant, la place située au niveau du 4-8 de la rue Stawki, où débouchait, de l'autre côté, l'embranchement ferroviaire situé le long de la rue Błonska et de la rue Dzika, s'appelait *Przeładunkowy* *. Je le répète, je suppose qu'il en était ainsi car je n'en suis pas tout à fait certain. Dans les journaux de l'époque aussi bien que dans les romans dont l'action se déroule dans le quartier Nord, je n'ai pas réussi à trouver le nom polonais de cette place. Le terme de « *Przeładunkowy* » définit pourtant bien son caractère : à cette époque, c'était un centre important de gros tenu par les Juifs. Je suppose qu'avant la guerre la place portait ce nom. Il est difficile de dire qui introduisit le nom d'Umschlagplatz. Ce sont sans doute les Allemands. Il fut utilisé dès le début de la guerre, en tout cas avant la grande liquidation de juillet 1942. Dans le *Journal*

---

* Place du Transbordement (pol.) (N.d.T.).

d'Adam Czerniaków *, on trouve une note datée du mois d'avril 1942: «5 heures du matin à Umschlagplatz. A 8 heures, 1025 déportés arrivent de Berlin.» A cette époque la place s'appelait aussi *Wyladunkowy* **: on y débarquait les Juifs d'Europe occidentale à destination du ghetto de Varsovie. On y déchargeait aussi des vivres pour les habitants du ghetto. Juste après la guerre, en 1945 et en 1946, dans les récits des rescapés d'Umschlagplatz, on trouve assez souvent l'appellation polonaise. Par la suite, elle est évincée par la forme allemande, parfois abrégée: «J'ai vécu Umschlag», «J'ai échappé à Umschlag.» Aujourd'hui, à Varsovie, plus personne n'utilise le nom polonais. La raison en est, sans doute, que ce territoire et par conséquent le mot le désignant se sont chargés avec le temps d'une valeur symbolique. Umschlagplatz, ce n'est pas seulement le nom d'un lieu concret situé rue Stawki à Varsovie. C'est également un territoire spirituel précis ou bien — il serait peut-être plus facile de le formuler ainsi — le nom d'un destin: Umschlag ou les limbes, l'antichambre de la mort, l'entrée du souterrain. Umschlag, c'est le symbole de ce qui est arrivé à ceux qui s'y sont trouvés. Le mot étranger restitue ou saisit mieux, en polonais j'entends, toute cette valeur symbolique. On peut ne pas comprendre le sens du mot allemand «*der Umschlagplatz*» tout en sachant de quoi il s'agit: le flou de cette expression prédispose à la symbolisation. Ce processus de transfert dont a été l'objet le nom d'Umschlagplatz, ce processus de symbolisation a d'ailleurs commencé pendant la grande liquidation. Dans le *Journal du ghetto de Varsovie* d'Abraham Lewin, j'ai relevé les phrases suivantes: «Sous la forme d'Umschlagplatz la mort s'approche lentement de nous», ou bien: «On les envoie en enfer (à Umschlagplatz).» Dans le récit vraisemblablement écrit par la romancière Gustawa Jarecka, *Dernière étape du voyage: la mort, novembre 1942*, on peut lire la phrase suivante:

---

* Président du Judenrat (Conseil juif) du ghetto. Se suicida le 23 juillet 1942 (N.d.T.).

** Place du Débarquement (pol.) (N.d.T.).

« Ainsi se dirigeaient-ils, solitaires, vers le fond de l'enfer qui portait ici un nom étrange et mystérieux : Umschlagplatz. »

Mon but consiste néanmoins à décrire un lieu concret. Je vais tout de suite vous expliquer pourquoi.

J'ignore le nombre de récits rendant compte de ce qui s'est passé à Umschlagplatz entre le 22 juillet et le 12 septembre 1942 ainsi que par la suite, en janvier, avril et mai 1943. De même que j'ignore s'il existe une bibliographie de ces récits. Je présume que ce travail a été accompli par un chercheur de *Yad Vashem* *. Je l'ai déjà dit, je ne connais ni l'hébreu, ni le yiddish. Je ne peux donc lire que des récits écrits ou traduits en polonais. J'en ai lu quelques dizaines. Ils sont sans doute plus nombreux. Si on les ajoute aux récits écrits en yiddish et en hébreu, on parvient vraisemblablement à plusieurs centaines. Ceux que je connais ont une caractéristique commune : ils ne parlent presque pas, ou du moins très peu, de l'aspect des bâtiments, des portes, des murs, des guérites. Les lieux ne sont pas concrétisés, comme si leur aspect n'était pas important aux yeux de ceux qui y sont passés. C'est tout à fait compréhensible : ceux qui en ont réchappé ont avant tout essayé de restituer l'essentiel : ce qui leur est arrivé, à eux, ce qui est arrivé à ceux qu'ils ont rencontrés là-bas. Ces récits parlent donc des victimes et des bourreaux. En revanche, le lieu où victimes et bourreaux se sont rencontrés n'est que mentionné.

Un exemple : dans le récit court mais relativement détaillé de Henryk Nowogródzki, *Trois jours à Umschlagplatz* **, j'ai trouvé six références à ce lieu concret : « Grandes salles », « Murs gris », « Pas de meubles »... Tout le reste relate la manière dont l'auteur s'est retrouvé à Umschlagplatz, ce qu'il y a vécu, comment il s'en est

* Musée du génocide et du souvenir, centre de recherche sur le génocide situé à Jérusalem (N.d.T).

** Publié par Józef Kermisz dans le deuxième tome de *Documents et matériaux sur l'histoire de l'occupation allemande en Pologne*, Varsovie, 1946.

échappé. Ces quelques mentions ne permettent guère de restituer le lieu où cela s'est passé. Autrement dit, elles ne permettent pas de le voir.

Passons maintenant à autre chose: pourquoi ai-je voulu regarder Umschlagplatz, pourquoi ai-je décidé de décrire ce lieu? Tous ceux qui s'occupent de l'histoire des Juifs polonais pendant la dernière guerre connaissent les conséquences de ce travail sur leur psychisme. Après avoir lu pendant des semaines ou même des mois des récits sur ce thème, le chercheur finit par sombrer dans un état que l'on pourrait définir comme une espèce de psychose due au fait d'avoir circulé sur le territoire de la mort. La curiosité, le désir de savoir qui animent tout historien cèdent rapidement le pas au désir d'abandonner ce thème qui néanmoins, pour des raisons imprécises, ne se laisse plus abandonner. On pourrait comparer cet état au sentiment que l'on éprouve au beau milieu d'un cauchemar: on voudrait se réveiller, on fait des efforts pour y parvenir, mais, curieusement, on n'y arrive pas. Le cauchemar a ceci de particulier qu'il est obsessionnel, ce qui provoque — et c'est précisément ce que j'appelle une psychose — un sentiment d'indifférence fort désagréable pour celui qui l'éprouve: des cadavres par centaines, par milliers, par dizaines de milliers... On les a tués de cette manière ou encore de cette autre manière. En fait, bien que je ne puisse nier avoir été incité à lire ces récits sur Umschlagplatz par une sorte de curiosité — je voulais voir comment cela s'était passé, comment avaient réagi ceux qui s'y trouvaient —, je préférerais aujourd'hui ne pas rendre compte de mes lectures. Mais je suis au milieu du cauchemar, impossible de me réveiller. C'est une première chose. En second lieu, je considère que je peux servir à quelque chose. Dans ce cas, je n'ai pas le droit de me soustraire à cette mission. A quoi puis-je servir? Comparé à ce que les Polonais en général savent de ce que les Allemands ont fait aux Juifs dans notre pays — j'ai commencé à écrire ce livre il y a quatre mois —, mon savoir est énorme. Comparé à celui des historiens juifs, ou bien à celui des historiens polonais spécialistes de ce domaine, au savoir par exemple de Władysław Bartoszewski, mon savoir est misérable pour ne pas dire nul. Je ne sais même pas si cette tâche — la description d'Umschlagplatz — n'a pas été accomplie par un chercheur de *Yad Vashem*. C'est fort probable. Toutefois, j'ai sur les autres historiens qui se sont intéressés ou qui s'intéresseront à Umschlagplatz un avantage certain qui m'a en quelque sorte prédestiné à ce travail. Je suis, de formation, historien de la littérature. Pendant de nombreuses années, je me suis consacré à l'interprétation de textes littéraires, à la recherche de mots particuliers, à leur examen systématique. Dans le contexte actuel, cette démarche peut être utile. Umschlagplatz n'existe pas, il ne reste que les mots pour le décrire. Les générations futures s'interrogeront sur leur sens. Je serais heureux de servir à quelque chose. La grande dette dont nous sommes redevables doit être divisée en minuscules parcelles. Que chacun y mette du sien de manière à rembourser ne serait-ce qu'une petite partie de cette dette.

On prenait la rue Leszno, on tournait dans la rue Karmelicka, de là on s'engageait dans la rue Nowolipki, puis dans la rue Zamenhof pour arriver à la rue Stawki « où se trouvait Umschlagplatz ». C'est ainsi que Leokadia Schmidt décrit le chemin pour se rendre à la place dans son livre *Par miracle nous avons survécu à l'extermination* *. On pouvait se rendre à Umschlagplatz par un autre chemin, certains groupes y étaient conduits de force par la rue Muranowska, la rue Miła ou la rue Niska. Mais c'est l'itinéraire de la rue Zamenhof qui revient le plus souvent dans les récits. Rue Stawki, il y avait une porte que Leokadia Schmidt ne mentionne pas lorsqu'elle parle de l'accès à la place. Selon Marek Edelman, dans son livre *Le Ghetto lutte* **, on n'accédait à Umschlagplatz que par une seule porte : « Dans l'enceinte élevée, assidûment surveillée par des gendarmes, est percée une ouverture,

---

* Cracovie, 1983.

** *Le Ghetto lutte*, Marek Edelman, Varsovie, 1945, suivi de *Prendre le bon Dieu de vitesse*, Hanna Krall, Paris, éditions du Scribe, 1983 (N.d.T.).

unique et étroite, où sont introduits des groupes de personnes désemparées et perplexes.» D'après le livre d'Edelman, c'est à cette entrée que les gendarmes sélectionnaient les arrivants. Je reviendrai ultérieurement sur ce point. Dans le livre de Hanna Krall *Prendre le bon Dieu de vitesse*, publié pour la première fois dans les années soixante-dix, Marek Edelman dit que cette porte unique accédant à Umschlagplatz était en bois. Un poteau en béton qui se trouvait à cette entrée atteste également la présence de cette porte et aujourd'hui, c'est-à-dire à l'époque où Hanna Krall s'entretient avec Marek Edelman, il existe toujours: «Le poteau en béton n'avait pas changé.» Marek Edelman travaillait comme commis pour l'hôpital qui se trouvait à Umschlagplatz. Se tenant à la porte, parmi les prisonniers arrivant à la place, il sélectionnait et conduisait à l'hôpital ceux qui étaient «malades, ou plus exactement ceux qui étaient recherchés par ses camarades du Bund et qu'il fallait sauver: «Je suis resté à cette porte pendant six semaines.» Le témoignage d'Edelman doit évidemment être considéré comme un document digne de foi. Mais je n'arrive pas à me prononcer sur le livre de Hanna Krall. Si c'est un roman, sa fiabilité est moindre. On peut y lire: «La porte du reste n'existe plus, l'ancien mur s'est écroulé au moment de la construction du nouveau quartier de la rue Inflancka.»

Selon Władysław Szpilman, *La Mort d'une ville* *, récit transcrit par Jerzy Waldorff, la place était reliée à la ville par plusieurs rues, elle était fermée «par des portes sur lesquelles débouchaient ces rues». Szpilman avait sans doute à l'esprit la rue Stawki, la rue Niska, la rue Dzika, probablement la rue Inflancka, peut-être la rue Konarski et même la rue Młocinska, c'est-à-dire les rues situées au nord-ouest de l'embranchement. Je fais cette déduction après avoir examiné le plan de Varsovie ainsi que celui du ghetto. Par conséquent, il n'y avait pas une mais plusieurs portes. De même, le récit de Szpilman nous permet éventuellement de déduire — je dis «éventuellement» car

* Varsovie, 1946.

sa description n'est pas précise — que cette porte ou bien ces portes se trouvaient dans l'enceinte — si tant est qu'il y eût une enceinte — qui séparait l'embranchement ferroviaire du quartier Nord de la ville. Voilà ce que cela donne : Szpilman se dirige vers le train, d'un côté il y a les wagons, de l'autre un cordon de policiers juifs. L'un d'entre eux le reconnaît, le saisit au collet, le pousse au-delà du cordon : « Je regardai derrière moi : je vis un grand espace avec des voies ferrées et des quais derrière lesquels débouchaient des rues. Je me précipitai vers ces rues [...]. Je me glissai dans un détachement d'ouvriers de la *Gmina* * qui s'éloignaient de la place, c'est ainsi que je réussis à franchir la porte. » Il s'agit sans doute d'une porte située au-delà des voies et des quais, donc située au nord. S'il en est ainsi, on peut se poser une question à laquelle je n'ai trouvé aucune réponse dans les récits que j'ai lus : les trains qui quittaient Umschlagplatz franchissaient-ils une porte ? Ou alors la porte qu'a franchie Szpilman est celle-là même, l'unique porte dont parle Edelman ? Hormis cette porte ou ces quelques portes, il existait sans doute d'autres issues : il en sera question lorsque j'aborderai la description des bâtiments.

Revenons au mur entourant Umschlagplatz. Hanna Krall parle de ce mur dans *Prendre le bon Dieu de vitesse* : « Au moment de l'aménagement du quartier, l'ancien mur s'écroula, mais rapidement on bâtit au même endroit un nouveau mur en briques blanches et saines. » Dans son livre *Le Ghetto lutte*, Edelman fait également allusion à ces murs élevés, j'ai déjà cité la phrase les concernant. Selon Leokadia Schmidt, Umschlagplatz était fermé par un mur sur un côté seulement, mais de quel côté, on l'ignore : « D'un côté un mur, épais, très haut, cernait la place. » Le livre de Szpilman semble en revanche affirmer qu'Umschlagplatz n'était pas clôturé par un mur, mais par une palissade : « Entouré en partie par des immeubles, en partie par une palissade. » Ce dernier mot évoque une enceinte

* Communauté juive dont le Conseil fut remplacé par les Allemands par le *Judenrat* (Conseil juif) (N.d.T.).

de planches clouées. Il n'est pourtant pas à exclure que Szpilman, en parlant de palissade, eût à l'esprit un mur. Ou que Jerzy Waldorff — qui enregistra son récit — transformât le mur en palissade. Il y a encore une autre possibilité: l'enceinte d'Umschlagplatz était tantôt un mur, tantôt une palissade. Autre possibilité encore: un tel a pu se trouver sur la place au moment où elle était clôturée par un mur, tel autre au moment où elle était clôturée par une palissade. Ceux qui ont décrit Umschlagplatz ont en effet pu s'y trouver à diverses étapes de la liquidation du ghetto. Marek Edelman est resté six semaines à l'entrée de la place, en juillet et août 1942. Mais en septembre de la même année et encore en janvier 1943, il n'y était plus. Par la suite, Umschlagplatz a pu changer d'aspect. Les Allemands bouleversaient constamment la configuration du ghetto de Varsovie, sans cesse ils élevaient des barrières, des murs, des portes, ils installaient des barbelés. C'est une possibilité qu'il ne faut pas négliger tant en ce qui concerne le mur que le reste d'Umschlagplatz, car elle explique probablement certaines divergences — mais sans doute pas toutes — que l'on rencontre en comparant les différents récits. Marek Edelman dit que les murs étaient élevés. Selon Leokadia Schmidt également, Umschlagplatz était entouré d'« un mur épais et haut ». Pourtant, le mur ne devait pas être très élevé puisque, si l'on en croit une fois de plus le récit de Leokadia Schmidt, il était possible de s'y hisser: « Profitant de l'obscurité, les gens grimpaient sur le mur qui entourait la place. » Dans le mur, il y avait des ouvertures. Je n'ai pas réussi à savoir si elles avaient été pratiquées la nuit par les gens qui attendaient sur la place, puis rebouchées sur l'ordre des Allemands. Ou bien s'il s'agissait de brèches, de percées plus durables si je puis dire. Autre possibilité: ces trouées avaient toujours existé. Emmanuel Ringelblum, dans *Chronique du ghetto de Varsovie*, évoque simplement l'exécution de ceux qui la « nuit essayaient de s'enfuir par les brèches du mur ».

Derrière ce mur ou derrière cette palissade, il y avait la place. Selon Władysław Szpilman, la place était de « forme ovale » et pouvait contenir « jusqu'à huit mille personnes ». Donc elle était vaste. Leokadia Schmidt, selon laquelle la place était « plutôt grande », lui donne le nom de cour ou de grande cour. Henryk Nowogródzki utilise également le terme de cour : « En bas, dans la cour, la sentinelle fait les cent pas. » En fait, on ne sait pas exactement s'il s'agit d'Umschlagplatz ou d'une autre cour située rue Niska. Sur la place, plus exactement autour ou à proximité de la place, se dressaient deux bâtiments. Leokadia Schmidt fut poussée dans « un bâtiment ». Son récit indique également que, près de la place, il y avait « un immeuble à plusieurs étages où nous nous trouvions, plus loin il y avait le bâtiment de l'hôpital ». Le premier immeuble, c'est l'édifice des Archives, situé autrefois rue Stawki. Je m'en tiendrai à cette appellation bien que ces deux immeubles puissent porter le nom d'hôpital. En effet, dans le premier — c'est-à-dire dans le bâtiment des Archives —, se trouvait pendant la guerre l'hôpital où étaient accueillies les personnes atteintes de maladies infectieuses. Ce n'est que pendant la grande liquidation qu'une partie de l'immeuble fut affectée, toujours selon Leokadia Schmidt, « à la détention temporaire de personnes sur le point d'être déportées ». Dans le deuxième bâtiment, il y avait par contre un hôpital pour enfants qui avait été transféré de la rue Śliska à la rue Stawki, ainsi qu'un « petit dispensaire pour les urgences », pour reprendre l'expression de Marek Edelman dans son livre *Le Ghetto lutte*. Dans le livre de Hanna Krall, Edelman appelle aussi cet hôpital pour enfants « école professionnelle » : « Dans cette école professionnelle se trouvait notre hôpital. » En fait, cette école professionnelle fut installée dans le bâtiment de l'hôpital seulement après la guerre. On n'a pas défini — et sans doute on n'y parviendra jamais — la hauteur de ces deux édifices. D'après certains récits, les derniers étages étaient surveillés, les Allemands fouillaient les étages et les prisonniers les fuyaient en passant d'un niveau à l'autre. Selon Leokadia Schmidt, dans l'édifice des Archives, il y avait « des escaliers pour accéder aux étages ». Le même récit mentionne également les derniers étages du bâtiment de l'hôpital pour enfants: « La police nous interdisait l'accès aux étages. » Adina Blady Szwajger, dans son récit *Brève histoire de l'hôpital Berson et Bauman (1939-1943)*, parle également des étages supérieurs de cet édifice: « Je me souviens seulement des portes de l'hôpital et des escaliers sur les marches desquels des gens étaient étendus ainsi que d'une atroce odeur de pétrole et d'excréments. » Ou encore: « Je montais de plus en plus haut en veillant à ne pas piétiner les gens qui, morts ou vivants, gisaient pêle-mêle à même le sol. J'arrivai enfin au troisième étage qui était le nôtre. » Dans son reportage poétique, *Ce que j'ai lu aux morts*, Władysław Szlengel, se fondant sur les récits de ceux qui ont fui Umschlagplatz dans la seconde moitié de janvier 1943, écrit la phrase suivante: « Ils vont d'étage en étage, en quête d'eau. »

Du livre *Prendre le bon Dieu de vitesse*, il ressort que le bâtiment des Archives — Edelman l'appelle le bâtiment de l'école — comportait trois étages: « Au troisième étage, leur activité et leur énergie s'arrêtaient car on ne pouvait aller plus haut. » Dans son livre *Le Ghetto lutte*, Edelman, lui, parle de « bâtiments à trois étages où autrefois était installée une école ». Il est possible que dans les deux bâtiments, dans celui qui fut jadis le bâtiment des Archives et celui où se trouvait, au moment de la liquidation, l'hôpital pour enfants, autrefois, avant la guerre, il y eût des écoles. Toujours dans le même livre, il est question d'un de ces deux bâtiments dans le grenier duquel on pouvait se cacher. Lorsque commence le chargement des wagons, la foule se précipite dans les escaliers pour « se cacher dans les recoins sombres du grenier ». Edelman raconte que quelqu'un passa trois jours dans ce grenier, que plusieurs skifistes — le *Skif* * était l'organisation de jeunesse du Bund ** — restèrent cachés dans ce grenier pendant cinq jours. Il s'agit probablement du grenier de l'hôpital pour enfants car, dans le bâtiment des Archives

---

* *Socialistishe Kinder Farband* (yid.), Union socialiste des enfants (N.d.T.).

** Parti ouvrier juif (N.d.T.).

où les prisonniers attendaient d'être embarqués, « on ne pouvait monter plus haut », plus haut qu'au troisième étage. Selon Władysław Szlengel, les gens se cachaient également dans les caves : « Au début, près de cent personnes réussirent à se cacher dans la cave. Puis elles furent deux cents... Les gens se cachent dans les caves. » Trois étages, ainsi que des greniers et des caves. Dans un des bâtiments ou peut-être bien dans les deux. Mais ce n'est pas certain. Dans le récit de Henryk Nowogródzki, *Trois jours à Umschlagplatz*, on peut en effet lire la phrase suivante : « La nuit, quelques casse-cou font une tentative. Ils se faufilent dans les couloirs. A hauteur du cinquième étage, une passerelle aérienne enjambant la rue Niska relie le bâtiment au toit de l'immeuble voisin. Il faut donc franchir quelques mètres au-dessus du vide. » Trois étages ou cinq ? Et lequel des deux bâtiments possédait trois étages, lequel des deux en avait cinq ? D'après le livre d'Edelman, celui qui a été publié en 1945, les deux édifices comportaient, semble-t-il, trois étages. La passerelle aérienne n'apparaît que dans le récit de Nowogródzki, elle n'est mentionnée nulle part ailleurs. Mais, comme je l'ai dit, je ne connais que les récits écrits ou traduits en polonais. Il est possible que cette passerelle soit également citée dans un récit écrit en hébreu ou en yiddish qui m'est par conséquent inconnu. Le texte de Nowogródzki ne permet pas non plus de déterminer l'histoire de cette passerelle. Avait-elle été placée par ceux qui s'apprêtaient à fuir Umschlagplatz ? S'agissait-il d'un ponton fixe, construit avant la guerre, reliant la rue Niska à la rue Stawki ?

Autre interrogation : y avait-il deux ou trois bâtiments sur le territoire d'Umschlagplatz ? Leokadia Schmidt se prononce clairement pour deux bâtiments : celui des Archives plus celui de l'hôpital. Mais vaguement elle fait allusion à un troisième édifice « dans lequel se trouvaient autrefois des bains ». Elle ajoute qu'actuellement, c'est-à-dire en 1942, « ils ont été remplacés par un dispensaire ». Toutefois, on ne sait pas si ces bâtiments, ces bains-dispensaire, constituent un troisième édifice. En effet, on peut également interpréter le passage de son récit de la manière suivante : les bains, le dispensaire auraient été rattachés au bâtiment de l'hôpital pour enfants. Dans son livre *Le Ghetto lutte*, Marek Edelman semble confirmer cette interprétation : on trouve dans ce livre une phrase selon laquelle « le petit dispensaire pour les urgences » est situé dans le bâtiment de l'hôpital pour enfants. Mais, dans le même livre, on trouve encore une autre phrase dont j'ai déjà cité une partie et qui mentionne des bâtiments où se trouvait une école : « Trois grands bâtiments à trois étages dans lesquels il y avait autrefois une école. »

Y avait-il donc deux ou trois bâtiments ? L'affaire se complique encore avec le baraquement que mentionne Edelman à propos de sa description du poteau en béton à l'entrée de la place. Il s'agit du même poteau que celui mentionné plus haut et, d'après son récit, du même baraquement. Est-ce le troisième ou le quatrième bâtiment ? Je dirais, quant à moi, le quatrième, car un baraquement ne peut avoir trois étages. L'affaire se complique encore avec le récit de Michał Jaworski *Place Muranowski 7* *, qui se retrouve à Umschlagplatz en avril 1943. Selon lui, après être entré sur la place, on se retrouvait dans une halle : « On nous fit passer par une grande halle. » S'agit-il du baraquement que cite Edelman ? Je ne le crois pas, car un baraquement c'est généralement un bâtiment long, sans étage, pas très large. La halle était grande, donc large. D'après ce qu'en dit Jaworski, on pourrait l'assimiler au rez-de-chaussée de l'ancien bâtiment des Archives. Dans ce récit, on trouve toutefois la phrase suivante : « Après être sorti de la halle, on nous dirigea vers un bâtiment. » Cette halle ne faisait donc pas partie des trois ou quatre bâtiments et, semble-t-il, était isolée. Il est possible qu'elle n'ait été installée là qu'en 1943 et que, pendant la grande liquidation, elle n'existât pas encore. Peut-être s'agit-il du cinquième bâtiment d'Umschlagplatz ? Je ne sais. Il reste beaucoup de choses à éclaircir. Par exemple la surface du territoire

* *In Bulletin de l'Institut d'histoire juive*, 1974.

qui dans les récits porte le nom de cour. Les prisonniers d'Umschlagplatz étaient-ils couchés ou assis? Sur de l'herbe foulée? Sur de la terre battue? Sur de l'asphalte? Parmi les récits que j'ai lus, aucun ne donne de précision sur ce point. Mais je reviendrai encore sur la description d'Umschlagplatz.

Il paraît qu'il existe une directive méthodologique — je dis bien « il paraît », car ce document a été écrit en hébreu, je ne le connais donc que par ouï-dire — qui aurait été développée par un ou plusieurs historiens juifs, selon laquelle l'histoire du ghetto de Varsovie ne peut être étudiée par des méthodes traditionnelles. Il s'est passé quelque chose qui jusqu'alors ne s'était jamais produit; aucune des méthodes de description historique ne peut être adaptée à cet événement. Cela concerne essentiellement l'histoire de l'insurrection d'avril 1943. Ce que je sais d'Umschlagplatz semble donner raison à cette directive. Appliquerait-on l'analyse chronologique — il s'est passé telle chose, puis telle autre, enfin telle autre — que l'on n'y parviendrait pas. Appliquerait-on l'analyse structurale en établissant les liens internes reliant des faits particuliers que les résultats ne seraient guère plus probants. Essaierait-on de déchiffrer le sens de ce qui s'est passé — ce qui implique la comparaison des événements en question avec d'autres — que l'on se retrouverait également devant une impasse: il s'est en effet passé quelque chose qui ne peut être comparé à quoi que ce soit. La directive des historiens juifs stipule plus ou moins ceci: étant donné qu'aucune méthode que nous connaissons ne peut être appliquée à l'analyse de ces événements historiques, il convient de créer, à l'intention des générations futures, une vision de ce qui s'est passé qui, je le présume, capterait la signification floue, virtuelle de ces événements. Cette instruction me semble judicieuse. Seul le mot « vision » me gêne, car il contient quelque chose de subjectif. Cette vision — restons-en malgré tout à ce terme — doit donc être extrêmement sobre. Elle doit se limiter à ce qui est regardé. A ce que tel ou tel a vu, regardé à cette époque: une fenêtre brisée, une assiette remplie de soupe froide dans un appartement abandonné, des plumes — il y avait beaucoup de plumes car on vendait les taies pour dormir directement dans le duvet — volant dans les rues Lezsno, Miła, des skifistes sur un toit, la passerelle au troisième ou cinquième étage, le mur sur lequel on grimpait. Et voilà tout. Mais j'y reviendrai.

« Aide-moi, dieu des Juifs et dieu des Polonais », pense Icyk, vieillard de quatre-vingts ans qui en ce moment monte en ascenseur au vingt-deuxième étage du gratte-ciel new yorkais où il vit actuellement ou qui est assis dans ce même appartement du vingt-deuxième. Le gratte-ciel est situé à l'angle de la Huitième Avenue et de la 71e Rue. Icyk est donc installé à son bureau sur lequel sont posés son éternel parker à plume d'or et une photographie de Chaja Gelechter enserrée dans un cadre en cuir, souvenir de Varsovie que lui a apporté mon épouse Hania il y a deux ans. La photographie a sans doute été prise au bord de la rivière Świder car Chaja porte un costume de bain et un bonnet, sorte de fichu noué sur la nuque avec une visière. Elle a de l'eau jusqu'aux chevilles; derrière elle, on aperçoit une oseraie, plus loin, là où la rivière dessine un méandre, des enfants qui se baignent, ils sont trois je crois, non, sous les branches qui effleurent l'eau se cache un quatrième enfant, ils sont donc quatre. En outre, aux côtés de Chaja, se tient une dame également vêtue d'un costume de bain — celui de Chaja est blanc, celui de la dame noir —, elle porte le même bonnet de bain que Chaja — espèce de fichu à visière —, toutefois ma mémoire me trahit en ce qui concerne le nom de cette dame si profondément enfoui dans mes souvenirs qu'il est peu probable que je parvienne à faire sauter le verrou de la loge bouclée il y a cinquante ans pour que le nom de la dame, enfermé dans la cellule, le bunker, la cave murée de ma mémoire trompeuse, ait quelque chance de remonter à la surface. Si bien que rien ne peut être dit au sujet de cette personne, si ce n'est qu'elle n'est plus de ce monde, c'est presque à cent pour cent certain — l'adverbe «presque» pourrait être supprimé. Quant aux trois enfants, au quatrième enfant caché derrière les branches au détour de la Świder, je présume qu'ils sont morts. Là, certitude et incertitude rivalisent à chances égales. Il s'agit pourtant d'enfants chrétiens qui, le jour où ce cliché a été pris, ont accouru à la rivière et, dissimulés derrière les branches caressant l'eau, s'amusent du spectacle et s'écrient: «Oh, venez voir, les Juifs se baignent!» Je reviens à la dame dont le destin me paraît être scellé de manière absolument certaine: ce qui m'émeut, ce n'est pas tant le destin de ces quelque trois cent dix mille personnes déportées entre juillet et septembre pendant la grande liquidation car c'est là une chose inimaginable. Mais je m'exprime mal: c'est imaginable et évident au sens propre de ce mot, car je vois — cela ne demande pas beaucoup d'imagination — une foule remontant la rue Żelazna ou la rue Lubecki, se dirigeant vers l'embranchement ferroviaire à quelques centaines de mètres de la gare de Gdansk. C'est donc imaginable, mais la visualisation de cette scène — j'ai du mal à trouver mes mots — n'affecte que ma conscience pour qui ce spectacle est émouvant. En revanche, lorsque je regarde cette jolie dame qui a de l'eau aux chevilles et au sujet de laquelle ma mémoire n'a rien à dire, de même qu'elle n'a rien à dire à propos de ce fichu noué sur la nuque, de ce fichu à visière, ma conscience se perd, s'égare, cesse de fonctionner.

Je ressens — à nouveau je ne sais comment le dire — une sorte de succion localisée entre le larynx et les poumons, une contraction des poumons ou de la trachée qui m'empêche de respirer, si bien que d'imaginer cette jolie dame pataugeant dans l'eau et remontant en même temps la rue Zamenhof provoque en moi une peur panique, celle qu'elle ressent. Car je sais que tout en marchant dans la rue Zamenhof elle a terriblement peur. Sa peur rejoint la mienne ou devient mienne. En proie à ce sentiment de frayeur, ce sentiment de peur panique, le mien et le sien, je n'ai en tête qu'une seule idée: l'arracher à cet endroit, à cette foule de trois cent dix mille personnes, lui demander la permission de l'enlacer, la prier de poser sa tête sur mon épaule pour que, l'espace d'un instant, elle cesse de trembler car il n'y a vraiment rien à craindre. Et puis s'asseoir au bord du trottoir, attendre que cette foule escortée par des Lituaniens nous dépasse, qu'elle tourne de la rue Zamenhof dans la rue Niska. Essayer ensuite de la tirer de ce lieu, ce qui ne peut manquer de réussir car elle n'est vraiment, vraiment pas comme les autres. Terreur de cette femme : chaque parcelle de sa peau, chaque pensée l'habitant n'est que peur. Lorsque je la regarde patauger dans la Świder, j'ai l'impression que la panique qui transpire par tous les pores de sa peau s'est immiscée en moi, quelque part entre mes poumons et ma trachée.

« Dieu des Juifs et dieu des Polonais, viens-moi en aide », pense Icyk en regardant la photographie de Chaja avec cette dame, « je Te prie de guider ma main. Si la prière adressée à Ta souveraineté Te semble insolente en ce qu'elle émane d'une personne qui ne croit pas en Ta justice ni en Ta miséricorde, je Te ferai remarquer que parmi toutes les prières que Tu reçois quotidiennement la mienne se distingue entre toutes : elle est à la mesure de Ta grandeur. Je ne Te demande pas quelque chose dont l'exaucement dépasse Tes possibilités, ainsi ne Te demandé-je pas d'ouvrir la cellule de ma mémoire où est enfermé le nom de cette personne posant sur la photographie aux côtés de Chaja ou bien de m'aider à décrire cette dame qui, parmi la foule escortée par des Lituaniens et des policiers juifs, tourne de la rue Zamenhof dans la rue Niska. Pour ce qui est de ma mémoire, je sais que je dois seul me tirer d'affaire car il s'agit de la mienne, non de la Tienne. Quant à l'angle de la rue Zamenhof et de la rue Niska, je sais que je ne peux exiger de Toi que Tu Te souviennes de l'une de Tes brebis égarée dans une foule de trois cent dix mille prisonniers : comment était-elle habillée, quelle était la couleur de sa robe, de ses chaussures, à quelle heure a-t-elle été poussée dans un wagon empestant le chlore ? Ma demande ne concerne donc que ce que Tu es en mesure d'exaucer, elle ne doit Te faire aucune difficulté : guide ma main, fais en sorte que ce que je m'apprête à écrire soit exactement le reflet de mes souvenirs. Je ne Te demande rien de plus. Comme Tu peux le constater, il ne s'agit pas d'une prière exorbitante. Aide-moi à décrire cette matinée au bord de la Świder tandis que Chaja, barbotant dans l'eau en riant aux éclats, se jette à la rivière qui du reste n'est qu'un ruisseau : l'eau lui arrive à peine aux chevilles, tout au plus aux genoux. Puis, près de cette dame dont je ne me rappelle pas le nom, elle dit à la personne qui se tient à ses côtés, un appareil photographique à hauteur du ventre : " Allez, prends-nous en photo ! " Mais cette personne fixant le miroir réplique : " Dans cinquante ans, en regardant ce cliché, ton petit-fils s'exclamera : ' C'est qu'elle aimait bien rigoler, ma grand-mère'. " » Il n'est pas à exclure que je sois la personne ayant les pieds dans l'eau tout en tenant à hauteur de ceinture cet appareil photographique. Ou bien aide-moi — mieux vaut peut-être commencer par là — à décrire cet après-midi de juillet 1937, les rosiers en fleur couronnant la véranda du jardin de Sarah Fliegeltaub, ou encore chaque marche de l'escalier — il y en avait quatre — descendant de la véranda au jardin, ou encore les personnes qui, vers la fin des années trente, par cette belle journée d'été, se prélassaient sous la véranda dans les fauteuils en osier : Chaja, Jakub Wurzel, Sarah Fliegeltaub et Icyk Mandelbaum. Aide-moi, Seigneur, et fais en sorte que le résultat de ma description corresponde exactement à ce que je veux décrire, que rien ne soit omis, car chaque mot, chaque marche, chaque sourire, chaque pétale de rose aspirent à être mémorisés. Aide-moi à témoigner, dieu des Juifs qui est aussi le dieu des Polonais, fais en sorte que ce témoignage soit digne et juste. Car il est digne et juste, légitime et salutaire que nous nous souvenions, toujours et partout, de ce qui nous est arrivé dans ce monde, car ce que nous avons vécu ici, Toi aussi Tu l'as vécu, mon Dieu !

« Je vais commencer par les marches, pense Icyk Mandelbaum, car la description fidèle de ces marches — en tout et pour tout quatre planches d'une bonne longueur

— me semble relativement facile. Elles étaient grises, grisâtres plutôt — il est impossible de rendre par écrit la nuance de ce gris —, du même gris que la villa de Sarah Fliegeltaub construite au début du siècle, dont le bois, lessivé par les pluies puis séché par le soleil des années durant, avait perdu sa teinte naturelle. Sur la première marche, une étroite fissure courait le long d'une veine dessinée dans le bois, cette veine était un peu plus sombre, on peut même dire qu'elle n'était pas grise mais carrément noire, elle était prise entre trois têtes de clou rouillées, fixées au bord de cette planche grisâtre. L'avant-dernière marche était amputée de sa moitié : jadis quelqu'un en y posant le pied avec trop de force avait dû la fendre dans la longueur et jeter le morceau de planche cassée sous la véranda où traînaient entre autres des boîtes de peinture à l'huile rouillées, une bouteille blanche au goulot courbé, un panneau avec l'inscription "Odol" et une roue de voiture d'enfant sans pneu. C'est sans doute parce que les taquets qui maintenaient cette marche avaient pourri, que les clous qui la fixaient à ces taquets avaient rouillé qu'elle chancelait dangereusement lorsqu'un bout de chaussure venait s'y poser, fût-ce celui de la légère, volatile, immatérielle Chaja qui marchait moins qu'elle ne volait, flottait, planait au-dessus du gravier, du plancher — gris également — de la véranda ou du tapis de la salle à manger dont le coin près de la vitrine du buffet avait été mal ravaudé. Je ne me souviens pas de la deuxième ni de la dernière marche. Elles resteront inexprimées, oubliées, non décrites, indescriptibles. Là où se trouvaient les quatre marches il y a maintenant de l'herbe. Ou bien un buisson, un buisson d'aubépine, disons. Ou alors une entrée de garage, une porte de garage, à supposer qu'une autre villa ait été construite sur les fondations de la villa de Sarah Fliegeltaub. Cela paraît vraisemblable. Ou encore une dalle de ciment assemblée à d'autres dalles, à supposer que devant le jardin de Sarah dans les années soixante-dix ou quatre-vingt une nouvelle rue ait été tracée. Cela paraît également vraisemblable. Ou encore un trou, une galerie, à l'endroit où se trouvaient ces marches, où se trouvaient la véranda et la villa, un trou menant en enfer, au schéol, ou pis encore un trou menant tout droit au néant, un trou menant à rien. Tu reviens à l'endroit où jadis tu as été, tu poses le pied là ou jadis tu l'as posé, et soudain tu tombes dans ce trou, dans rien. Aide-moi, dieu des Juifs et dieu des Polonais, car je veux témoigner. »

— Shloïmelé, dis un peu à M. Wurzel combien je te paie, dit Sarah Fliegeltaub, debout sur la dernière marche de l'escalier, c'est-à-dire sur celle dont je ne me souviens pas.

Shloïmelé est appuyé à la véranda sur un fond de roses grimpantes, il ne dit mot ; du reste que pourrait-il dire, puisqu'il sait aussi bien que Sarah Fliegeltaub combien elle le paie, combien il gagne tandis qu'elle pose sa question : en fait, Sarah Fliegeltaub veut que Shloïmelé répare l'escalier, qu'il rapporte une planche de la resserre, qu'il la cloue à la place de la marche qui n'en est plus une, qui n'est qu'une moitié de marche. Mais Shloïmelé n'a aucune envie de s'atteler à cette tâche, peut-être pour la bonne raison qu'il dialogue inconsciemment avec son dieu juif ou avec les démons de ce dieu, et que d'arracher la vieille planche, d'en ajuster une nouvelle pourrait troubler ce dialogue incertain ou tout simplement parce qu'il n'a pas envie de faire ce travail puisque la vieille planche tient tant bien que mal. A vrai dire, tout lui est indifférent : à quoi bon se lancer dans cette entreprise puisque dans trois ou quatre ans il n'y aura plus ni marches, ni Shloïmelé. Les planches iront droit au feu : le premier hiver de la guerre fut particulièrement rigoureux, vingt et quelques degrés en dessous de zéro, la nuit jusqu'à trente degrés. Oui, les planches, de même que Shloïmelé, iront droit aux flammes. C'est pour cette raison ou pour une autre encore que Shloïmelé ne répond pas à Mme Sarah et s'éloigne en boitillant de la jambe droite ou de la jambe gauche. Je me souviens qu'il boitait, mais je n'arrive pas à me souvenir de quelle jambe. Ainsi, l'avant-dernière marche restera-t-elle à jamais fixée dans ma mémoire, et dans celle de mon dieu, sous la forme d'une demi-marche qui chancelle pour peu que l'on y pose le pied. Le chapitre sur les marches est clos ; ma mémoire ne m'en dit guère plus. J'ajouterai seulement qu'un jour, debout sur cet escalier, plus précisément sur cette moitié de marche tout en se balançant légèrement, Icyk Mandelbaum fit une déclaration à Chaja Gelechter. Elle était assise sous la véranda dans un fauteuil en osier, fumant une cigarette ? buvant du café ? lisant un journal ? un receuil de poésie ? des poèmes écrits par Icyk ? des vers de Rimbaud, de Verlaine, en français ? Peu importe : l'essentiel est que Chaja fût plongée dans Verlaine, dans un journal, dans *Notre opinion* ou *Notre revue* qui ce jour-là publiait un article sur le *Dibbouk* de Shlomo Anski, pièce dans laquelle Chaja jouait un rôle secondaire, un rôle de figurant car telle était sa spécialité : jouer les utilités. Il faut bien avouer qu'elle n'avait pas de talent : « Hélas ! avait-elle dit un jour, je ne suis vraiment pas douée. » Chaja ne prêtait donc nulle attention à Icyk qui se balançait dangereusement sur l'avant-dernière marche de l'escalier tout en lui déclarant ce qu'il n'aurait sans doute pas dû lui dire : « Je vous aime, mademoiselle Gelechter. Je crois que vous devriez prendre en considération ce que je viens de vous dire. »

« Lorsque je pense à cela, se dit Icyk perché dans son gratte-ciel à l'angle de la Huitième Avenue et de la 71ᵉ Rue, je n'arrive pas à m'expliquer pourquoi j'ai formulé une phrase aussi étrange, pourquoi, après m'être décidé à faire cet aveu, j'ai vouvoyé Chaja tout en lui disant "mademoiselle", elle que j'appelais depuis longtemps, depuis un an je crois, par son prénom, en ajoutant encore à ce titre son nom de famille. Pourquoi ne lui ai-je pas dit tout simplement : "Je t'aime, Chaja", ou bien : "Je t'aime, sache-le." Je l'ignore. Peut-être en la vouvoyant, en l'appelant "mademoiselle", ai-je voulu formuler une déclaration officielle ? Ou alors ce vouvoiement accompagné de "mademoiselle" devait-il au contraire priver cet aveu de toute solennité, le rendre ironique ? Je ne me souviens pas. En s'entendant vouvoyer et appeler "mademoiselle", Chaja aurait dû éclater de rire, ce à quoi je m'attendais, mais elle n'en fit rien, elle se contenta de me regarder avec étonnement, comme si la solennité de mon aveu la peinait ou l'inquiétait. » Icyk, sans savoir s'il devait juger qu'elle ne l'avait pas entendu, sans savoir s'il devait répéter ce qu'il venait de dire ou plutôt s'il devait juger qu'elle avait entendu son aveu mais qu'elle préférait ne manifester aucune réaction, continua de se balancer — cela dura assez longtemps : deux ou trois minutes — sur la moitié de marche d'escalier. Puis il parvint à la conclusion qu'il ne convenait pas de prolonger indéfiniment cette situation. Il descendit les dernières marches et disparut dans le jardin parmi les arbustes de jasmin. A ce jour, il y est encore, les mains dans les poches, le nez fourré entre deux rameaux, se demandant s'il n'a pas commis une erreur en laissant, là-bas, sous la véranda, son aveu suspendu en l'air, tournoyant au-dessus de Chaja, de Mlle Chaja Gelechter, telle la piéride qui vole çà et là sans savoir où se poser : il aurait peut-être dû insister, exiger une réponse ou, juste après sa déclaration, s'élancer vers elle et la posséder, là, sous la véranda, sous les ailes frémissantes du papillon, dans le fauteuil en osier ou sur les marches d'escalier qui à cette époque, il y a de cela des milliers et des milliers d'années, descendaient de la véranda au jardin. Mais il est temps de clore le chapitre sur les marches, je n'ai plus rien à dire à leur sujet. Je vais me tourner vers la robe de chambre de Sarah Fliegeltaub en priant Dieu de me venir en aide, Lui qui a abandonné Juifs et Polonais. Bien que presque un demi-siècle se soit écoulé depuis, nul ne sait encore pourquoi Il l'a fait.

La robe de chambre de Sarah pourrait éventuellement être appelée peignoir turc bien que je doute sérieusement que c'en fût un. Quoi qu'il en soit, elle était considérée comme tel. J'entends encore quelqu'un dire : « Regardez, Mme Sarah arrive dans son peignoir turc. » Mais je ne me souviens ni de l'auteur de ces mots, ni du contexte dans lequel ils furent prononcés. Il ne reste que cette phrase, tournoyant au-dessus de la véranda et des arbustes de jasmin — telle une piéride millénaire —, ou plutôt tournoyant dans ma tête, car je suis à peu près certain que personne à part moi ne se souvient d'elle. Le peignoir était noir, d'un tissu dont je n'arrive pas à trouver le nom, à grosses fleurs rouges et jaunes. A hauteur de la taille, un peu à gauche, il était déchiré. Mme Sarah était une personne qui aimait l'ordre et, comme elle aimait également s'en vanter, elle aurait dû raccommoder ce peignoir. Pourtant, pour des raisons qui me sont obscures, elle ne le fit jamais. Lorsqu'elle arrivait sous la véranda (« Imaginez-vous, monsieur Jakub, que ce petit Juif qui m'a porté de la viande de veau de Varsovie se fait payer près de soixante złoty »), donc quand Mme Sarah était sous la véranda et qu'elle s'apercevait que quelqu'un fixait l'accroc de son peignoir, elle exécutait un geste que l'on eût pu qualifier de royal : posant la main sur son ventre, elle cachait l'endroit suspect, puis, sans être le moins du monde gênée, poursuivait : « Ces petits Juifs ne pensent qu'à vous rouler. Mais je ne suis pas née de la dernière pluie. » Tout honorable et juive qu'elle fût, Mme Sarah considérait qu'en tant que propriétaire d'une honnête pension cela faisait bien de temps à autre de tenir des propos antisémites. Elle ne se privait donc pas de pester contre « les petits Juifs, les Juives et toute la juiverie » venant par le train qu'ils prenaient au pont Kierbiedź lui vendre toutes sortes de produits. Seigneur Dieu, que ne donnerais-je pour voyager en compagnie de mes chers petits Juifs en lévite dans le tortillard qui, sifflant et crachant la fumée, partait du pont Kierbiedź, desservait les gares de Świder, Otwock, Karczew. Non pas que j'affectionne particulièrement trains de banlieue, trains électriques, trains à vapeur, trains aériens, trains souterrains ou que je n'aime rien tant que voyager dans ces trains, décortiquer les itinéraires et éplucher les horaires de chemin de fer. Non, ce que j'adore, ce sont nos petits Juifs en lévite ! Ce que j'aime à la folie, c'est le vacarme, le tintamarre, la pagaille, la presse régnant dans ce tortillard ! Seigneur Dieu, fais en sorte qu'une fois dans ma vie il me soit donné d'aller à Świder par ce train tapageur ! Tintamarre et cris venus du schéol, de l'abîme de l'histoire. Mais sans doute ma prière dépasse-t-elle Tes possibilités, aussi je la retire.

Je n'arrive pas à expliquer pourquoi Mme Sarah portait

un peignoir. Elle était tout de même propriétaire d'une honorable pension où venaient des intellectuels de Varsovie et de Łódź, d'une pension qui passait du moins pour honorable, ou qui eût dû passer pour telle. Au début des années trente, je crois, Mme Sarah, personne très économe — c'est le moins qu'on puisse dire — dont la parcimonie avait sans aucun doute des effets sur la ration de beurre du petit déjeuner ou sur la grosseur des boulettes de viande hachée du déjeuner, se lança dans des frais importants. Désirant s'attirer de nouveaux clients et par la même occasion prouver que l'*ansztalt* qu'elle dirigeait n'était pas le dernier des derniers, elle commanda à l'imprimerie Renom, sise 17 rue Karmelicka, un dépliant vantant les mérites de sa maison. Sur ce prospectus en papier vert-gris, il y avait une photographie — fort avantageuse du reste — de la villa ainsi que le texte qui suit : « Otwock. Au Coin tranquille. La pension est exceptionnellement bien située, dans un grand jardin fleuri, à la lisière d'une forêt de pins. Elle est équipée de tout le confort moderne : canalisations, lumière électrique, T.S.F., phonographe. Elle est pourvue de salles de bains avec eau courante, chaude et froide, de terrasses où l'on peut se reposer sur des chaises longues et prendre des bains de soleil. Elle se distingue par la beauté, le bon goût de ses chambres, la distinction et la bonne humeur de ses hôtes. Sa cuisine est raffinée. Des repas de premier ordre sont servis cinq fois par jour. Pension complète à partir de 5 złoty. Prix inférieurs en mai et en octobre. » Tout cela n'est que mensonge. Peut-être pas tout, mais presque tout. Certes, il y avait un phonographe ; j'entends encore la voix du ténor ou du baryton, c'est le disque préféré de Fejga, sa chanson préférée *Les Bateliers*. Mais il n'y avait qu'une seule salle de bains. De terrasse, si l'on ne compte pas la véranda, il n'y en avait également qu'une, d'ailleurs elle rappelait davantage un balcon qu'une terrasse. Quant à l'état des canalisations, mieux vaut ne point l'évoquer car c'est un bien triste souvenir : odeur de fosse septique mêlée au parfum des aiguilles de pin lorsque, la fenêtre ouverte, je frappais le clavier de ma Remington déglinguée. La table était loin d'être extraordinaire, de même que l'humeur des hôtes de la pension. Quant à la mienne, elle était la plupart du temps déplorable car Chaja refusait de dormir avec moi, les boulettes de viande hachée me semblaient douteuses, enfin Hitler et Staline étaient tout près. En général, je ne suis pas un homme à l'humeur irréprochable. Moscou n'aurait été le théâtre de ces abominables procès, Chaja aurait été un peu plus gentille avec moi que j'en aurais quand même voulu à toute la planète car certaines de Tes idées, mon Dieu, ne me plaisent, disons-le, que très modérément : je suis ainsi fait que j'ai toujours des griefs contre quelqu'un ou quelque chose, ce qui du reste est aussi une de Tes idées. Mais peu importe. La patronne d'une pension aussi distinguée ne devrait pas, à mon avis, se montrer en peignoir, fût-il turc. Du reste, je n'exclus pas l'éventualité que Mme Sarah ne portât ce peignoir que de temps à autre, le matin ou le soir seulement, que le plus souvent elle portât une robe ou des robes. Mais je ne me souviens que de ce peignoir, de ces fleurs rouges et jaunes, de cet endroit déchiré au niveau de la taille, à gauche. J'ajouterai également que ce peignoir avait l'air — a l'air — vieux car ses manches à godets étaient un peu usées, effilochées. Mais est-ce mon imagination qui ajoute ces franges à l'accroc situé au niveau du ventre ?

Pour ce qui est du destin du peignoir de Sarah Fliegeltaub, j'ignore ce qu'il est devenu, il n'est pas facile de se l'imaginer. Qu'a-t-il pu lui arriver ? Le poète dirait que, tel un symbole, il plane au-dessus des pins, des toits des maisons de santé, des quais surélevés et de la tour de la gare : les manches déployées, menaçant et prophétique, il vole au-dessus d'Otwock. Mais c'est là de la mauvaise poésie. Le peignoir a certainement été déchiré et transformé en serpillières. Il est possible qu'auparavant il ait été porté par quelqu'un. Zosia m'a raconté que là où elle habitait pendant la guerre, dans la région d'Ostrowia Mazowiecka, lorsque commencèrent la déportation, la liquidation du ghetto, les Juives se rendaient chez les Polonais avec lesquels elles s'étaient liées d'amitié ou chez leurs parents: « Prenez cette chèvre, madame. » Ou bien: « Prenez cette chaise, madame. » « Bon, disaient les Polonais, nous vous la gardons. » « Non, répondaient les Juives, c'est un cadeau. » Zosia qui était à l'époque une petite fille, m'a aussi fait le récit suivant: « Au loin il y avait le mur du cimetière polonais; je voyais des gens au pied de ce mur, les mains sur la nuque, puis ces gens disparaissaient, d'autres personnes venaient les remplacer au pied de ce même mur, à leur tour disparaissaient, et ainsi de suite. » Zosia ne comprenait pas ce que cela signifiait. On peut imaginer diverses variantes concernant l'histoire de ce peignoir. Pendant un an ou deux, avant d'être transformé en serpillières, il est porté par la propriétaire de la villa située à côté de celle de Sarah Fliegeltaub: « C'est un cadeau. » Ou bien, à supposer que Sarah n'ait pas eu le temps de se changer, le peignoir apparaît au pied du mur du cimetière et un enfant chrétien qui de loin le regarde ne comprend pas pourquoi, là où un instant auparavant il voyait des fleurs jaunes et rouges, il y a à nouveau le mur: un crépi gris ou de la brique rouge. « Mon Dieu, Tu m'es venu en aide », pense Icyk qui est assis à son bureau ou debout dans l'ascenseur qui le monte au vingt-deuxième étage, « je n'ai plus rien à dire au sujet du peignoir, des marches d'escalier, de la réclame éditée par l'imprimerie Renom ainsi que d'autres objets qui, selon Ton verdict, ont été expédiés dans un lieu appelé par nous, de manière tout à fait illégitime puisque nous ne savons rien de lui, le schéol, néant, ou je ne sais quoi encore. Et si, mon Dieu, Tu acceptais de poursuivre cette collabòration, si Tu acceptais de rechercher avec moi dans ce lieu d'autres objets, je continuerais de demander Ton aide. Mais ne T'attends pas à ce que je T'en sois reconnaissant car, si nous ne pouvons rien attendre de bon de Ta part, il ne faudrait pas de que Ton côté Tu T'attendes à quoi que ce soit de bon de la nôtre ».

Quelques extraits du *Journal* d'Adam Czerniaków, sénateur de la République, président, pendant la guerre, du *Judenrat* * de Varsovie: «4/1/1940. Rinde est arrivé au bureau avec un œil poché, cela lui est arrivé rue Nalewki et Wasserman s'est fait casser la figure par des passants sur la place du Théâtre tandis qu'il prenait la défense d'un Juif martyrisé par les mêmes gens.» «27/1/1940. Dans la rue Marszałkowska et la rue Poznańska, des Juifs aujourd'hui ont été battus. Pendant la journée et dans la soirée.» «28/1/1940. A 22 heures p.m. un groupe de voyous, qui, depuis quelques jours, frappent les Juifs, a défilé devant la *Gmina** tout en brisant les vitres des bâtiments d'en face. Le délégué de la *Gmina*, l'ingénieur Friede, a été battu jusqu'au sang par un autre groupe rue Elektoralna.» «24/3/1940. Après le déjeuner dans leur quartier, des Juifs ont été battus et des vitres brisées.» «19/8/1940. Wasserman, employé de la *Gmina*, a été battu dans le tramway. Aujourd'hui des rabbins sont venus nous voir, affolés par l'annonce d'un "pogrom". A 3 heures p.m. je me suis rendu au quartier général SS où l'on m'a informé qu'on allait téléphoner à l'*Ordnungspolizei* afin qu'une patrouille soit envoyée à Praga.» «26/10/1940. Motłoch a aujourd'hui battu des Juifs.» «9/7/1942. Après le déjeuner, des gamins polonais jettent des pierres par-dessus les murets de la rue Chłodna. Nous avons déblayé les briques et les pierres au milieu de la rue Chłodna, ils ne leur reste pas beaucoup de munitions.»

On peut également trouver des informations sur ce thème dans la *Chronique du ghetto de Varsovie* d'Emmanuel Ringelblum, dans les *Chroniques des années de guerre et de l'occupation* de Ludwik Landau, ainsi que dans le journal tenu par Chaim Aron Kapłan dans le ghetto de Varsovie et intitulé *Le Livre de la vie*. Kapłan écrivait: «Jamais la capitale polonaise n'avait été le théâtre de troubles aussi graves que ceux des 24 et 25 mars de cette année. Dans la coulisse, quelqu'un formait des groupes d'adolescents, de voyous (il y avait même parmi eux des écoliers) qui s'attaquaient aux passants juifs. C'est ainsi qu'un groupe de quelques dizaines d'individus, armés de

* Voir note, page 59.

bâtons, de pierres, etc., a entouré des Juifs, une dizaine ou davantage, et les a frappés sans pitié. Dans les rues de Varsovie, on assiste à la chasse aux Juifs. » Les rédacteurs du *Bulletin de l'Institut d'histoire juive*, où *Le Livre de la vie* (numéros 45-46/1963) a été publié, ont supprimé certains passages, sans doute trop radicaux, des notes prises par Kapłan au mois de mars. Marek Edelman évoque également les événements de mars 1940 dans *Le Ghetto lutte* publié par le Comité central du Bund en 1945. Selon Edelman, le pogrom qui dura quelques jours avait été organisé par les Allemands qui recrutaient « la lie polonaise en la payant 4 złoty par journée de travail ». Le quatrième jour — cette information provient également du livre d'Edelman —, le Bund lança une opération de représailles, ce qui entraîna de « grands combats de rue » dans le quartier des halles Mirowskie, de la place Grzybowski, des rues Karmelicka et Niska. Czerniaków écrit qu'il se posait souvent la question suivante : « La Pologne, est-ce Mickiewicz et Słowacki ou bien les voyous de la rue Chłodna et Żurawia ? » Puis il écrit : « La vérité est entre les deux. »

— Évidemment, dis-je, il y aura toujours des gens pour dire qu'il s'agit là de "lamentations typiquement juives", pour reprendre une expression fréquemment utilisée par les journalistes de la national-démocratie, de leurs *oï vaï*, et rien de plus. Les Allemands, eux, préparaient la solution finale. Aussi, qu'un voyou jetât des pierres ou que quelqu'un se fît casser la figure rue Elektoralna n'a pas vraiment d'importance comparé à ce que les Allemands étaient sur le point d'accomplir. Pourtant, lorsque je lis les notes de Czerniaków, de Kapłan, de Ringelblum, je suis mort de honte et je ne peux m'empêcher de pousser des "Oh ! la la !", des "Mon Dieu ! mon Dieu !" Comment avons-nous pu agir de la sorte ?

— Ce n'est pas nous, dit Hania, ce sont ces voyous. Je suis sûre que tu vas dire que moi aussi je suis responsable de ce qui s'est passé.

— Tu es juive, dis-je, tu n'es donc pas responsable. En revanche, moi, je le suis. Je me délivrerais volontiers de cette responsabilité en disant : “ Ce n’est pas moi, ce sont ces voyous, cela ne me regarde donc pas. ” Mais je sens qu’il y aurait là quelque chose d’indécent.

— Je suis une Juive assimilée, dit Hania, je ne suis donc pas juive, mais polonaise. Tu pourrais aussi dire de toi que tu es allemand, lituanien ou tatare. Pour ce qui est de ces vitres brisées, de ces pierres jetées, de ces coups de bâton, en 1940 et après, je considère que seuls les auteurs de ces délits ainsi que leurs instigateurs en sont responsables. Marek Edelman est un témoin fiable, il est donc hors de doute que ces voyous étaient recrutés et payés par les Allemands. La responsabilité collective n’existe pas. Tu avais à l’époque cinq ou six ans, on peut donc dire que tu n’existais pratiquement pas. Pourquoi aurais-tu à répondre de ces horreurs ?

— La responsabilité collective existe et n’existe pas, dis-je. Supposons qu’on se mette à arrêter, à déporter les gens dont le nom commence par la lettre R et que toi tu me caches dans ta cave, je ne vois pas pourquoi tu aurais à en répondre, pourquoi tu te ferais fusiller. Ce type de responsabilité n’existe pas ou du moins ne devrait pas exister. Mais il y a un autre genre de responsabilité que l’on pourrait appeler responsabilité morale, dans le cas présent responsabilité polonaise. Et c’est dans ce sens que je suis responsable pour ce voyou qui jetait des pierres par-dessus le muret de la rue Chłodna.

— Tu dis n’importe quoi, dit Hania. Cela impliquerait que tu es responsable de ce que faisaient alors les “ indics ”, les policiers bleu foncé et les espions. Cela voudrait dire que tu es responsable de ce que les collabos écrivaient dans leurs torchons ; de ce qu’ils aboyaient dans leurs mégaphones. Sois raisonnable. Je te signale par ailleurs que mon nom commence aussi par un R, donc si on arrêtait et déportait les gens dont le nom commence par cette lettre, je serais arrêtée et déportée en même temps que toi. Ne compte donc pas sur moi pour te cacher dans la cave. D’ailleurs, on ne pourrait pas y installer un bunker convenable.

— On pourrait murer le dessous d’escalier, dis-je, là où

sont stockés les cartons de conserves vides. Mais il se peut que nous ne connaissions pas les déportations... Pour en revenir à ceux qui en 1940 frappaient les Juifs et brisaient les vitres dans les rues Marszałkowska et Żurawia, il ne me semble pas qu'il suffise de dire : " C'étaient des voyous, les Allemands les payaient, quant à nous, honnêtes chrétiens, nous n'avons rien à voir avec eux, par conséquent nous ne nous sentons pas coupables. " En effet, je me moque de savoir qui brisait les vitres de la *Gmina* juive. En revanche, le fait de savoir que dans la mentalité polonaise il y avait quelque chose qui autorisait à briser les vitres ne m'est pas indifférent ; à ce moment précis, en 1940 et encore en 1942, juste avant la grande liquidation. Tu me diras que cela ne se passait pas seulement en Pologne, que les Allemands trouvaient des voyous du même acabit ailleurs, partout. Mais c'est un piètre argument, pour moi du moins, car je ne suis ni d'ailleurs ni de partout : je suis d'ici. Ce qui se passait ailleurs ne m'intéresse pas beaucoup. Si cela devait m'intéresser, ce serait plutôt d'un point de vue théorique : " Quel beau ou quel affreux tableau ! Heureusement, il ne me concerne pas ! " Or je suis d'ici, je ne puis donc me soustraire à la responsabilité de ce qui s'y est passé, de ce qui s'y passe. En niant ma responsabilité dans cette affaire, je cesserais d'être ici. Du moins c'est ainsi que je ressens les choses. D'après moi, chacun est responsable. Tous ceux qui sont d'ici. Celui qui dit : " Ce n'est pas moi, ce sont mes compatriotes, moi je ne suis pas responsable " se conduit — tu me donneras sans doute raison — de manière indigne. C'est comme s'il voulait se tenir en dehors de ce qui se passe ici, comme s'il n'avait rien à voir, comme s'il ne voulait rien avoir à faire avec son pays. Ces voyous parlaient en polonais. La maison dans laquelle habitait ce " gamin de la rue ", comme l'appelle prudemment Czerniaków, qui jetait des cailloux par-dessus le muret de la rue Chłodna, la cour où il jouait, l'église où il allait le dimanche, tout cela était polonais : et la maison, et la cour, et l'église. Je ne peux quand même pas dire que cela ne me concerne pas, que je n'ai rien à voir avec tout cela.

— Pense aux Juifs, dit Hania. A cette époque, les Juifs

aussi se sont comportés de manière odieuse. Beaucoup de Juifs même. Ce que tu dis des voyous polonais de la rue Żurawia ou de la rue Elektoralna, on peut le dire des policiers juifs ou de ceux appartenant aux *Treize* *. On peut le dire de ce Gancwajch ou de ce Szerynski. Et même de Czerniaków ou des membres du *Judenrat*. En effet, l'affaire Czerniaków n'est pas si simple. Avant c'était un peu un collabo, maintenant c'est un peu un martyr. Comment disait-il ? " La vérité est au milieu. " Donc, si tu te sens responsable de ce que faisaient les voyous qui battaient les Juifs, Itshak Cukierman devrait se sentir responsable de ce que faisait Gancwajch et Marek Edelman de ce que faisait Szerynski.

— Je ne connais pas Marek Edelman, dis-je. Je ne l'ai vu que deux ou trois fois, et encore de loin. Chaque fois, je l'ai regardé davantage avec frayeur qu'avec admiration, mais toujours avec respect, avec piété, comme si c'était un ange, un ange terrible que Dieu aurait envoyé parmi les Polonais pour leur rappeler ce qui s'est passé ici, sur terre. Mais, comme je ne le connais pas, je ne peux pas savoir de quoi il se sent responsable. J'ignore même s'il se sent juif ou polonais. Si je le connaissais, je ne crois pas que j'oserais le lui demander. En tout cas, s'il se sent juif, je suppose qu'il se sent concerné par des gens comme Gancwajch, Szmerling ou Szerynski. Qu'il les interpelle même de temps en temps comme moi j'interpelle de temps en temps les voyous de 1940 avec l'espoir de comprendre ce qu'ils pensaient, ce qu'ils avaient dans la tête. Il se peut que ma curiosité soit malsaine. Mais je suis écrivain, et mon travail consiste à tenter de comprendre ce que les autres gens ont dans le crâne.

— D'accord, ta curiosité est professionnelle, mais tout cela ne tient pas debout, dit Hania. Nous parlons du problème de la responsabilité, et là, il s'agit de tout autre chose. Je ne pense pas que Marek Edelman se sente

---

* Officine juive, située au 13 de la rue Leszno à l'intérieur du ghetto de Varsovie, dont la fonction officielle consistait à lutter contre l'usure et la spéculation. En fait antenne de la Gestapo (N.d.T.).

responsable des agissements d'un policier juif. Ou de ceux d'un Juif de la Gestapo. Pourtant c'étaient ses compatriotes. Sais-tu que Gancwajch réussit à s'enfuir? Pourtant les Allemands fusillèrent tous les membres des *Treize*. Je n'en suis pas certaine, mais je crois qu'on ne sait pas ce qu'il est devenu.

— On ne sait pas non plus ce qu'est devenu Brandt, dis-je. Il semblerait qu'après la guerre il se soit enfui de prison. Mais tu ne me comprends pas. Je ne souhaite pas que quelqu'un réponde des actes accomplis par quelqu'un d'autre. Nous parlons de deux types différents de responsabilité. Tous les Allemands ne sont pas responsables de ce que Brandt ou Mende ont fait dans le ghetto, c'est-à-dire de leurs actes concrets. Ce n'est pas cela que je veux dire. En revanche, ils sont tous responsables de ce que des gens comme Brandt et Mende aient en général existé, de ce que leurs actes aient pu être justifiés d'un point de vue moral, qu'une atmosphère morale ait pu permettre l'accomplissement de leurs actes. Ils sont responsables — c'est sans doute ainsi qu'il convient d'appréhender la chose — de ce qu'une permission leur ait été accordée.

— Chacun est responsable .pour soi, dit Hania, et seulement pour soi. Car, si l'on poursuit ton raisonnement, on peut dire que dans le ghetto cette permission fut également accordée, donc que tous les Juifs sont responsables du fait que dans la rue Leszno il y eût des magasins où l'on vendait du chocolat et des oranges, dans la rue Sienna des restaurants où des Juifs fortunés buvaient des cognacs français, et dans la rue Nowolipie et la rue Dzielna des bordels. A côté de cela, des gosses juifs agonisaient sur les trottoirs...

— Il est possible que certaines personnes se sentent responsables seulement pour elles-mêmes, et d'autres, pour tout le monde. Il est possible que j'appartienne à la deuxième catégorie, ce qui ne veut pas dire que je ne respecte pas l'attitude de la première. Si quelqu'un considère que les violences antisémites de 1940 ne sont pas son affaire, je ne peux lui en vouloir. A chacun — je parle des Polonais — de trouver sa propre réponse. L'important est peut-être que chacun y réfléchisse sans faire croire qu'il ne s'est rien passé. Mais j'aimerais bien te raconter encore quelque chose que j'ai appris hier de Krysia. Ce n'est pas sans rapport avec le problème de la responsabilité collective. En 1942, Krysia était enfermée à la prison de Pawiak, à la section des femmes, donc elle n'était pas à Pawiak mais à Serbia. Les fenêtres de sa cellule donnaient sur la rue Dzielna. Krysia m'a même dessiné un petit plan, car elle voulait que les circonstances de ce qui s'est passé soient claires pour moi : donc ici il y a Pawiak, ici la cour, ici Serbia, ici la fenêtre et ici, je vais aussi te faire un dessin, un trottoir sous la fenêtre. La cellule se trouvait au rez-de-chaussée, mais de la fenêtre on ne pouvait voir ce qui se passait dans la rue Dzielna car, comme c'est courant dans les prisons, les fenêtres étaient plaquées au plafond. Toutefois Krysia entendait ce qui se passait dans la rue Dzielna — bruits de pas et de voix —, et même fort distinctement. Peut-être n'y avait-il pas de vitres aux fenêtres ? Je ne le lui ai pas demandé. Les voix qui parvenaient de la rue Dzielna étaient du reste peu nombreuses, car ce que raconte Krysia s'est passé juste après la grande liquidation, sans doute à la fin de l'automne ou au début de l'hiver 1942. A cette époque, les Juifs étaient casernés dans les "ateliers" avec l'interdiction de sortir dans les rues. Les "ateliers" les plus proches se trouvaient rues Gęsia et Nowolipki, par conséquent la prison de Pawiak qui se trouvait naguère au centre du ghetto était maintenant comme isolée, toujours au centre, mais au centre d'un vide, du néant. C'est là un bon symbole — cela ne fait pas partie du récit de Krysia, mais cela vient de me passer par la tête — de l'État totalitaire. Tout autour il n'y a que des maisons désertées, des cadavres, le silence, le désert, et au milieu la prison résonnant du cri des gardiens. Le matin et le soir, Krysia entendait les pas de la colonne de prisonniers qui passait sous la fenêtre de sa cellule. Elle n'entendait sans doute que le martèlement des sabots car les prisonniers défilaient en silence. Le matin dans une direction, le soir dans l'autre. Les Juifs, escortés par des

Ukrainiens ou des Lettons, se rendaient aux postes. Tu sais ce qu'étaient ces postes?

— Ils travaillaient dans la zone aryenne, dit Hania. A cette époque, ils devaient démolir les murs entourant la partie du ghetto qui avait été vidée de ses habitants. Et le soir on les raccompagnait.

— Ce défilé durait généralement assez longtemps, dis-je. Quelques minutes, peut-être même quelques dizaines de minutes pendant lesquelles résonnait le martèlement des sabots. Ce qui faisait penser aux prisonnières de la cellule que la colonne devait être très longue. Comme il ne se passait pas grand-chose, rue Dzielna, le défilé de ces prisonniers était en quelque sorte une attraction, un divertissement, et Krysia ainsi que les autres femmes de sa cellule guettaient leur arrivée avec vigilance, avec tension même: "Quelle heure est-il? Pourquoi n'arrivent-ils pas encore?" Je ne sais pas, je ne le lui ai pas demandé non plus, mais je lui demanderai si le martèlement des sabots était audible seulement lorsque la colonne de prisonniers passait sous les fenêtres de la cellule ou lorsqu'elle s'approchait de Serbia: ils quittent la rue Zamenhof, passent en ce moment près de la rue Karmelicka. Un beau jour — cette expression ne me plaît pas beaucoup mais je ne sais comment le dire —, les Juifs qui passaient sous la fenêtre se mirent à chanter, doucement, afin que les gardiens lettons ou ukrainiens, en tête ou en queue de colonne, ne les entendent pas. Un beau jour, les femmes les entendirent chanter l'hymne national polonais: "La Pologne n'a pas encore péri." Tout doucement. Je ne sais pas si c'était le matin ou le soir, disons le matin. Le soir, les femmes entendirent à nouveau le martèlement des sabots: ils quittent la rue Zamenhof, se trouvent en ce moment près de la rue Karmelicka. Alors ces femmes se mirent à leur tour à chanter, tout doucement, mais suffisamment fort pour être entendues dans la rue Dzielna: "La Pologne n'a pas encore péri." Et les Juifs répondirent: "La Pologne n'a pas encore péri." C'est cela la responsabilité collective. Car, en chantant, tous répondaient de la Pologne. Tout cela est bien pathétique, mais je n'arrive pas à l'exprimer autrement. C'était pathétique et c'est ainsi qu'il convient de le raconter. Ne pleure pas, Hania. Depuis, bien de l'eau a coulé sous les ponts. »

A présent tournons nos regards vers l'ascenseur par lequel Icyk Mandelbaum, perdu dans ses réflexions sur le peignoir turc de Sarah Fliegeltaub et les quatre marches d'escalier menant de la véranda au schéol ou du schéol à la véranda, monte au vingt-deuxième étage du gratte-ciel situé à l'angle de la Huitième Avenue et de la 71ᵉ Rue. Je voudrais décrire cet ascenseur, mais je ne peux le faire car je ne sais pas à quoi ressemblent les ascenseurs américains. Je ne suis jamais allé à New York bien que l'on me l'ait plusieurs fois proposé. Par manque de motivation, j'ai toujours décliné ces invitations au grand étonnement de mes hôtes : « Comment, un homme comme toi, insistaient-ils, doit absolument voir New York. Tu es tout de même écrivain. Qui n'a vu New York ne comprendra jamais l'essence de notre siècle. Qui n'a vu cette ville ne comprendra jamais ce que signifie vivre au XXᵉ siècle. » Il suffit de passer par Umschlagplatz à Varsovie pour comprendre. Ce n'est, bien sûr, pas la réponse que je réservais à mes amis à qui j'expliquais que ce voyage ne m'intéressait guère puisque, à New York, il n'y a rien de particulier que je désire voir, que je n'ai toujours pas vu certaines rues de Varsovie — la rue Bolesław Bierut à Praga Sud, par exemple —, que je préférerais m'y rendre avant d'aller ailleurs. Mais depuis que j'ai commencé à écrire ce livre, j'ai changé d'avis. Aujourd'hui, j'irais volontiers à New York. Pourquoi ? Parce qu'il y a là-bas quelque chose que j'aimerais bien voir. Je pense au quartier Nord. Je sais bien que ce quartier n'existe pas à New York. Mais je présume qu'il y a là-bas quelque chose qui lui ressemble, qui rappelle ce qu'il fut jadis à Varsovie, sinon dans sa totalité, du moins en partie. Aujourd'hui, à New York, vivent de nombreux Juifs natifs de Varsovie. Si je devais me rendre à New York, ce serait donc pour vérifier s'ils ont emporté avec eux le quartier Nord, pour voir comment ils l'y ont installé. Ce serait également pour comparer le quartier Nord de New York avec celui d'ici. Sont-ils différents et, dans ce cas — il s'est tout de même passé près d'un demi-siècle depuis —, en quoi?

Autre but de mon éventuel voyage à New York, que toutefois je ne pense pas effectuer : je voudrais voir si New York est une ville assiégeable, si les immeubles de Greenwich Village ou du Bronx se prêteraient à un blocus, une évacuation. Lorsque je me trouve dans un nouveau quartier de Varsovie, descendant de l'autobus B^{bis} à l'angle de la rue Bonifacy et de la rue Sobieski ou de l'autobus 504 à l'angle de la rue Wałbrzyska et de la rue Puławska, je me demande souvent si ce qui s'est passé il y a quarante-cinq ans dans le quartier Nord pourrait se reproduire, aujourd'hui ou demain, dans les nouveaux quartiers de Stegny ou d'Ursynów. Ma réflexion ne concerne que les conditions techniques de cette évacuation : comment les SS — les SS n'existant plus, il s'agirait d'une autre formation — organiseraient le blocus de ces immeubles à onze étages des rues Akermańska ou Kaukaska. Ou bien comment ils s'y prendraient pour assiéger l'énorme immeuble qui se trouve rue Sonaty — *Służew nad Dolinką* — où habite Jacek. Des dizaines de cages d'escalier, des dizaines d'ascenseurs. Cela ne manquerait pas de poser à ces SS — à cette autre formation — des problèmes techniques tout à fait nouveaux. Au point, plaise à Dieu, qu'ils ne parviendraient à les résoudre. D'autre part, dans ces nouveaux ensembles — il faut aussi y penser — il n'y a pas de cours. Pendant la grande liquidation rue Lubecki ou rue Zamenhof, les cours ont joué un rôle primordial. Là où il n'y a pas de cours, il faut beaucoup d'hommes, beaucoup de matériel pour encercler et surveiller les personnes évacuées. La ville de New York poserait aussi des problèmes techniques spécifiques qui ne se sont pas posés dans le quartier Nord de Varsovie. Ce qui ne veut pas dire qu'on ne puisse envisager le blocus de Queens, du Bronx ou de Greenwich Village. C'est tout à fait possible. Ce n'est même pas la peine de s'y rendre ; quelques photographies alliées à une imagination même médiocre suffisent amplement.

J'ai sous les yeux un plan de New York que m'a prêté Staś. Ayant séjourné là-bas, il devrait pouvoir me dire comment se déroulerait une grande liquidation à Manhattan. Où sont les lignes de chemin de fer? De Pennsylvania Station, on pourrait installer un embranchement ferroviaire qui se terminerait quelque part à la lisière de Central Park. A moins de faire partir ce nœud de Central Park? Il faudrait alors qu'il contourne — le mieux serait de m'y rendre pour pouvoir me faire une idée — la tour Pan Am. Il y aurait un poste de garde là où la 73ᵉ Rue rejoint la Huitième Avenue. La *Befehlsstelle* aurait son siège dans le quartier de Columbus Circle, là où se trouve Gulf & Western. Central Park serait entouré d'un mur de briques rouges de trois mètres de haut surmonté encore de un mètre de barbelés. Cela donnerait un énorme Umschlagplatz proportionnel aux gigantesques dimensions de la ville. Là où West Drive coupe Transverse Road — une personne qui a séjourné à New York m'a dit qu'on pouvait par là traverser en voiture tout Central Park, c'est-à-dire de la Huitième à la Cinquième Avenue — se dresserait une porte en bois avec l'inscription: « Passage interdit sous peine de mort. » Ce serait le lieu de la dernière sélection. En quelle langue? Je ne sais pas. C'est à voir. Cette idée d'un Umschlagplatz, d'un blocus new-yorkais, peut paraître de mauvais goût ou même repoussante. Je n'ai rien à dire à qui serait de cet avis, si ce n'est que c'est un idiot. Car est idiot celui qui considère que ce qui a commencé le 22 juillet 1942 dans les rues Niska, Dzika, Stawki ne recommencera pas. La liquidation a été interrompue. Mais nous qui vivons à proximité d'Umschlagplatz savons que rien n'est encore terminé. Ce siècle peut durer très longtemps. Lorsqu'on vit ici, à la limite d'Umschlagplatz, on ne peut jurer de rien si ce n'est d'une seule chose: à l'angle des rues Dzika et Stawki, nous attendons ce qui va se passer car il se passera quelque chose, j'en suis certain. Mais arrêtons là ces horribles pensées; s'il devait se passer quelque chose de semblable, j'ose espérer que je ne serai plus de ce monde. Revenons à l'ascenseur qui monte au vingt-deuxième étage avec à son bord Icyk Mandelbaum ; de cet ascenseur il a une vue sur Central Park et sur la 71ᵉ Rue. Tout en pensant au peignoir turc de Sarah Fliegeltaub, Icyk contemple de ses hauteurs les voitures argentées, jaunes et rouges qui tournoient dans l'abîme, comme si là-bas, parmi ces voitures, au milieu des lumières et des néons qui s'allument et s'éteignent, Dieu, avec qui il converse du peignoir de Sarah Fliegeltaub tout en grimpant au vingt-deuxième étage, se promenait, trônait dans l'éther, planait.

— Pourrais-tu me rendre un service, dis-je, pourrais-tu me raconter à quoi ressemble un ascenseur new-yorkais. Un ascenseur qui monte au vingtième ou au trentième étage. Car dans mon livre il monte au vingt-deuxième étage et il faut que je le décrive. Or je n'ai aucune idée de ce à quoi il peut ressembler, d'autant que je ne suis jamais allé à New York. Je ne connais que les ascenseurs varsoviens qui du reste ne sont pas terribles.

— Il y a là-bas plusieurs marques, je dirais même plusieurs dizaines ou même plusieurs centaines de marques d'ascenseurs, je ne sais pas lequel je dois te décrire, dit Stéphane.

— Je voudrais que tu me parles d'un ascenseur qui monte à l'extérieur de l'immeuble, dis-je, dans une cage grillagée ou bien accroché à des rails, un ascenseur d'où l'on pourrait voir ce qui se passe en bas : les passants, les voitures et la fontaine de Central Park, s'il y a une fontaine dans Central Park. Si tu avais chez toi un ascenseur de ce type, je l'utiliserais du matin au soir.

— Dans mon ascenseur, celui que je proposerais pour ton livre, dit Stéphane, il y avait aujourd'hui une inscription : un blanc, le signe égal, puis le mot Juifs. Mais j'ignore ce qui était comparé aux Juifs car le mot avait été effacé.

— Soit le POUP *, dis-je, soit le KOR **. D'après nos antisémites, le dieu juif détient le pouvoir quel qu'il soit. Récemment encore, quelqu'un me disait que la reine d'Angleterre était également juive. L'arbre généalogique de la reine mère est très ramifié ! Mais parle-moi plutôt de cet ascenseur new-yorkais. Seulement n'oublie pas une chose capitale : il faut qu'il fonctionne à l'extérieur.

— A New York, dit Stéphane, les hivers sont très rudes, un tel ascenseur ne pourrait fonctionner lorsque la tempête fait rage ou qu'il gèle à pierre fendre. Je ne crois pas qu'il y ait là-bas des ascenseurs extérieurs. Tu n'as qu'à placer le héros de ton livre dans un endroit où le climat est plus clément. Fais-le vivre en Floride. Il est possible que là-bas il y ait des ascenseurs — en fait j'en doute — qui fonctionnent à l'extérieur des immeubles.

— Le problème, c'est qu'il habite réellement à New York, dis-je. Je peux jusqu'à un certain point, pour cet ascenseur par exemple, faire fi de la réalité. Mais j'avoue que je n'apprécie pas beaucoup ce genre de tricheries que je ressens comme indignes. Ce qui est important pour moi, c'est qu'en regardant en bas celui qui monte en ascenseur voie les arbres de Central Park s'éloigner, fuir à la vitesse de l'engin dans lequel il se trouve, qu'il voie les voitures rouges et argentées, les néons qui s'allument et s'éteignent. Qu'il voie aussi les Noirs allongés sur les pelouses du parc qui s'éloignent, sombrent dans l'abîme, les Juifs à papillotes qui se promènent là-bas près de la fontaine. Et soudain, au niveau du quinzième étage environ, les Noirs, les néons, la fontaine, les voitures, en un mot tout disparaît et lui, se rappelant évidemment ce vers de Mickiewicz car de quoi d'autre pourrait-il se souvenir à ce moment : "Un changement s'est produit dans les scènes de ma vision..." et associant ce vers à l'image de son professeur de polonais qui lui fait réciter Mickiewicz en classe de quatrième au lycée de la Corporation des commerçants, à l'angle de la

* POUP : parti communiste polonais (parti ouvrier unifié polonais).
** KOR : Comité de défense des ouvriers.

rue Prosta et de la rue Walicòw, regarde tout en bas les hautes fenêtres de l'Institut d'études judaïques qui s'éloignent à la vitesse de l'ascenseur ainsi que tout près de là les quatre colonnes à l'entrée de la Grande Synagogue, ses deux coupoles, la basse et la haute ainsi que la couronne coiffant cette dernière. A l'angle de la rue Przejazd et de la rue Tłomackie se tient un policier bleu foncé. Passant par la rue Przejazd en direction des rues Rymarska et Żabia, des Juifs se promènent, avec et sans papillotes, avec et sans barbes, avec et sans calottes. Aide-moi, dieu des Juifs et dieu des Polonais. Je voudrais les voir tels qu'ils étaient hier. Le docteur Mayer Bałaban sort du bâtiment de l'Institut. Un chariot de charbon tourne de la rue Rymarska dans la rue Leszno. Le tout jeune Isaac Singer se tient en compagnie de son frère Israel Joshua au balcon du 13 rue Tłomackie, là où se trouve l'Union des écrivains et journalistes juifs. A la charcuterie de la rue Przejazd, une Juive coiffée d'une perruque jaune empaquette un kilogramme de produits divers dans du papier cristal. Niuta Taïtelbaum — jupe plissée bleu foncé, blouse de marin, mi-bas blancs et longues tresses lui retombant sur la poitrine — rentre de l'école en balançant son cartable. Dans le décolleté de sa blouse, juste au-dessus du nœud de sa cravate bleu foncé, est épinglée une broche : un petit éléphant. Emmanuel Ringelblum salue le docteur Bałaban devant l'entrée de l'Institut. Il vient échanger ses livres. L'ascenseur monte de plus en plus haut, et tout, de la couronne coiffant la coupole à la Juive en perruque jaune, du chariot de charbon aux frères Singer, du policier bleu foncé aux fenêtres de l'Institut, des chandeliers à sept branches sur le muret de la Grande Synagogue au docteur Bałaban, tout disparaît, fond, sombre dans l'abîme : là-bas. Que dire de plus : là-bas.

— On a plutôt l'impression que ton ascenseur monte du côté du grand immeuble doré, place Dzierźynski, dit Stéphane.

— Il monte plus ou moins dans la ville où se trouvait la Grande Synagogue, dis-je. Tu sais ce que racontent les gens dans les tramways qui passent près de la tour dorée.

Ils racontent qu'elle ne sera jamais terminée car c'est un lieu maudit par Dieu.

— Je ne comprends pas ce que signifie "maudit", répond Stéphane. Est-ce que cela signifie que Dieu l'a maudit parce qu'il avait été profané par les Allemands?

— Lorsqu'il se passe quelque chose de terrible quelque part, dis-je, mieux vaut éviter ce lieu. Cet endroit est donc bel et bien maudit. Voilà pour l'explication de ce mot. Moi, quand je vais chez les Juifs pour y lire *Notre revue* ou *Notre opinion*, je veille toujours à me tenir à l'écart de cette tour, de peur qu'elle ne s'écroule sur moi. En tout cas, merci de ton aide précieuse. » Et je raccroche après avoir salué Stéphane. Quant à Icyk debout dans l'ascenseur qui monte au vingt-deuxième étage de la tour située à l'angle de la Huitième Avenue et de la 71e Rue, il contemple les derniers rayons du soleil qui se meurt derrière Muranów, Koło et le Fort Bem tout en dorant la couronne dominant la coupole verte de la Grande Synagogue.

Quelques informations sur le ghetto d'Otwock. Dans une conversation avec ma sœur, celle qui donne la main au petit garçon aux socquettes blanches debout sur le quai surélevé, la fillette qui est photographiée par son père sur un sentier bordé de pins, j'ai dit que le ghetto d'Otwock avait certainement été liquidé avant celui de Varsovie, dans la première moitié de juillet 1942. Immédiatement après cette discussion, je tombai sur des notes dont je déduisis que la liquidation d'Otwock avait eu lieu un peu après la grande liquidation de Varsovie. Toutefois, je n'ai pas réussi à fixer la date exacte des événements d'Otwock. Dans le livre de Leokadia Schmidt *Par miracle nous avons survécu à l'extermination*, un passage laisse entendre que cela s'est plus ou moins produit la quatrième semaine de la grande liquidation à Varsovie, donc dans la deuxième moitié du mois d'août : « A cette époque, on annonça une interruption de quelques jours, car le Bataillon devait se rendre à Otwock. Au début de la liquidation du ghetto de Varsovie, nombreux étaient ceux qui se réfugiaient à

Otwock. C'étaient surtout les plus riches car cela coûtait extrêmement cher. En fait leur sursis ne dura pas longtemps. Quatre semaines seulement. » Leokadia Schmidt appelle Bataillon le *Vernichtungskommando*. Ce terme n'était semble-t-il pas utilisé dans le ghetto de Varsovie, les Juifs — il s'agit là d'une information que je tiens d'une personne qui est passée du côté aryen au début de 1943 —, en parlant de cette unité SS, utilisaient le nom de code que les Allemands avaient donné à l'ensemble de l'opération : *Einsatz Reinhard*. Leokadia Schmidt écrit plus loin : « Le Bataillon de destruction quitta Varsovie au bout de quelques jours pour se rendre à Otwock. Comme nous l'apprîmes par la suite, il y eut là-bas un véritable massacre. La police juive ne marcha pas sur les traces de ses collègues de Varsovie. Lorsque à la première réunion on leur donna des instructions concernant la déportation de la population du ghetto, les policiers juifs envoyèrent leurs képis aux pieds de leurs bourreaux et refusèrent d'obtempérer. Tous furent fusillés. La population juive fut dans sa majeure partie massacrée sur place. Nous n'avons guère de plus amples informations sur cette affaire. » Władysław Bartoszewski, qui s'est chargé de la préface et des notes du livre de Leokadia Schmidt, ajoute à propos de cet extrait l'explication suivante : « La déportation de la population vivant dans la région de Varsovie située sur la rive droite de la Vistule s'est déroulée sur une période de quelques jours à partir du 19 août 1942. »

Toutes les autres informations, je les tire d'un livre sur l'histoire d'Otwock. La Gestapo — il s'agit là du terme courant, car c'était probablement le commandement de la Sipo et le SD — était installée au 60 rue Reymont. La Kripo avait un poste au 3 rue Sienkiewicza. Dans le même bâtiment il y avait également le commissariat de la police bleu foncé. Le chef de la Gestapo d'Otwock s'appelait Schlicht. L'arrêté sur la création d'un quartier d'habitation réservé aux Juifs fut publié par les Allemands en novembre 1940. Deux mois après, le 15 janvier 1941, le ghetto fut bouclé. Celui qui voulait en sortir devait se munir d'un sauf-conduit. Je n'ai pas réussi à savoir quel type de clôture encerclait le ghetto, c'est-à-dire si le ghetto était entouré d'une barrière — vu l'incohérence de l'architecture d'Otwock, cela me semble peu vraisemblable— ou s'il était seulement entouré de barbelés le long desquels marchaient des patrouilles allemandes, ukrainiennes ou lituaniennes. En 1942, la population d'Otwock s'élevait à 23412 personnes dont 11355 Polonais et 12030 Juifs. En 1943 elle tomba à 10173. Il ne restait plus un seul Juif dans la ville. Toutefois les chiffres ne correspondent pas, car le nombre de victimes de la liquidation s'élève, semble-t-il, à 8000 environ. Ce qui voudrait dire que près de 4000 Juifs auraient péri dans le ghetto d'Otwock dès 1942, avant la liquidation. Si le ghetto n'était entouré que de barbelés, on peut concevoir que de nombreux Juifs réussirent à fuir et à se cacher — pour combien de temps? — dans les forêts environnantes. Il semblerait qu'entre les 19 et 30 août, pendant la liquidation, il y eût à Otwock — mais il est possible que cela se soit passé un peu plus tôt — quatre exécutions de masse. 2250 Juifs furent fusillés à ce moment-là. C'étaient des vieillards, des malades et des enfants, personnes que les Allemands considéraient vraisemblablement comme inaptes au transport. Les Juifs restants, environ 6000, furent déportés à Treblinka dans quarante wagons de marchandises. J'ignore où étaient stationnés ces quarante wagons. Le long des quais surélevés de la gare d'Otwock? C'est peu probable. A la station après Otwock sur la ligne de Pilawa où se trouve le nœud ferroviaire: Pogorzel, Star Wieś, Celestynów? Vraisemblablement dans l'une de ces gares. Une de ces exécutions se déroula sur le territoire de «Zofiówka» où, avant la guerre, rue Wolczańska aujourd'hui rue Kochanowski, se trouvait une clinique psychiatrique juive. Il semblerait que pendant la guerre les Allemands aient installé à «Zofiówka», ou s'apprêtassent à y installer, une maternité, *nur für Deutsche*: des Allemandes enceintes debout aux fenêtres contemplent au travers des claires-voies ce qui se passe non loin de là, dans la forêt de pins. Elles mettent au monde de véritables enfants aryens. Aujourd'hui à « Zofiówka » — superbe bâtiment à un étage, grandes fenêtres, terrasse au premier, grands pins aux alentours —, se trouve une maison de santé qui porte le nom de Felix Dzierźynski. Quel beau nom ! Adam Czerniaków, qui en 1940 et 1941 se rendit à plusieurs reprises en cure à Otwock — il descendait alors à « Zofiówka » ou à la maison de repos « Brijus » —, raconte qu'en août 1940, à « Zofiówka » justement, un malade l'attrapa par le bras : il avait en lui, ou plutôt croyait avoir en lui, mille chandelles noires.

— Je ne me souviens pas si le ghetto dont tu parles était entouré d'une palissade ou de fils barbelés, dit ma mère. Je ne suis même pas sûre d'avoir été à cette époque à Otwock. Si c'est le cas, je n'ai dû passer qu'à la gare. Ou alors j'ai traversé cette petite gare en me rendant à Celestynów. Tu sais où se trouve Celestynów.

— Je sais, dis-je. C'est le troisième arrêt après Otwock.

— Ta grand-mère y tenait une pension pendant la guerre, dit ma mère. Les seuls Juifs du coin dont je me souvienne, ce sont ceux que ta grand-mère cachait dans sa pension. En fait ce n'étaient pas des Juifs du coin. C'étaient plutôt des intellectuels qui avaient fui Varsovie. Mais j'ignorais à l'époque que c'étaient des Juifs.

— C'était à quelle époque ?

— En 1943, je crois, dit ma mère. Car c'est à cette époque, vers la fin 42 ou au début 43, que ta grand-mère quitta la région de Pułtusk avec tous ses biens et s'enfuit à Varsovie. Tous ses biens se trouvaient dans le Reich et il y avait là-bas un *Verwalter* * insupportable qu'il fallait sans cesse abreuver de vodka. Après ils se mirent à l'importuner pour qu'elle signe la *Volkslita* ** : il ne faut pas oublier que ta grand-mère était protestante. C'est la raison pour laquelle elle partit. Une fois arrivée à Varsovie, elle acheta ou elle loua, je ne sais pas exactement, une

* Administrateur (all.) (N.d.T.).

** Document que les Allemands faisaient signer aux Polonais pour leur faire adopter la citoyenneté allemande (all.) (N.d.T.).

villa à Celestynów. A l'époque, nombreux étaient les gens qui quittaient Varsovie pour fuir les attaques aériennes russes. Les locataires à qui elle louait des chambres étaient soi-disant des réfugiés de la rue Żurawia ou de la rue Wspólna. En fait, c'étaient des Juifs. Un jour, à Pâques 1943, alors que nous étions tous, toi et Alinka aussi, à Celestynów, deux vrais Juifs arrivèrent à la villa. Des vrais, dans le sens où ils ne faisaient pas semblant de fuir les attaques aériennes de Varsovie et ne disaient pas qu'ils voulaient louer une chambre. On voyait tout de suite qui ils étaient. Deux Juifs avec deux fillettes. Je me suis alors terriblement disputée avec ma mère, donc avec ta grand-mère, car elle ne voulait pas les cacher. Elle leur dit qu'ils n'avaient qu'à rester sous la tonnelle — il y avait une tonnelle dans le jardin derrière la villa — mais qu'après ils devraient s'en aller. Je me souviens de leur avoir porté à manger. Pour ta grand-mère, ce fut un véritable dilemme : c'était ou bien ces deux hommes avec les fillettes, ou bien ses locataires. En effet, les gendarmes ou les policiers bleu foncé pouvaient venir les chercher. Non loin de là, il y avait le poste de la Kripo. Mais à l'époque je ne comprenais pas. Je ne savais pas qui étaient les locataires de la villa. En haut habitaient les parents du chirurgien qui après la guerre t'opéra de l'appendicite. Par la suite il émigra en Suède.

— Et que sont devenus ces deux hommes, demandé-je, avec les deux fillettes?

— Comment veux-tu que je le sache? dit ma mère. Tous deux se ressemblaient énormément. Les fillettes se ressemblaient aussi beaucoup, mais pas autant que les deux hommes.

— Lorsqu'ils sortirent de la forêt, dis-je, et qu'ils virent les gendarmes venir à leur rencontre, il était trop tard pour faire demi-tour et se cacher dans les pins. Imagine-toi ce qu'ils ont dû alors penser de cette chrétienne qui leur donna à manger sous la tonnelle puis leur dit de s'en aller. Ils pensèrent à elle en creusant le trou que les gendarmes leur dirent de creuser.

— Je t'ai déjà dit qu'il s'agissait d'un dilemme, dit ma mère. Je ne suis pas sûre que Dieu existe.

— S'il existe, dis-je, ils ont dû le savoir après. Pourquoi dis-tu cela ?

— Tu peux penser ce que tu veux, dit ma mère. Si Dieu existe... Mais mon histoire n'est pas finie, son dénouement est absolument incroyable. Avant de s'en aller, les deux Juifs convinrent avec ma grand-mère de lui laisser les deux fillettes qu'elle devait ensuite emmener à Varsovie. Là-bas, elle devait téléphoner à quelqu'un qui viendrait chercher les deux gamines. Je ne me souviens pas du détail, mais c'est en gros ce qui fut convenu. Le lendemain, je crois, ou peut-être le jour même, oncle Antek emmena les petites filles à Varsovie. Ils se rendirent en charrette jusqu'à Otwock et, de là, prirent le petit train de banlieue. L'une des fillettes avait dix ou douze ans. Elle comprenait tout ce qui se passait. Elle savait donc qu'il ne fallait pas parler. La deuxième fillette, qui était sans doute la sœur de la grande, avait quatre ou cinq ans. Il était difficile de lui expliquer qu'il ne fallait pas ouvrir la bouche. L'aînée essayait de faire comprendre à la petite qu'il fallait se taire, mais en vain. Dès que le train s'ébranla, la petite, probablement ravie de voyager dans ce petit train jaune et bleu, se mit à sautiller au milieu du wagon et à crier : “ Je suis une petite Juive. Je suis une petite fille juive. ” Imagine-toi un peu la tête d'oncle Antek. Imagine-toi un peu ce qu'il devait ressentir. D'Otwock à Varsovie il y a presque une heure de route.

— Pourtant oncle Antek vit toujours, dis-je. S'est-il passé un miracle ? Un miracle qui dura une heure ?

— Oncle Antek a une chance incroyable, dit ma mère. Pendant l'insurrection, à deux reprises, il a failli être fusillé et les deux fois il en est sorti indemne. Cela lui a quand même coûté deux montres.

— C'était cela, les Allemands, dis-je, une bande de pickpockets qui affinent leur idéologie débile en pillant. Des bandits qui subliment leur philosophie d'infirme en volant, en tuant. Ils auraient pu aussi bien s'approcher des Juifs et des Polonais et leur dire : “ Donnez-nous toutes les montres, toutes les bagues que vous portez car nous sommes les plus forts, et elles nous reviennent. » Mais non. Ils venaient et disaient : « Nous vous assassinons parce que notre idéologie dit que nous devons vous assassiner. Et à l'occasion nous vous volons vos montres, vos bagues. » Tu as vu ces photos où l'on voit des Allemands, rue Grzybowska ou rue Twarda, couper la barbe aux Juifs ? D'un côté les beaux visages nobles, bibliques, des Juifs que l'on tire par la barbe, de l'autre les visages hébétés des Allemands. Leurs sourires abrutis, leurs bouches béantes. Je ne suis pas raciste, mais il faut reconnaître que ce sont de minables mutants, des sous-hommes et non pas des surhommes, qui assassinent des hommes.

— Laisse-moi donc finir, dit ma mère. Autour d'oncle Antek et des fillettes se créa soudain un vide, comme si tous les passagers du wagon avaient estimé que dans les autres wagons ils auraient davantage de place. La petite fille continuait de sautiller en criant : « Je suis une fillette juive », sans doute déçue de voir son auditoire se réduire comme une peau de chagrin. C'est ainsi qu'oncle Antek et les deux petites Juives arrivèrent sans encombre à Varsovie. Mais l'histoire ne se termine pas là. Ta grand-mère habitait à cette époque rue Koszykowa, non pas du côté de la rue Marszałkowska, là où nous étions, mais de l'autre côté, près de la rue Mokotowska. Elle y louait un appartement, ou plus exactement une moitié d'appartement. Le couloir était coupé en deux par une armoire derrière laquelle vivaient des gens dont on ne savait rien. La personne qui devait récupérer les fillettes mit du temps à se manifester : elle ne vint les chercher qu'au bout d'une semaine ou deux. Pendant ce temps, les gens derrière l'armoire durent entendre les vantardises de la gamine de quatre ou cinq ans : « Je suis une petite Juive. » De plus, cet appartement se trouvait au premier étage ; tout près de là il y avait des SS ou des SA qui passaient sans cesse sous les fenêtres de l'appartement.

— Ils portaient des uniformes marron clair, marron-jaune, dis-je, des képis ronds ; un brassard rouge avec une croix gammée dans un cercle blanc enserrait leur bras. Je crois que c'était une formation de SA. Ils patrouillaient avec des chiens dont j'avais terriblement peur. Tu te souviens quand tu m'as tiré sous un porche rue Koszykowa? Ils devaient être en train de faire une rafle, mais ceux-là ne portaient pas de képis ronds, ce n'étaient peut-être pas des SA.

— Je ne m'en souviens pas, dit ma mère. Tu n'as qu'à faire le bilan : ta grand-mère, oncle Antek, les gens derrière l'armoire, les voisins de l'étage, le concierge de l'immeuble qui n'était certainement pas sourd. Ajoute à cela la personne qui vint chercher les fillettes et ceux chez qui on les emmena ensuite. Je ne crois pas que nous devrions avoir honte de nous.

— Je voulais encore savoir comment cela se passait avec l'argent, dis-je, c'est-à-dire combien payaient les locataires de Celestynów. J'ai lu un récit qui a été transcrit par la femme de Berman *, pas Jakub, mais l'autre. Elle écrit qu'en plus du loyer ceux qui se cachaient devaient généralement payer une sorte de caution. Si ma mémoire est bonne, ils devaient payer de cinq mille à quinze mille złoty. C'est une somme incroyable. En 1942, le dollar-papier coûtait 40 złoty.

— Les dollars "durs", c'est-à-dire les dollars en or, coûtaient beaucoup plus cher, dit ma mère.

— A la fin de l'année 1942, ils passèrent subitement de cent cinquante à près de deux cents złoty, dis-je. Comment cela se passait à Celestynów?

— Ta grand-mère avait un fichu caractère, elle n'était pas facile à supporter car c'était une femme tyrannique, dit ma mère. Quoi qu'il en soit, je te prierai d'avoir la bienveillance de considérer ta grand-mère comme une personne honnête. Si les locataires juifs lui payaient quelque chose, je présume que cette somme représentait

* Les frères Adolf et Jakub Berman ont connu des destins très différents. Le premier, militant avant-guerre du Poale-Sion (sionistes de gauche), est sorti en 1943 du ghetto et a émigré en Israël en 1950. Le second, membre du parti communiste polonais dès 1928, passera la guerre à Moscou. Entre 1954 et 1956, il sera vice-Premier ministre en Pologne. Exclu du parti en 1957.

exactement le loyer d'une chambre dans la région de Varsovie. S'il en était autrement, permets-moi de te dire qu'ils ne payaient pas plus que les autres.

— Les Juifs distribuent aujourd'hui des diplômes et des médailles à ceux qui ont caché des Juifs, dis-je : "Juste parmi les peuples du monde." On plante de petits arbres, etc. C'est très joli tout cela et c'est sans doute bien de le faire, mais il y a là quelque chose qui me trouble : il ne devrait y avoir aucune récompense pour ce genre d'actions. Je parle des récompenses temporelles. Si ces actions doivent être récompensées, elles devraient plutôt l'être dans l'au-delà. J'imagine une récompense sous forme de pardon absolu, une voix qui dirait à quelqu'un, debout au pied du trône : "Puisque tu as caché des Juifs, je dissous dans l'oubli tous tes péchés." Et si, mon Dieu, je puis Te demander quelque chose, je Te demande de récompenser ainsi ma grand-mère.

— Si Dieu existe, dit ma mère, je pense que tu ne dois pas Lui demander une telle chose. Il y a certainement déjà pensé.

— Écoute Hania. Si j'étais juif, je serais parti de Pologne au plus tard en 1950. Et si je n'étais pas parti ou si j'étais parti après cette date, j'estimerais que j'ai agi très bêtement, imprudemment, que j'ai commis la plus grande erreur de ma vie. Quand je dis : "Si j'étais juif", je ne pense pas au Juif qui s'est assimilé, qui est donc devenu polonais, ni au Juif qui est passé chez les communistes, ni au Juif qui est encore un peu juif tout en ne l'étant plus tout à fait. J'ai à l'esprit un Juif véritable, pieux, orthodoxe, car j'espère bien que si j'étais juif je serais ce Juif-là : fervent, allumant des bougies, lisant des livres, parlant yiddish et hébreu, parlant mal ou ne parlant pas le polonais. Certes, il est possible que si j'étais juif je serais un Juif assimilé. Mes grands-parents, bien que juifs, auraient envoyés leurs enfants au lycée polonais. Étant un Juif assimilé, je n'aurais certainement pas le choix, je devrais bon gré mal gré poursuivre mon assimilation. Je ne sais pas alors ce que j'aurais fait. Le problème des Juifs assimilés est pour moi trop difficile, contrairement à celui des Juifs passés chez les communistes qui, lui, est trop facile, si facile que cela ne vaut pas la peine d'en parler. Mais le problème des Juifs assimilés est trop ardu pour ma tête stupide, pour ma tête polonaise. Si j'étais un Juif observant, j'estimerais que ce n'est pas un problème pour ma tête stupide, pour ma tête juive.

« Isaac Singer a dit un jour dans une interview — il y a longtemps, je ne me souviens pas de la source, je ne peux donc vérifier si je déforme sa pensée — qu'un Juif assimilé n'est plus un Juif et que n'étant pas juif il n'a pas à casser les pieds des autres Juifs. Il n'a qu'à les laisser en paix, du moins jusqu'à ce qu'il ait retrouvé ses racines juives. Peut-être que j'exagère. Mais Singer que j'aime pour ce qu'il a écrit pour nous tous, Polonais et Juifs, se laisse sans doute emporter par ses propos. J'ai comme l'impression qu'il a voulu se débarrasser trop allègrement de ce problème, finalement très particulier, qu'il l'a biffé d'une main légère, sans vouloir le prendre au sérieux. Quant à moi, je le dis et le redis : ce n'est pas un problème pour ma tête, car un *goy* comme moi n'est certainement pas en état de comprendre les tourments, les souffrances endurés par ceux qui se sont assimilés, ceux qui ne voulaient plus être juifs tout en continuant de l'être. Par conséquent, je ne sais pas, je n'arrive pas à savoir qui je serais et ce que j'aurais fait de moi, de ma personne, si, étant juif, j'étais un Juif assimilé. Je présume que j'aurais essayé de faire de ma dualité, de ma déchirure, de ma nature judéo-polonaise ou polono-juive la base incertaine, mouvante de mon existence, que j'aurais voulu en tirer, tirer de cette dualité, de cette situation trouble un avantage spirituel, un profit, si je puis dire, existentiel, que j'aurais considéré ma double identité comme un don me permettant d'exister doublement. J'aurais considéré l'incertitude de cette existence comme un don me permettant de me retrouver obscurément. Mais en fait que puis-je en savoir ? S'il m'était donné de choisir, je choisirais toutefois la vie d'un Juif pieux : taleth, mezouza, tefillin, Torah et Talmud.

« J'imagine qu'après ce qui me serait arrivé pendant la guerre en tant que Juif pieux, en tant qu'enfant juif pieux, né à Jadów ou à Radzymin, je cesserais d'être croyant, d'être ce Juif pieux. J'estimerais, c'est fort probable, que les terribles plaisanteries de mon dieu juif — je considérerais même probablement que je suis l'une de ses plaisanteries, et que ma ferveur en est une aussi — ne m'autorisent plus à croire en Lui. Ce qui ne voudrait pas dire pour autant que je cesserais d'être quelqu'un qui ne veut être personne d'autre qu'un Juif. Et, étant ce Juif — je reviens à ce que j'ai déjà dit —, j'aurais quitté la Pologne au plus tard en 1950. Il est du reste possible que je serais parti plus tôt, juste après le pogrom de Kielce, en été ou en automne 1946. A quoi bon vivre dans un pays où l'on ne se contente pas de battre, mais où l'on assassine les Juifs — le pogrom de Kielce fit quarante victimes. Vivre dans un pays qui est un immense cimetière de Juifs, cimetière aérien, fumées de trois millions de corps flottant entre ciel et terre, ne présente aucun agrément lorsqu'on est juif. Et pourquoi serais-je parti au plus tard en 1950 ? Parce que en 1949, en Pologne, les persécutions contre les Juifs recommencèrent.

« Comparé à ce qui s'était passé avant, elles n'étaient pas terribles : on ne battait pas, on n'assassinait pas, on ne torturait pas. A cette époque, les Polonais étaient trop occupés à se martyriser entre eux, en famille. Mais il s'agissait là de règlements de comptes, les communistes s'expliquaient avec les Polonais qui les rejetaient. Si j'étais juif, cela ne m'aurait sans doute pas beaucoup intéressé. Pourquoi donc aurais-je dû à cette époque m'apitoyer sur les Polonais alors que, pendant la guerre, les Polonais — si j'étais juif, c'est exactement ce que je penserais — ne s'apitoyèrent guère sur les Juifs ? En quoi consistait la persécution des Juifs à cette époque ? J'exagère un peu en appelant ce qui s'est alors passé « persécution ». On ne leur fit pas vraiment de mal. On les priva seulement, pour la énième fois, du droit au particularisme juif, à l'autonomie, à la dignité juives. En décembre 1949, tous les partis politiques juifs furent interdits ; quelque temps auparavant, les communistes avaient pris le contrôle des organisations juives existant en Pologne. On fit alors aux Juifs la proposition suivante : vous pouvez continuer de vivre et d'agir en Pologne communiste, vous pouvez même vous y installer tout à fait confortablement, mais à la seule condition de faire allégeance aux communistes et de collaborer avec eux, à la seule condition d'aider les communistes à tourmenter les Polonais. Quelle charmante occupation ! Nombreux furent les Juifs à accepter ce marché et, si j'étais juif j'éprouverais une honte terrible en pensant à tout cela. Mais je suis *goy*, cette honte-là au moins, je n'aurais pas à l'assumer. Que les Juifs l'assument en pensant aux leurs qui se sont comportés comme s'ils n'étaient pas juifs ! J'estime également que si j'étais juif je considérerais qu'à l'époque j'ai quand même été persécuté. Cette proposition de coopération, de collaboration qui leur fut présentée contenait, recelait une deuxième proposition très déplaisante et perverse : ou bien vous mettez une croix sur votre particularisme juif, ou bien, si vous le refusez, vous quittez le pays. Mais sachez que nous n'avons rien contre le fait que vous regagniez votre Palestine ou votre Israël. Si j'étais juif, j'aurais été obligé d'accepter, j'aurais accepté d'être placé devant l'alternative suivante : tu cesses d'être juif ou tu fiches le camp. Odieuse alternative ! Si j'avais été placé devant ce dilemme, qu'aurais-je choisi ? Je l'ai déjà dit. J'aurais opté pour la seconde issue, plus digne, plus convenable.

« Il est donc difficile de s'étonner que celui qui voulait rester juif et qui ne voulait pas édifier en Pologne un socialisme pour les Polonais ait fini par s'en aller. On peut évidemment arguer que ce ne sont pas les Polonais qui placèrent les Juifs devant cette alternative, mais les Juifs : les Juifs qui, selon de nombreux Polonais, gouvernaient alors la Pologne. Des gens comme Hilary Minc, Jakub Berman ou Roman Zambrowski. On peut aussi arguer que ce ne sont ni les Polonais ni les Juifs qui placèrent les Juifs devant cette alternative, mais les communistes, c'est-à-dire des gens qui ne sont ni juifs, ni polonais. Les vieux Juifs, les sages, considèrent que le Juif qui devient communiste n'est plus digne d'être juif, car son adhésion prouve sa bêtise incurable ou sa folie. Ce n'est pour ainsi dire qu'une plaisanterie. Les vieux Juifs, les sages qui jadis ont été communistes, lorsqu'ils disent cela, sourient de manière équivoque, laissant entendre par là qu'ils ont été terriblement bêtes, mais que cela leur a passé. Ce n'est donc qu'une plaisanterie, mais il y a en elle quelque chose qui incite à la réflexion, car il est possible qu'elle concerne également certains Polonais. Même si l'on considère, avec quarante ans de recul, que ce ne sont ni les Juifs ni les Polonais qui ont voulu priver les Juifs de leur particularisme, mais d'étranges mutants qui dominaient alors la Pologne, il me paraît peu vraisemblable que les Juifs polonais, à cette époque, il y a de cela quarante ans, voyaient les choses exactement de cette manière, les comprenaient ainsi. Ils étaient en Pologne, et le pouvoir qui voulait les transformer en bâtisseurs du communisme polonais, qui voulait en quelque sorte appliquer une nouvelle méthode d'assimilation, une méthode inédite, prétendait qu'il était polonais. Ce qui leur arrivait — je présume qu'ils voyaient les choses ainsi — était l'œuvre, l'idée des Polonais. Que ces derniers fussent inféodés à Staline? C'est possible, mais Staline était loin tandis que les Polonais étaient près. Toujours est-il que ces "Polonais" attendaient à nouveau quelque chose des Juifs. Or ce quelque chose ne correspondait absolument pas à ce que voulaient ces derniers. Si j'étais juif, c'est certainement ce que j'aurais pensé. Je n'aurais vraiment pas apprécié que les Polonais veuillent gérer ma vie selon des critères polonais: polonais, russes ou communistes, peu importe. Qu'ai-je à faire de leur communisme polonais ou russe, moi, adolescent de quatorze ou quinze ans, animé des sentiments de piété ou ayant perdu la foi, sauvé par miracle du ghetto, par miracle ayant survécu derrière une armoire, par miracle ayant échappé à une perquisition dans un grenier? C'est certainement ce que j'aurais pensé. J'exigerais alors de mes parents, si mes parents étaient juifs, qu'ils m'envoient en Israël, en Australie, en Amérique, le plus loin possible de ce pays où il se trouve toujours quelqu'un à qui ma vie juive ne plaît pas, quelqu'un qui a toujours des projets concernant ma vie juive, projets qui aboutissent tous à la conclusion qu'il me faut vivre non pas comme il me plaît, non pas comme me l'ordonnent ma religion, mon identité, ma nature juives, mais autrement, conformément à des idées polonaises ou russes. Quoi qu'il en soit, je serais parti, tu entends Hania, au plus tard en 1949 ou en 1950. Car, après, les Juifs en Pologne n'ont plus eu de choix : pris dans les pattes de Staline, ils ont dû renoncer à leur identité juive. Je ne sais même pas s'ils méritent encore le nom de Juifs.

— Ne vaudrait-il pas mieux que tu t'occupes des Polonais, de leur manière de se conduire, de l'endroit où ils doivent se rendre et du moment où il leur convient d'y aller ? demande Hania. Si j'étais juif. Si je n'étais pas un *goy*. Comment peux-tu savoir ce que cela signifie d'être juif. Tu ne le sauras jamais.

— Ne te fâche donc pas, dis-je. Il n'y a pas de mal à s'identifier à eux ou à se mettre à leur place. Même si tu as raison de dire que je ne saurai jamais ce que c'est d'être juif, j'aurai du moins appris ce que c'est d'être polonais et ce que moi, en tant que Polonais, je pense d'eux, je pense de tes Juifs. Car je n'ai pas les idées claires à ce sujet.

— Après ce que tu viens de dire, que dois-je faire de ma personne. D'après toi, que dois-je penser de moi-même ? dit Hania. N'oublie pas qu'en 1940 le CC envoya mon père dissoudre le Bund. N'oublie pas que je suis une Juive assimilée dont ton imbécile de Singer dit qu'elle n'est pas digne d'être juive. Tu veux peut-être que je te donne raison, que je te dise que mon père n'était pas juif car il avait renoncé à son identité juive, que je ne suis pas juive car moi aussi j'y ai renoncé ? C'est impossible, car mon père était un Juif honnête, un homme honorable, bien que communiste, de même que moi je suis juive et le resterai. Je n'ai plus qu'à aller dans la cuisine et à y pleurer une petite heure. Je te prierai seulement de me laisser tranquille, de ne pas venir me consoler, car je refuse d'être consolée par quelqu'un qui de toute façon ne comprendra jamais qui je suis.

— Je n'ai nullement l'intention de te consoler, dis-je. Comment peut-on consoler une personne qui pleure sur elle-même parce qu'elle ne sait pas exactement qui elle est.

— Tu es vraiment un personnage odieux, dit Hania. Il n'y a pas en toi la moindre parcelle de pitié. Je me demande comment j'ai pu t'épouser.

— Hania, dis-je, il y a en moi tant de pitié que je ne sais où la mettre.

— Je t'en prie, dit Hania, ne dis pas de bêtises.

Que le banc en bois aux pieds métalliques fût autrefois peint en blanc puis en vert est une supposition : la peinture s'est écaillée et détachée de son support depuis bien longtemps. Autre supposition : ce banc se trouvait, il y a des années de cela, dans un parc ou peut-être dans le hall d'une maison de repos d'Otwock. Aujourd'hui, ce banc — qui l'a déplacé ici et quand ? — se trouve dans le jardin de Sarah Fliegeltaub, tout près d'un des murs latéraux de la remise, dans un coin du jardin, le coin le plus éloigné si l'on considère les choses du point de vue de la villa, de la véranda ou des fauteuils blancs en osier. Entre le mur latéral de la remise, le grillage contre lequel la remise est appuyée et le banc aux pieds métalliques — ainsi que tout le long du grillage — poussent des groseilliers blancs et rouges. Dans la remise sont stockés du charbon ainsi que les outils — râteaux, bêches et serfouettes — dont se sert Shloïmelé quand l'envie lui en prend. Il y a aussi la pelle à charbon avec laquelle Shloïmelé, manches retroussées, charge son seau, tout en monologuant. Quant à savoir ce que se raconte Shloïmelé le sot, l'éclopé, nul ne le sait car nul ne l'écoute. Cela vaudrait toutefois la peine de prêter l'oreille à ses entretiens avec les esprits. J'ajouterai encore que Shloïmelé ne parle pas tant, ne discute pas tant qu'il ne bredouille, geint, se lamente ou chante. Écoutez un peu les grands solos de Shloïmelé tandis que sa pelle grince et cogne le charbon qui s'en va rouler dans le seau ! Hélas, seule la remise en profite.

Si l'on voulait se cacher, on pourrait, en utilisant la pelle de Shloïmelé, aménager entre le charbon et le mur du fond une espèce de tunnel, de caverne, de galerie. La remise deviendrait alors un abri, un bunker tout à fait corrects, une cachette des plus sûres. N'y a-t-il pas dans le mur du fond plaqué au grillage une planche que l'on peut déplacer? N'y a-t-il pas dans le grillage un trou permettant une éventuelle évasion? N'est-ce pas là une bonne cachette où l'on pourrait passer quelques heures, quelques jours ou quelques semaines? Mais, s'ils devaient venir avec des chiens, ils trouveraient sans difficulté la petite Niuta ou la petite Gitla toute barbouillées de charbon. Donc on ne peut dire que cette remise soit une cachette tout à fait sûre. Par cette matinée de juillet 1937, il fait une chaleur torride, voire étouffante. Tout contre l'oreille d'Icyk assis sur le banc volette dans un terrible vrombissement un bourdon sans doute alléché par les fleurs blanches des concombres grimpant aux murs de la remise et au grillage, par les cœurs jaunes de ces fleurs blanches. Pourquoi faudrait-il se cacher dans la remise où du reste on ne peut entrer puisqu'elle est verrouillée par un énorme cadenas rouillé. Assis sur le banc comme l'est actuellement Icyk — le matin, à midi et à l'heure du dîner —, on peut doucement se réchauffer au soleil; tournant au-dessus du jardin de Mme Sarah Fliegeltaub, jouant à cache-cache derrière la cime des arbres: « Cet arbre à gauche, c'est sans aucun doute un érable, pense Icyk, et cet autre un tilleul ou un peuplier? Quand donc serai-je capable de distinguer un érable d'un châtaignier, un tilleul d'un érable! — Il n'y a là rien d'étonnant, dis-je à Icyk, pour celui qui a passé toute son enfance rue Stawki ou rue Zamenhof et s'est retrouvé pour la première fois au jardin Krasinski à l'âge de treize ou quatorze ans, a avoir du mal à différencier un tilleul d'un érable. » Moi aussi je suis un enfant de la ville. Pendant de nombreuses années, j'ai eu les mêmes problèmes. Pourtant, dans mon enfance, je me suis amusé dans le parc Ujazdowski, là où se trouvent la bascule verte et la statue d'une jeune fille nue qui à l'époque m'intriguait beaucoup. En 1940 ou en 1941, les enfants de la rue

Dzielna, ou peut-être ceux de la rue Niska, regardaient un vieux Juif promenant une vache au bout d'une corde. Un Juif qui promène une vache par les rues du ghetto, c'est un spectacle fort insolite. Mais peut-être était-ce une chèvre. Peu importe. Les enfants couraient derrière le Juif, la vache ou la chèvre, en se querellant pour savoir ce qu'était cet animal. Savez-vous, monsieur, ce qui fut décidé ? « Je sais, dit Icyk, qui pourtant ne peut m'entendre à cause des cinquante années nous séparant. Il fut décidé que cet animal était un cheval. » Le soleil irisant le tilleul ou l'érable réchauffe doucement les genoux et les mains d'Icyk. A ses côtés, sur le banc jadis peint en blanc et en vert, reposent un cahier d'écolier à grands carreaux ainsi qu'un stylographe, un Parker à plume d'or, acheté chez Siudecki rue Szpitalna au prix de dix-sept złoty. Ce qui n'est pas une bagatelle. Mon ami Icyk en est très fier. C'est avec ce stylographe, sur ce cahier, qu'Icyk rédige ses feuilletons paraissant dans le quotidien *Der Moment*. Ce banc est un lieu idéal pour qui doit travailler par une belle et torride journée de juillet, car premièrement il est agréablement et modérément chauffé par le soleil, ce que nous savons déjà. Deuxièmement il n'est pas visible de la véranda, aussi les voix des estivants causant sur les marches ou dans la salle à manger, avant de parvenir jusque-là, s'empêtrent-elles dans les ramées de jasmin et, devenues chuchotements, murmures presques imperceptibles, ne peuvent-elles gêner celui qui doit se concentrer.

Icyk doit travailler car les chroniques publiés dans *Der Moment* sont sa principale et, disons-le, son unique source de revenus. Pour un feuilleton, Icyk touche trente-quatre złoty, on peut donc en déduire qu'Icyk est un feuilletoniste apprécié. Avec trente-quatre złoty, on peut acheter deux Parker à plumes d'or. On peut aussi passer sept jours dans la pension de Sarah Fliegeltaub, mais il faut alors ajouter un złoty supplémentaire. Une paire de guêtres coûte vingt-cinq złoty, un mètre de drap de Bielsko-Biała, quarante et un złoty, un kilo de viande de veau avec os, au marché de la rue Koszykowa, un złoty quarante-sept grosz, un concombre aigre, neuf grosz, un billet de tramway, vingt grosz. Pour un vers imprimé dans *Literarishe Blatter*, Icyk touche neuf złoty si la rédaction a de l'argent, sinon il ne touche rien. Mais, bien que *Der Moment* attende le feuilleton qu'écrit ou plus exactement que devrait écrire Icyk pour après-demain matin au plus tard, Icyk ne travaille pas. Ne croyez pas toutefois que les alanguissants rayons de soleil y soient pour quelque chose. Le cahier d'écolier à grands carreaux est fermé sur le banc avec le stylographe sur la couverture. Car les pensées d'Icyk ne se prêtent pas à l'écriture. Elles s'y prêteraient que nul ne songerait à les imprimer.

« C'est décidé, pense Icyk, mais je serais bien incapable de répondre à la question de savoir qui a pris cette décision et pourquoi. Mais c'est décidé. Il n'est d'ailleurs pas exclu que ce soit une décision de ce dieu juif en qui tantôt je ne crois pas du tout, tantôt je crois un peu. Nous n'avons aucune chance ici, c'est évident. Vu ce qui va se passer — même le dieu en qui je ne crois qu'un peu serait incapable de le prévoir — l'idée de nous embarquer sur des navires pour nous expédier à Madagascar ne me paraît pas si mauvaise. Malheureusement, Madagascar n'appartient pas aux Polonais et, quand bien même cette île leur appartiendrait, le transport en bateau de trois millions de personnes serait impraticable. Combien de fois le *Batory* ou le *Pilsudski* devraient faire le tour de l'Afrique ? Mais il est peu probable qu'on nous fasse voyager sur des paquebots de luxe. Je nous verrais plutôt dans des cales de cargos délabrés comme autrefois les Noirs. Non pas que j'aie envie d'aller à Madagascar, surtout aujourd'hui, tandis que le soleil glissant derrière les arbres — sont-ce des tilleuls, des peupliers ? — me réchauffe doucement les genoux, que le bourdon volant en direction des plants de concombre me bourdonne agréablement aux oreilles. Je suis bien ici et ne serais pas mieux ailleurs. Mais, même si dans la lointaine Madagascar je devais me sentir beaucoup plus mal, je trouve complètement idiot de continuer à attendre sur ce banc ou dans ce fauteuil en osier sous la véranda ce qui va sous peu se passer ici. Idiots de Juifs ! s'écrie Icyk. Évidemment, son cri est intérieur, tout doux, pas plus sonore que le vrombissement du bourdon à ses oreilles, car proférer des choses pareilles dans le jardin de Sarah Fliegeltaub ou dans la Grande Synagogue de la rue Tłomackie, cela ne rime à rien. Idiots de Juifs! ne comprenez-vous pas que vous devriez tous sans exception déguerpir immédiatement car, si vous ne partez pas, vous allez être réduits à néant. Si ce ne sont les Allemands, ce seront les Polonais, si ce ne sont les Polonais, ce seront les Russes. Levez donc vos têtes stupides de la *Guemara* *, regardez autour de vous, écoutez, réfléchissez à ce qui se passe. Tous ceux qui croyaient en l'évolution, Darwin, Hegel, Marx, Nietzsche et toute la compagnie avaient raison. Seulement, ils n'avaient pas prévu que l'évolution, ce processus qui se déroule sur des millions et des millions d'années, prendrait soudain de la vitesse, s'emballerait. Ils n'avaient pas prévu que cette accélération les affecterait également, qu'elle s'en prendrait à notre espèce qui, évoluant à une allure inconnue de la nature et de l'humanité, se transformerait, engendrerait une espèce nouvelle, totalement ignorée à ce jour, une surespèce, une sous-espèce; que cette nouvelle espèce, ces mutants soudain générés par l'humanité, ces produits de l'humanité subitement transmués, voudrait contraindre à l'évolution ceux qui n'arrivent pas, ne peuvent pas, ne veulent pas évoluer à cette vitesse effroyable, inhabituelle, ceux qui de toute façon n'évolueraient pas — ce n'est même pas la vitesse du processus qui est ici en cause — parce que cela va à l'encontre de leur nature humaine. Réfléchissez un peu, idiots de Juifs: qui sont donc ceux qui n'arrivent pas à évoluer, qui n'évolueront pas? Mais il s'agit de vous, de votre identité juive, immémoriale, immuable. Que les mutants s'en prennent à vous, peut-être pas seulement à vous mais avant tout à vous, en essayant de vous contraindre, vous et vos semblables, d'une manière ou d'une autre, à évoluer un peu plus vite, cela ne fait pour moi aucun doute. Vos coutumes immémoriales, vos barbes bibliques, vos lévites immuables, vos idées se

* Une partie du Talmud.

perdant dans la nuit des temps, vos papillotes réfractaires à toute évolution susciteront dégoût et horreur chez cette nouvelle espèce, car tout ce qui est immémorial et immuablement humain suscitera en eux horreur et dégoût. Si ce n'est Hitler, ce sera Staline. Si ce n'est Staline, ce sera un Mussolini polonais, roumain ou hongrois. Car ces mutants, pense Icyk en repoussant de la main le bourdon vrombissant désespérément, qui a confondu son oreille avec une fleur de concombre, sont maintenant partout. Il n'est même pas exclu qu'ils soient déjà à Madagascar, qu'il n'existe plus une seule île où les Juifs pourraient leur échapper. Mais mes pensées sont-elles publiables dans *Der Moment*? Tout d'abord, personne ne les publierait. Avec cela, ils n'auraient pas tort car il se peut que je me trompe; peut-être n'y a-t-il pas eu, n'y aura-t-il aucune mutation, à quoi bon trembler? Les bourdons vrombissant sur les fleurs de concombre vrombissaient de la même manière il y a mille ans, cent mille ans et, pourquoi pas, mille milliers d'années. De plus, il s'agissait sans aucun doute des mêmes bourdons sur les mêmes fleurs blanches, et notre bourdon rigolerait bien, s'il en était capable, à l'idée, s'il avait le don de penser, qu'il existe une évolution des espèces, des bourdons, des fleurs et des hommes. En fait, ma manière de raisonner ne fait que prouver le caractère juif de mon esprit, son incapacité à évoluer, sa réticence aux mutations, à l'évolution. Si mes pensées venaient à être écrites ou publiées, cela ne manquerait pas de déchaîner la fureur des mutants. Du reste, malgré ses sympathies pour le Bund, sa probable foi en l'évolution, son désir vraisemblable de contraindre les Juifs, moi y compris, à évoluer un peu plus vite, mon cher ami Moritz Kaplan aurait, je crois, la même attitude de dégoût à l'égard de mes idées. Je me demande si Moritz sait ce qui est sur le point de se passer ici, s'il comprend ce que les mutants ont l'intention de faire. Je ne mets pas en doute ses bonnes intentions, mais il faudrait quand même que je lui dise qu'il n'a pas à tendre la main à ce genre de projet. » Icyk ouvre alors son cahier à gros carreaux sur ses genoux, dévisse son Parker à plume d'or, parvenu à la conclusion qu'il doit quand même transcrire ses pensées car, s'il ne le fait pas, il a la certitude que par cette torride journée de juillet, tandis que les bourdons se traînent dans l'air étouffant, tandis qu'aucune feuille ne frémit dans les buissons de jasmin, elles s'envoleront aussitôt de sa tête et qu'il ne réussira pas à se souvenir de ce à quoi il pensait ce 13 juillet 1937 à Otwock entre la remise et les groseilliers rouges et blancs.

Je recopie les titres d'articles parus dans *Notre revue*, le quotidien juif le plus important publié à Varsovie en langue polonaise, le 13 juillet 1937. « En Chine la guerre est déclarée. » « Dans la région de Madrid. » « Les frontières de l'État juif ne sont pas encore bien définies. » « La vérité sur la disgrâce de Leni Riefenstahl. » « Premiers essais d'application du système aryen sur le terrain de l'autogestion artisanale. » « Un ghetto dans les chemins de fer de l'État? » « Ce qu'on apprend aux enfants allemands. » « Faire au plus vite une demande de passeport étranger. » « Accusé d'activités communistes. » « 13 septembre: ouverture du procès des inculpés de Przytyk. » « Un policier tue d'un coup de revolver le voleur à bicyclette. » « Retentissements des événements sanglants d'Otwock. » « Les amitiés problématiques entre l'Autriche et l'Allemagne. » « Échos des incidents antisémites de Częstochowa. » « Les millions affluent dans les caisses du gén. Franco. » Etc. En lisant ces titres cinquante ans après, en juillet 1987, on peut dire que les avertissements ne manquaient pas. Mais les nouvelles concernant Leni Riefenstahl, « amie de Hitler et despote du cinéma allemand » — la mère Riefenstahl était juive polonaise —, congédiée des salons du Reich par le docteur Goebbels, l'information donnée par le journal moscovite *Troud* sur l'extermination systématique des agents trotsko-boukharinistes comme celle concernant les deux milliers de Marocains débarqués à Algésiras puis expédiés en train sur le front de Madrid permettaient-elles de prévoir, à cette époque, en juillet 1937, que tout finirait dans un bain de sang? A l'intersection des rues Stawki et Dzika? Il est vrai qu'un peu plus tôt, en février de cette même année, dans l'hebdomadaire varsovien *Prosto z mostu*, un jeune poète annonçait dans un poème intitulé « La Pologne a explosé en 1937 » que bientôt « son pays embaumerait le blé et non plus l'intellect rabbinique » ; il disait avoir gracieusement prié un ange de Dieu d'envoyer la Nuit des longs couteaux sur les lecteurs de l'écrivain juif Marcel Proust. Mais il s'agissait là de menaces que l'on ne prenait certainement pas très au sérieux. Ceux qu'Icyk Mandelbaum considérait comme des mutants étaient encore loin, perdus dans une sorte de brume. Par conséquent, on peut se demander si, ce jour, assis sur un banc en compagnie d'un bourdon, à côté d'un cahier à grands carreaux, Icyk pouvait prévoir, maintenant ou en général, ce qui allait bientôt se passer. En effet, il ne pouvait prévoir qu'en 1940 ou en 1941, voyant un Juif promener une vache au bout d'une corde, des enfants juifs de la rue Niska s'écrieraient : « Oh, un cheval, un cheval ! »

« Je ne dis pas que j'avais prévu ce qui allait se passer : à l'époque personne ne pouvait le prévoir. Je pressentais seulement qu'il allait se passer quelque chose, c'est là toute la différence. Je ne suis d'ailleurs pas le seul, d'autres que moi avaient senti que notre pension d'Otwock se trouvait sur une espèce de zone sismique, que dans les profondeurs du sol, sous nos pieds, quelque chose était en train d'exploser, de craquer, de glisser, de s'entrouvrir. Je n'étais pas le seul à avoir perçu ce grondement souterrain.

— Ma question ne vient peut-être pas à propos, dis-je, mais je voudrais savoir pourquoi ceux qui entendaient ces craquements, qui pressentaient que quelque chose allait se passer n'ont pas hurlé qu'il fallait fuir cette zone, le plus vite possible.

— Tout le monde à cette époque voulait partir, dit Icyk. Peut-être pas tout le monde, mais presque tout le monde.

— Pourquoi ne partaient-ils pas ?

— Votre question est tellement puérile, dit Icyk. Tout d'abord ceux qui entendaient ce grondement venu des profondeurs du sol, ces rugissements de forces souterraines recrachant à la surface de la terre des lambeaux de viande ensanglantée n'étaient pas très nombreux. D'autre part, rares étaient ceux qui pouvaient se permettre de partir car cela coûtait beaucoup d'argent.

— Oui, mais il y avait des gens qui prévoyaient ces choses terribles et qui étaient en mesure de se payer un certificat dont je connais le prix permettez-moi de vous le dire.

— Oui, il y en avait.

— Ils savaient qu'ils devaient partir. Ils avaient l'argent pour le faire, donc ils pouvaient partir. Pourtant ils ne sont pas partis.

— Ils ne sont pas partis.

— Pourquoi?

Mais Icyk ne répond pas à ma question car, entre les buissons de jasmin, sur le sentier qui mène de la villa à la remise, apparaît soudain Jureczek Wasiutyński : pantalons blancs ou plutôt crème car ils ne sont pas en toile mais en laine anglaise de première qualité, chemise blanche et pull-over blanc au décolleté en V souligné par deux fines raies rouge et bleu marine, raquette de tennis dans un fourreau blanc également, moustache blonde et casquette à visière blanche. Si ce n'était le nez, un peu trop long, on pourrait dire que Jureczek Wasiutyński est d'une beauté incroyablement aryenne. « On pourrait dire de même, pense Icyk, que Jureczek a un esprit incroyablement aryen, je pense à ses idées, aryennes, mais si je formulais tout haut ma pensée Jureczek serait certainement furieux car, selon lui, il n'y a pas de Juif plus juif que lui. »

— Mais pourquoi ne sont-ils pas partis, dis-je avec insistance à une distance de cinquante années ou de sept mille kilomètres selon le lieu où je situe Icyk tandis que nous conversons ensemble.

— Vous êtes vraiment ennuyeux, dit Icyk. Vous savez pourtant bien qu'il n'existe pas de réponse aux questions idiotes. Ils ne sont pas partis parce qu'ils ne sont pas partis. Pourquoi ne partez-vous pas, vous? Vous qui prévoyez toujours le pire. Vous qui prévoyez qu'à l'endroit où vous êtes justement assis, à l'angle de la rue Filtrowa et de la rue Sędziowska, il va se passer sous peu quelque chose de terrible.

— Pourtant le zaddik * de Góra Kalwaria est parti, lui.

— Je vous serais reconnaissant de vous abstenir de tout commentaire à ce sujet. Un homme comme vous n'est pas en état de comprendre ce que signifie le mot "zaddik". Quant à moi, je n'ai pas l'intention d'émettre une opinion sur notre zaddik. Et maintenant je vous prierai de vous éloigner à une distance de cinquante années ou, si vous voulez, de sept mille kilomètres, car j'ai quelque chose à dire à Jureczek Wasiutyński, qui me rend fou, oui, je suis pris de folie lorsque ce mutant sort de sa tête incroyablement juive des idées incroyablement aryennes.

— Vous permettez que je m'assoie ici, dit Jureczek en prenant place à côté d'Icyk tout en posant sa raquette sur son cahier couleur d'azur. Je viens de gagner une partie contre Chaja, imaginez-vous, six à trois. Mais bien que je l'aie vaincue, je dois dire qu'elle est merveilleuse. Si toutes nos jeunes filles juives étaient comme elle, il y a longtemps que nous ne serions plus ici, que nous serions tous en Palestine. J'ai parfois même l'impression que nos femmes comprennent mieux le concept d'État juif que nos hommes. Je me suis mal exprimé. Je ne veux pas dire qu'elles le comprennent mieux, mais, sans peut-être même le comprendre, elles l'incarnent merveilleusement. Mlle Chaja est pour moi un véritable symbole.

— Je crois que vous exagérez, dit Icyk. Chaja incarne ce que vous avez en tête. Un point c'est tout.

— Lorsque je réfléchis à ce qui symboliserait le mieux notre idée de créer d'un État, dit Jureczek, je pense à une affiche représentant justement une jeune fille en jupette blanche, aux cheveux dénoués, une jeune fille avec une raquette, sur un court rouge. Cette affiche qui inviterait notre jeunesse au départ serait en quelque sorte une convocation, une injonction.

— A quoi voudriez-vous me convoquer? demande Icyk tout en sachant à quoi le convoque Jureczek Wasiutyński. A dire vrai, je n'aime pas beaucoup les convocations, quelles qu'elles soient.

---

* Juste, rabbi miraculeux, chef d'une communauté hassidique.

— Je ne parle pas de vous, dit Jureczek, mais de notre jeunesse. Il est évident qu'il lui manque quelque chose que l'on pourrait appeler "vigueur physique". Ou bien "vigueur raciale". Prenez par exemple la Russie soviétique. Il existe là-bas différentes organisations sportives et militaires pour les femmes, la jeunesse et même pour les enfants. Ce sont justement de ces organisations dont nous avons besoin. Il faut que nous devenions enfin un peuple sain.

— Parce que nous sommes un peuple malade? demande Icyk. Je n'y aurais jamais pensé.

— Vous n'allez tout de même pas me dire qu'un peuple qui se délecte de son infirmité, de ses blessures et, qui plus est, les glisse sous le nez, si je puis dire, du monde entier est un peuple sain, dit Jureczek. Nous nous couvrons tout simplement de ridicule en voulant impressionner les autres peuples par notre impotence.

— Mais que voulez-vous dire exactement par infirmité? demande Icyk. Est-ce le fait de ne pas avoir d'État à nous? Soit, c'est peut-être une infirmité, en tout cas je ne pense pas que nous nous en délections.

— Ce n'est pas ce que j'avais à l'esprit, dit Jureczek. Je pense plutôt à toutes nos souffrances historiques. Ces souffrances, monsieur, nous les adorons. Cela me dégoûte au plus haut point car cela tient de la psychose. Un peuple qui aime souffrir, un peuple qui aime être torturé se prive du droit d'exister, car le droit d'exister n'appartient qu'aux seuls peuples sains et forts.

— Ce qui veut dire que le peuple est pour vous un organisme vivant, dit Icyk. Un énorme animal qui est soit sain, soit malade. Lorsqu'il est malade, il se terre dans son trou, lorsqu'il est sain, il chasse les autres animaux. Ma conception du peuple est un peu différente.

— J'ai lu votre roman, dit Jureczek, et je vous le dis carrément: votre conception est inacceptable. Sabbataï Zévi * n'était qu'un vulgaire imposteur.

— Mais mon roman ne prétend pas répondre à cette

* Faux messie qui entraîna les foules juives au XVIIe siècle.

question, dit Icyk. A la question de savoir qui il était. C'est un roman sur les Juifs qui ont cru en lui. J'ai essayé de comprendre comment ils en arrivèrent à croire en lui, comment ils purent s'embarquer dans cette aventure.

— C'est bien là le problème, dit Jureczek. Encore quelques pogroms et nous verrons apparaître parmi nous un autre Sabbataï Zévi. Et à nouveau les Juifs croiront en lui. C'est bien là notre malheur, ce que je nomme « psychose », encore qu'il conviendrait mieux de l'appeler folie. En nous délectant de nos souffrances, nous sombrons dans une espèce de folie messianique. Comme si nos souffrances extraordinaires et sublimes étaient une sorte de distinction ou de récompense. D'où la conclusion que nous, et personne d'autre, avons le droit et le devoir de sauver tous les autres peuples. Vous n'avez qu'à voir : les peuples sains et forts ne sont généralement pas habités par de telles chimères messianiques.

— Vous ne jugez pas qu'un peuple peut-être fort par sa faiblesse ? demande Icyk. Que ce qu'il y a de faible en lui, ce qui semble faible en lui, peut être sa meilleure défense ? Comme vous l'avez dit, nos chimères messianiques sont peut-être ridicules, Sabbataï Zévi fut réellement un imposteur. Mais je vous ferai remarquer que nous avons quand même survécu des milliers d'années. Il n'est pas exclu que cette résistance soit à mettre au compte de nos chimères messianiques. Nous étions convaincus que Dieu avait une affaire à régler avec nous. C'est peut-être cela qui nous a permis de durer. Nous ne devrions plus exister, monsieur Jureczek !

— La croyance selon laquelle nous faisons du judaïsme le centre spirituel de l'humanité me paraît absurde, dit Jureczek. Tout aussi absurde que les chimères messianiques. Ce n'est pas un territoire spirituel qu'il nous faut conquérir, mais un territoire matériel. Nous n'obtiendrons rien si nous ne devenons pas un peuple sain. C'est pourquoi je considère ce que j'appelais "vigueur raciale" comme le mot d'ordre actuel. Je l'appellerais volontiers "ordre national étatique".

— Chaja avec une raquette de tennis ? dit Icyk. Pourquoi pas Chaja avec une carabine? Cela conviendrait peut-être mieux pour votre affiche "nationale étatique."

— L'histoire n'a encore jamais connu de colonisation sans résistance de la part des indigènes, dit Jureczek. La Palestine n'est et ne sera pas une exception. Vous savez d'ailleurs qu'en ce moment il y a là-bas un Juif pour six Arabes. Alors?

— Certes, dit Icyk. Alors quoi?

— Alors, si nous voulons que la majorité arabe ou le gouvernement mandataire nous prennent en compte, il faut cantonner là-bas près de deux mille soldats, dit Jureczek. Sans cet effectif, ce n'est pas la peine d'envisager la création d'un État juif. Mais je présume que cela ne vous concerne pas beaucoup.

— Si, dit Icyk. Mais je ne considère pas que ce soit en ce moment l'un de nos problèmes juifs les plus importants. « Je suis quand même un homme bizarre, pense-t-il. Car je sais ce que ce Jureczek a dans la tête, je sais comment va se terminer cette discussion. Aussi à quoi bon le provoquer? Chaja est certainement sous la véranda en ce moment et, si j'y allais, je pourrais la voir dans sa jupette blanche plissée. Je pourrais admirer ses chevilles moulées dans des socquettes blanches, ses bras nus dépassant des courtes manches de son corsage. Je suis convaincu que j'aurais beaucoup plus de plaisir à les contempler qu'à converser avec ce Jureczek. »

— Je suis bien d'accord avec vous, dit Jureczek. Sans vouloir vous offenser, vous me donnez l'impression d'un homme qui a perdu sa patrie. Pour vous, la Palestine ne signifie rien?

— Vous ne saisissez pas la différence subtile entre patrie et État, dit Icyk. Je n'ai rien contre le concept de *Judenstaat* *. Je connais les obligations qui découlent ou découleront de l'existence de cet État. Quant à ma patrie, elle est partout.

— Je vois, dit Jureczek. A l'instar de nos orthodoxes, vous considérez que le Talmud est votre patrie. Une patrie

* État juif. Titre d'un ouvrage célèbre de Theodor Herzl.

mobile, comme dit le docteur Bałaban. C'est tout bonnement ridicule. Nous vivons dans un contexte précis. Il existe des puissances précises qui mènent une politique internationale précise. Ce n'est pas en invoquant le Talmud, en l'agitant sous le nez des hommes politiques anglais ou français, que nous obtiendrons quelque chose. Il nous faut convaincre ces messieurs que nous avons le sens de l'État. Nous devons les convaincre qu'ils doivent compter avec cet instinct qui est le nôtre.

— Il ne s'agit pas seulement du Talmud, dit Icyk. Je me suis peut-être mal exprimé en disant que ma patrie est partout. J'aurais plutôt dû dire que tout est ma patrie.

— Que veut dire "tout"? » demande Jureczek qui n'est plus assis sur le banc mais qui, allant et venant dans le court espace entre la remise, les groseilliers et le jasmin, s'arrête de temps à autre devant Icyk pour le regarder attentivement. « On dirait qu'il veut vérifier, pense Icyk, si je suis vraiment juif, s'il est possible que quelqu'un comme moi soit juif. Ou bien on dirait qu'il est abasourdi, qu'il n'en revient pas qu'un Juif, un intellectuel de surcroît, vivant dans la première moitié du XXe siècle, puisse avoir dans la tête des bêtises talmudiques, de semblables chimères orthodoxes. Jureczek me reconnaîtrait donc le droit d'être juif, il reconnaîtrait ma judéité? Ce n'est pas si mal. » « Que voulez-vous dire par "tout"?

— Je veux dire tout ce que nous, Juifs, portons en nous, dit Icyk. Tout ce que nous avons fait dans l'histoire. Tout ce qui nous est arrivé dans l'histoire. C'est précisément ce que je considère comme notre patrie, conformément à l'étymologie de ce mot. L'héritage dont je suis le légataire. Je vous prierai donc — et à ce moment, s'emportant contre Jureczek qui semble quelque peu effrayé par ses cris, Icyk devient cramoisi de colère bien qu'il n'ait aucune raison de réagir de la sorte —, je vous prierai de ne pas me rebattre les oreilles avec votre État, car aucun État ne serait en mesure de porter un tel poids. C'est bien joli mais l'État n'a pas pour vocation de porter tout cela, de faire face à tout cela, à ce fardeau, ce patrimoine que nous avons en nous et sans lequel nous ne sommes rien. Je ne veux pas que l'État me gêne. L'héritage dont je parle n'est pas son affaire mais la nôtre. Car seul le peuple, le peuple tout entier, peut porter ce patrimoine à bout de bras

— Je ne vois pas de différence fondamentale entre le peuple et l'État, dit Jureczek un peu pris de court.

— Vous ne voyez pas de différence parce que vous êtes un mutant», s'apprête à dire Icyk. Mais comme il n'a pas envie d'expliquer à Jureczek ce qu'il entend par "mutant", il dit autre chose: «Le rôle de l'État consiste à imprimer des billets de tramway et à veiller à ce que le prix de ces billets ne dépasse pas vingt grosz le ticket. Bravo si vous réussissez à confier cette tâche historique au peuple!

— Vous ne voulez pas comprendre», dit Jureczek conciliant ou du moins d'une voix assez douce alors que lui aussi pourrait se mettre à hurler. «Comprendre sur quoi repose l'essence et je n'hésite pas à employer ici le terme "sacrée", sur quoi repose l'essence sacrée de l'État qui selon moi est identique à l'essence du peuple. Cela me chagrine beaucoup. Car en ce moment nous avons besoin d'énergie juive sous toutes ses formes. Et pour que cette énergie soit efficace, ces formes doivent s'unir pour créer une structure supérieure à toutes les autres. Si chaque Juif se met à penser ce qu'il veut, comme il veut, — ce que nous, Juifs, avons tendance à faire car nous sommes des individualistes et des anarchistes-nés — si chacun, et je vous inclus dans le groupe, se met à penser ce qu'il veut, notre État ne sera jamais bâti. Votre idée, par exemple, vous semble belle et noble. Mais si elle vient contrecarrer nos idéaux, si elle constitue un obstacle à la réalisation de cet idéal, elle doit alors être immolée, et ce sans aucune pitié, car pour le moment nous n'avons qu'un seul idéal. Deux ou trois idéaux, c'est l'absurde le plus total. On ne peut en servir qu'un seul.

— Je n'ai nullement l'intention, dit Icyk, de sacrifier mes belles et nobles idées à un idéal étatique.

— Et voilà, dit Jureczek. De là vient tout notre malheur juif. Nous, les Juifs, sommes incapables de nous unir en un poing de fer susceptible de frapper lorsque cela sera nécessaire.

— De quel poing voulez-vous parler? hurle Icyk. Qui voulez-vous cogner de ce poing?

— Nous n'allons pas nous quereller sur des mots, dit Jureczek. Si celui-ci ne vous plaît pas, je peux le remplacer par un autre. Par exemple par le mot "machine". Ou bien par le mot "orchestre". Vous mc dircz, bien sûr, qu'il n'esl pas agréable d'être le rouage d'une machine. Ou un instrument, l'un des instruments d'un orchestre. Qu'il y a même là-dedans quelque chose qui vous paraît indigne de l'homme libre car limitant son sentiment de liberté. Je parerai donc votre réserve: seuls réussissent à marcher de concert avec une machine merveilleuse et précise les gens qui sont et se sentent vraiment libres. Car c'est justement là que s'exprime le mieux la liberté illimitée et inconditionnelle de tout homme: fier de son indépendance, il est capable de soumettre sa liberté individuelle aux besoins de l'État et du peuple. Je vous avoue que je perçois dans ce don, dans ce désir inné d'harmonisation de l'individuel avec le collectif, la plus belle vertu de l'espèce humaine.

— Cet orchestre, demande Icyk, lorsqu'il aura accordé tous ses violons, lorsqu'il se sera mis à jouer ce que vous désirez entendre, par qui sera-t-il dirigé? Je vous serais reconnaissant de bien vouloir me le dire. Par vous sans doute?

— Vous plaisantez, dit Jureczek. Je ne m'en sens pas digne. Je ne suis pas seul à penser de la sorte. D'autre part, il y a sans doute des gens plus dignes, mieux préparés que moi pour diriger cet orchestre comme vous le dites si bien. Évidemment, je me soumettrai, car je considère que la mise en œuvre de notre idéal dépend avant tout de notre capacité de nous soumettre. Ce qui ne signifie pas pour autant que je veuille ou que j'aie l'intention de céder à la volonté d'autrui. C'est même tout le contraire. Celui qui sera au-dessus de moi sera justement le dépositaire, si je puis dire, de ma liberté, de mon libre arbitre. Ce sera par conséquent quelqu'un qui, tout en disposant de ma volonté, agira comme je le voudrai. Je ne vois vraiment pas d'autre moyen d'édifier notre État : ou c'est la victoire de notre grand principe d'idéal unique, de but unique, de volonté unique, ou dans les mille années à venir nous serons encore à souffrir dans la diaspora.

— Cette personne sera un guide en quelque sorte, dit Icyk.

— La discipline consiste à ce que quelqu'un se soumette à quelqu'un d'autre, dit Jureczek. Et celui à qui on se soumet doit à son tour se soumettre à quelqu'un d'autre. Sans discipline, nous ne réaliserons jamais notre idéal.

— Lorsque vous en aurez l'occasion, dit Icyk qui, se levant de son banc, glisse son Parker à plume d'or derrière la couverture azurée de son cahier à gros carreaux, dites à cet homme, je pense à celui auquel vous vous soumettrez tous, qu'il aille se faire voir. » Et alors qu'il est déjà sur le sentier parmi les arbustes de jasmin, il se retourne et ajoute : « Lorsque l'occasion se présentera, dites la même chose à M. Hitler et à M. Staline. »

« Ce que je n'aurais pas dû dire bien évidemment, dit Icyk lorsque cinquante ans après il s'arrête à l'angle des rues Mordechaï Anielewicz * et Karmelicka. Bien des années après, j'ai été torturé par le remords. Mais, mon cher, pouvais-je deviner, par ce beau jour de juillet 1937, que je ne croyais pas si bien dire. »

— Je n'aime pas ce que tu écris », dit Hania. Tandis que la Renault rouge aux vilaines taches rousses sur le toit et sur l'aile droite descend la rue Płowiecka en direction de la voie ferrée centrale, longe cette dernière, c'est-à-dire la voie du petit train de banlieue jaune et bleu. Cette voiture fut offerte à Hania par sa tante vivant en Israël. Quant aux taches sur le toit et sur l'aile, c'est moi qui les ai faites avec une peinture passée lorsque la carrosserie rouge commença à rouiller et que sur l'aile apparut un premier trou. Varsovie-Anin, Varsovie-Międzylesie, Varsovie-Radośc,

* Nom d'un des jeunes leaders de l'insurrection du ghetto de Varsovie, en avril 1943.

Varsovie-Miedzeszyn. C'est plus ou moins sur ce tronçon que se déroule notre conversation. Nous nous rendons à Otwock, car j'ai décidé d'aller voir les poteaux sur lesquels était fixé le grillage entourant la propriété de Mme Sarah Fliegeltaub. Ce genre de poteaux est particulièrement résistant aux incendies, démolitions, évacuations, exécutions, allocutions de dictateurs et autres cataclysmes historiques. Je suis presque convaincu qu'aujourd'hui encore, par cette torride journée de juillet 1987, ils entourent toujours la propriété bien qu'ils aient sans nul doute été tendus d'un grillage neuf. « Et si je n'aime pas ce que tu écris, c'est parce que, ne te fâche pas, chez toi, tout est invention. Je ne veux pas dire par là que je n'aime pas la fiction. Mais il me semble, en l'occurrence, que l'invention est ici intolérable car elle contient quelque chose d'indécent, d'offensant. Ils sont tous morts, et toi tu es là à les regarder agoniser, à fabuler, je ne sais pas comment le dire. Non pas que tu les méprises, mais c'est comme si tu mettais en doute, comme si tu ne croyais pas qu'ils ont souffert ainsi et pas autrement, que cela s'est passé ainsi et pas autrement. Comme si tu considérais que tes inventions sont plus dignes de foi que tout ce qui s'est passé. Voilà ce que je trouve offensant. Je ne veux pas que tu inventes.

— Puisque ce que j'écris ne te plaît pas, dis-je, je ne te lirai plus une seule ligne, tu les liras toute seule, mes textes, dont les lettres sont si minuscules, malpropres et clandestines que tu t'abîmeras les yeux déjà pas mal amochés d'avoir parcouru tous ces bulletins interdits. Mais pour mes inventions, tu te trompes complètement. Je n'invente rien du tout et je suis bien d'accord avec toi quand tu dis qu'il serait indécent de le faire.

— Comment ça, tu n'inventes pas ! dit Hania. Et ces courts à Otwock, tu ne les as pas inventés, par hasard ? Comment peux-tu savoir qu'à Otwock il y avait à l'époque des courts de tennis ? Tu t'imagines que les Juifs savaient jouer au tennis ? Ceux qui venaient à la pension, c'étaient des Juifs pauvres de la rue Nalewki, de la rue Krochmalna. Tu sais à quoi ressemblait une expédition de Juifs en route pour la maison de repos? Ils chargeaient leurs balluchons juifs sur des charrettes ou sur des fardiers et débarquaient là, à Jozefów, à Otwock, assis sur leurs paquets, avec femmes et enfants. Imagine-toi un peu une charrette croulant sous les ballots et, tandis que cette charrette passe justement par cette route, imagine-toi au beau milieu de ce fatras, deux raquettes de tennis qui dépassent. C'est d'un grotesque achevé!

— Pour ce qui est des Juifs qui passaient leur été ici, dis-je, je peux te dire que tu es bien mal informée. Les Juifs dont tu parles allaient à Falenica, à Jozefów ou dans d'autres localités se trouvant sur la ligne, car c'est ce qu'on disait à l'époque, sur la ligne, mais ceux qui allaient à Otwock, ce n'étaient pas du tout les mêmes Juifs, ils étaient beaucoup plus riches, ils jouaient sûrement au tennis. Quant aux courts, tu fais également erreur. Je ne sais pas s'il y avait des courts de tennis à Otwock, mais je sais qu'il y en avait à Śródborów et plus précisément à la pension "Śródborowianka" où Chaja Gelechter et Jureczek Wasiutyński allaient jouer. Ils se rendaient à Śródborów main dans la main par un sentier forestier bordé de pins rachitiques. Ayant eu connaissance de ces promenades, mon ami Icyk — je crois en effet que je peux l'appeler ainsi malgré la différence d'âge qui nous sépare — avait dit à Jakub Wurzel: "Monsieur Jakub, j'ai appris qu'ils se tiennent par la main quand ils vont se promener." Et Jakub Wurzel de rétorquer: "Vous feriez mieux de vous trouver une Juive convenable comme épouse au lieu de courtiser n'importe quelle traînée." Réponse qui n'aurait rien eu d'étonnant si Chaja Gelechter n'avait été à l'époque la maîtresse de Jakub Wurzel, chose qu'Icyk devait apprendre bien plus tard.

— Arrête avec tes romans. Je t'ai déjà dit que tes inventions avaient quelque chose d'offensant, y compris à mon égard, dit Hania.

— J'essaie seulement de t'expliquer que ce qui te semble inventé dans mon livre ne l'est absolument pas: les courts de Śródborów en sont un exemple éclatant, dis-je. Je sais qu'il y avait là-bas des courts. Malheureusement Andrzej, qui m'en a parlé, ne se souvient pas s'ils étaient recouverts de pelouse ou d'un revêtement rougeâtre. Par conséquent, je passerai ce détail sous silence. Je ne dirai rien sur leur aspect. Un récit n'est digne de ce nom que s'il relate des choses avérées. Comme cette remise près de laquelle se tenait le banc aux pieds métalliques. J'ignore si en 1942 ou en 1943 Mme Eliza, qui vivait à l'époque dans la villa de Sarah Fliegeltaub, y cachait des enfants juifs. Cela paraît très vraisemblable dans la mesure où Mme Eliza, avant la guerre, s'était liée avec de nombreux Juifs. Elle comprenait d'ailleurs assez bien leur jargon qu'elle avait appris dans son enfance rue Krochmalna où elle vivait avec ses parents : "Si vous voulez, monsieur Jarek, je vous l'apprendrai, leur langue, je suis capable de baragouiner encore plus vite qu'eux." En revanche, j'ignore si Mme Eliza, en se servant de la pelle qu'utilisait autrefois Shloïmelé, aménagea un tunnel, une caverne entre le charbon et le mur du fond de la remise. C'est pourquoi je dis seulement que la remise aurait été une excellente cachette. Celui qui, dans son récit, dit : "Cela a été ainsi, mais peut-être autrement, peut-être cela s'est-il passé, mais peut-être pas" ne devrait pas écrire. Seul celui qui sait comment cela s'est passé a le droit de raconter, seul celui qui a le courage de dire : "Ce fut ainsi."

— Justement, dit Hania, tu ne peux pas savoir comment cela s'est passé. En outre, qui me dit que tu n'as pas inventé cette remise et cette Mme Eliza. J'entretiens aussi les plus grands doutes sur la pelle de ton Shloïmelé. Je ne suis pas si sûre qu'elle ait existé.

— Écoute, dis-je. Il est possible que j'aie tout inventé : Mme Eliza, la remise, le banc aux pieds métalliques, les fauteuils blancs sous la véranda, les pensées dans le parterre et la pelle de Shloïmelé, de même que Chaja et Icyk. Mais ce dernier, tu le connais. Quant à ta tante, elle s'était liée d'amitié avec Chaja. Après tout, il est possible que tout cela : toi, cette Renault rouge, ce train de banlieue jaune et bleu, soit le fruit de mon imagination. Mais j'aurais tout inventé qu'il y aurait encore une part de vérité dans mon récit. Car à l'époque, en 1937, j'étais un petit garçon. Tu répliqueras que, comme témoin, on fait mieux, que je ne peux me souvenir de ce qui s'est passé. Le peu dont je me souviens a l'apparence de lambeaux, d'éclats, de fragments disloqués, propulsés à une vitesse phénoménale, par ma mémoire, dans un vide cosmique, une pénombre intergalactique. Un banc. Un fauteuil blanc. Deux marches descendant d'une véranda. Un homme assis dans un fauteuil et lisant un journal. Des binocles. Une manchette au-dessus de longs doigts dans lesquels il y a ce journal. Des caractères bizarres — je n'en ai jamais vu de pareils — avec lesquels ce journal est imprimé. Misérable est mon témoignage, piètre est ma mémoire. Néanmoins, je ne peux être d'accord avec toi lorsque tu dis que je n'ai pas le droit, pauvre témoin que je suis, de témoigner. En outre, je ne te permets pas de me frustrer de ce droit. Pourquoi en serais-je privé? Ne sont-ils pas en moi, ne sont-ils pas dans ma mémoire? Chaja. Jakub Wurzel. Shloïmelé le boiteux. Jureczek Wasiutyński. Sarah Fliegeltaub. Tout ce qui leur est arrivé, ce qu'on leur a fait. Un demi-siècle s'est écoulé, mais, que je le veuille ou non — cela m'arrive de vouloir —, ces éclats, ces lambeaux, ces fragments, ce qui a été leur vie, ce qui est resté de leur vie, tout cela continuera de tourner dans ma mémoire avant d'être emporté, absorbé par les ténèbres cosmiques. Je considère donc que je suis un témoin digne de ce nom, que non seulement je peux, mais que je dois jouer mon rôle de témoin. Même si l'histoire que je propose n'est pas celle de leur vie, ce sera mon histoire sur eux, sur leur vie. Ce sera le témoignage de ce dont je me souviens, mais aussi de la manière dont je me souviens. C'est peut-être peu, mais c'est déjà quelque chose. C'est pourquoi tu fais erreur en affirmant que j'invente, que ce que je raconte est imaginé. Car je ne crois pas que mes pleurs, mes lamentations le soient, tandis que je me lamente et pleure sur eux, et je serais vraiment très chagriné que tu le penses. Je ne crois pas non plus que le témoignage, attesté par mes pleurs et mes lamentations, soit fictif. Témoignage qui du reste est aussi une lamentation sur moi-même car, en les pleurant, je pleure en même temps sur moi-même et peut-être surtout sur moi-même, sur un Polonais que ses Juifs polonais ont pour toujours abandonné, qui a perdu à jamais ses Juifs. Vraiment, je crois qu'il faut être une personne bien misérable pour dire que tout cela n'est qu'invention.

— Alors je te pardonne, dit Hania qui me décoche une bise sur la joue en perdant le contrôle de la direction. La Renault aux taches rousses semble soudain dériver vers les voies et les quais surélevés de la gare de Miedzeszyn.

— Ce n'est pas une raison pour me tuer, dis-je. Je ne suis plus si jeune. Si je devais mourir, ce n'est pas sûr qu'il se trouverait quelqu'un pour prendre la relève. Ceux qui sont à peine plus jeunes que moi ne se souviennent même pas de ce dont je me souviens encore, il me semble par moments que les éclats, les fragments, les lambeaux de cette lointaine vie, de leur vie n'existent plus qu'en moi, dans ma tête et nulle part ailleurs. Sans parler du fait que les jeunes générations ne se doutent certainement pas de ce qu'elles ont perdu.

— Je ne te tuerai pas si tu me promets de ne plus inventer, dit Hania. Quant à ces poteaux, je présume qu'ils n'existent plus.

— S'ils n'y sont plus, dis-je, nous irons à Anielin. Nous visiterons le cimetière juif, les restes du cimetière juif. Si tu n'étais pas une Juive assimilée, tu pourrais me lire ce qui est inscrit sur ces pierres brisées. Cela me rendrait un fier service.

— Si cela te déplaît que je ne sache pas lire l'hébreu, dit Hania, tu n'as qu'à divorcer et te marier avec une Juive pratiquante.

— Si je ne m'abuse, les Juives pratiquantes ne connaissaient pas l'hébreu, car l'apprentissage de cette langue était le privilège des hommes. Et d'un. Et de deux, cette Juive pratiquante n'aurait jamais épousé un *goy* de mon espèce. Et de trois, il n'y a pas en Pologne de Juives pratiquantes. » A ce moment-là, la Renault quitte la chaussée sablonneuse, se range sur l'accotement pour s'arrêter devant des poteaux rouillés tendus d'un grillage tout neuf recouvert d'une peinture de protection argentée.

« Que de sable. En admettant que ce monde ait été créé par Dieu, ce qui paraît vraisemblable, ou par une autre puissance, ce qui revient au même, on doit en déduire que ce qui a été créé a été préalablement, ou au moment même de la création, pensé. Donc que cela a été créé pour quelque chose. Si notre conclusion devait être différente, si les choses existaient sans raison, nous remettrions par là même en cause la sagesse de Dieu ou de cette puissance. Mais pourquoi Dieu a-t-il créé le sable? Quel avantage peut-il en tirer? Pourquoi en ai-je tant dans mes chaussures, dans les cheveux, dans le nez et dans les oreilles? Dieu y a-t-il un intérêt? Rabbi Simha Bunam de Przysucha disait: « Qui ne croit que telle est la volonté de Dieu que ce grain de sable repose précisément là n'est pas habité par la foi. » Il se peut que Rabbi Simha Bunam eût raison. Mais le dieu qui réfléchit à l'endroit où placer ce grain de sable collé au bout de mon doigt humide est un dieu que je ne comprends pas. D'où la conclusion que je ne devrais pas m'exprimer sur ce sujet, que je ne devrais peut-être même pas y penser, car Dieu, quel que soit l'aboutissement de mes réflexions, demeurera pour moi une énigme insondable et incompréhensible. Enfouie sous dix *sephirot* *, puisque tel est leur nombre, je crois. Quelque part sous les impénétrables profondeurs qui précédèrent l'air ou la lumière. Sous les impénétrables profondeurs qui précédèrent le sable. Au-delà des pins il y a le sable, au-delà du sable il y a les pins, au-delà des pins il y a à nouveau le sable, au-delà du sable il y a la Świder au bord de laquelle nous nous prélassons, sur une plage sablonneuse avec, en face de nous, sur l'autre rive, une oseraie. Je suis assis sur un journal, le dernier numéro de *Notre opinion*, que j'ai déployé sur le sol pour protéger mon pantalon gris. A mes côtés est assis Szymon Warszawski qui n'a pas à se

* Dix attributs divins, selon la Cabbale.

préoccuper de telles vétilles. Oui, mais lui est banquier — sa banque se trouve rue Saint-André à Łódź — il n'a pas à épargner son pantalon. Chaja est assise sur une souche inclinée qui émerge de l'eau — c'est sans doute un saule — dont la cime foudroyée, sciée, est parcourue de claires veinules. Une libellule bleu azur, minuscule planeur, tourne autour du petit bonnet de marin blanc de Chaja. Mme Lilka, coiffée du même bonnet et vêtue d'une espèce de pyjama ou de complet à rayures blanches et bleu marine, patauge au bord de l'eau, les larges jambes de son pantalon retroussées au-dessus des genoux. A cet endroit, la Świder est peu profonde, on peut la traverser à gué. A mes côtés, sur le sable, il y a les chaussures blanches et les bas de soie de Chaja. A côté de Szymon, il y a les chaussures et les socquettes blanches de Mlle Lilka. Que de sable ! Si en créant le sable Dieu a réfléchi au destin et à l'emplacement de chaque grain, il a dû abattre un sacré travail. Il se peut qu'il ait, de par sa nature incompréhensible, réglé ce problème en une seconde. Ou qu'il l'ait réglé en dehors du temps, dans la nuit des temps, dans l'intemporel. Il est vrai que les grains de sable existent dans le temps ; à l'instar de tout ce qui existe, ils s'identifient peut-être à lui. Toutefois, il n'est pas exclu qu'ils aient été créés de façon intemporelle et qu'après leur création ils aient été répandus, écoulés dans le temps. Ou bien qu'ils aient été créés dans le temps à la suite d'une décision émanant de l'intemporel. Qu'il est doux de se prélasser aux bords de la Świder sur un numéro de *Notre opinion*, de méditer sur l'emplacement et le destin de chaque grain reposant ici ! Si je choisis ce grain-ci — je mets ma pensée à exécution — parmi tous les autres et que je le pose, tiens, là, sur mon journal, à l'endroit où une feuille de palmier se balance au-dessus des toits de Jérusalem, qui donc est responsable de ce déplacement ? Qui a pris cette décision ? Quand a-t-elle été prise ? Mais Szymon ne me laisse pas réfléchir au destin, insondable et incompréhensible, de ce grain, car il souhaite savoir pourquoi je n'écris pas en polonais. »

— Je ne comprends pas, dit Szymon, pourquoi vous

n'écrivez pas en polonais. C'est pour moi une énigme. Pourquoi un homme aussi talentueux que vous s'exprime dans une langue que personne — c'est pour moi évident, ça l'est sans doute pour vous aussi — dans cinquante ou cent ans ne connaîtra plus. C'est une langue condamnée. J'ouvre les paris : dans cinquante ans, vous n'aurez plus un seul lecteur.

— C'est peut-être parce que le yiddish est condamné que j'écris dans cette langue. Mais je puis vous proposer une réponse plus simple. Je n'écris pas en polonais car je ne veux pas écrire en polonais.

Ma réponse ne peut évidemment satisfaire Szymon Warszawski qui considère certainement que cet aveu — le fait que je ne veuille pas écrire en polonais — est une boutade et que par conséquent il ne convient pas de la prendre au sérieux. Comment quelqu'un qui pourrait écrire en polonais — Szymon sait que je pourrais le faire — peut-il refuser de le faire? Celui qui écrit en polonais, toujours selon Szymon, se situe nettement au-dessus de celui qui écrit en yiddish, car la langue polonaise est mieux adaptée à la civilisation du XXe siècle, mieux préparée à accueillir les idées progressistes de ce siècle que la langue yiddish, que ce « jargon », comme le dit parfois Szymon. C'est ainsi, je crois, qu'il formulerait sa pensée. Pourtant Szymon le lit, ce « jargon ». Dans son enfance, il en a appris les lettres, quant à savoir s'il sait le parler, je l'ignore. Je présume qu'il a honte et qu'il ne s'exprime pas en yiddish. En s'exprimant dans ce « jargon » avec moi, il se situerait beaucoup plus bas qu'il ne se place en me parlant en polonais. Ce serait la preuve qu'il est un obscurantiste juif, qu'il erre dans les brumes juives du Moyen Age, qu'il ne s'est pas encore européanisé. Car, bien sûr, Szymon est européen. Mais pourquoi passe-t-il alors ses vacances dans une pension juive en compagnie d'obscurantistes juifs comme moi ou comme Jakub Wurzel? Sûrement parce que Mlle Lilka, grande philosémite, a jugé que des vacances dans une pension juive pouvaient en quelque sorte lui servir de démonstration éclatante : comme les antisémites disent qu'il ne faut pas fréquenter les Juifs, elle passe ses vacances ici avec nous, démontrant par là même qu'elle aime Szymon et les Juifs en général. C'est un peu ridicule, mais il y a là quelque chose qui ne me déplaît pas. D'autant que Mlle Lilka est tout à fait ravissante, qu'il m'est agréable de la regarder tandis qu'elle barbote dans les eaux de la Świder en pyjama ou en costume, en tout cas dans un vêtement à rayures blanches et bleu marine.

— En vous faisant publier dans *Les Nouvelles littéraires*, dit Szymon, vous auriez considérablement plus de lecteurs. De surcroît, ce seraient des intellectuels, donc des gens susceptibles de vous comprendre dix fois mieux que les lecteurs pour lesquels vous écrivez en yiddish. Sans compter que *Les Nouvelles* paient bien mieux. Combien touchez-vous pour un feuilleton?

— Mon cher Szymon, dis-je, vous ne voyez donc pas que je meurs de faim?

— M. Słonimski *, dit Szymon, touche cinquante złoty pour un feuilleton. Si son feuilleton est réédité ailleurs, il doit en toucher cent.

— C'est un argument valable, dis-je. Mais vous savez, ce que j'écris n'intéresserait sans doute pas les lecteurs des *Nouvelles littéraires*.

— En polonais, dit Szymon, vous écririez évidemment sur des thèmes tout à fait différents.

— Mais je n'ai pas envie d'écrire sur des thèmes différents, dis-je.

— Je comprends, dit Szymon. Toujours vos problèmes de ghetto polonais ou roumain et de leurs habitants. Les éternels mystères de l'âme juive. Les énigmes avec lesquelles sont aux prises les élèves de la *Yeshiva* **. Vous ne voulez donc pas comprendre que nous vivons au XXe siècle. Ayant la chance de vivre cette formidable aventure, nous

---

* *Antoni Słonimski* (1895-1976): grand poète polonais d'origine juive, chroniqueur de talent. En 1939, il quitte la Pologne où il ne revient qu'en 1951. Déclaré du côté de l'opposition. Libéral, humaniste, pacifiste (N.d.T.).

** Institut d'études rabbiniques.

devons, je crois, être fidèles à notre siècle. Nous devons considérer ses problèmes comme les nôtres.

— Le ghetto, dis-je, est un problème du XXe siècle.

— J'ai comme l'intuition que dans cinquante ans il n'y aura plus un seul ghetto en Europe, dit Szymon. Il y a quelques jours, je me trouvais rue Zamenhof. Les ghettos sont le déshonneur de l'Europe. Il n'est pas pensable que l'Europe vive à l'heure du XXe siècle et qu'en son sein quelques petites enclaves continuent de vivre à celle du XIIe ou XIIIe siècle. Le XXe siècle et deux rues plus loin, le XIIIe siècle ! Pour moi, c'est inacceptable.

— Vous savez comment changer cette situation ?

— Comment ?

— C'est justement ce que je vous demande. Savez-vous ce qu'il faut faire pour que dans cinquante ans il n'y ait plus en Europe un seul ghetto ? Vous dites que les ghettos disparaîtront parce qu'une telle infamie n'a pas le droit d'exister. D'accord. Mais les Juifs qui vivent dans ces ghettos ne disparaîtront pas. Qu'avez-vous l'intention de faire d'eux ? Estimez-vous qu'ils vont s'assimiler ? Tous ?

— Je l'ignore, dit Szymon. Les intellectuels, j'en suis convaincu, seront tôt ou tard contraints de s'assimiler. Pour ce qui est des autres, je n'en sais rien. Il est difficile de s'imaginer que nos Juifs en lévite s'assimileront un jour. Vous avez bien sûr raison lorsque vous dites qu'il faut faire quelque chose de ces gens. Mais je ne sais pas quoi.

— Je n'ai pas dit qu'il fallait faire quelque chose d'eux, dis-je. Personnellement, je considère que le mieux est de ne rien faire. Dieu pose chaque grain de sable exactement là où il a envie de le poser.

— Je vois, dit Szymon. C'est la raison pour laquelle vous ne voulez pas écrire en polonais, votre dieu vous ayant placé parmi les Juifs. Mais moi, homme du XXe siècle, je refuse de m'assimiler à un grain de sable.

Chaja a quitté d'un bond la souche du saule, elle se tient maintenant au-dessus de moi. Je vois, sur un fond de ciel et d'oseraie, ses genoux, sa jupette blanche boutonnée de bas en haut par de gros boutons de nacre étincelants, son double menton, le nuage noir de sa chevelure appliqué contre la toile azurée du ciel, juste au-dessus de moi.

— Si tu te vautres et plonges tête première dans le sable, tu en auras plein les cheveux. Or tu sais bien que se laver la tête dans la salle de bains de Mme Sarah ce n'est pas une partie de plaisir.

— J'ai du sable plein la tête », dis-je. Mais Chaja n'a pas l'air de m'entendre car elle s'est déjà éloignée. Se tenant derrière des rameaux d'osier, elle enfile ses bas de soie, ce que je considère comme une obscénité innommable, car il n'est de plus doux spectacle que celui de Chaja enfilant ses bas et agrafant ses jarretières. Or là où je suis allongé, ce doux spectacle m'est injustement ravi, je trouve donc cela obscène car Chaja devrait se tenir au-dessus de moi, là où elle était il y a un instant, sur un fond de ciel azuré. Il n'est de fond plus séant à ses bas de soie et à ses jambes tendues de soie que cet azur cristallin de juillet.

— J'ai du sable plein la tête, tu entends, Chaja. J'ai la tête pleine de sable. Du sable à la place du cerveau. Je ne sais pas ce qui va m'arriver. Ce qui va arriver.

— Comme toujours, monsieur Icyk, vous exagérez, dit Mlle Lilka tout en s'asseyant sur *Notre opinion*, le numéro qui s'est envolé quand j'ai roulé dans le sable. Elle chausse ses socquettes blanches; doux spectacle, moins doux toutefois que celui, invisible, de tout à l'heure, qui du reste ne devrait pas s'appeler spectacle puisqu'il m'est dérobé par une oseraie. Quoi qu'il en soit, il n'est pas exclu que cet invisible spectacle de Chaja enfilant ses bas soit malgré tout un spectacle. Il est visible par Dieu dont la contemplation de l'une de ses créatures ne peut être entravée par nul rameau d'osier: « J'élimine cette oseraie, dit Dieu, car je veux observer Chaja agrafant ses jarretières », et l'oseraie disparaît aussitôt de la vue de Dieu qui se met à contempler le genou de Chaja serré dans la soie étincelante de ses bas, les doigts de Chaja tendant la gomme de sa jarretière, ce que je considère également comme une obscénité innommable, non pas parce que Dieu me refuse le droit de regarder les genoux de Chaja, car il est évident que Dieu qui a créé une créature aussi délicieuse a le droit de la regarder quand l'envie Lui en prend et dans l'état où Il le désire, sur la plage, sous la véranda, dans un lit ou dans la baignoire, vêtue ou dévêtue, ôtant ou remettant ses bas, agrafant ou faisant sauter ses jarretières. Non, je ne considère pas comme éminemment indécent que Dieu contemple sa ravissante créature. Mais qu'Il la contemple égoïstement me choque — ne blasphème pas, Icyk — car, ce faisant, Il la soustrait à ma vue. C'est en cela précisément qu'il y a quelque chose d'indécent, quelque chose d'incompréhensible pour moi : si Dieu a créé cette ravissante créature, ces doigts effleurant ces jarretières, ce doux genou, si sa créature Le réjouit au point qu'il ne peut se retenir de la regarder même lorsqu'elle se dissimule derrière un buisson d'osier, alors pourquoi la voile-t-il à mon regard par le truchement de ce buisson, me faisant par là comprendre qu'Il ne désire pas que moi aussi je savoure le spectacle de sa créature, sur la plage, sous la véranda, dans un lit ou dans la baignoire. Je trouve cela hautement égoïste — pour la deuxième fois, ne blasphème pas, grand fou d'Icyk —, c'est à mes yeux une insigne restriction à ma liberté. « Comme toujours, vous exagérez. Cette tendance à l'exagération est un de vos traits les plus marqués, je crois.

— Ce qui va arriver à quoi? demande Szymon. Qu'avez-vous à l'esprit?

— Ce qui va arriver à ma tête, dis-je. Ce qui va arriver à tout. J'ai dans la tête un désert de sable. Des étendues infinies de sable. Des dunes et encore des dunes.

Chaja sort de derrière le buisson, les jambes moulées dans ses bas de soie. Elle devient alors un spectacle accessible à tous, un spectacle extraordinairement doux sans être toutefois aussi doux que celui que Dieu, étonné d'avoir réussi à créer quelque chose d'aussi admirable que le genou de Chaja, a pu contempler il y a un instant.

— Je t'ai déjà dit de ne pas te rouler dans le sable. Il va falloir que tu te laves la tête.

— Dans la salle de bains, il y a de l'eau chaude avant le déjeuner, dit Mlle Lilka.

— Allons, dit Chaja, si nous nous dépêchons, tu auras le temps de te laver la tête.

— Déplie-moi ce journal, dit Hania. Moi aussi je vais m'asseoir sur un journal car ce n'est pas sain de rester assis sur le sable humide.

— S'ils sont venus sur cette plage, dis-je en m'asseyant sur le "Lever de soleil sur la Pologne" ou la "Mort de Hitler en Argentine?", c'est-à-dire sur le numéro d'aujourd'hui de *La Vie de Varsovie*, s'ils sont venus sur cette plage et se sont baignés dans la Świder, c'est à cette place, pas ailleurs. D'ici à la villa il n'y a pas plus de vingt ou vingt-cinq minutes de marche. Il me semble qu'en 1942 je me suis baigné ici. Cela me dit quelque chose. Ce méandre, ce bras mort, cette oseraie.

— La Świder dessine ici plusieurs méandres, dit Hania. Et le sable est partout le même. Tu veux rester ici longtemps?

— Je t'en supplie, dis-je, ne me parle plus. Nous allons rester un petit moment ici sans nous adresser la parole.

— Combien de temps dois-je ne pas t'adresser la parole?

— Quelques minutes seulement.

— Comme tu voudras», et Hania s'allonge sur le sable, met les bras sous sa tête en scrutant le ciel d'azur cristallin. Sa chevelure rousse est déployée sur le « Lever de soleil sur la Pologne». Rafale rousse. Nuage de feu transperçant les rayons du soleil levant.

«Sors», dis-je. Mais Hania ne m'entend pas car il n'y a aucune raison qu'elle m'entende. « Je t'en prie, sors. Je sais que tu es là. Que tu es derrière ce buisson d'osier. Ne crains rien, sors. Personne ne te fera de mal. Sors, j'ai envie de te regarder. Dans ta jupette aux boutons de nacre. Dans tes bas de soie délicats. Je t'en supplie, sors. Un instant seulement. Une fraction de seconde. Fais cela pour moi. Chaja.»

Je reviens à la description d'Umschlagplatz. Quel était l'aspect intérieur de ces deux, trois ou quatre bâtiments de la place ? Les informations que j'ai recueillies concernent généralement le rez-de-chaussée de l'ancien bâtiment des Archives : c'est là qu'étaient retenus ceux qui attendaient d'être embarqués dans les wagons. Parfois on pouvait se déplacer à l'intérieur de ce local, parfois il fallait rester assis, les Ukrainiens battaient ceux qui se levaient. Leokadia Schmidt (*Par miracle nous avons survécu à l'extermination*) écrit que le plancher était couvert de « sécrétions et de boue ». Il y avait toutefois quelques caisses sur lesquelles on pouvait s'asseoir. Le local était éclairé par une ou plusieurs fenêtres grillagées près de laquelle ou desquelles le mari de Leokadia Schmidt passa une nuit. Les vitres de cette ou de ces fenêtres étaient probablement brisées, car dans *Le Ghetto lutte* de Marek Edelman nous pouvons lire : « Les nuits sont froides, les fenêtres n'ont pas de vitres. » On ne sait toutefois de quel bâtiment, de quels locaux il s'agit. Dans le bâtiment des Archives, au rez-de-chaussée — était-ce ce grand local ? Pour moi ce n'est pas clair —, il y avait un robinet où on pouvait prendre de l'eau. Cette information, tirée du livre de Leokadia Schmidt, n'est pas confirmée par d'autres récits. Selon la plupart d'entre eux, à Umschlagplatz il n'y avait pas d'eau ou, s'il y en avait, elle était inaccessible. Marek Edelman, *Le Ghetto lutte* : « Il n'y a pas d'eau dans les robinets, les toilettes sont bouchées. » Henryk Nowogródzki, *Trois jours à Umschlagplatz* : « Il n'y a pas d'eau. » Mais au moment où l'auteur de ce récit se trouvait au rez-de-chaussée des anciennes Archives, il était interdit de se lever et de se déplacer dans ce local. Nowogródzki ne monta donc pas à l'étage où, d'après Leokadia Schmidt, il y avait de l'eau. Toutefois en haut — j'ignore à quel étage — il fallait la payer. Franciszka Rubinlicht, dans une lettre écrite en 1943 à sa famille en Palestine et confiée à des Polonais chez qui elle se cachait — la lettre a été publiée par Józef Kermisz dans le deuxième tome de *Documents et matériaux sur l'histoire de l'occupation allemande en Pologne* —, écrit au sujet de son père qui se trouvait à Umschlagplatz : « Il a traîné plusieurs jours sans une goutte d'eau. » Władysław Szpilman — *La Mort d'une ville*

— évoque une femme mendiant de l'eau dont « la place Przeładunkowy avait été sciemment privée par les Allemands ». Il me semble que le problème de l'eau à Umschlagplatz est difficile à résoudre. Il est possible qu'il y eût parfois de l'eau et que parfois il n'y en eût pas. Ou bien il se peut qu'elle fût réservée aux gens aisés — Leokadia Schmidt et son mari étaient de riches industriels — et que les autres, les pauvres, ne pussent s'en procurer.

Quelques mots encore sur le local du rez-de-chaussée dans le bâtiment des Archives. La nuit, d'après le récit de Henryk Nowogródzki, il y faisait sombre : « Les salles d'Umschlagplatz ne sont pas éclairées. Nous sommes assis dans l'obscurité. » Ailleurs, Nowogródzki parle de « grandes salles » dans lesquelles « il n'y a pas de meubles ». Par conséquent, il se peut qu'au rez-de-chaussée il y eût plus d'un local. La phrase sur les meubles vient contredire celle de Leokadia Schmidt où il est question de quelques caisses. Mais les choses ont pu changer. Encore une information provenant du récit de Nowogródzki : « Des murs gris. » S'agit-il du local du rez-de-chaussée ? Je pense que oui. Les renseignements sur les salles des étages supérieurs du bâtiment des Archives sont beaucoup moins nombreux. Leokadia Schmidt entra dans une grande pièce, je ne sais pas à quel étage : dans la pièce il y avait quelques grandes tables sur lesquelles des gens attendaient l'embarquement. « Sur le mur il y avait plusieurs robinets de gaz. » Le gaz n'était pas coupé, on pouvait s'en servir. Il se peut que cette grande pièce soit la salle de gymnastique que mentionne Marek Edelman dans le livre de Hanna Krall *Prendre le bon Dieu de vitesse* : « Au troisième étage il y avait une salle de gymnastique. Quelques centaines de personnes étaient allongées sur le plancher. » Mais comme il y avait dans cette grande salle des robinets de gaz n'ayant aucune raison d'être dans une salle de gymnastique, il s'agit sans doute de deux locaux distincts. Encore moins nombreux sont les renseignements — on peut même dire qu'ils sont pratiquement inexistants — sur les locaux du bâtiment dans lequel se trouvait l'hôpital pour enfants. J'ai commis une erreur à propos de ce dernier : j'ai écrit que l'hôpital pour enfants — il s'agit de l'hôpital Berson et Bauman — a été transféré de la rue Śliska à la rue Stawki. C'est inexact. L'hôpital de la rue Śliska — ou de la rue Sienna car il se trouvait entre ces deux rues — fut d'abord transféré dans un immeuble à l'angle de la rue Żelazna et de la rue Leszno d'où les enfants malades étaient transportés vers la rue Stawki. Cela se passa, si l'on se réfère au récit d'Adina Blady Szwajger *Brève Histoire de l'hôpital Berson et Bauman (1939-1943**), à la mi-août 1942. « Les enfants — cette phrase concerne ce qui s'est produit à Umschlagplatz les premiers jours de septembre — furent transférés à Umschlag bien avant, donc les enfants se trouvaient au troisième étage depuis déjà deux semaines. » Par la suite, donc au début de septembre, on transféra dans ce bâtiment, au troisième étage duquel se trouvaient les enfants — je cite encore une phrase du même récit —, « tous les malades de tous les hôpitaux ». On peut donc se poser une question à laquelle je suis incapable de répondre : si, comme l'écrit Adina Szwajger dans son récit, l'hôpital pour enfants ne fut installé au troisième étage du bâtiment qu'à la mi-août, qu'abritait cet étage aux débuts d'Umschlagplatz, du 22 juillet au 15 août ? Marek Edelman serait peut-être en mesure de nous éclairer sur ce point. Adina Szwajger a travaillé à l'hôpital d'Umschlagplatz pendant trois semaines. Les récits du ghetto de Varsovie — j'ouvre ici une parenthèse — ne devraient se prêter à aucune évaluation : celui-ci serait plus important que celui-là. Pour le récit d'Adina Szwajger, on peut faire une exception : sa signification, que l'on pourrait qualifier d'eschatologique, est telle qu'il est permis de le considérer comme l'un des documents essentiels de notre siècle. Celui qui veut savoir à quelle époque il lui est donné de vivre doit lire ce texte. Étant donné qu'il n'est pas facile de se le procurer, j'en donne les références bibliographiques : Adina Blady Szwajger, « Brève histoire de l'hôpital Berson

* À paraître chez Collins, Harvill, Londres, 1990 et Calmann-Lévy, Paris.

et Bauman (1939-1943)», *Cahiers de la pensée médicale indépendante*, n° 10 (décembre 1986). Peut-être faudrait-il que je raconte le contenu de ce récit, véritable code de l'alliance conclue à Umschlagplatz. Mais l'essentiel de ce texte ne peut être raconté que par son auteur, tel est du moins mon sentiment.

J'en reviens aux locaux du bâtiment que je continuerai d'appeler «hôpital pour enfants». Je l'ai déjà dit: les informations à son sujet sont peu nombreuses. Il s'y trouvait, au rez-de-chaussée, un hall ainsi qu'une espèce de salle de service. Dans le récit d'Adina Szwajger nous pouvons lire: «Ils n'étaient pas allongés dans la salle des malades, mais en bas dans une petite pièce à côté de la salle de service.» Il y avait aussi des escaliers menant aux salles des étages supérieurs: «J'arrivai à notre troisième étage, nous n'avions qu'une petite salle pour les nouveau-nés, mais point de salles pour les enfants, partout gisaient des malades, des blessés, des mourants.» Il y avait une porte que Marek Edelman a décrite assez en détail: «Il se tenait derrière la porte du bâtiment de l'hôpital — c'était autrefois une porte vitrée, mais les carreaux avaient été brisés et les trous obturés par des planches —, j'entrevoyais son visage dans une fente.» Il s'agit d'une personne qu'Edelman ne réussit pas à sauver. Enfin, il y avait des pièces au rez-de-chaussée. Elles étaient dépourvues de meubles, Leokadia Schmidt était étendue à côté d'un poêle. Plus haut, il y avait des fenêtres grillagées. Si on voulait s'échapper, il fallait marcher à quatre pattes afin de ne pas être aperçu de la rue. Cette rue est pour moi un mystère. En effet, le problème se présente de la manière suivante: comment se faisait la jonction entre le bâtiment des Archives et l'hôpital pour enfants? Il ne fait aucun doute que ces deux bâtiments communiquaient. Mais comment, tout en étant contigus, étaient-ils placés par rapport à la rue Stawki et la rue Niska? Comment passait-on de l'un à l'autre? S'il y avait une rue, les deux bâtiments se tenaient face à elle. Ou au moins l'un d'entre eux — le bâtiment de l'hôpital pour enfants — donnait-il sur cette rue? Est-ce que cette rue, la rue Stawki ou la rue Niska, faisait partie d'Umschlagplatz? Si oui, était-elle cernée? Barrée dans sa largeur, dans sa longueur, le long de la chaussée, le long du trottoir? Marek Edelman n'en parle pas, sans doute parce que, pour lui, se déplacer à l'intérieur d'Umschlagplatz et passer d'un bâtiment à l'autre n'était pas un problème : étant employé de l'hôpital pour enfants, il avait certainement un sauf-conduit. Mais les autres récits se taisent aussi sur la manière dont les bâtiments communiquaient. Seule Leokadia Schmidt nous donne quelques informations à ce sujet, mais son récit, par ailleurs assez précis, manque sur ce point de clarté. Il en ressort que l'on pouvait accéder au bâtiment de l'hôpital pour enfants, à partir d'Umschlagplatz ou de l'ancien bâtiment des Archives, par-derrière. Il y avait un enclos faisant partie d'Umschlagplatz et en même temps n'en faisant pas partie, séparé en quelque sorte d'Umschlagplatz — « où se trouvait la partie arrière de l'hôpital ». Comment cet enclos était-il relié au terrain qui dans les récits porte le nom de « cour », de « grande cour », de « place à la forme ovale »? Je n'en sais rien. Mais de cette cour ovale on pouvait sans aucun doute passer à l'enclos. Et de cet enclos, par une porte de service, on pouvait accéder à l'hôpital. C'est par cette porte que Leokadia Schmidt passa lorsqu'elle décida de confier son enfant à une infirmière. Peut-être s'agit-il de la porte mentionnée par Marek Edelman : celle sur laquelle avaient été clouées des planches entre lesquelles il avait cherché un visage. La porte de l'hôpital pour enfants est également mentionnée dans *Le Ghetto lutte*. Les gens, écrit Edelman, « frappaient à la porte de l'hôpital gardée par un policier juif ». Mais il n'est pas exclu que chez Edelman cette porte, celle clouée par des planches et gardée par un policier, fût la porte principale de l'hôpital.

En effet, du rez-de-chaussée des Archives on pouvait, en sortant dans la rue, accéder à la porte principale de l'hôpital. Ce n'était guère facile, et celui qui se lançait dans cette aventure le faisait au risque de sa vie. D'après Leokadia Schmidt, il fallait sortir du bâtiment des Archives par une porte en fer donnant sur la rue — la rue Stawki sans doute —, puis « franchir le trottoir ». « Sur le trottoir longeant le bâtiment, mon mari prit notre fils des mains de Frager. » Frager, c'était le policier juif qui sortit de l'hôpital l'enfant des Schmidt. Quelques mètres séparaient la porte en fer de l'entrée principale de l'hôpital. Devant l'hôpital, sur le trottoir, « se tenaient quelques policiers ». Par conséquent, la porte gardée par un policier juif dans le livre d'Edelman est certainement la porte principale de l'hôpital pour enfants. Outre les policiers, il y avait l'avocat Szmerling que Leokadia Schmidt appelle « chef de district » de la police juive, mais qui dans d'autres récits porte le titre de commandant juif d'Umschlagplatz. Szmerling était assis au milieu de la chaussée devant l'hôpital ou devant les Archives. Leokadia Schmidt le voyait par la porte en fer du bâtiment des Archives. Y avait-il un interstice dans cette porte, un judas? Les quelques mètres qui séparaient la porte en fer de l'entrée principale de l'hôpital devaient être franchis « de manière à ce que Szmerling, assis au milieu de la chaussée, ne remarque rien ». Szmerling au milieu de la chaussée. Un ou plusieurs policiers juifs devant l'entrée de l'hôpital pour enfants : ce sont là des éléments importants pour comprendre la topographie d'Umschlagplatz. Vu leur disposition par rapport aux deux bâtiments, face à la rue Stawki sans doute, le trottoir et la chaussée faisaient et en même temps ne faisaient pas partie d'Umschlagplatz. Ils en faisaient partie car on pouvait aller sur le trottoir — en l'absence de Szmerling, on pouvait même aller sur la rue — sans pour autant quitter le territoire d'Umschlagplatz. Mais il devait y avoir un autre obstacle — une palissade, un mur, des barbelés? — empêchant les gens de se sauver aussi aisément. Ils n'en faisaient pas partie car ils étaient surveillés; celui qui sortait sur le trottoir ou sur la chaussée se trouvait en territoire interdit.

A Umschlagplatz, il y avait plusieurs endroits interdits où l'on pouvait quand même aller sous réserve que fussent remplies certaines conditions: les caves, les greniers, et sans doute l'ensemble du bâtiment de l'hôpital. Ces lieux pourraient être définis comme appartenant et n'appartenant pas à Umschlagplatz suivant ce que l'on entend par ce terme : le territoire dans son ensemble ou seulement la cour ovale avec les Archives. On peut donc dire qu'Umschlagplatz est un exemple parfait de territoire totalitaire : presque tout est proscrit, celui qui viole une interdiction prend le risque d'être tué. Mais lui seul a une chance de salut : il se cache dans le bâtiment de l'hôpital, soudoie les gendarmes, enfile une blouse de médecin, rachète à un policier juif son képi et sa ceinture. Revenons à la chaussée devant l'hôpital, à ce territoire incertain appartenant et n'appartenant pas à Umschlagplatz. Lorsque Szmerling s'éloignait, qu'est-ce qui empêchait les gens se trouvant derrière la porte en fer de s'enfuir ? Un mur, des barbelés ? Cette porte était peut-être fermée ? Adolf Berman — personnage pour moi mythique, il s'agit en effet du noble frère de Jakub, tout droit issu de la terrible fable des deux frères, le bon et le mauvais —, dans son récit *L'Extermination du ghetto de Varsovie*, écrit : « On nous conduisit tous sur la place derrière les fils de fer. » Ces fils de fer — cette fois il s'agit clairement d'un barrage de barbelés — apparaissent à deux reprises dans la *Chronique du ghetto de Varsovie* d'Emmanuel Ringelblum. A propos d'une personne se trouvant à Umschlagplatz : « Je le voyais debout derrière les barbelés. » Puis, à propos de Szmerling : « Il menaça de m'envoyer derrière les barbelés. » Je ne sais pas s'il est possible de déterminer l'emplacement de ces barbelés. D'après la phrase de Berman, il s'agit sans doute d'un barrage situé près de la porte en bois devant laquelle se tenait Edelman. En effet, un peu plus loin, il est question de la sortie d'Umschlagplatz gardée par une sentinelle : « Puis à quelques pas de là, derrière lui — il s'agit d'un officier de la police juive accompagnant les Berman hors d'Umschlagplatz —, nous franchîmes un poste de garde. » Les fils de fer se trouvaient à proximité de ce poste. Ainsi, ils faisaient soit partie intégrante de l'enceinte, soit constituaient une enceinte supplémentaire. En revanche, une phrase du récit de Ringelblum où il est question de Szmerling semble affirmer que les barbelés se trouvaient devant l'hôpital pour enfants. Il se peut toutefois que Ringelblum et Szmerling se soient rencontrés ailleurs. Dans des notes prises plus tard, en septembre et en octobre 1943, et transmises de l'abri de la rue Grójecka aux archives du Comité national juif, Ringelblum mentionne également ces barbelés : « Je suis entré à Umschlagplatz. Sur la grande place entourée de fils de fer, j'ai vu une foule énorme qui poussait de toutes ses forces vers la sortie. » Cette phrase semble attester que la grande cour ovale — car il s'agit sans doute d'elle — était entourée de barbelés. Ou alors ces derniers étaient placés à plusieurs endroits d'Umschlagplatz ? Il est difficile de trancher.

Autre endroit qui, comme la rue devant l'hôpital, appartenait et n'appartenait pas à Umschlagplatz : l'extrémité de l'embranchement ferroviaire relié à une ligne de chemin de fer à proximité de la gare de Gdansk, c'est-à-dire la rampe et les voies où étaient stationnés les wagons. Ce lieu, d'après les personnes qui l'ont connu à cette époque ou à qui on en a parlé, toujours à cette époque, se trouvait plutôt en dehors d'Umschlagplatz. Dans sa *Chronique du ghetto de Varsovie*, Emmanuel Ringelblum écrit : « On nous conduisit directement aux wagons — non pas à Umschlagplatz, mais tout droit aux wagons. » Leokadia Schmidt ressent les choses de la même façon. D'après son récit, entre Umschlagplatz et l'embranchement ferroviaire se trouvait une porte, information que je n'ai trouvée nulle part ailleurs : « Tout au bout, derrière ces bâtiments, on pouvait voir une grande porte avec l'inscription PASSAGE INTERDIT SOUS PEINE DE MORT et au-delà les voies ferrées. » L'inscription était certainement en allemand. D'après le récit de M. Passenstein — je ne connais que la première lettre de son prénom — *Contrebande dans le ghetto de Varsovie*, écrit en 1943 mais narrant ce qui se passe avant la grande liquidation, on peut déduire que la porte avec l'inscription ne fut installée qu'au moment où la place changea de fonction, c'est-à-dire en 1942. Ou seulement en juillet de cette même année ? Avant, là où se dressait la porte, il y avait — ou plutôt il pouvait y avoir car il ne s'agit peut-être pas du même endroit — une barrière de passage à niveau que mentionne Passenstein :

« Au carrefour des rues Dzika et Niska se trouvaient le bureau et les entrepôts de la *Transferstelle* desservis par l'embranchement ferroviaire. La place était partagée en deux parties par une ligne de démarcation, la première était rattachée au quartier juif, l'autre à la zone aryenne. A un moment donné, la ligne se rétrécissait : une barrière de passage à niveau régulait la circulation des voitures et charrettes d'une zone à l'autre sous réserve que les conducteurs des véhicules présentassent une autorisation écrite délivrée par le bureau de la *Transferstelle.* » La distance entre Umschlagplatz et la rampe n'était pas immense, je pense : quelques mètres au plus. Peut-être même moins, car Marek Edelman dans le livre de Hanna Krall rattache l'entrée d'Umschlagplatz, c'est-à-dire l'endroit où il y avait un poste de garde devant la porte en bois, à la rampe et aux voies. J'ai déjà cité une partie de cette phrase : « C'était le même poteau en béton, le même baraquement et sans doute les mêmes peupliers. » Ces derniers sont plantés là où se trouvaient la rampe et les voies puisque dans le texte de Hanna Krall nous pouvons lire : « La locomotive se tenait là où il y a les peupliers. »

A part ces quelques détails, on ne sait pas grand-chose sur le chemin reliant la rampe à Umschlagplatz. Ce trajet est évoqué dans le livre de Henryk Rudnicki *Le Martyrologe et l'extermination des Juifs de Varsovie*, celui où se trouve le plan d'Umschlagplatz. J'ignore toutefois si l'on peut se fier à cet auteur et, si oui, jusqu'à quel point. Certes, il est passé trois fois par Umschlagplatz — je l'ai déjà signalé, je crois — et il a livré dans son livre des informations essentielles. Selon lui, la place mesurait « près de quatre-vingts mètres de longueur sur trente mètres de largeur ». A ma connaissance, c'est l'unique récit évoquant les dimensions d'Umschlagplatz, de la cour sur laquelle donnait l'ancien bâtiment des Archives. Le livre de Rudnicki est en revanche bourré d'erreurs flagrantes ainsi que d'inventions bizarres, voire grossières — ce ne sont pas des officiers polonais qui auraient été massacrés à Katyn, mais des Juifs de Varsovie revêtus d'uniformes polonais, que les Allemands auraient fusillés dans le but d'incriminer les agents du NKVD d'origine juive et de provoquer un pogrom antisémite à Varsovie —, ce qui évidemment compromet les autres informations contenues dans cet ouvrage. Selon Rudnicki, on allait d'Umschlagplatz à la rampe par un sentier: « Un sentier menait à Umschlag le long duquel on chassait les Juifs en direction des wagons. » Dans un autre passage, le chemin menant à l'embranchement est un « terrain sablonneux ». Comme Rudnicki dit que ce terrain absorbait le sang et les larmes, il convient, je crois, de considérer le sable de ce sentier comme une image poétique. Mais il est possible que le terrain fût réellement sablonneux. Je ne sais que faire de ce sentier car Rudnicki l'a emprunté, il m'est difficile de ne pas le croire. Quant à Katyn, je ne sais vraiment qu'en faire.

Que dire encore sur ce thème, sur la rampe? Il y avait des structures en bois — des marches? — permettant de monter dans les wagons. Les installait-on seulement lorsque le train était à quai? Constituaient-elles un élément permanent de la rampe? Je n'arrive pas à trancher. La rampe était assez longue: le train qui la longeait comportait jusqu'à cinquante-sept wagons, ce qui est énorme. Ce renseignement provient du récit de l'ingénieur Jerzy Królikowski, *J'ai construit un pont de chemin de fer près de Treblinka*, à qui les cheminots de Małkinia avaient expliqué le problème de la longueur des rames: la voie derrière les fils de fer de Treblinka pouvait contenir dix-neuf wagons. Chaque transport devait par conséquent être composé d'un multiple de dix-neuf. Je n'ai vu aucune photo représentant Umschlagplatz en 1942 ou 1943. Je présume qu'il n'en existe pas. Les Allemands aimaient, c'est bien connu, se faire photographier avec leurs victimes, mais à Umschlagplatz ils ne l'ont pas fait. Un mur ou un fossé, quelques hommes au pied d'un mur ou devant un fossé. Ce genre de cliché est fréquent. Pourquoi Brandt ou Hoefle ne se sont-ils pas fait photographier à Umschlagplatz? Cela vaut la peine d'y réfléchir. En revanche, j'ai vu une photographie prise sur la rampe et représentant le chargement des wagons. On ne peut y lire grand-chose.

Des wagons, dont l'un avec une guérite. Des Allemands avec des casques, l'un avec un képi. Deux ou trois policiers juifs. Assez loin, presque au fond, une foule agglutinée près des wagons : les silhouettes sont petites, on ne peut distinguer les visages. Sur la rampe — on dirait qu'elle est couverte d'herbe mais la photographie est floue, je n'en suis donc pas certain — sont éparpillés des paquets, des balluchons. Derrière les wagons, au loin, les toits de deux immeubles, les fenêtres du dernier étage et des cheminées. Comme on ne sait pas comment est placé l'officier allemand qui prend le cliché — de face ou de dos par rapport à Umschlagplatz, de face ou de dos par rapport à la locomotive — on ne sait pas non plus si ce sont les maisons du ghetto ou les maisons du côté aryen. C'est tout. Il se peut qu'il existe d'autres photos de la rampe ou d'Umschlagplatz. Je préférerais qu'il n'y en eût pas. Les mots peignent un monde caché derrière un voile légèrement transparent. Tout en montrant, ils ont le pouvoir d'occulter partiellement ce qui est représenté. Avec une photographie c'est différent, car nous verrions quelque chose — tel est du moins mon sentiment — que nous n'avons pas le droit de voir.

Du temps de ma tendre jeunesse, l'attribut de juif me collait à la peau. Je pourrais dire, pour ne pas déplaire à ceux qui n'affectionnent pas les expressions semi-argotiques, que l'on me considérait comme un Juif. Ou que j'étais tenu, que je passais pour juif. Mais ce n'est pas tout à fait la même chose, car dans l'expression « me collait à la peau » il y a une nuance sémantique bien précise que l'on ne trouve pas dans d'autres tournures. Quand je dis que l'attribut de Juif me collait à la peau, je veux dire que je passais pour un juif, tout en devenant, tout en étant un peu juif. Ce qui explique que j'étais considéré comme tel.

Du temps de ma tendre jeunesse, on m'a souvent fait comprendre qu'étant juif je devais le reconnaître. Car qui ne reconnaît pas qu'il est juif prouve par là même qu'il l'est. Comme je ne voulais point le reconnaître, cela ne faisait pas bonne impression. Par la suite, on sembla se désintéresser de mes origines, ce qui me vexa un peu. Ce n'est que tout récemment qu'un vieux monsieur rasé de près, à la moustache poivre et sel, me demanda : « Vous faites partie de quelle famille Rymkiewicz ? — De la meilleure », répondis-je, et le vieux monsieur se contenta de sourire d'un petit air bizarre comme s'il voulait insinuer quelque chose ou comme s'il m'excusait — sa fine moustache fit à l'occasion un petit bond vers le haut —, son sourire laissant entendre que je ne faisais partie d'aucune famille Rymkiewicz, bonne ou mauvaise, car je m'appelais en fait Rozenkranz, Rozenfeld ou Rozenduft. Senteurs nauséabondes de roses, nauséabondes senteurs d'antisémitisme. Ce vieux monsieur eût sans doute été horriblement offensé si je lui avais dit que je le considérais comme un antisémite. Il ne l'était du reste peut-être pas, Dieu l'en garde.

Du temps de ma tendre jeunesse — je crois que c'était au milieu des années cinquante —, mon éventuelle future belle-mère m'adressa le même sourire que le vieux monsieur à la fine moustache. Mais vu que mon éventuelle belle-mère avait de fortes chances de devenir ma future belle-mère, elle considéra qu'elle ne pouvait en rester à ce sourire d'excuse et qu'elle devait formuler tout haut le fond de sa pensée.

— Jarek, tu sais combien je t'aime, avait-elle dit. Pour moi il n'y a aucune différence entre un Polonais et un Juif. Donc, si tu es juif, il faut que tu nous l'avoues sincèrement.

Cela se passait dans une villa à Marysinia, car c'est là qu'habitait la jeune fille avec qui je devais me marier. Ma future belle-mère recevait des coups de téléphone de ses amies :

— Vraiment tu m'étonnes. Tout le monde sait qu'il est juif.

— Tu veux vraiment donner ta fille à un Juif ?

— Son père était policier dans le ghetto de Varsovie. J'en suis sûr.

— Je n'ai rien contre les Juifs. Mais, tu sais, jamais je ne donnerais ma fille à un Juif.

Comme je ne veux offenser personne, je me dois donc de rendre justice à Marysia — puisque tel était le prénom de la jeune fille avec qui j'étais fiancé — et reconnaître qu'elle avait l'esprit sain. Peu lui importait que je fusse polonais ou juif. Je suppose qu'il en était de même pour ma future belle-mère qui en définitive ne le devint pas. Tant pis pour elle, elle n'avait qu'à pas fréquenter de sottes gens, mais ça, c'est son affaire. Toujours est-il que le mariage n'eut pas lieu, et ce, pour de tout autres motifs.

Je n'ai toujours pas compris pourquoi on me considérait à Łódź comme un Juif. J'avais les cheveux blonds, les yeux gris et le nez en trompette. Alors pourquoi? « En fait, un nez retroussé, pensai-je à part moi une fois que Marysia m'eut rapporté ce que disaient les amies de sa mère, cela ne veut rien dire, je peux être un Juif avec un nez retroussé, pourquoi pas. Mais il est certain que mon père n'a pas été policier dans le ghetto: du début de la guerre à l'insurrection, nous avons habité à l'angle des rues Koszykowa et Marszałkowska. D'autre part, je ne crois pas que mon père eût jamais l'occasion d'aller dans le ghetto. Il n'est toutefois pas exclu que je sois juif, c'est une chose dont on ne peut être sûr. Il est possible que mes parents m'aient caché mes origines. » Telles étaient alors mes pensées tandis que je contemplais dans le miroir mon nez retroussé. Mes origines juives ou polonaises ne me laissaient pas indifférent.

Mais pourquoi me prenait-on pour un Juif? Deux explications me viennent à l'esprit. Tout d'abord, je débutais à l'époque dans les lettres et, jeune homme de dix-neuf ans sans vergogne, je me considérais comme un écrivain au talent extraordinaire. J'imagine l'une des amies de la mère de ma fiancée au téléphone, un petit sourire aux lèvres: « Il noircit des pages et avec ça il est d'une insolence! Il ne peut qu'être juif. » Jalousie polonaise mariée au complexe d'infériorité polonais. Ajoutons-y ne serait-ce qu'une petite dose d'antisémitisme et voilà ce que cela donne: celui qui écrit tout en se pavanant ne peut qu'être juif. Il est plus doué que nous, c'est donc un Juif. Il n'est pas plus doué que nous mais se croit plus doué, c'est donc un Juif. Il se fait éditer, il a donc des relations, c'est à coup sûr un Juif. Il a des entrées, ce sont donc les Juifs qui l'aident, voir plus haut.

Par ailleurs mes parents étaient membres du parti communiste. A cette époque nombreux étaient les Polonais à estimer — je ne sais si on pense aujourd'hui la même chose, il serait bon de mener une enquête sociologique sur ce sujet — qu'il n'y a aucune différence entre un Juif et un communiste. En tout cas, s'il y en a une, elle est infime : en gros celui qui est communiste est juif et vice versa. Certes les récriminations des Polonais étaient légitimes : ils avaient en mémoire les militants d'avant-guerre du KPP * rêvant de transformer la Pologne en dix-septième république. D'autre part, ils voyaient que parmi les communistes qui venaient de prendre le pouvoir et qui l'exerçaient d'une manière qui leur déplaisait, pour ne pas dire plus, il y avait beaucoup de Juifs. Réflexion faite, ces motifs me paraissent insuffisants. Les Polonais qui assimilaient les communistes aux Juifs étaient bon gré mal gré contaminés par la maladie de l'antisémitisme. En fait, cet amalgame n'est pas un produit d'après-guerre. Il a vu le jour avant la guerre et les intentions de ses instigateurs sont des plus claires. En 1936, l'abbé Trzeciak, auteur de brochures antisémites, écrivait : « Le bolchevisme, ce n'est pas une maladie de l'âme, c'est une grande imposture juive : celui qui parle du communisme sans parler des Juifs n'a tout simplement pas compris ce qu'était le communisme, car le communisme et le judaïsme sont actuellement des concepts pratiquement équivalents... Or, dans ses rapports avec le christianisme, le bolchevisme est l'arme la plus terrible et la plus lâche que les Juifs aient jamais employée contre lui... C'est une nouvelle forme satanique de la lutte du judaïsme contre le christianisme. » Comme je l'ai dit, ce texte a été écrit en 1936, la citation provient d'un tract de propagande allemand imprimé à Varsovie en 1943. Pour parler la langue d'aujourd'hui à Varsovie, je dirais qu'en ce Trzeciak les Allemands « avaient trouvé leur homme », qu'il

* KPP : parti communiste de Pologne (1918-1938) (N.d.T.).

« faisait leur affaire ». J'en profite pour signaler, bien que cela n'ait aucun rapport avec notre sujet, que le niveau d'érudition de l'abbé était stupéfiant, effroyable. Nombreux étaient sans doute à l'époque — on est en 1936 — les Polonais qui voyaient dans le communisme non pas une maladie de l'âme, mais un complot juif. Au palmarès des dommages causés par l'antisémitisme, il convient donc d'ajouter ce ravage supplémentaire : les Polonais qui succombaient à l'antisémitisme n'étaient plus en mesure de comprendre, de prévoir la charmante surprise que leur réservait l'histoire. Il est également important de noter — une fois de plus cela n'a aucun rapport avec notre sujet — que le tract allemand de 1943 est un exemple édifiant de mé-connaissance, si tant est que ces tracts aient un rapport quelconque avec la connaissance. Je veux dire que les Allemands faisaient doublement erreur. Tout d'abord, ils injurient le bolchevisme sans savoir qu'ils lui confèrent, en le comparant au judaïsme, une dimension spirituelle que le bolchevisme n'a évidemment jamais possédée. De fait, ils font la louange du bolchevisme, ils font sa propagande. Deuxièmement, en outrageant le bolchevisme, ils outragent, toujours sans le savoir, leur propre personne : ils crachent sur les fondements spirituels qui ont donné naissance aux idéologies totalitaires — « criminelles » conviendrait mieux — du XXe siècle.

J'en reviens à l'identification « communiste donc juif », présente dans la conscience polonaise dans les années quarante et cinquante. Au lieu de succomber à cette identification, à la suite de l'antisémite Trzeciak, les Polonais auraient dû réfléchir à l'essence du communisme qui réside dans l'idée de transformer Juifs, Polonais, Russes, Allemands, etc., en étranges créatures privées d'identité nationale. L'idée d'aboutir à une mutation dont le résultat consisterait à effacer les différences entre un mutant d'origine juive et un mutant d'origine polonaise : l'idée d'aboutir à l'assimilation systématique des nez et des esprits. Mais j'en demande peut-être trop. A l'époque, les Polonais étaient suffisamment malmenés ; on ne peut sans doute exiger d'une personne qui souffre qu'elle aille sonder l'essence de ce qui la fait souffrir. Celui qui est torturé a du mal à se concentrer. On le supplicie, donc il crie: « Ils me supplicient! — Qui te supplicie? — Eux, ceux de la Judéo-Commune. » Je justifie donc jusqu'à un certain point l'amie de la mère de ma fiancée qui disait: « Je t'en supplie, ne lui donne pas Marysia en mariage. C'est un Juif car il est d'une famille communiste. » Je veux être bien compris: je n'avais rien, et je n'ai toujours rien, contre le fait de passer pour un Juif ou même qu'on me colle cette étiquette sur le dos. Je vous en prie! Dites-moi que je suis juif et je le serai. Chers compatriotes, j'en serai fort honoré! Cela dit, j'apprécie beaucoup d'être polonais et, bien que ce ne soit pas toujours facile, je crois que je ne me tire pas trop mal d'affaire. Mais si vous estimez que je suis juif, je m'en accommoderai tout aussi bien. Les Juifs sont un peuple merveilleux et il m'arrive de regretter de ne pas être né juif. Si j'étais juif, il m'arriverait probablement de regretter de ne pas être né polonais, car les Polonais sont également un peuple merveilleux. Toutefois je préférais, s'il est permis de faire des choix de cet ordre, être juif de ma propre initiative si je puis dire. Je préférerais m'élire moi-même plutôt que d'être élu par une dame assurant à la mère de ma fiancée qu'un homme comme moi ne saurait être polonais.

Quelques mots encore sur l'amalgame contenu dans l'exclamation typiquement polonaise: « C'est la Judéo-Commune! » Les origines de ce slogan remontent sans doute à l'entre-deux-guerres — il est difficile de dire qui, des Juifs ou des Polonais, est responsable, j'estime pour ma part que les deux parties le sont —, période pendant laquelle on ignorait presque tout de la vie des Juifs. Peu de gens savaient ce qu'étaient le *Poale Sion* *, l'*Aguda* **,

* *Poale Sion* (1905): premier mouvement sioniste socialiste de travailleurs juifs (N.d.T.).

** *Aguda* (1911): parti religieux juif, tendance conservatrice (N.d.T.).

le *Mizrahi* *, le *Bund* **. Presque personne ne s'intéressait aux coutumes, à la politique, à la spiritualité juives. Le Juif, c'était le rabbin ou le pratiquant en lévite habitant dans le quartier Nord ou alors c'était un homme à barbichette et à binocle, un poète ou un avocat polonais qui ne cessaient pour autant, toujours dans l'esprit des Polonais, d'être juifs. Il était donc assez facile de convaincre les Polonais qu'il n'y a aucune différence entre un Juif et un communiste. Quand vint le moment d'agir, Staline sut habilement tirer parti de cette situation : « Je m'en vais leur jouer un bon petit tour à ces Polaks. Ils croiront que ce sont les Juifs et retourneront leur colère contre eux. » Mais Staline n'est pas ici le plus important, contrairement à mon nez qui ne cesse de me causer des ennuis. Ce nez retroussé, est-il ou non juif ? Des années après, lorsqu'on eut cessé de faire de moi un Juif, de manière tout à fait inattendue, on me colla à la peau l'étiquette d'antisémite. Mon nez, manifestement antisémite, redevint un problème. Mais cette fois non pas pour les antisémites mais pour les Juifs, pour ceux bien sûr qui étaient devenus communistes car c'étaient eux qui hurlaient : « C'est un antisémite ! »

— J'en ai eu des aventures. Mais je te raconterai tout cela une autre fois, Hania. Qu'en penses-tu ?

— Tu exagères un peu, dit Hania. Cette tendance à l'exagération est un de tes traits les plus marqués. Contrairement au mien, ton nez ne pose aucun problème. Quant au fait que l'on te tînt pour juif, cela me semble tout à fait normal. Tu n'ignores sans doute pas la définition — je ne me souviens plus de qui elle est — d'après laquelle "est juif non celui qui l'est, mais celui qui est considéré comme tel". Pour en revenir à cette Zosia ou cette Marysia, qui était cette fille ? Tu ne m'en as jamais parlé.

---

* *Mizrahi* : syndicat de travailleurs juifs, tendance religieuse, sioniste (N.d.T.)

** *Bund* (1897) : premier parti ouvrier juif, le plus puissant de la communauté juive de Pologne (N.d.T.).

— Queue de cheval, souliers à talon, jupon gonflant, corsage à la Brigitte Bardot. A l'époque toutes les filles s'habillaient ainsi. Avec cela c'était une beauté extraordinaire, ce qui n'a rien d'étonnant vu que mes petites amies ont toujours été des beautés extraordinaires. Mais sais-tu que, pendant la guerre, dans les villas de Marysinia vivaient les gens de Rumkowski, le roi du ghetto de Łódź? Le commandant de la police juive et ses acolytes, l'élite juive de l'époque. Ils y passaient leurs vacances. On peut dire qu'ils ne s'y ennuyèrent pas avant d'être tous fusillés. A cette époque, je l'ignorais. C'est dommage car, si je l'avais su, j'aurais dit à ma belle-mère manquée, voulant me faire avouer mes origines, qu'elle habitait dans une villa ayant appartenu à des Juifs, que la fourrure qu'elle portait, elle, ma belle-mère, avait probablement été portée par une femme juive. Je suis curieux de savoir quelle aurait été sa réaction.

— Elle t'aurait mis à la porte, dit Hania. Elle n'aurait pas eu tort. Je crois qu'il vaudrait mieux ne pas publier tout cela.

— Que vaudrait-il mieux ne pas publier? Ce passage sur la villa ayant appartenu à des Juifs? Sur la fourrure ayant été portée par une Juive?

— Tout. Si tu le publiais, il se trouverait certainement des gens pour dire que tu as écrit tout cela — le fait que l'on te prenne pour un Juif bien que tu n'en sois pas un — pour masquer ton identité, pour que personne ne puisse plus te soupçonner. Tu verras. Ils diront que seul un Juif a pu écrire des choses pareilles. Et que tout ton livre témoigne d'une seule chose: que tu es juif. Celui qui sympathise avec les Juifs devient juif. Souviens-t'en. Avec cela tu as une femme juive, moi en l'occurrence. C'est une preuve supplémentaire.

— Qu'ils disent ce qu'ils veulent, dis-je. Ils me feront plaisir. Tu te souviens de ce que les journaux racontèrent en mars 68? Récemment, j'ai relu l'annuaire de *La Vie de*

Varsovie. J'en ai appris de belles ! Paweł Jasienica * était un criminel, Antoni Słonimski participa à un complot avec Zambrowski, Andrzej Kijowski ** était un instigateur antipolonais. Je me suis amusé à recopier une citation : « Certains d'entre eux ont souillé leur honneur en collaborant au sionisme international. » Celui qui ne plaisait pas à ces merveilleux aryens au nez en patate et à la cervelle en purée de pois devenait juif. Aujourd'hui, tandis qu'ils ne sont plus, il m'arrive souvent de converser avec Andrzej, avec Antoni. Lorsque j'ai des ennuis, je leur demande conseil. Me commettre avec Antoni Słonimski l'instigateur antipolonais, Paweł Jasienica le criminel, Andrzej Kijowski le sioniste international et être juif avec eux tous est pour moi un grand honneur. Mais est-ce que je le mérite ?

La voiture d'Icyk Mandelbaum, une Toyota gris argenté, emprunte la rue Andriolli, celle qui relie Otwock à Anielin, mais, avant d'arriver à Anielin, elle tourne à gauche — à peu près là où commencent les petits bois de pins —, puis à droite, puis encore à gauche. « Tout près de là, pense Icyk, doit se trouver le cimetière où sont enterrés les Juifs morts de tuberculose dans les sanatoriums d'Otwock et où est probablement enterrée Sarah Fliegeltaub si cette dernière a réussi à mourir à temps, à l'époque où les Juifs étaient encore ensevelis dans les cimetières juifs, ce qui me semble peu vraisemblable. Je doute que je puisse trouver dans ce cimetière une pierre avec son nom et son prénom gravés en lettres hébraïques et polonaises ou en lettres hébraïques seulement car, même si elle repose là — perruque et ossements enfouis sous le sable d'Otwock, racines de pins rabougris déchirant le blanc linceul,

* P. Jasienica (1905-1970) : (de son vrai nom Paul Beynat) historien, essayiste polonais d'origine juive proche des milieux de l'opposition intellectuelle.

** A. Kijowski (1928-1985) : prosateur, l'une des grandes figures de la critique littéraire polonaise, proche des milieux de l'opposition intellectuelle.

ultime voile nous séparant du néant, de l'inimaginable, de l'invisible —, même si Sarah a réussi à mourir à l'époque où il fallait mourir, en 1939, au plus tard en 1940, avant d'être recouverte d'un dépôt verdâtre et avant que le creux de ses lettres ne soit envahi par une mousse brunâtre, la pierre dressée verticalement et gravée de caractères hébraïques a été emportée du cimetière juif d'Anielin par un camion allemand pour servir au dallage d'une rue ou d'un trottoir. La pierre tombale dont les caractères hébraïques se sont emplis de sable jaune ou gris a été posée côté lisse vers le haut, dès lors le nom de Sarah ainsi que les dates de sa naissance et de sa mort, 5647-5699, ne peuvent être lus que des profondeurs de la terre, au travers d'une couche de sable, d'argile, de lave.

— *Here we are*, dit Icyk au jeune homme assis au volant de la Toyota gris argenté qui s'arrête devant la villa de Sarah Fliegeltaub. Ce jeune homme — longue gabardine noire, feutre noir étincelant et longues papillotes blondes — qu'Icyk appelle Ben : "*Ben, are you sure that we are still Jews?*" est le petit-fils de la cousine d'Icyk, le traducteur de ses romans du yiddish en anglais. Ben ouvre les portières, puis le coffre de la Toyota d'où il sort les deux grandes valises en cuir de son grand-oncle. Il y a peut-être aussi un petit nécessaire de voyage, peù importe. En ouvrant le portillon en bois, Icyk constate avec satisfaction que rien, vraiment rien, absolument rien n'a changé : les gonds rouillés du portillon grincent comme ils grinçaient autrefois, la clochette, sans doute cachée dans le feuillage, parmi les fleurs de liseron, émet un joyeux tintement, le ressort du portillon qui se referme sur le dos du visiteur résonne comme il résonnait jadis, le portillon est celui-là même que Shloïmelé le boiteux devait repeindre en blanc selon les vœux de Sarah Fliegeltaub mais qu'il ne peignit pas, car il n'en avait guère envie et que par la suite, alors qu'il en aurait peut-être eu envie, il ne put repeindre pour la bonne raison qu'il n'était plus de ce monde. Derrière le portillon, il y a le même sentier, à gauche du sentier, les mêmes orties. Contournant la villa, Ben suit Icyk en soulevant péniblement les valises tandis que des gouttes de sueur coulent le long de ses superbes papillotes rejetées derrière les oreilles. Icyk s'arrête sur les mêmes marches de la même véranda dont la dernière, comme nous le savons, n'est plus qu'une demi-marche. Sous la véranda, dans la salle à manger, il n'y a personne, mais à l'instant il y avait encore quelqu'un, car sur la table recouverte d'une nappe verte crochetée sont posés trois verres avec un reste de thé ainsi qu'un journal, le *Folkstzeitung* ou le *Haïnt*, le numéro du 13 juillet 1937. " Je crois que c'est dans le verre de gauche, celui au-dessus duquel tournoie et bourdonne une mouche qui ne va pas tarder, sotte qu'elle est, à y plonger et, sans se douter de ce qui l'attend, à s'y noyer sans savoir qu'elle se noie, je crois que c'est dans ce verre que j'ai bu ", pense Icyk. La même mouche qu'il y a cinquante ans, une mouche quinquagénaire si je puis dire. L'escalier grince — un escalier en bois montait de la salle à manger au premier étage, sur le palier à droite, si ma mémoire ne m'abuse, il y avait une petite porte fermée par un crochet en bois qui donnait accès au grenier où, après ses grandes lessives, Sarah Fliegeltaub étendait son linge : draps, taies d'édredons et d'oreillers quelque peu jaunis. A gauche, il y avait un couloir sur lequel donnaient les portes de trois ou quatre chambres dont la dernière retentissait dès le matin des petits coups secs de la Remington noire toute déglinguée. L'escalier grince sous les pas d'une personne qui entre dans la salle à manger. C'est Chaja Gelechter. Elle est vêtue d'un tailleur gris et coiffée d'un chapeau bien ajusté, une petite toque à voilette d'un gris un peu plus clair. Chaja Gelechter aimait les voilettes. Elle ne cessa jamais d'en porter même lorsqu'elles furent passées de mode. Elle estimait, du moins je le présume, qu'une femme cachée derrière une voilette devient un peu mystérieuse. Or Chaja tenait beaucoup à passer pour une personne mystérieuse. Mais je puis me tromper. Peut-être portait-elle des voilettes par timidité, parce qu'elle dissimulait derrière elles ses tics, ses sourires nerveux, ses rictus donnant à penser qu'elle était au bord des larmes, le tremblement soudain de sa paupière qu'elle n'arrivait pas à maîtriser. En la regardant attentivement, on s'apercevait que sa toque était constituée d'écailles hexagonales, grises et luisantes. Ces coiffes à voilette étaient très à la mode au printemps de l'année 1936, mais en 1937 la mode changea ; ces dames se mirent à porter des bibis à petit bord retourné ou droit. Estimant que ces chapeaux ne lui seyaient guère, Chaja en resta à sa toque : le bord inférieur de la voilette piquetée n'est pas droit mais dentelé, l'extrémité de chaque crénelure est soulignée par un pois d'un gris plus intense : lorsque l'on regarde la voilette à une certaine distance, à cinq ou dix pas, on ne peut dire si ces pois criblent celle-ci ou s'ils criblent le visage de la personne qui la porte : taches de rousseur, mouchetures grises qui, pour une raison mystérieuse, sont apparues sur les joues, le nez, les paupières. L'adresse de la modiste : 57 rue Krochmalna, deuxième cour, rez-de-chaussée, deuxième porte à gauche. Sur la porte il y a une inscription en polonais : Attention à la marche !

— Vous cherchez Mme Fliegeltaub ? demande Chaja.

— Non, répond Icyk. Ou plutôt oui. Je cherche Mme Fliegeltaub.

— Mme Fliegeltaub est partie à Jozefów, dit Chaja, et Icyk se souvient soudain qu'à Jozefów habitait la plus jeune sœur de Mme Sarah qui — je parle de cette sœur — passait pour folle dans la famille et avec laquelle Mme Sarah se querellait sans cesse. Quant à savoir pourquoi elles se disputaient, Icyk ne parvient pas à se le remémorer. N'était-ce pas parce que la fille de cette sœur, Irena, fréquentait l'Institut de propagande artistique et y buvait du café en compagnie de *goys* ? Sarah Fliegeltaub était capable d'en vouloir à sa sœur pour de telles vétilles : "Tu laisses ta fille frayer avec ces gens-là !" A son beau-frère, le mari de sa jeune sœur, elle disait : "C'est une folle, elle t'en fera voir de toutes les couleurs. Arthur, tu devrais la faire enfermer à Zofiówka." Chaja relève sa voilette — les petites taches grises disparaissent de son nez, de ses paupières —, puis elle regarde attentivement Icyk.

— Vous arrivez de Varsovie? Asseyez-vous donc sous la véranda. Mme Fliegeltaub ne devrait pas tarder.

— Je vais attendre», dit Icyk. Chaja passe dans la salle à manger à côté de la table où sont posés les trois verres avec un reste de thé. Dans l'un d'eux, battant des ailes, une mouche quinquagénaire nous fait comprendre qu'elle n'a nullement l'intention de se rendre, qu'elle luttera jusqu'à ce que les abîmes de l'infusion l'absorbent à tout jamais. Elle est déjà sous la véranda, sur le point de descendre les marches pour disparaître derrière la maison. Voulant la retenir — n'est-il pas venu à Otwock, dans cette villa, pour la voir, pour apprendre d'elle ce qu'il ignore, pour s'assurer enfin si ces mouchetures grises sont des grains de beauté ou des petits pois plus foncés cousus sur la voilette? —, Icyk répète, mais tout doucement: «Chaja».

— Vous devez faire erreur, dit Chaja. Nous ne nous connaissons pas.

— Regarde-moi bien, dit Icyk. C'est moi, Icyk. Icyk Mandelbaum. Me reconnais-tu, maintenant?

— Je te reconnais, dit Chaja. Tu as beaucoup changé.

— Comment aurais-je pu ne pas changer? dit Icyk. Cela fait cinquante ans. Je suis maintenant un très vieil homme. J'ai quatre-vingts ans, Chaja. Quatre-vingt-un ans.

— C'est un bel âge, dit Chaja. Où étais-tu passé pendant si longtemps? Que t'est-il arrivé?

— Chaja, tu ferais mieux de me demander où je n'ai pas été, dit Icyk, car j'ai été partout. Au Kazakhstan, en Perse, en Palestine. Maintenant je vis à New York, au vingt-deuxième étage.

— Pourquoi es-tu revenu?» demande Chaja tout en abaissant sa voilette. Le petit jeu de trompe-l'œil reprend aussitôt: mouchetures sur ses paupières, son nez, son oreille droite, celle que voit Icyk. «A ta place, je ne serais pas revenu. Tu n'es pas heureux là-bas à New York?

— Je ne suis pas malheureux, dit Icyk. Je t'en prie, Chaja, ôte cette toque. J'ai envie de te regarder, mais à travers cette voilette, je ne vois presque rien.

— Je vais l'enlever», dit Chaja, et tout en retirant sa toque à voilette grise, elle secoue sa chevelure qui, libérée, se répand sur son front, ses petites oreilles, sa nuque. Cheveux luisants, plus noirs que l'encre, parfumés à Mitsuko de Guerlain. Mes lèvres les effleurent, frôlent le lobe de sa ravissante oreille rosée. Douceurs vieilles d'un semi-siècle! «Ne me regarde pas ainsi, promets-le-moi, cela me met mal à l'aise.

— Je te le promets, dit Icyk qui n'a nullement l'intention de mettre sa promesse à exécution. Maintenant je vais te dire pourquoi je suis revenu ici. Je voulais te revoir, Chaja. Toi et tout le reste. La véranda, les marches d'escalier, les orties et puis la robe de Mme Sarah, t'en souviens-tu, de son peignoir à fleurs jaunes et rouges. Les mouchetures sur ton oreille droite. Je voulais revoir tout cela, je voulais savoir.

— Tu ne sauras rien», dit Chaja. Icyk voit que sa paupière droite se met à trembler bien qu'elle s'efforce de maîtriser ce frémissement. «Que peux-tu apprendre des Polonais? Ils ne veulent pas se souvenir. Cela ne m'étonne pas. A leur place, je ne voudrais pas non plus me souvenir.

— Je voudrais tant savoir, dit Icyk. Comment vous vous en êtes sortis. Comment vous avez vécu tout cela.

— Je ne m'en suis pas sortie», dit Chaja, et Icyk voit qu'en prononçant ces derniers mots, elle ferme les yeux, plisse les paupières. Cela lui permet peut-être de maîtriser leur tremblement, de maîtriser ce tic nerveux. Peut-être ne veut-elle plus le regarder, lui, Icyk, peut-être ne veut-elle plus regarder tout cela, ces trois verres de thé refroidi sur la table, cette part de gâteau au fromage sur laquelle se promène la mouche quinquagénaire ou plutôt une autre mouche, car la première a été aspirée dans les profondeurs de l'infusion, ces cristaux et ces danseuses en porcelaine dans la servante vitrée, cette vigne grimpant sur les colonnes de la véranda sur fond de ciel d'azur, blanc et azur, cristal et azur, au-dessus de la villa de Sarah Fliegeltaub, au-dessus d'Otwock, au-dessus de la Pologne. Personne n'en est sorti.

— Moi si, dit Icyk. C'est la raison pour laquelle je

voudrais savoir. Comment aurais-je vécu cette histoire si j'étais resté? Non, je ne cherche pas à savoir ce qui me serait arrivé, je ne le sais que trop bien ou du moins je puis me l'imaginer sans peine. Non, je voudrais savoir ce que j'aurais alors pensé, ce que j'aurais alors éprouvé. Si les Russes en 41 ne m'avaient pas déporté de Lvov dans un wagon à bestiaux.

— Tu ne le sauras pas, dit Chaja, car il est interdit que tu le saches. Nous seuls savons.» Chaja se tait. Ils se regardent, droit dans les yeux, Chaja Gelechter qui aura à jamais vingt-quatre ans et Icyk Mandelbaum qui en a quatre-vingts. Cela dure quelques secondes, une dizaine tout au plus, car Icyk baisse très vite les yeux: ce que Chaja sait nous est insupportable à nous qui avons survécu.

— Il y a des récits, dit Icyk, qui racontent qu'à Umschlagplatz les Juifs, ceux qui restaient des heures ou des jours à attendre la rame suivante car les wagons étaient complets, lorsque arrivait l'heure de la prière, ôtaient leurs *taleth* * et se mettaient à prier Dieu, à prier — comment le dire autrement — l'auteur de cette histoire de fous. Lorsque j'avais quatorze ou quinze ans et que j'habitais encore chez mes parents, j'étais un Juif très pieux — j'ai bien changé depuis —, je devrais donc comprendre l'attitude de ces gens. Mais je n'y arrive pas. A qui pouvaient-ils adresser leur prière? Tu comprends, toi?

— Il n'y a rien à comprendre, dit Chaja. Ils priaient parce qu'ils priaient. Un point c'est tout. Je préférerais que tu ne m'interroges pas sur la manière dont cela s'est passé. Parle-moi plutôt de toi. Comment vis-tu à ton vingt-deuxième étage? Écris-tu des livres?

— Oui, j'écris.

— Et alors? As-tu du succès?

— On peut dire que cela marche pour moi. Si tout va bien et si je suis toujours en vie, dans un ou deux ans je devrais recevoir le prix Nobel.

— Je te le souhaite de tout cœur, Icyk. Je te souhaite ce prix ainsi que tous ceux que tu pourrais encore

* Châle de prière.

recevoir », dit Chaja en remettant sa petite toque à voilette grise. Puis elle s'approche d'Icyk, pose sa main gantée de chamois sur sa joue, la caresse. « Je suis certaine que tu recevras tous les prix. Je me réjouis que tu aies tant de succès. Te souviens-tu ? Je t'ai toujours dit que tu serais un jour célèbre.

— Mais je suis célèbre », dit ou plutôt pense Icyk, en tout cas s'il le dit, c'est plus à lui-même qu'à Chaja. « Mais qu'est-ce que cela m'apporte ? Qui peut me dire à quoi cela m'avance, moi, vieux Juif, d'être si célèbre, d'avoir atteint les sommets de la célébrité ?

— Il faut que j'y aille, dit Chaja, car je vais rater mon train pour Varsovie. J'ai rendez-vous avec Jakub. Si tu veux, tu peux rester ici. Installe-toi sous la véranda. Mme Sarah ne va pas tarder.

— Ne t'en va pas tout de suite, je t'en prie, dit Icyk, car j'ai envie de te regarder encore. Je te présente mon petit-fils. Ou plus exactement le petit-fils de ma cousine. C'est lui qui me traduit en anglais.

— C'est ton petit-fils », dit Chaja en s'approchant du jeune homme aux papillotes rejetées derrière les oreilles qui se tient sous la véranda, les valises d'Icyk à la main. « Il y a donc toujours des Juifs. Comme c'est étrange. Moi qui pensais qu'il n'y en avait plus, que nous étions les derniers Juifs de la planète. Chaja palpe de sa main gantée de chamois les papillotes de Ben, en prend une entre ses doigts, la roule sur elle-même, la déroule, la réenroule.

— Il est né après la guerre, dit Icyk, et ne comprend pas le polonais. Mais tu peux lui parler en anglais ou en yiddish.

— S'il est né après la guerre, dit Chaja, de quoi pourrais-je lui parler ?

— Mais il est juif, dit Icyk, tu le vois bien.

— Le même ? demande Chaja.

— Le même que qui ?

— Que nous tous.

— Le même, répond Icyk bien qu'il ne soit pas certain que son petit-fils coiffé du chapeau des hassidim soit le même que ceux qui venaient en cure à Świder, Jozefów ou

Faienica. Presque le même. Peut-être un peu différent car il est né dans le Bronx et non pas rue Krochmalna ou Lubecki. Mais est-ce vraiment important? Quand on est juif, on l'est où que l'on soit.

— Je suis ravie que ce soit presque le même, dit Chaja. C'est un beau jeune homme. Toi aussi tu es presque le même.» Puis, on ne sait pourquoi, elle ajoute: «Pauvre Icyk» et, tandis qu'elle est déjà sur les marches de la véranda, elle dit encore: «Mon pauvre Icyk, mon malheureux Icyk! Bon, il faut que je me dépêche car je vais rater mon train. Bonsoir!» Et Chaja dévale les marches, non, elle ne les dévale pas car s'élevant dans les airs, à quelques centimètres, quelques dizaines de centimètres du sol, elle glisse sur les marches, vogue, plane, effleure les orties, les chardons, les pissenlits, frôlant du bout de ses chaussures en chamois gris les pensées jaunes et violettes qui poussent en bordure de la plate-bande cernée d'éclats de tuiles rouges plantés en écharpe dans le sable doré. Frémissement de la voilette grise glissant au-dessus des chardons, des horties. Caresse des pompons blancs, des pissenlits, sur ses chevilles moulées dans la soie grise. Nuage gris survolant le sentier, la plate-bande. Nuage gris, cendre grise, poussière grise. Au-dessus de la plate-bande, du sentier, du précipice.

«Je suis traduit dans dix-sept, peut-être dix-neuf langues», pense Icyk en vissant son stylographe, un Parker à piston et à plume dorée qui, en cette fin de siècle, pourrait sans nul doute aller tout droit au musée. Puis, se levant de sa table de travail, il s'approche de la fenêtre du vingt-deuxième étage. «Je ne suis donc pas n'importe qui, je suis un écrivain valable. Alors pourquoi, lorsque j'essaie d'imaginer mon retour là-bas, une conversation avec elle, mon imagination me trahit-elle au point que la seule chose que je sois en mesure d'imaginer, c'est elle, Chaja, s'élevant, s'envolant, voletant, simultanément en 1937 et en 1987 ou plutôt entre 1937 et 1987, au-dessus des pensées jaunes et violettes du jardin de Sarah Fliegeltaub? Je n'ai aucun mal à imaginer sa toque, sa voilette et ses gants gris, le frémissement de sa paupière gauche ou droite, sa chevelure noire retombant sur ses adorables oreilles. Quant à ce que Chaja — ressuscitée par mon imagination, existant sans exister de manière bien mystérieuse en 1937 et en 1987 — me dit, pourrait me dire, aurait à me dire, je ne parviens pas à me l'imaginer. Notre conversation — celle d'un vieillard de quatre-vingts ans du nom d'Icyk Mandelbaum et d'une jeune femme de vingt-quatre ans du nom de Chaja Gelechter — part en lambeaux, clopine, s'interrompt sans que rien de fondamental n'ai été exprimé. Pourquoi? Cela signifie-t-il qu'après tout ce qui s'est passé, nous n'avons plus rien à nous dire? Pour que ce dialogue puisse avoir lieu, pour que je puisse l'imaginer, il faudrait peut-être que je me rende à Otwock. Je suis curieux de savoir à quoi ressemble l'Otwock d'aujourd'hui, de voir ce que les Polonais on fait de la ville juive — et que je m'attarde là où il y avait la plate-bande délimitée par les débris de tuiles rouges, le portillon au ressort et aux gonds rouillés, la véranda avec ses trois fauteuils en osier. La plate-bande, le portillon, la véranda, les fauteuils ont certes disparu, mais il est fort possible qu'à hanter ces lieux, j'entende ou du moins je parvienne à imaginer ce que Chaja aurait à me dire. Si les morts, même malgré eux, reviennent de temps à autre parmi nous — je doute de cette éventualité, car pourquoi auraient-ils à revenir puisque nous ne les intéressons pas, que nous ne pouvons leur être utiles —, cela ne fait aucun doute qu'ils retournent sur les lieux qui leur sont chers, dont ils se souviennent, où ils se sentaient bien de leur vivant. Chaja aimait Otwock. Si elle pouvait, si elle voulait, elle reviendrait à Otwock, près du portillon, sur le sentier, sur les marches, dans un fauteuil en osier. Mais je n'irai pas à Otwock, non pas que je ne veuille ouvrir ce portillon qui n'est plus, rester sur ces marches qui ont été sciées et brûlées. Je n'irai pas parce que je crains qu'après tout ce qui s'est passé, nous n'ayons rien à nous dire, nous parlions des langues différentes. Langage des morts. Ils parlent toujours en yiddish ou en polonais, mais leur discours semble être constitué de mots séparés. Nous n'entendons — je parle de nous, les vivants — que des mots isolés, ne s'intégrant dans aucune structure intelligible, dans aucune phrase compréhensible, s'incorporant dans des constructions étrangères aux règles que nous connaissons. Désarmés devant cette langue mystérieuse, nous n'arrivons pas à la décrypter. Les mêmes mots, mais ignorants de notre syntaxe, de notre sémantique. Peut-être conviendrait-il d'appréhender les choses autrement en arguant que ce sont les mêmes mots et la même syntaxe, mais que ces mots, dans cette langue étrange, cette langue secrète, signifient quelque chose d'autre, quelque chose qui nous échappe. » Icyk appuie sa main — doigts de quatre-vingts ans tendus de peau sèche, ridée, parsemée de taches brunes — sur le châssis de la fenêtre et, du vingt-deuxième étage, contemple la fosse, les catacombes insondables, les abysses du schéol. Chaja est debout derrière lui, elle pose sa main gantée de gris — sous son gant sa peau est blanche, fine, tendue, presque transparente — sur celle d'Icyk.

« Pauvre Icyk Mandelbaum, dit-elle. Comme il est riche, comme il est mondialement connu ! »

Mais nul ne sait ce que signifient dans la langue incompréhensible que parle Chaja les mots : pauvre, riche, célèbre et mondialement. Nul ne sait ce que pourraient signifier dans la langue de Chaja les deux noms propres : Icyk Mandelbaum. Langue semblable à un nuage gris, à la poussière grise. Langue des morts qui se décompose.

Revenons au ghetto d'Otwock. J'ai eu accès à des textes narrant la dernière liquidation de ce ghetto. Ces récits divergent sur la date. Je ne pense pas qu'on parvienne un jour à trancher ce problème. Franciszka Rubinlicht, décoratrice de théâtre à Varsovie, d'après une information signée de son nom et insérée dans le recueil édité par Józef Kermisz, écrivait en 1943 à propos de l'année 1942 : « Le 20 août, les Juifs furent chassés d'Otwock. Ce jour-là Anka et toute sa famille furent fusillés sur la chaussée. » D'après les récits relatant ce qui se passa en août 1942 entre Anin et Otwock le long de la voie ferrée, les exécutions sur la chaussée étaient considérées comme une grâce. Elles étaient très demandées, mais n'étaient accordées qu'à titre exceptionnel. La date avancée par Franciszka Rubinlicht est confirmée par les récits recueillis par Wiktor Kulerski. Dans un article intitulé « Marche » (*Krytyka*, n° 15, 1973) il cite un extrait du journal de Celek Perechodnik. Ce journal est disponible aux archives de l'Institut d'histoire juive. « Le jeudi 20 août une opération fut déclenchée à Falenica. Pour changer, les Allemands la lancèrent non pas à sept mais à trois heures du matin alors qu'il faisait encore nuit. » La date du 20 août est également confirmée dans les témoignages recueillis par Kulerski. Jadwiga M., originaire de Miedzeszyn : « Cela se passa le 20 août 1942. Je n'oublierai pas cette journée car sur la place on creusa une fosse pour les enfants. » La rédaction de *Krytyka* a illustré l'article de Kulerski de quelques photographies de Falenica ainsi que de la reproduction d'une plaquette éditée en 1977 comme le mentionne la légende, par les « soins d'une personne privée », et commémorant le défilé des Juifs de Rembertów à Falenica ainsi que la liquidation des deux ghettos le 20 août. Sur cette plaquette on peut lire : « 20. VIII. 1942. » La liquidation de Falenica se déroula, c'est hors de doute, le même jour que celle d'Otwock. Je suis plein d'admiration pour la sollicitude, l'attention de Kulerski qui a su décrire ce défilé exactement comme il convenait de le faire, avec sobriété et précision, mais il me semble que pour la date l'auteur ait manqué d'esprit critique. Il se peut que cela se soit réellement passé le 20 août. Mais certains faits viennent contredire cette date.

Dans la nuit du 20 au 21 août, Varsovie fut bombardée par les avions russes. Une bombe tomba sur un immeuble à proximité d'Umschlagplatz. Le lendemain, dans le ghetto de Varsovie, une rumeur commença à circuler selon laquelle l'attaque aérienne russe était en fait un avertissement adressé aux Allemands : les Russes leur laissaient entendre qu'ils observaient leurs activités criminelles et qu'ils ne les toléreraient guère plus. Rumeur justifiée dans la mesure où le 21 août, c'est-à-dire juste après l'attaque aérienne, les Allemands interrompirent la grande liquidation. Pour peu de temps certes et non pas par crainte des Russes, c'est évident. Ces derniers n'avaient pas à ce moment-là l'intention de prévenir ni de menacer les Allemands. Si Staline avait vu ce qui se passait dans le ghetto de Varsovie, il se serait probablement délecté de ce spectacle, lui, le grand spécialiste des déportations et des liquidations, un sourire ambigu aux lèvres. Bref, la grande liquidation fut interrompue : le 21 août, il n'y eut pas un seul barrage sur les voies se trouvant au-delà d'Umschlagplatz, aucun wagon ne fut avancé. Le dernier jour où il y eut des barrages, juste avant l'interruption, fut, semble-t-il, le 20 août. Ce jour-là, le soir ou le lendemain matin, le *Vernichtungskommando* se rendit à Otwock, Falenica et Miedzeszyn. Cette version des faits se trouve confirmée par le récit d'Adolf et Barbara Berman, *L'Extermination du ghetto de Varsovie*, qui étaient des gens, je crois, assez bien informés. Ce récit fut recopié en octobre 1942, lorsque les Berman se retrouvèrent du côté aryen. C'est-à-dire peu après ces événements. D'après les Berman, la liquidation d'Otwock, et par conséquent celle de Falenica, commença « le vendredi matin », après la nuit du 20 au 21 août. Les Berman ne précisent pas la date. Mais le 21 août tombait un vendredi. On pourrait éventuellement admettre que les opérations d'Otwock et de Falenica furent lancées par des unités SS ou par la gendarmerie et que le *Vernichtungskommando* les rejoignit un ou deux jours après. Toutefois cela semble peu probable. La liquidation du ghetto fut exécutée par des spécialistes. D'autre part, les détachements occasionnels n'étaient pas habilités à exécuter ce genre de tâche. Selon les informations fournies par Adolph Berman, l'état-major de Varsovie au complet se rendit à Otwock. Berman mentionne le nom de Brandt, mais il y avait sans doute aussi Hoefle. Peut-être même le *Volksdeutsch* * Brzezinski qui, comme l'écrit Henryk Makower dans son *Journal du ghetto de Varsovie*, — je suis justement en train de lire ce récit

* Allemand « ethnique » vivant en dehors du Reich (all.) (N.d.T.).

récemment édité par Ossolineum — « embarquait dans les wagons la majorité des Juifs de Varsovie ».

Brandt, dès son arrivée à Otwock, fit le tour des ghettos en petite Opel noire, celui du centre et celui que l'on appelait le ghetto des maisons de santé car il y avait deux ghettos à Otwock. Puis il fit poster des sentinelles. Si Celek Perechodnik ainsi que les habitants de Falenica et de Miedzeszyn dont Wiktor Kulerski a utilisé les renseignements ne se trompent pas en disant que l'opération fut lancée avant l'aube, dès trois heures du matin, cela signifie que Brandt dut se rendre à Otwock dès la veille au soir. C'est-à-dire le 20 août. Ces informations ne concordent donc pas avec celles des Berman. Si l'opération sur la ligne du petit train jaune et bleu commença le 21 août, elle dura tout au plus quatre jours car, le 25 août, des barrages furent à nouveau mis en place dans le ghetto de Varsovie, ce qui veut dire que le *Vernichtungskommando* y était revenu. Au cours de cette opération, on fusilla les malades de l'asile « Zofiówka » ainsi que les pensionnaires de la maison de santé « Brijus ». On fusilla également les enfants séjournant dans les deux établissements « Centos *. » Selon les Berman, deux cent cinquante enfants périrent. Il semble toutefois qu'une petite dizaine réussit à s'enfuir. A Śródborów, huit familles polonaises qui cachaient des Juifs furent passées par les armes. A Otwock, je crois l'avoir précédemment mentionné, habitaient de nombreux Juifs qui venaient de Varsovie. Dans la première moitié de 1942, Otwock passait pour un endroit sûr. Un mois avant la liquidation du ghetto d'Otwock, le 19 juillet exactement, deux Juifs notoires, membres de la Gestapo, collaborateurs des « Treize » et propriétaires des tramways à chevaux, Kohn et Heller, envoyèrent à Otwock leurs familles. Certains de ces Juifs de Varsovie — je tire cette information de la *Chronique du ghetto de Varsovie* d'Emmanuel Ringelblum — réussirent à sauver leur vie en fuyant Otwock en ambulance. J'ignore si cette information concerne les familles de Kohn et de Heller. Ces derniers,

* Centrale d'aide aux orphelins et aux enfants.

c'est un fait connu, furent tués à Varsovie: leurs corps furent transportés au cimetière de la rue Okopowa, sur ordre spécial de Brandt, dans une charrette à ordures. A propos de la destinée des Juifs de Varsovie qui se trouvèrent à Otwock, les Berman et Ringelblum mentionnent le journaliste Ajnhorn: c'était un des rédacteurs du grand quotidien «*Haïnt*». On lui proposa de fuir Otwock dans l'ambulance que j'ai mentionnée plus haut. Il refusa et resta dans sa chambre où il fut fusillé. Cela se passa sans doute dans la maison de santé «Brijus». Je désirerais trouver — je ne sais vraiment pas pourquoi — des informations sur le sort du propriétaire — d'avant-guerre bien évidemment — du cinéma «Miramar» situé au 29 rue Warszawska. Il s'appelait Moïse Łopata. J'aimerais bien savoir s'il a survécu.

A propos de la liquidation d'Otwock, j'ai émis l'hypothèse que quarante wagons avaient été avancés à une gare se trouvant entre Otwock et Piława: Pogorzel, Stara Wieś, Celestynów. D'après l'article de Wiktor Kulerski, il en fut autrement. Dans ce texte est cité un extrait du récit de Celek Perechodnik: «D'Otwock on fit également partir à pied, sous l'escorte de la police polonaise, quelques centaines de personnes qui furent chargées en surplus dans les wagons de Falenica. Les mères partirent avec le transport d'Otwock, les enfants le surlendemain avec le transport de Falenica, les pères enfin le lendemain avec le transport de Minsk.» Donc les wagons furent chargés à Falenica et à Minsk Mazowiecki. Sans oublier les quais surélevés d'Otwock. Ces quelques phrases laissent entendre que tout cela se déroula probablement les 21, 22, 23 août. La rampe à Falenica se trouvait, comme l'écrit Kulerski, «au sud de la gare et du passage à niveau, entre les voies et la chaussée». On entassa les Juifs de Falenica sur la place entre la gare et la synagogue, puis après quelques heures d'attente, on les chassa vers l'embranchement ferroviaire. Là aussi, entre les informations recueillies par Wiktor Kulerski et celles que l'on trouve dans le récit de Barbara et Adolph Berman, il y a des divergences profondes. Les Berman affirment en effet, tout en assortissant leurs propos du mot « semble-t-il », que les Juifs de Falenica ne voulurent pas sortir de leurs maisons, qu'ils opposèrent une résistance farouche, voire armée, aux hommes du *Vernichtungskommando* et que les sujets de Brandt massacrèrent sur place tous les Juifs du coin. D'un autre côté, les témoignages recueillis par Kulerski ne peuvent être mis en doute, surtout ceux concernant le sort des Juifs de Falenica. Les Berman auraient-ils été mal informés comme ils le furent aussi pour la date? Ce sont pourtant des témoins dignes de foi. Je ne sais que faire de cette date. Peut-être existe-t-il d'autres témoignages qui permettraient de trancher.

Assis sur le dernier numéro de la « *Vie de Varsovie* » — « Lever de soleil sur la Pologne », « Hitler est-il mort en Argentine? » —, je me tourne vers Hania.

— Imagine-le ici exactement, sur cette plage, sur ce sable. Il a quatre jours de liberté. En fait il n'est pas tout à fait libre car il y a tout de même un peu de travail. Les petites vacances de Karl Brandt : le matin il tuera, ce qui n'est pas déplaisant, et l'après-midi il se baignera dans la Świder, ce qui est fort plaisant. Sur cette plage, sous cette oseraie. Il dégrafe sa ceinture, ôte son uniforme, retire ses bottes et avance dans l'eau. Brzezinski, son sous-fifre zélé, plie avec application l'uniforme de son chef. Belle journée d'août, grosse chaleur, eau glacée. A cette époque, les eaux de la rivière n'avaient rien à voir avec cette gadoue puante. Hoefle qui a aussi les pieds dans l'eau s'écrie : "*Karl, diese Juden hatten es hier gut.*" Que pouvait-il bien avoir dans la tête ce Brandt aux yeux exorbités? Tandis qu'il se baignait dans les eaux de la Świder.

— Fiche-moi la paix, dit Hania. Cela ne m'intéresse pas.

— Mais qu'est-ce qu'il pouvait bien avoir dans la tête? dis-je. Ils s'éclaboussent, lui et Hoefle, hurlent de rire, se roulent dans le sable. Comme la vie est agréable, comme elle est douce. Car il sentait, comprenait que la vie est plaisante. Après tout c'était un homme.

— Non, dit Hania.

— Quoi non? demandé-je. Que veux-tu dire par non?

— Je veux dire que je n'ai pas envie de penser à cela, dit Hania. Pas ici.

— Alors pensons à quelque chose de plus agréable, dis-je en tirant de dessous mon séant le numéro de la *Vie de Varsovie* que je débarrasse de son sable. Parlons par exemple de Hitler mort en Argentine.

— De quel Hitler? demande Hania. Qu'est-ce que tu racontes?

— Là il est écrit qu'il est mort en Argentine il y a quelques mois, dis-je. A l'âge de quatre-vingt-dix-sept ans. Preuves à l'appui, un Argentin malin comme un singe s'apprête à vendre ce « scoop » aux Juifs pour cinq cents millions de dollars. Ce petit futé sait même où se trouve la tombe du Führer. Il connaît également l'adresse d'Eva Braun qui vit encore là-bas avec ses quatre enfants. Mais ce sont des enfants adoptés.

— Quelles sont ces bêtises? dit Hania. Les Juifs qui paieraient une telle somme pour ce canular sont bons pour l'asile.

— C'est vrai, mais je crois que certains en seraient capables, dis-je. La tombe de Hitler, c'est quelque chose qui vaut même plus de cinq cents millions. Pour l'humanité, c'est quelque chose qui n'a pas de prix.

— On y va, dit Hania. Cela ne m'intéresse pas non plus.

— A propos de Hitler en Argentine, dis-je, tandis que Hania dirige sa Renault vers le rempart Miedzeszynski, il n'est pas impossible que le camarade Staline soit encore en vie. Il a cent ans et se cache, le saint homme, au fin fond de la taïga ou de la toundra. Tranquille, il se balade et, tout en fumant sa pipe, contemple, là-bas, au loin, les petites lueurs des camps. Comme la vie est agréable, comme il est bon de se promener dans la taïga tout en tirant quelques bouffées. Je te dis qu'il vit. Ils sont tous vivants.

— Dans ta tête, dit Hania. Et cesse de gigoter sur ton siège, cela va se terminer par un accident. Je n'ai pas envie de me retrouver à l'hôpital par ta faute.

Petit guide du ghetto de Varsovie. Le mieux est de commencer la visite à partir de la rue Żelazna. C'est en effet dans cette rue qu'il y a le plus de ghetto si je puis dire, c'est-à-dire le plus d'immeubles qui existaient du temps du ghetto et qui, lorsque les Allemands rasèrent le quartier Nord, pour des raisons inconnues, ne furent pas incendiés. En remontant la rue Żelazna, c'est-à-dire en se dirigeant vers les rues Nowolipie et Nowolipki, sur notre gauche se trouve la zone aryenne, sur notre droite le ghetto. Quarante années durant, les Polonais ont arpenté le trottoir situé à l'ouest de la rue Żelazna, les Juifs, le trottoir situé à l'est. Cela vaut la peine de s'arrêter au croisement des rues Żelazna et Krochmalna. Autrefois la rue Krochmalna était très longue : elle commençait aux environs de la place de la porte de Fer pour se terminer rue Karolkowa. Aujourd'hui la rue Krochmalna est courte : elle commence au niveau de la rue Ciepła et se termine rue Żelazna. Lorsqu'on se dirige vers la rue Krochmalna, il est recommandé de tourner à droite un peu avant d'y arriver, le mieux étant de tourner rue Grzybowska de manière à faire un crochet par les rues Walicòw et Krochmalna pour retomber sur la rue Żelazna. Ce n'est pas la peine de regarder l'immeuble d'en face situé du côté aryen de la rue Żelazna, il est neuf ou du moins a été construit après la guerre. En revanche, du côté droit comme du côté gauche, les constructions sont anciennes : à gauche, un bâtiment d'angle à cinq étages, à droite, deux bâtiments. Ces immeubles sont très endommagés. Sur celui de gauche, il reste encore des balcons avec de belles balustrades, mais leur vie semble précaire : pour la sécurité des piétons, il vaudrait mieux les démolir. Le crépi n'est pas en trop mauvais état : çà et là il s'effrite mais l'immeuble semble avoir été restauré. A droite, le crépi est tombé ou a été enlevé depuis longtemps. Des poutres en fer rouillé émergent de la brique rouge brun, là où se trouvait jadis les balcons. Sur le fronton, dominant l'angle des rues Krochmalna et Żelazna, est fixée une structure métallique recourbée telle une volute de crosse. Autrefois il y avait là un réverbère.

A cet endroit, la rue Krochmalna est relativement déserte. Je me suis trouvé au milieu de ces immeubles vers midi. Il est difficile de décrire l'atmosphère de ce lieu probablement parce qu'en le traversant, on se trouve simultanément dans la Varsovie d'avant-guerre, dans son ghetto, et dans la Varsovie d'aujourd'hui. Au rez-de-chaussée de l'immeuble d'angle, à droite, il y a une menuiserie. Dans la vitrine on peut voir des flacons de vernis, des boîtes de colle, des tasseaux de toutes dimensions, des morceaux de planches. La même vitrine pourrait être contemplée par une personne se tenant là quarante-cinq ans plus tôt. Il n'est pas exclu que cette personne soit en ce moment à mes côtés, que tous les deux nous nous regardions. Avec cette différence qu'elle, elle peut me voir, tandis que moi, je ne le peux pas. Sans doute, hommes d'ici-bas, sommes-nous trop négligents : lorsque nous est offerte la possibilité de nous rendre doubles, triples dans le temps, lorsque nous avons le sentiment de vivre simultanément plusieurs strates temporelles, nous n'essayons pas, par négligence, d'aller plus loin, de voir autre chose.

Temps multiplié par deux, par trois. Celui qui va par la rue Krochmalna vers la rue Żelazna a le choix : remontant la rue Krochmalna en 1987, il voit à quoi ressemblait cette rue et s'imagine qu'il la parcourt en 1942. Autre cas de figure : arpentant la rue Krochmalna en 1942, il voit, s'imagine, ce qui s'y passera en 1987. Autre possibilité : parcourant la rue Krochmalna en 1939, il voit, pressent, ce que l'histoire va faire de ces immeubles, ce qu'elle va faire de lui qui va par cette rue. Une promenade de quelques minutes sur cette portion de rue est donc fortement recommandée : il est bon de se retrouver simultanément à trois époques différentes car cela permet de constater, de manière visuelle, que l'histoire présente des possibilités extraordinaires. Par la même occasion, celui qui opte pour cet itinéraire n'a qu'à jeter un coup d'œil au porche se trouvant tout près de la rue Żelazna : il fait partie de l'immeuble d'angle en brique rouge foncé et aux poutres rouillées. De ce porche revêtu de céramique bleu et ocre — la plupart des carreaux sont aujourd'hui détériorés —, on devait autrefois voir le mur séparant le quartier aryen du ghetto.

En continuant de remonter la rue Żelazna on arrive à la rue Chłodna: là, au croisement, se termine le petit ghetto et commence le grand. La rue Chłodna était gardée par une sentinelle et obstruée de barrières. Par la suite, ces dernières furent remplacées par un pont reliant les deux parties du ghetto. J'ai vu quelques photos de ce pont mais il n'est pas facile de déterminer son emplacement, car des deux côtés de la rue Chłodna se dressent aujourd'hui des immeubles neufs. Voilà ce que j'imagine. L'accès au petit ghetto par le pont, du côté sud de la rue Chłodna, se trouvait plus ou moins là où se trouve la pavillon à un étage dans lequel il y a aujourd'hui le dispensaire de stomatologie n° 12: « Prothèses, Rayons, Extractions sous anesthésie. » C'est exactement là où se trouve cette enseigne que je place les premières marches du pont. Par contre, les marches accédant au grand ghetto — côté nord de la rue Chłodna — se trouvaient là où il y a la boutique de friandises: je parle de celle située dans le grand immeuble gris à l'angle de la rue Chłodna et de la rue Żelazna. Avant de passer, par le haut ou par le bas, du petit au grand ghetto, il est recommandé de s'arrêter quelques minutes encore dans le petit ghetto, puis après avoir tourné à droite, de se diriger par la rue Chłodna vers l'église Saint-Charles-Borromée. Situé dans la rue Chłodna ou, si l'on veut, entre la rue Chłodna et la rue Elektoralna, cette église se trouve manifestement du côté aryen. Debout sur les marches de l'église, on a une belle vue sur le pont et les tramways qui passent en-dessous. Voici les numéros des tramways allant vers l'ouest par la rue Chłodna: le 5, le 11 et le 21. Les voies s'interrompent aujourd'hui avant le coin de la rue Żelazna, là où il y avait le pont. J'attire l'attention de ceux qui prendront le trottoir sud de la rue Chłodna en direction de l'église sur la forme particulière d'un tracé à hauteur du petit square devant l'immeuble situé au 11 rue Chłodna. La forme de ce tracé indique qu'à cet endroit il y avait une porte cochère. Tout près de là passent d'anciennes voies de tramway. L'immeuble et la porte ont bien sûr disparu. Il ne reste que ce tracé-vestige, seul témoin de passages, d'entrées et de sorties, de va-et-vient incessants d'un autre temps.

Au-delà de la rue Chłodna commence le grand ghetto. On peut maintenant tourner dans la rue Ogrodowa, rejoindre l'arrière des tribunaux ou bien continuer à remonter la rue Żelazna en contournant la sentinelle postée au début de la rue Leszno. Les corridors des tribunaux étaient un lieu de rencontre pour les Juifs et les Polonais. Les Juifs y accédaient par la rue Leszno, les Polonais par la rue Ogrodowa, je crois. C'est donc un lieu important qui vaut la peine d'être visité. Mais remontons la rue Żelazna. Au croisement des rues Żelazna et Nowolipie se trouve un vieil immeuble, au 90, dans lequel se trouve actuellement une maternité. L'immeuble a été rénové. Abritait-il aussi pendant la guerre une maternité? Il devait bien y en avoir une dans le ghetto. De nombreux récits relatent que des Juives étaient enceintes et que dans le ghetto naissaient des enfants. Cela mérite réflexion, car ce n'est pas facile à comprendre. Ces femmes considéraient-elles que leurs enfants vivraient? Que le dieu juif voudrait, pourrait, sauver la vie de leur progéniture? Dans une conversation avec Benjamin Fondane, en 1938, Lev Chestov, probablement le seul philosophe de ce maudit siècle que l'on puisse lire aujourd'hui et certainement l'un des trois ou quatre philosophes de qui l'on puisse apprendre quelque chose de sensé, citait ce verset de Jérémie: « Maudit le jour où je fus enfanté! » (20, 14) *. Pour Chestov, les paroles de Jérémie sont la preuve que le prophète, bien qu'il sollicite le soutien de Dieu, considère que ce dernier n'aide pas les hommes. Je crois que Chestov était du même avis: on peut demander, et c'est même indispensable, le secours de Dieu, mais celui-ci ne répond pas pour autant. En le priant de nous aider, il ne faut donc pas compter sur son assistance. Fondane note alors cette

* Les citations de la Bible proviennent de l'édition publiée sous la direction d'Édouard Dhorme, Gallimard, 1956 (N.d.T.).

phrase de Chestov : « Saint Augustin ne veut pas reconnaître que notre dieu ne nous aide pas. » Nietzsche lui, en était conscient. Face à la cruauté de la nature, il n'en resta pas à cette constatation : il se mit à glorifier cette cruauté. A quoi bon ? Jérémie savait également que Dieu ne nous aide pas, de même les Juifs n'étaient pas sans le savoir. Il semble que nous touchons là au point faible, peut-être le plus faible, de la pensée de Chestov. Son dieu est le dieu de l'Ancien Testament, un dieu qui n'est pas limité dans son action par les folles pensées des philosophes — Platon, Spinoza, Hegel —, par conséquent qui n'obéit pas à ce qui est nécessaire ou plutôt — c'est ainsi qu'il vaudrait mieux le formuler — à ce qui est considéré comme nécessaire par notre esprit. Bref, c'est un dieu plus puissant que les levers et couchers du soleil, les flux et reflux de l'océan. Chestov à plusieurs reprises cite Pascal selon qui le dieu d'Abraham, Isaac et Jacob n'est pas le dieu des philosophes. Il souscrit manifestement à cette thèse. Son dieu n'était pas non plus le Dieu des philosophes. Mais le dieu d'Abraham, d'Isaac et de Jacob est-il un dieu qui n'aide pas les hommes ?

Chestov interprétait l'Ancien Testament d'une manière étrange, incompréhensible pour moi. Le dieu de l'Ancien Testament était et continue d'être un dieu tout-puissant. Rien ne le limite puisqu'Il est au-dessus de tout, Il est plus puissant que tout : s'Il le désire, à partir de demain le soleil se lèvera le soir et se couchera le matin. A partir de demain également, à partir de quand Il le voudra, deux fois deux feront cinq. Lui seul peut décider du moment où cela aura lieu. Est-il permis de dire de ce dieu qu'Il n'aide pas les hommes ? « Jérémie savait également que Dieu ne nous aide pas. » Mais comment pouvait-il le savoir si son dieu était au-dessus de tout et faisait ce qu'Il voulait ? Le dieu qui fait ce qu'Il veut peut aider les hommes ou peut ne pas les aider. Cela ne dépend que de lui, de Sa volonté que nous ne connaissons pas, que nous ne pouvons connaître. Au passage, cela vaut la peine de constater que la conception du dieu qui s'est retiré en léguant aux hommes l'histoire est incompatible avec le Mystère. Selon cette conception, les hommes, dotés du libre arbitre, font ce qu'ils veulent de l'histoire qui n'est plus que le résultat de leurs actes. Le dieu de l'Ancien Testament intervient incessamment dans l'histoire. Il est constamment présent et intervient sans cesse. Ce qui ne veut pas dire qu'Il doit être présent, intervenir, se révéler. Il se révèle selon Son bon plaisir, un point c'est tout. D'autre part, il est possible qu'Il n'ait rien à voir avec nos prières car un dieu tout-puissant ne peut admettre que ces prières Le limitent. Ou alors Il peut l'admettre si bon Lui semble. Il se révèle, qu'on le lui demande ou non, Il se révèle quand Il le désire. L'Écriture, c'est-à-dire le Mystère, atteste que c'est ainsi qu'Il se révèle. Les exemples suivants le prouvent.

Qui — Genèse 9, 5 — conclut l'alliance avec Noé et ferma les portes de l'arche? Qui — Genèse 11, 6-7 — confondit les langues de ceux qui construisaient la tour de Babel? Qui — Exode 12, 12-13 — ordonna de marquer de sang les portes des maisons juives: « Je passerai par la terre d'Égypte en cette nuit-là et je frapperai tout premier-né au pays d'Égypte, depuis l'homme jusqu'à la bête; je ferai justice de tous les dieux d'Égypte, moi, le Seigneur! Le sang sur vos maisons sera pour vous le signe que vous êtes là: je verrai le sang et je sauterai au-delà de vous, il n'y aura pas chez vous plaie d'extermination quand je frapperai la terre d'Égypte. » Dans sa conversation avec Fondane en 1938, Chestov fait également allusion aux *Livres des Maccabées*: pour lui ils sont également la preuve que Dieu ne vient pas en aide. « Les Juifs le savaient parfaitement: voir l'histoire des Maccabées, etc. » Mais le Deuxième Livre des Maccabées — chapitre 11, 10-11 — ne dit pas la même chose: « Ils s'avancèrent tout équipés, ayant leur allié venu du ciel, parce que le Seigneur avait eu pitié d'eux. Ils foncèrent comme des lions sur les ennemis et en abattirent onze mille, ainsi que seize cents cavaliers, et ils forcèrent tous les autres à s'enfuir. » D'autres extraits de ce Livre attestent que Dieu, participant à l'histoire, aide le peuple juif: 3, 24-29; 9, 4-5; 10, 29-31. Dans son essai sur Martin Buber, *Martin Buber, mystique juif de langue allemande*, 1933, Chestov écrit que Dieu ne change pas: « Il faut s'en tenir strictement au principe de Buber : les manifestations de Dieu sont sujettes au changement, ce qui ne signifie pas que Dieu, Lui, change. » Je ne pense pas trahir la pensée de Chestov en l'interprétant de la manière suivante : le dieu d'Abraham, d'Isaac et de Jacob qui ferme les portes de l'arche de Noé est le même dieu apparaissant au-dessus des cavaliers dans le Deuxième Livre des Maccabées. Le dieu qui se révèle comme allié des cavaliers juifs est le même dieu apparaissant, si nous voulons y voir un dieu, au-dessus du ghetto de Varsovie.

En privant Dieu du droit d'intervenir dans notre histoire, nous sommes plus indulgents à Son égard qu'à notre égard. Nous admettons que notre histoire se déroule en dehors de Lui, qu'elle est notre affaire car nous ne voulons pas que Dieu réponde de toutes les horreurs dont nous sommes témoins. Mais, en agissant de la sorte, c'est-à-dire en privant Dieu du droit d'intervenir, nous Le privons également de son omnipotence : Il ne peut plus agir comme Il le désire, donc Il n'est pas tout-puissant. Le dieu qui s'est retiré — qui a été par nous retiré — de l'histoire, cesse d'être Dieu. Mon interprétation va sans doute un peu trop loin car Chestov ne dit pas : Dieu n'apparaît pas. Il dit seulement : Dieu ne vient pas en aide. Et s'Il ne le fait pas, Il n'est pas le dieu d'Abraham, d'Isaac et de Jacob. Et s'Il n'est pas le dieu d'Abraham, d'Isaac et de Jacob, Il n'est pas. En retirant Dieu de l'histoire, nous réitérons ce que Nietzsche accomplissait il y a cent ans : nous Le tuons. Nietzsche écrivait : « Il s'est étouffé un beau jour par excès de pitié. » Nous pourrions voir les choses autrement et dire : nous L'avons étouffé par excès de pitié envers Lui. Mais il n'y a aucune raison d'avoir pitié de notre dieu. La pitié à l'égard du Tout-Puissant est un sentiment déplacé. D'autre part, il n'y a aucune raison que nous le tuions. Dieu est vivant et la preuve en est, ou devrait en être, dans notre foi préconisant que Dieu fait de nous ce que bon Lui semble.

Nous sommes, je le rappelle, à l'intersection des rues Żelazna, Nowolipie, Żytnia et Wolność, tout près de l'immeuble qui abrite une maternité. Et maintenant, nous pouvons tourner à droite et par les rues Nowolipie, Smocza et Nowolipki, atteindre l'église Saint-Augustin. Cette église doit absolument être visitée, tout d'abord parce qu'à l'époque elle était en plein cœur du ghetto, deuxièmement parce qu'au milieu des années cinquante, dans la seconde moitié je crois, je ne me souviens pas de l'année, elle fut le théâtre d'un miracle: au-dessus du clocher de l'église, la Sainte Vierge apparut aux Varsoviens. Une personne qui dans son enfance habitait ce quartier et, au moment où se produisit le prodige, était un petit garçon, m'a dit: « Je L'ai vue. J'étais sur le talus car il y a là-bas une espèce de tertre, j'ai vu une silhouette transparente au-dessus du clocher. On goudronna le clocher mais cela ne servit à rien. » De retour à l'intersection des rues Żelazna, Nowolipie et Żytnia, nous avons le choix: soit nous tournons à gauche et prenons la rue Wolność — pendant la guerre *Uhrmacherstrasse* — en direction du cimetière, soit traversant la rue Nowolipie, nous allons jusqu'à la rue Nowolipki, c'est-à-dire l'endroit où se terminait et où se termine la rue Żelazna. Dans la rue Nowolipie, tout près de la rue Żelazna, se trouvait une des portes du ghetto de Varsovie. Si l'on en croit les plans, il y avait vingt et une portes: ce nombre, je ne sais pourquoi, me paraît symbolique. En visitant le ghetto, on ne peut faire l'impasse sur la dernière section de la rue Żelazna. Mais auparavant il vaut mieux tourner à gauche: par la rue Wolność — au nº 2A se trouve un immeuble intact qui fut rattaché au ghetto en juillet 1942 —, on arrive à une petite place donnant sur le lycée Jan Śniadecki. C'est au centre de cette petite place ou à proximité que passait la frontière du ghetto. Plus loin se trouvent les rues Kacza, Okopowa, le cimetière. Au milieu de la place trône une rotonde publicitaire: un cylindre peint en vert et couronné d'une moulure métallique. Le faîte de ce cylindre est orné d'une aiguille. Sur ces rotondes, avant et pendant la guerre, on collait des affiches. Mais elles servaient aussi à abriter des sous-stations électriques ou des kiosques à journaux. La rotonde sur la petite place, qui ressemble davantage à une prairie, près de la rue Wolność, servait probablement de kiosque : les cliquets métalliques sur lesquels le marchand de journaux disposait sûrement les publications viennent conforter ma thèse. Est-ce que ce cylindre métallique, ce kiosque se trouvait dans le ghetto ? A la limite du ghetto ? Du côté aryen ? Je l'ignore. S'il était placé à la frontière même, il n'est pas exclu qu'il servît de refuge aux contrebandiers, gamins de sept ou huit ans, ou à leurs poursuivants allemands. S'il était du côté aryen, il y a de fortes chances qu'il abritât un kiosque : les habitants de la rue Żytnia et de la rue Kacza se rendent sur la petite place pour s'approvisionner en cigarettes et journaux. Accoudés au guichet, ils discutent avec le marchand en commentant les derniers événements s'étant déroulés de l'autre côté. Le cylindre est robuste — c'est une construction d'avant-guerre — et bien que le métal soit rouillé çà et là, il n'est pas près de s'écrouler. Il est conseillé de faire un tour sur cette place et de jeter un œil sur cette rotonde métallique. Celui qui s'y trouve peut éventuellement espérer — pour cela toutefois il faudra qu'il fasse un effort, disons spirituel, mais relativement modéré — avoir la chance de ressentir la même émotion que l'on peut éprouver à l'intersection des rues Żelazna et Krochmalna. On traverse la petite place et soudain, à proximité du cylindre métallique, on passe de 1987 à 1942. Ce qui ne veut pas dire pour autant que le temps présent se volatilise ou s'évapore : on continue d'être en 1987. Mais il se passe quelque chose que je qualifierais de changement de consistance temporelle ou changement des constituants du temps. Le temps présent est dilué et absorbé par des éléments du temps passé. Ou bien au contraire : les éléments du temps présent infiltrent, pénètrent le temps passé. Derrière l'immeuble sis au 29A il y a toujours des Fiat 125 et des Polonez rouge et jaune, mais on peut s'attendre à ce qu'entre ces Fiat et ces Polonez surgisse une patrouille : trois gendarmes armés de boucliers en fer-blanc. Au moment où ils prennent en chasse le fuyard, les boucliers se mettent à cliqueter en heurtant les boutons des uniformes : ici, ce son est familier à toute personne ayant un peu plus de cinquante ans.

De la petite place sur laquelle donne le lycée Jan

Śniadecki, nous regagnons la rue Żelazna soit en passant par une cour, soit par la rue Nowolipki. Le dernier immeuble de la rue Żelazna porte le numéro 103. Il est recommandé de passer la porte cochère — les murs sont revêtus de céramique — et de pénétrer dans la cage d'escalier donnant sur la cour. Inutile d'aller demander aux locataires s'ils savent ce qui s'est passé entre leur divan et leur gazinière. A cet immeuble, du côté de la rue Nowolipki, est accolée une échoppe de primeurs. A travers la vitrine on peut voir des radis, des oignons verts, de la chicorée, de la salade. Au rez-de-chaussée du 103 rue Żelazna, entre deux fenêtres, est encastrée une plaque commémorative : « Dans cet immeuble en 1943, dans les prisons souterraines de la Gestapo, ont été torturés à mort des milliers de Juifs du ghetto de Varsovie. » A elle seule cette phrase contient trois erreurs : au 103 de la rue Żelazna, il n'y avait pas de prison de la Gestapo car la Gestapo n'y demeurait pas, des milliers de Juifs n'y ont pas été assassinés, car même les criminels les plus habiles n'auraient pu réussir un tel tour de force, enfin ce qui s'est passé ici « en 1943 » a en fait commencé et a connu son point culminant en juillet et août 1942. C'est en effet ici que les SS du *Vernichtungskommando* exerçaient leurs fonctions. Cet immeuble était le siège de la *Befehlsstelle SS*.

Nous nous trouvons là confrontés au fâcheux problème des erreurs commises par les historiens, spécialistes du ghetto de Varsovie. Parfois ces erreurs sont gênantes. Dans un livre d'histoire — je ferai grâce à son auteur et ne mentionnerai pas son nom —, j'ai lu que l'immeuble sis au 103 rue Żelazna se trouvait à l'angle des rue Żelazna et Leszno. Dans des notes assortissant des récits sur le ghetto, Karl Brandt * est tantôt *SS-Sturmführer*, tantôt *SS-Untersturmführer*, tantôt *SS-Obersturmführer*. Dans l'édition polonaise du *Journal* d'Adam Czerniaków **, sur le plan du ghetto de Varsovie, à l'angle des rues Żelazna

---

* Chef de la « section juive » de la Gestapo à Varsovie.

** Président du Judenrat (Conseil juif) du ghetto.

et Leszno, se trouve un petit carré censé représenter les Tribunaux. Et à l'angle opposé, un autre petit carré qui d'après la légende symbolise «l'hôpital juif de la rue Czysta». Inutile d'expliquer aux Varsoviens où se trouvaient et où se trouvent les tribunaux. En réalité à l'angle des rues Żelazna et Leszno, du côté ouest, se trouvait l'immeuble de l'*Arbeisamt* ainsi que celui de la quarantaine. En revanche, du côté est il y avait et il y a toujours un bâtiment dans lequel avant la guerre se trouvait une école et, pendant la guerre, en automne 1941, une annexe de l'hôpital pour enfants, l'hôpital Berson et Bauman. Avant la liquidation du petit ghetto, ce dernier se trouvait entre les rues Sienna et Śliska. Ce n'est qu'en août 1942, et pour une période très brève, que quelques services de l'ancien hôpital de la rue Czysta — de médecine interne je crois — furent transférés de la rue Stawki à l'angle des rues Żelazna et Leszno. Le bâtiment de l'*Arbeitsamt* se trouvait du côté aryen. Pour s'y rendre du ghetto, il fallait traverser le pont au-dessus de la rue Żelazna. Il se peut que moi aussi, en écrivant ce livre, je commette des erreurs embarrassantes. Mais je ne prétends pas être un spécialiste: je m'appuie sur ce que j'ai lu ou vu de mes propres yeux. Il serait donc bon, tant qu'il en est encore temps, de confirmer et fixer une fois pour toutes certains points. C'est mon vœu le plus cher.

Au 103 de la rue Żelazna se trouvait également — je n'en suis toutefois pas certain — le casino SS avec orchestre et service juifs. Sur ce secteur de la rue Żelazna, il y a encore deux immeubles: le 99 et le 101. Le casino pouvait tout aussi bien se trouver dans l'un de ces bâtiments. Ou encore ailleurs. Le 103 est l'un des immeubles les plus importants de notre ghetto: en été 1942, chaque matin s'y réunissaient, c'est fort probable, des conseils ou des réunions de travail au cours desquels un homme — Hoefle ou peut-être Globocnik en personne — désignait sur le plan de Varsovie écrit en allemand les secteurs où ce jour-là seraient installés des barrages. Son doigt se déplace le long des rues, arrivant à hauteur d'un immeuble dans le quartier situé entre *Eisenstrasse* et *Gerichtstrasse*, il dit:

« *Die fahren heute.* » Cela devait se passer conformément à un ordre établi : on installe des barrages puis on vide quartier après quartier, rue après rue, maison après maison. N'oublions pas que c'étaient des Allemands, de bons spécialistes : pour eux, il était fondamental que ce travail fût exécuté de manière rigoureuse. Mais si on bloquait et vidait de la sorte, c'est-à-dire conformément à un ordre établi, les locataires des immeubles accolés à ceux qui étaient investis auraient immédiatement compris que leur tour était venu, ils auraient eu le temps de se cacher ou de fuir. Or, du point de vue allemand, l'effet de surprise était fondamental : lors de la grande liquidation, il ne fallait surtout pas que l'enchaînement des opérations soit connu des victimes, par conséquent cet enchaînement, cet ordre, s'il est toutefois possible de se l'imaginer, devait être aléatoire. Le doigt qui glisse le long des rues tombe sur un immeuble, une cour. Justement celle-là, pas une autre, justement ceux qui vivent dans cette cour seront vidés, pas d'autres : « *Die fahren heute.* » Peut-on parler de hasard ? C'est possible. Mais il y avait certainement un plan, un ordre sous-jacent, interprétable par les seuls locataires du 103 de la rue Żelazna. Pour les habitants de la cour sur laquelle était tombé le doigt, cet ordre était indéchiffrable. A leur niveau cela devait être le chaos, la fièvre, l'absurde. Mais il y avait quand même un ordre : trouble, indéchiffrable, incompréhensible. Un ordre que nous ne pouvons bien évidemment connaître. Si l'on habite loin ou que l'on n'aime pas marcher — il est vrai que la rue Żelazna est très longue —, on peut, du centre-ville, se rendre à la *Befehlsstelle SS* par le 112 dont le terminus se trouve rue Nowolipki. C'est à cet arrêt qu'il faut descendre. De là, après avoir visité le 103 de la rue Żelazna, on peut prendre la rue Nowolipki et ensuite à gauche, la rue Smocza vers le nord. On passe les rues Dzielna, Pawia, Gęsia qui à l'époque avaient un tracé un peu différent. Par ailleurs, elles étaient certainement beaucoup plus étroites. Aujourd'hui, entre les rues Dzielna et Pawia ainsi que sur la Gęsia, il y a de larges squares, des espèces de promenades. Nous voici donc arrivés rue Miła. Nous sommes maintenant dans le secteur du quartier Nord où, contrairement à celui de la rue Żelazna, il y a beaucoup moins de ghetto. Pour être honnête, il n'y en a pas du tout. Ce qui ne veut pas dire que cette zone ne mérite pas le détour. En fait, en se promenant dans les rues Smocza et Miła, on n'arrive pas à identifier la nature et l'emplacement des édifices qui s'y trouvaient il y a quarante ans ni à déterminer comment ni où cela s'est passé. On ne peut même pas s'en faire une idée. Lorsqu'on imagine quelque chose, on a besoin de repères pour construire ces images. Ici rien n'est donné, alors l'imagination abdique. En effet, ce que l'on sait de ce quartier, d'après les lectures et les photos, ne s'associe en rien avec ce qui existe aujourd'hui. Autrement dit, ne s'associe avec rien. Tout est neuf: les immeubles, les passages entre les immeubles, les squares, les trottoirs.

On n'arrive pas à relier ce paysage avec ce qui fut jadis. Pourtant s'il est un lieu où il s'est produit une liquidation totale, c'est bien ici. En 1943 non seulement ont été liquidées toutes les manifestations de vie, mais aussi toutes les représentations, toutes les possibilités de représentation de cette vie. Peut-être est-ce là le véritable objectif du totalitarisme. Peut-être le croisement de la rue Esperanto et de la rue Miła est-il l'unique endroit sur terre où le totalitarisme ait définitivement triomphé. L'objectif du totalitarisme ne consiste-t-il pas à liquider ce qui a existé ainsi que l'image susceptible de témoigner que quelque chose a été? Il n'y a rien. L'histoire peut recommencer à zéro. Dans l'avenir, si l'histoire échoue, une nouvelle liquidation pourra avoir lieu.

Nous tournons de la rue Smocza dans la rue Miła en direction de la rue Marchlewski, en conservant à l'esprit que la numérotation de la rue Miła a changé. L'ancien numéro 18 se trouve aujourd'hui au début de la rue, là où il y avait une petite place à l'intersection des rues Zamenhof et Stanislaw Dubois. Nous passons les parkings de la rue Miła, le bac à sable du square tout près de la rue Karmelicka et le n° 2 de la rue Miła où se trouvent les bureaux du Complexe municipal du bâtiment. J'ai comme l'impression que cet immeuble, le n° 2 de la rue Miła, est l'unique vestige de ce quartier car, bien que parfaitement restauré, il semble — la forme des fenêtres est déterminante — un immeuble d'une autre époque, construit sans nul doute avant la guerre. Allons jusqu'au square, toujours du côté nord de la rue Miła, sur lequel s'élève un petit tertre. A son pied il y a le bunker où s'est suicidé Mordechaï Anielewicz. « C'était un communiste », m'a dit une personne qui le connaissait. « Il était membre du *Hashomer Hatzaïr* *, mais en fait était communiste. Il était fou, ce gars. Ils attendaient tous l'arrivée des rouges. » Peu importe aujourd'hui qu'Anielewicz appartînt au *Hashomer Hatzaïr*, au *DROR* **, au *Poale Sion* de gauche, au *PPR* ***, au *Bund*, au *Mizrahi* ou à l'*Aguda*. Aujourd'hui, Anielewicz et sa compagne qui se prénommait Luba appartiennent à Dieu.

Dans la dernière partie de son essai sur Kierkegaard, Lev Chestov écrit, en 1935, que Dieu se situe non seulement au-dessus de la raison, mais au-dessus de l'éthique. « Il prend sur Lui nos péchés et réduit à néant la monstruosité de la vie. » Il conviendrait peut-être de s'arrêter sur cette expression : « la monstruosité de la vie ». Nietzsche fut-il le premier à rabaisser l'éthique ? Ma formation philosophique n'est pas suffisamment solide pour me permettre de répondre à cette question. Dieu est au-dessus de l'éthique, c'est-à-dire au-dessus du bien et du mal. Rien n'est pour lui contrainte car notre éthique ne saurait Le contraindre. Il s'agit évidemment du dieu d'Abraham, d'Isaac et Jacob, non pas de celui des philosophes. Chestov, semble-t-il, n'était pas convaincu qu'il faille placer Dieu au-dessus de l'éthique. Il se peut que son opinion fluctuât à ce sujet : un jour, il pensait qu'il

* *Hashomer Hatzaïr* : organisation de scoutisme juif fondée en 1915, particulièrement actif en milieu étudiant ; rejetant la tradition juive, son objectif était la construction d'Israël sur la base des idéaux socialistes européens et du retour à la terre (N.d.T.).

** *DROR* : mouvement d'extrême gauche de jeunes sionistes (N.d.T.).

*** *PPR* : (1942-1948) parti ouvrier polonais (N.d.T.).

(Voir également les notes pp. 151-152.)

en était ainsi, un autre, il pensait autrement. Je ne sais. Dans son dernier texte, un essai sur Husserl écrit en 1938, évoquant les prophètes de l'Ancien Testament et les apôtres, il écrit: « Ils disent que Dieu se préoccupe de chaque homme et que ce qui triomphera définitivement ne sera pas l'injuste et impitoyable réalité, mais Dieu qui "compte les cheveux sur la tête de l'homme", ce Dieu de miséricorde qui promet que chaque larme sera essuyée. » Chestov, cela ne fait aucun doute, était de cet avis. Dieu, qui est amour, sèche nos larmes et par conséquent juge avec justice et pitié l'injuste et impitoyable réalité, peut-il être un Dieu se situant au-dessus de l'éthique? Peut-il ne pas être lié par notre basse conception terrestre du bien et du mal? Mais qu'en est-il dans l'Ancien Testament? La bonté, la miséricorde et la justice de Dieu y sont plus d'une fois glorifiées, nul ne l'ignore. Dans le Deutéronome — 7, 12-13 —, il est dit que Dieu oblige l'homme à être bon et miséricordieux, mais qu'en même temps Il s'astreint à la même morale: « Il arrivera que, parce que vous aurez écouté ces sentences, parce que vous les aurez gardées et pratiquées, Iavhé, ton Dieu, te gardera l'alliance et la grâce qu'il a promises par serment à tes pères, il t'aimera, te bénira, te multipliera. » L'alliance de la grâce — il en est souvent question dans l'Écriture — est éternelle. Le Premier Livre des Chroniques — 16, 41: « Car Sa grâce dure à jamais. » Jérémie — 33,11: « Car il est bon, Iavhé, car Sa grâce dure à jamais ! » Mais Jérémie dit aussi — 16,5 — que l'alliance éternelle n'est pas éternelle car la miséricorde peut être retirée: « Car j'ai retiré ma paix de ce peuple — oracle de Iavhé — ainsi que toute pitié et toute miséricorde. » L'expression « oracle de Iavhé » indique chez Jérémie que nous avons affaire à des paroles qui, par l'intermédiaire du prophète, sont prononcées par Dieu lui-même. Le retrait de la miséricorde et de la grâce est possible car il n'y a rien que Dieu ne puisse faire. La Genèse nous l'a déjà appris — 18,14 —: « Y a-t-il quelque chose d'impossible à Iavhé? » et Jérémie — 32, 26-27 — le répète aussi: « Voici que moi, Iavhé, je suis le Dieu de toute chair: est-il quelque chose qui me soit impossible? »

La Révélation n'en dit sans doute pas plus : car Dieu peut tout et fait ce qu'Il veut — Jérémie 27,5 : « Moi, j'ai fait la terre, l'homme et la bête, qui sont sur la face de la terre, par ma grande force et par mon bras tendu, et je les donne à qui semble bon à mes yeux. » Dieu, de par sa toute-puissance, réside à la fois dans et au-dessus de l'éthique, c'est-à-dire du bien et du mal. Quand bon Lui semble, Il prend des engagements. Quand bon Lui semble, Il ne les respecte pas. Quand bon Lui semble, Il voit chaque cheveu sur nos têtes. Quand bon Lui semble, Il ne voit pas un seul cheveu. Seul compte Son désir, Son bon vouloir, mais avec nos conceptions du bien et du mal et avec celle de l'alliance éternelle, nous ne pouvons rien en savoir.

Le flou qui règne dans les écrits de Chestov ou son indécision, s'il était toutefois indécis, s'explique donc je crois ainsi : Chestov, comme on peut le supposer, était un lecteur assidu de l'Ancien Testament. S'il changeait d'avis quant à la position de Dieu par rapport à l'éthique ou en ce qui concerne le lien entre l'éthique et Dieu, c'est sans aucun doute parce que son prophète préféré, Jérémie, n'était pas plus que lui convaincu qu'il y eût et pût y avoir un lien entre Dieu et le message inscrit sur les tables mosaïques. Cela ne nous autorise pas à penser — une telle interprétation serait à mon sens inadmissible — que, plaçant Dieu au-dessus de l'éthique, Chestov L'éloignât de l'homme et Le libérât de toute responsabilité envers la création : c'est-à-dire envers toutes les monstruosités et toute l'horreur de notre existence ici-bas. Autrement dit, cette disjonction entre Dieu et notre éthique ne serait qu'un subterfuge, un parmi tant d'autres, de la connaissance se soumettant à la nécessité, c'est-à-dire à la réalité.

Autre point flou du système de Chestov qui mérite réflexion. Ou plus exactement autre point de sa pensée, car il n'a évidemment créé aucun système : Chestov méprisait, haïssait les systèmes philosophiques. En 1934, Chestov rencontre Buber à Paris. Leur discussion, retranscrite par Benjamin Fondane, concerne la situation en Europe. Il est notamment question du communisme, du fascisme, de Hitler. Buber déclare que l'humanité désespérée s'est mise à commettre de terribles sottises, qu'elle a probablement l'intention de tuer le serpent biblique. Ce à quoi Chestov répond qu'il faudrait quand même tuer ce serpent. « Depuis de nombreuses années, je lutte contre ce serpent. Qu'est Hitler en comparaison de ce serpent ? » Je ne fais aucun commentaire car la pensée de Chestov, ou le récit de Fondane, est pour moi incompréhensible. Le serpent biblique, c'est évidemment le symbole de la connaissance, du savoir, de la nécessité, par conséquent de tout ce qui nous sépare de Dieu. En un mot tout ce que Chestov abhorrait. Aussi le fait qu'il souhaitât la mort du serpent est-il compréhensible. Mais je voudrais parler de Hitler. Chestov considérait-il que le totalitarisme est l'une des œuvres du serpent biblique ? Considérait-il que la responsabilité en incombe au serpent qui nous fit don du savoir — le fruit de l'arbre de la connaissance — et de la liberté ? Je l'ignore. « Qu'est Hitler en comparaison de ce serpent ? » Nous sommes en 1934, et Chestov ne pouvait savoir ce qui allait arriver sous peu. Il faut reconnaître que son propos est prophétique. Sa prophétie concerne notre avenir et non pas celui des participants à la rencontre parisienne de 1934. Voici ce que cette phrase signifie : Hitler, ce n'est encore rien car sous peu vous allez voir de quoi est capable le serpent biblique. Ou plus exactement votre raison diabolique dont le serpent vous a fait cadeau. Vous verrez bien ce qu'il peut faire. Mauvais augure. Il se peut que cette phrase ait été prononcée à la légère : comme Chestov devait dire quelque chose à Buber, ces mots lui sont venus à l'esprit. Cette phrase serait alors fortuite, sans conséquence. Seigneur. Grande est Ta puissance. De grâce, épargne-nous.

On accède au sommet du tertre élevé au-dessus du bunker de Mordechaï Anielewicz par un escalier. Une pierre commémorative y est dressée, sur laquelle on peut lire des inscriptions en polonais et en hébreu. Ou en yiddish, je ne sais. Les lettres sont hébraïques, je suis donc incapable de les déchiffrer.Tous ceux qui montent cet escalier doivent se poser la même question : Où se trouve exactement ce bunker, cet abri ? Quand on se tient sur le tertre, est-on sur le bunker ou au-dessous? Se trouve-t-il à côté, à proximité, sur la chaussée de la rue Miła, aujourd'hui beaucoup plus large qu'à l'époque, ou à l'emplacement du square? Il est évident que le bunker devait se trouver beaucoup plus bas, plus bas que le niveau actuel du square, de la chaussée et du trottoir. Quant à ce tertre, je me demande si quelqu'un se souvient — il doit bien exister des gens qui ont travaillé à son élévation — de ce qu'il y a sous la pierre. Le tertre a-t-il été remblayé par des gravats, par la suite recouverts d'une couche de terre? Ou bien n'a-t-il pas été nécessaire de le remblayer? Peut-être a-t-on recouvert d'une couche de terre les ruines de l'immeuble dans lequel ou sous lequel se trouvait le bunker.

J'ignore également — en fait je ne veux pas le savoir, ma question est donc superflue — si Anielewicz et ses compagnons qui ont péri avec lui sont là, sous ce tertre? En me promenant dans le cimetière de la rue Okopowa, je n'ai pu trouver leurs tombes, par conséquent leurs corps n'ont probablement pas été exhumés. La pierre dressée au sommet du tertre est exposée à tous les vents, sous peu les caractères polonais et hébraïques seront illisibles. Celui qui désire visiter ce lieu a intérêt de choisir l'heure où j'y suis allé : un jour ouvrable, entre midi et une heure. Un peu comme au croisement des rues Żelazna et Krochmalna, il y a peu de monde à cette heure. Les rues environnantes sont presque désertes, il est même possible — cela m'est arrivé — que sur la petite place où convergent les rues Miła, Zamenhof et Dubois, il n'y ait pas un chat. Debout au sommet du tertre, le visiteur aura alors l'impression de se trouver dans un lieu dont les habitants, ayant abandonné leurs biens sans même avoir fermé derrière eux la porte — au cours des opérations de barrage, il était interdit de fermer les portes des appartements —, sont partis pour une destination inconnue. Cette impression sera éphémère car un piéton ne tardera pas à surgir, c'est sûr, rue Zamenhof ou rue Dubois. Mais, même si cet instant est bref, il vaut la peine d'être vécu. D'un point de vue spirituel, c'est édifiant, enrichissant. Un bunker enseveli sous un tertre, aux alentours les rues désertes du quartier Nord. Au sommet du tertre — *Shvitzen lebn toït* * —, la signification de ces mots est soudain révélée au visiteur: évacuation, déportation, liquidation. Signification selon moi indicible.

Vous descendez du tertre, de la rue Miła vous tournez à droite, puis par les rues Zamenhof et Anielewicz vous arrivez à la rue Świętojerska. Prenez maintenant la direction des rues Bonifraterska et Koźla. A droite se trouve le jardin Krasinski, à gauche le mur derrière lequel se trouvait le quartier des brossiers. Je crois que c'est ici, au niveau de l'ambassade, qu'en avril 1943 des Allemands, s'apprêtant à pénétrer sur le territoire des «ateliers», sautèrent sur une mine. A quoi peut bien ressembler une explosion de corps sur une mine? Morceaux de chair, lambeaux d'uniformes ensanglantés, projetés, tourbillonnant dans les airs? A quelle hauteur? Qui n'a vu chose pareille ne peut s'en faire une idée. La vitesse de projection, la violence des tourbillons — divine lévitation de morceaux de viande, de lambeaux de chair, de sang —, tout cela est difficile à imaginer, même pour moi qui suis né avant la guerre.

— Si vous n'y voyez pas d'inconvénient, dit Icyk en s'accroupissant à côté de la chaise longue sur laquelle sommeille Jakub Wurzel à l'ombre des tournesols jaune et noir, je vais vous le lire tout de suite.

— Lire quoi?» demande Jakub Wurzel. On dirait qu'il ne comprend pas bien pourquoi cet homme qu'il ne reconnaît pas lui fait la curieuse proposition de lui lire un texte au beau milieu d'un doux cauchemar duquel il n'a nullement l'intention de s'arracher avant que ce dernier ne s'achève conformément à sa logique cauchemardesque. «Si j'ai bien compris, vous voulez me lire quelque chose?

— Oui, la chronique que je viens d'écrire, dit Icyk.

---

* Suer sang et eau. Litt: «à la vie, à la mort» (yid.).

Nous en parlions pendant le petit déjeuner. Je l'ai intitulée : "En réponse à M. Słonimski."

— J'ignore si je puis vous aider en quelque chose, dit Jakub Wurzel. Certes, je me plais à observer, de loin, les débats littéraires ; certes, le spectacle d'écrivains se sautant à la gorge m'amuse énormément. Mais je ne crois pas que l'opinion d'un homme d'affaires ou plus exactement d'un spéculateur de deuxième classe — car on ne peut dire que mes affaires dans l'amidon et la levure soient prospères — puisse vous être utile. Lisez toujours.

— En réponse à M. Słonimski, répète Icyk qui s'assoit au bord de la plate-bande à l'ombre des pois à rames tout en ouvrant son cahier bleu à grands carreaux sur la couverture duquel on peut lire : "Donne un centime pour la construction des écoles publiques." Cela commence ainsi : "M. Słonimski peut ne pas aimer le dieu juif ; c'est là son droit le plus légitime. M. Słonimski peut considérer les Juifs ou, comme il le dit souvent, les petits Juifs, comme de fourbes talmudistes ; c'est là son droit le plus légitime. Malgré toute notre réserve et notre étonnement, M. Słonimski peut qualifier les commentaires de l'Ancien Testament de maculature bonne à être vendue à prix fort rue Świętokrzyska, c'est encore une fois son droit le plus légitime. Il serait toutefois souhaitable que M. Słonimski évite d'appeler sale affaire la sortie des Juifs d'Égypte, car à quoi bon insulter une tribu à laquelle il appartient ou a jadis appartenu. Il serait également souhaitable que M. Słonimski lise de temps à autre l'Ancien Testament, car il saurait alors que les plaies d'Égypte étaient au nombre de dix et non de sept. Sur ce sujet, M. Słonimski pourrait consulter n'importe quel enfant juif. Nous ne pouvons néanmoins refuser à M. Słonimski le droit à l'ignorance : il a le droit de ne pas lire l'Ancien Testament, de même qu'il a le droit de considérer ce texte comme une œuvre pittoresque dans sa tristesse comme il le dit si bien, enfin il a le droit d'offenser une tribu à laquelle a jadis appartenu son sage et savant aïeul, Chaïm Zelig Słonimski. Il serait bon toutefois que M. Słonimski se décide une fois pour toutes. S'il considère les petits Juifs comme de fourbes talmudistes, pourquoi donc les défend-il contre les attaques de voyous écrivant dans la gazette *ABC* ou contre celle de Mme Wielopolska qui, aryenne à cent pour cent, se complaît dans la pure atmosphère aryenne des films hitlériens. Je conçois que M. Słonimski se veuille le défenseur des nobles idéaux de l'homme et de l'humanité. Aussi attirerai-je son attention sur le fait que l'homme et l'humanité sont des concepts abstraits, des choses privées d'existence concrète. En revanche, les peuples, eux, existent de manière concrète, que ce soient les Polonais, les Juifs, les Allemands, etc. Les desseins troubles des deux colosses menaçant la Pologne d'est en ouest me portent à croire que l'heure n'est pas aux méditations sur l'humanité et ses nobles idéaux, car ce sont justement des peuples concrets ainsi que, pour reprendre une expression chère à M. Hitler, leur espace vital, qui sont aujourd'hui en danger. »

— Permettez un instant, dit Jakub Wurzel tout en fermant à moitié les yeux comme pour sombrer à nouveau dans son doux cauchemar où j'ai fait irruption avec mon cahier bleu et son slogan : « Donne un centime pour la construction des écoles publiques. » Écoutez le conseil d'un vieil homme qui n'est qu'un petit spéculateur mais qui connaît tout de même un peu la vie.

— Mais ce n'est pas encore terminé, dit Icyk. Je vais vous lire la suite.

— La suite, dit Jakub Wurzel, vous me la lirez plus tard. Pour le moment écoutez mon conseil. Vous êtes un jeune écrivain, encore peu connu du public. Un jour vous serez manifestement un homme célèbre, mais je parle de la situation actuelle. M. Słonimski, lui, est un écrivain confirmé, jouissant d'un considérable prestige même parmi les intellectuels juifs. A quoi bon vous en prendre à lui ? Dès la parution de votre chronique, il vous transformera en chair à saucisse, vous hachera menu comme chair à pâté. Ce qui ne manquera pas de réjouir vos lecteurs, croyez-m'en. D'autre part, excusez-moi, mais je ne suis pas d'accord avec vous. Les idéaux que vous qualifiez ironiquement de nobles doivent en toute circonstance être défendus.

— En fait, dit Icyk, ce ne sont pas tant les idéaux de M. Słonimski, que par ailleurs je respecte pour son courage, que ses hésitations à prendre une décision une bonne fois pour toutes : est-il avec ou contre les Juifs ? Il s'agit là de l'éternel problème des Juifs assimilés : ils ne savent pas qui ils sont, qui ils doivent être. Ils se sont assimilés, donc ils sont polonais. Mais ils continuent d'être juifs. Certes, en leur rappelant sans cesse que malgré leur assimilation, ils restent et doivent rester juifs — verdict antisémite par excellence —, nos antisémites les acculent à cette dualité. Mais il semble que les Juifs assimilés s'en accommodent trop facilement, qu'ils l'acceptent comme une fatalité.

— Quel mal y a-t-il a être double, dit Jakub Wurzel, à se sentir juif et polonais ? A mon avis, celui qui est double est plus riche que celui à qui cette dualité n'est point donnée. Spiritualité plus riche car plus complexe. Degré suprême de la complication. J'estime quant à moi que c'est une chose appréciable, vous ne croyez pas ? Encore qu'il faille en faire bon usage, ne pas en avoir honte.

— Personnellement, je considère que cette dualité, du moins lorsqu'elle concerne les hommes de plume, est hautement désavantageuse. Celui qui est juif et polonais, n'est ni juif ni polonais. Je pense aux racines : il est impossible de s'enraciner dans deux terreaux distincts. L'écrivain juif doit être enraciné dans la langue, dans les coutumes, dans la religion juives. Sinon ce n'est pas un écrivain juif, en tout cas qu'il ne vienne pas me rebattre les oreilles avec cela ! Mais je crois que je ne m'exprime pas clairement. Ce que je ne veux pas, c'est que celui qui n'est pas un écrivain juif, puisqu'il n'est pas enraciné dans la culture juive, me fasse croire qu'il en est quand même un. Qu'il me fiche la paix avec ses problèmes juifs qui n'en sont pas. Cela dit, vous avez peut-être raison en affirmant que je suis trop jeune pour énoncer publiquement des propos aussi effrontés. Dans cinquante ans, lorsque je recevrai le prix Nobel, je formulerai tout cela au cours d'une interview à la suite de laquelle des journalistes juifs viendront me baiser les pieds.

— Prix Nobel ou pas, dit Jakub Wurzel, lorsque vous direz cela dans cinquante ans, vous vous ferez à nouveau hacher menu comme chair à pâté. Vous ne croyez tout de même pas que dans cinquante ans le problème de l'assimilation ou, comme l'a appelé quelqu'un, de la binationalité, aura cessé d'exister?

— Qu'en sais-je, dit Icyk. Dans cinquante ans, tout sera sensiblement différent. Pour le moment en tout cas, il n'y a pas, semble-t-il, dans ce pays un seul intellectuel juif qui n'ait été double, ne serait-ce que sporadiquement. Même Jakub Zineman, malgré son adoration pour Jabotynski *, malgré le fait qu'il se considère déjà comme un citoyen — pas n'importe lequel, bien sûr, mais LE citoyen fondateur — du *Judenstaat*, écrit plus souvent en polonais qu'en yiddish. Je vous ferai aussi remarquer que nous-mêmes parlons en ce moment en polonais.

— C'est vrai, dit Jakub Wurzel. Je n'y faisais même pas attention. Je rêvais à l'instant à Mlle Chaja. Dans mon songe, j'en suis certain, je lui parlais en yiddish. Sans m'en rendre compte. C'est curieux. Je passe d'une langue à l'autre sans que ma conscience le remarque.

— Vous allez bien me raconter votre rêve? » demande Icyk dans l'espoir d'apprendre, même s'il est un peu trompé sur la marchandise, où, quand, comment Jakub Wurzel rencontre Chaja Gelechter dans ses doux cauchemars, de quoi il peut bien lui parler en yiddish. « Était-ce un rêve agréable?

— Je crois que Fejga, dit Jakub Wurzel tout en fermant les yeux et en s'étirant sur la chaise longue, vient de passer sous la véranda. Elle ne va pas tarder à sonner la clochette du déjeuner. Allez-y. Quant à moi, je vais repiquer un petit somme. N'oubliez pas les conseils d'un vieux spéculateur. Cette chronique est impubliable.

— Je vais encore y réfléchir », dit Icyk qui, après avoir

* Leader du courant dit « révisionniste » du mouvement sioniste (sioniste de droite).

glissé son cahier bleu sous sa chemise blanche, s'éloigne en direction de la véranda où se tient Fejga qui agite la poignée en bois de la clochette en laiton. A mi-chemin entre les tournesols et la véranda, plus ou moins là où se trouvent l'arbuste de jasmin et une taupinière qui hier encore n'y était pas, lui parvient la voix de Jakub Wurzel :

— Ne soyez pas chagriné. Vous publierez ce texte dans cinquante ans.

« Dans cinquante ans », pense Icyk qui écrase la taupinière, sauvant par là même la stupide créature souterraine d'un inéluctable massacre, car les taupinières qui ne sont pas piétinées par Icyk sont, sur ordre de Mme Sarah Fliegeltaub, immergées par Shloïmelé le boiteux dans un immonde liquide noir et puant entraînant irrémédiablement la mort honteuse du mammifère aveugle. « Dans cinquante ans, ce que j'ai actuellement à l'esprit sera incompréhensible. La personne qui dans cinquante ans lira ma chronique ne comprendra pas, c'est certain, de quoi je parlais. Qui est cette Mme Wielopolska ? Qu'est donc cet *ABC* ? Ce que M. Słonimski a écrit sur les plaies d'Égypte aura également été oublié. Il n'est même pas sûr que dans cinquante ans, il y ait encore sur terre des écrivains juifs et par conséquent que le problème de leur enracinement soit encore à l'ordre du jour. Ou qu'il y ait encore des journalistes juifs susceptibles de me baiser les pieds. Hayim Bialik * n'a-t-il pas dit à la Philharmonie qu'il ne peut y avoir de langue sans territoire, que désormais les jours de la langue yiddish sont comptés. Qui sait, Bialik avait peut-être raison ? Si c'est le cas, si dans cinquante ou cent ans personne à part quelques vieilles barbes de l'Institut des sciences judaïques de la rue Tłomackie ne parle ni ne lit cette langue qui est la mienne, pourquoi est-ce que je m'y cramponne, pourquoi est-ce que je l'utilise ? Je m'y accroche parce que je n'ai rien d'autre à quoi m'accrocher. Parce que je n'ai rien d'autre,

* Poète hébraïque (1873-1934) le plus important de sa génération : celle de la renaissance nationale juive qui précéda la création de l'État d'Israël.

parce qu'il n'y a rien d'autre pour moi. Ma langue, ma dernière planche de salut, ma corde de sauvetage ! Lien suspendu entre ciel et terre le long duquel je me hisse ! Sans espoir bien sûr d'atteindre le ciel car tel n'est pas mon but. Je me contenterai d'atteindre les nuages, les nuages les plus bas ou, plus bas encore, la coupole de la Grande Synagogue, le gratte-ciel de la place Napoléon. De là, je contemplerai tout ce qui se passe en bas, rues Bielańska, Mylna et Ptasia, rue Moniuszko, Jasna et Marszałkowska. Si la corde vient à rompre, je m'écraserai au sol, me brisant bras et jambes car je n'appartiens pas à cette catégorie de Juifs ayant le don de lévitation. Ô ma langue, ne m'abandonne pas ! Reste encore un peu avec moi car je n'ai que toi ! Bialik, lui, n'en avait rien à faire, il écrivait en hébreu. Rien ne le menaçait, rien ne le menace. Il sera lu dans cinquante ans, dans cinq cents ans. Alors que moi, lorsque la corde viendra à rompre, je ne serai lu — horreur ! — que par de vieilles barbes savantes, quatre spécialistes, les seuls au monde, de la variante yiddish parlée à Varsovie en 1937, malheureusement peu connue puisque cent ou deux cents ans se seront écoulés depuis. Mais il se peut qu'il soit sept, ces grands savants, à se pencher sur la signification, la plausible signification de tel mot précis utilisé par un écrivain aujourd'hui tombé aux oubliettes, du nom d'Icyk Mandelbaum à la page 237 d'un livre aujourd'hui totalement oublié et qui, comme l'indique la couverture, a été édité à Varsovie en 1937. « Chers collègues », dira l'un de ces sept experts au quatrième jour de la conférence londonienne à laquelle, dans cent ou deux cents ans, viendront assister six d'entre eux seulement puisque l'un aura été empêché par un rhume. Il dira ces mots en hébreu, en allemand, en français, je me fiche du reste de la langue qu'il utilisera pour parler de moi, ce spécialiste. « Chers collègues, dira le plus spécialisé parmi ces sept savants, je propose que le mot dont nous ne sommes pas en mesure de fixer le sens ne figure pas dans notre ouvrage, car le but de notre dictionnaire, comme c'est le cas pour n'importe quel autre ouvrage de ce type, n'est-il pas de donner le sens des mots ? Un dictionnaire n'expliquant pas la signification des termes qu'il contient est évidemment un ouvrage absurde. Mettons pour le moment de côté la fiche de ce mot mort avec l'espoir que plus tard, à l'appui de matériaux nouveaux, nous réussissions à déterminer le sens qu'il revêtait en 1937." Après quoi, les spécialistes s'engageront dans un long et ennuyeux débat sur des questions de méthodologie : comment constituer des dictionnaires d'un dialecte mort, parlé au XXe siècle, qui s'est successivement appelé langue juive, langue judéo-allemande, yiddish. Le mot "dialecte" lâché imprudemment par l'un des spécialistes ne manquera pas de susciter un débat, une querelle, une rixe même.

— Sais-tu, Fejga, dit Icyk en escaladant les marches de la véranda, que dans cent ou deux cents ans personne ne saura qu'à Varsovie il y avait une rue Gęsia ? Il se trouvera peut-être quelqu'un pour le savoir, pour savoir aussi ce que signifiait ce mot : je pense aux quatre ou aux sept spécialistes. Mais comment ce nom, Gęsia, était prononcé rue Gęsia précisément, ce qu'entendait-on par lui, cela, personne ne le saura.

— Vous m'en direz tant, dit Fejga. Tiens, mardi dernier, j'y étais, rue Gęsia. » Et elle prononce ce nom exactement comme il sera prononcé cinquante ans plus tard, c'est-à-dire comme il ne convient pas de le faire par ce beau mois de juillet 1937. Prononcé par Fejga, ce nom donne quelque chose comme « gaincha », alors qu'il devrait être prononcé ainsi : « *Genche. Genche Gas.* » Ô, *Genche Gas*, tes jours sont comptés car le verdict est tombé : « Tiens, mardi dernier, j'y étais rue Gęsia. »

Icyk retire de la main de Fejga la clochette en laiton à la poignée de bois — clochette qui un instant est restée suspendue dans la main de Fejga sans doute effrayée par le destin historique de la rue Gęsia — et tout en agitant le grelot, il crie à qui veut l'entendre :

— Je vous prie de passer à table, la soupe va refroidir.

Cet appel ainsi que le tintement de la clochette sont également entendus par la taupe enfouie dans sa taupinière piétinée, là où pousse un arbuste de jasmin. Effrayée par ce son insolite, elle s'enfuit en creusant une galerie dans les profondeurs du sol.

Des escaliers menant chez Antoni, on peut voir la Vallée suisse. Non, en fait c'est impossible : Antoni habite au rez-de-chaussée. Pour voir la Vallée, il faut passer la porte de son ou de leur appartement et monter à l'entresol. La Vallée suisse peut aussi être contemplée de la grande fenêtre de la chambre où il est assis sur un canapé — il tourne le dos à la Vallée et moi, me tenant de profil, je profite d'une moitié de point de vue — ainsi que de la cuisine d'où la vue est plus belle encore pour peu que l'on se tienne près du réfrigérateur. Il y avait, je crois, et il y a toujours un petit balcon auquel on accédait pas la cuisine. De là, le panorama est superbe. J'ai toujours associé Antoni à la Vallée suisse, alors que je devrais plutôt l'associer aux rues Niecała, Wierzbowa et au Jardin de Saxe. C'est-à-dire au décor auquel lui-même s'associait. Mais lorsqu'il arpentait la rue Niecała, je n'étais pas encore né. Pour moi Antoni patine, une longue écharpe blanche enroulée autour du cou, sur la glace de la Vallée ; il se lève pour saluer — son binocle jette un éclat — une jeune fille, pas très grande mais fort jolie, qui entre dans le café par le portillon blanc donnant sur la rue Chopin. Cette jeune fille, c'est Janka. Je le vois aussi — on est au milieu des années cinquante — se promener dans la Vallée qui entre-temps s'est muée en ruines. Je vois tout cela sans même savoir si Antoni savait faire du patin, sans même savoir si, avant la guerre, il allait au café de la Vallée — il se peut qu'il n'y eût même pas de café — et il s'y promenait dans les années cinquante. Il devait plutôt traîner du côté du Jardin botanique ou du parc Łazienki. Mais tant que je vivrai, Antoni fera du patin à glace dans la Vallée suisse. Jeune poète à binocle, il y fera la cour à Janka ou à d'autres jeunes filles.

Antoni me traitait avec indulgence, comme il convient de traiter un collègue plus jeune. Lorsque j'avais un peu de succès, il m'aimait un peu plus. Quand mes affaires ne marchaient pas trop bien, il m'aimait un peu moins. Je n'y voyais aucune injustice car c'est ainsi qu'il convient de traiter les confrères débutants : que ces derniers sachent qu'ils seront estimés à la mesure de leurs efforts. D'autre part, la différence d'âge étant trop grande, il ne parlait jamais avec moi de choses sérieuses ; quant aux confidences, il ne pouvait en être question. Mais je sentais qu'Antoni avait son jardin secret qu'il préservait du regard d'autrui ; dont on ne pouvait rien savoir ou presque par le biais de sa poésie, de ses chroniques, de ses comédies, de ses romans. Je le soupçonne d'avoir dévoilé un coin de ce jardin, et ce malgré une différence d'âge plus importante encore, à Adam *. Ce soupçon s'éveilla en moi le jour où — nous étions justement chez Antoni et Janka — je fis la connaissance d'Adam. « En voilà un, pensai-je alors, qui sait sur Antoni quelque chose que personne parmi nous ne sait. » Ce jour-là, je fis sortir Adam de ses gonds, ce qui n'est pas difficile. Il frappait du poing sur le bureau — à l'arrière-plan, il y avait une étagère de livres, celle qui se trouve dans la chambre de Janka — et criait en bégayant : « Je suis un homme de gauche. » Ce qui laissait entendre que moi, j'étais un homme de droite. Mais de passer pour un homme de droite me laissait à l'époque indifférent, car tout en écoutant Adam proférer sur un homme de droite, moi en l'occurrence, les pires insultes, j'étais dévoré par la jalousie. « Qu'ai-je à faire de la gauche ou de la droite, pensai-je alors. Il connaît le secret d'Antoni que moi je ne connaîtrai jamais. » En fait, je me trompais. Et je continue peut-être de me tromper. Peut-être Antoni n'a-t-il confié son secret à personne, pas même à Adam. De quel secret s'agit-il ?

Dans son livre intitulé *Mon voyage en Russie* qu'Antoni écrivit en 1932 — Seigneur, cela fait déjà cinquante ans qu'il est allé là-bas —, on peut lire la phrase suivante :

---

* *Adam Michnik :* historien d'origine juive, figure de proue de l'opposition, renvoyé en 1968 de l'université de Varsovie, emprisonné un an, secrétaire personnel d'Antoni Słonimski à partir de cette date, membre du KOR (N.d.T.).

« Derrière la scène de notre vie, cachée dans les coulisses, travaille une grande fabrique de souffrances qui un jour viendront nous rendre visite. » C'est une phrase très étrange, surtout quand on sait qu'elle a été écrite par Antoni. Il suffit de s'y arrêter un instant pour comprendre qu'elle détonne dans son œuvre. La fabrique de souffrances a déjà commencé à travailler. Il va nous arriver quelque chose de terrible, mais nous n'y pouvons rien car ce qui doit nous arriver, arrivera qu'on le veuille ou non. Derrière cette phrase, tel est du moins mon avis, se cache le secret du poète. En lisant sa poésie, on n'apprendra rien sur ce thème car Antoni était formidablement doué pour se camoufler dans ses vers. De là vient toute la force de sa poésie : il était capable de créer des personnages qui n'étaient pas lui. Même le meilleur de ses textes d'après-guerre — meilleur dans le sens où il s'est le plus engagé dans le dévoilement de sa personne —, je pense au récit « Comment cela s'est réellement passé », ne révèle que très peu de choses sur son secret bien qu'il en soit question de manière sous-jacente, sous-cutanée si je puis dire. Haussements d'épaules, méditations sentimentales, sourires ironiques conférant à cette sentimentalité une autre dimension. Pensez ce que vous voulez. J'ai mes secrets mais ne vous en dirai rien. C'est Antoni tout craché, Antoni dans tout son éclat. Mais j'aimerais bien savoir ce qu'il en était vraiment. Qu'avait-il en lui ? Que pensait-il réellement de son, de notre avenir ? En 1932 et en 1942. Et plus tard, les dernières années de sa vie, juste avant sa mort. J'y pense souvent. J'appelle alors Janka à l'aide : « Demande-lui, toi, dis-je. A toi, il le dira bien. » Ou alors j'emmène Antoni en promenade dans la Vallée suisse, par un doux mois de février ou par un mois de mars glacé, en 1987, ici nos pas s'enfoncent dans la neige crissante, là nous pataugeons dans la boue — pour le questionner :

« Dis-moi, Toni. » De son vivant, je ne me serais jamais permis une chose pareille, même à l'époque où je l'appelais déjà « Antoni » ; en pensée, il m'arrivait de l'appeler « le vieux monsieur Antoni » ou « le vieux monsieur Toni », conformément à la manière dont il signait ses cartes postales et ses livres. Bref, bien que je ne l'aie jamais appelé « Toni », aujourd'hui, tandis qu'il n'est qu'indulgence, je ne prends pas grand risque à me montrer impertinent : « Dis-moi, Toni, ce qu'il en était. Que pensais-tu vraiment lorsque tu regardais Staline — Malgré les rumeurs sur sa maladie, le dictateur de la Russie ressemble à un taureau. Il est grand, fort et a le visage sombre — qui arrive sur la tribune de la place Rouge. Que pensais-tu également par la suite, dix ans après, lorsqu'il fit tuer Erlich et Alter *, lorsque, à Varsovie, il se passa ce qui se passa, que les Alliés ne voulurent pas y croire. Non, je ne pense pas à Staline, Churchill ou Roosevelt, je me fiche de ces messieurs. Que pensais-tu alors de notre condition, ici-bas, sur cette planète? Que pensais-tu de nos chances d'avenir?

— Je te vois venir, mon trésor, dit Antoni, je n'aime pas beaucoup les provocateurs.

— C'est justement pour cette raison, dis-je, que je t'ai emmené en promenade dans la Vallée. Tu n'aimes pas les provocateurs, mais tout le monde sait qu'il est très facile de te provoquer. Dis-moi, au lendemain de ton voyage en Russie et après, croyais-tu que notre raison humaine — raison du "XIXe siècle" si je puis dire dont tu fus le fidèle serviteur, n'est-ce pas? —, croyais-tu que cette raison avait encore des chances? Qu'elle pouvait encore quelque chose contre cette fabrique de souffrances?

— T'ai-je parlé, demande Antoni, de mon bisaïeul? Il s'appelait Abraham Stern **, était originaire de Hrubieszów.

— Oui, tu m'en as déjà parlé.

— Écoute-moi bien, dit Antoni. Eh bien, c'est mon bisaïeul qui inventa la machine à calculer. Staszic, qui fut

* Henryk Erlich et Victor Alter, leaders du Bund à Varsovie, exécutés par Staline le 4 décembre 1941.

** (1762-1842), mathématicien et talmudiste, partisan à la fois des lumières et de la tradition juive. Il fut le seul Juif à être membre de la Société royale des amis de la science.

mis au courant, décida de l'admettre à la Société des amis de la science.

— Tu pourrais peut-être me parler une autre fois d'Abraham Stern et de sa machine à calculer qui pouvait extraire les racines carrées ainsi que les fractions, dis-je. Raconte-moi plutôt ce qu'il en était vraiment. Mais avant je vais peut-être te dire ce que je pense, aujourd'hui, en 1987, du livre que tu as écrit à ton retour de Russie soviétique. Nul n'ignore que tu aimais et que tu continues d'aimer les louanges, bien que ta condition existentielle ait un peu changé. Donc écoute bien car je vais t'en adresser. D'après moi c'est ton meilleur livre. Tu n'as certainement rien écrit de mieux. Tu as vu chez les soviets tout ce qu'on pouvait y voir, tout ce qu'il fallait y voir, tu y as vu ce que ces idiots de voyageurs venus d'Angleterre ou de France n'ont pas été capables de déceler. Ces crétins progressistes, même s'ils ont vu, ce qui est rare, que là-bas régnaient misère, faim, illégalité et terreur, ont confondu la cause avec ses effets, la signification fondamentale des phénomènes leur a échappé. Toi, tu as vu plus loin. Tu as vu au-delà des enfants privés de lait, d'œufs, de beurre. Tu as vu au-delà des sans-abris que la Guépéou chargeait dans les trains, qu'elle "enwagonnait" comme tu l'écris si bien, et déportait quelque part au-delà de l'Oural. Tu as vu au-delà des camps, des exécutions, des hôpitaux psychiatriques pires que les prisons. Certaines de tes observations me semblent extraordinairement perspicaces: "Le bourreau de la Tchéka fut le fantôme de la révolution. Aujourd'hui ce sont des fonctionnaires blasés qui sont des fantômes." Qui, en 1932, savait que s'installait, que s'installerait le règne des fonctionnaires blasés? Qu'ils seraient les fantômes de cette époque? Ce savoir ne nous a été donné, je crois, que dans les années soixante. Si ce n'est plus tard. D'où je conclus que nous t'avons lu avec négligence, que nous t'avons pris à la légère; je te prie de nous en excuser.

— Celui qui écrit, dit Antoni, sautant par-dessus une flaque, doit savoir qu'il sera pris à la légère. Mais il ne faut pas en tenir compte, mon trésor. Continue de me faire des louanges. » Et hop, Antoni de sauter à nouveau par-dessus une autre flaque avec une telle agilité qu'on croirait — c'est tout à fait plausible — que le Tout-Puissant en personne l'aide à survoler les flaques de la Vallée suisse. « Allez, continue de m'adresser des louanges.

— D'accord, dis-je. Tu aurais seulement perçu ce que tu as perçu, ce serait déjà énorme. Mais tu as vu quelque chose de plus : tu as compris à quoi, à qui servent ces fonctionnaires blasés et fantomatiques. Tu as su voir que, derrière tout cela, derrière la pénurie d'œufs, derrière Staline semblable à un taureau, derrière les sans-abris "enwagonnés" et derrière les camps des îles Solovietskie, se dressait un État tout-puissant. Que lui seul comptait, lui seul conférait un sens à tout cela. Que tout ce qui a lieu là-bas existe par et pour cet État. Je vais citer certains passages de ton texte.

— A moins que je ne le fasse moi-même, dit Antoni, car me citer me procure une certaine satisfaction. "Tout délit contre l'État est un crime irrémissible." "L'unique législateur, le seul ayant droit de vie ou de mort, c'est l'État." J'ai aussi écrit — mais je ne me souviens pas exactement de ma phrase — que là-bas l'État tout-puissant contrôlait chaque détail de la vie de chaque citoyen.

— Ne crois pas », dis-je en sautant lourdement, mille fois plus pesamment qu'Antoni, par-dessus une flaque, ce qui n'est pas outre mesure étonnant car je suis aujourd'hui dix mille fois plus lourd que lui, « ne crois pas que le motif de mes louanges que, comme tu peux le constater, je ne t'épargne pas soit lié au fait que tu aies perçu si promptement là-bas, au pays des soviets, ce que les autres ont été incapables de percevoir. Que tu aies compris ce que les autres n'ont pas pu ou pas voulu comprendre. S'il en était ainsi, si tu y avais seulement perçu ce que tu y as perçu, ton livre serait tout au plus un bon document historique. Mais en lui il y a davantage : il vit toujours.

— Tout cela est fort joliment formulé, dit Antoni. Car s'il vit, cela veut dire que, moi aussi, je vis, pas tout à fait, mais un peu quand même.

— J'estime que ton livre est vivant, qu'il est digne d'être lu, dis-je, et pour une bonne raison : il porte la marque du drame vécu par la raison du XIXe siècle qui, transposée au XXe siècle, n'arrive pas à dominer les événements présents, nouveaux, inattendus. Ils ne sont pas à sa mesure, à la mesure de cette raison, il lui est donc impossible de les maîtriser : d'où la situation dramatique de cette raison qui essaie en vain de s'y retrouver.

— Tu dis des bêtises, dit Antoni. La raison peut tout. Mon trésor, tu sous-estimes sa puissance.

— Soit », dis-je et voilà que je marche en plein dans une flaque, éclaboussant le pantalon de flanelle grise d'Antoni. « Nous y reviendrons. Parlons plutôt du voyage que tu as fait en Russie soviétique en 1932. Tu y as vu ce qu'il y avait à y voir et ce qu'auraient dû y voir tous ces crétins de progressistes occidentaux qui s'y sont rendus : la terrible toute-puissance d'un État et la non moins terrible perplexité de la personne humaine impuissante devant cette énorme machine. L'individu réduit à néant. Tu considérais Maïakovski comme un poète tout à fait valable.

— Car c'était un poète tout à fait valable », dit Antoni qui me regarde de travers car il sait où je veux en venir, où je cherche à l'acculer. « Oui, vraiment, un poète tout à fait valable. D'autre part, le droit à l'erreur existe.

— Soit, dis-je. Nous en reparlerons. Mais revenons à nos moutons, à la raison. Ta raison du XIXe siècle, transposée au XXe siècle, n'a pu accepter que la personne, l'individu, ce qui est sacré, ne puisse plus rien. Que l'État tout-puissant, quand bon lui semble, "enwagonne" au loin ses sujets, les déporte au-delà de l'Oural. Désireux de saisir ce phénomène et de s'y résigner — que faire d'autre? —, elle s'est mise à chercher des justifications. C'est là que le drame a commencé, c'est là qu'ont commencé les détours retors de la raison : détours que ton livre — toute sa force repose là-dessus — consigne fidèlement. Certes, dit la raison, les déportations dans les wagons continuent et continueront. Certes la livre de beurre coûte près de quarante roubles, autant que le salaire mensuel du travailleur qui, par conséquent, ne peut en manger. Mais il est possible, se demande, effrayée, la raison, que cela serve tout de même à quelque chose, que cela ait un but. Peut-être est-ce nécessaire, inévitable. Peut-être cela a-t-il une signification qui aujourd'hui nous échappe. Car si les souffrances que la raison observe ne servent à rien, quel est leur fondement, quel est leur sens? La raison, c'est par définition quelque chose de rationnel, quelque chose qui voudrait que tout ait un sens. Encore quelques citations de *Mon voyage en Russie*. “A bien des égards, la Russie devance aujourd'hui le monde civilisé. Elle nous offre le spectacle de fragments parfaitement achevés et savamment liés à la construction du socialisme. A travers le brouillard, un tableau plein de charme est en train de prendre forme.” “Le monde entier est aujourd'hui malade. [...] En Russie, le malade subit sur la table d'opération des interventions chirurgicales sans anesthésie. Si l'intervention réussit, il offrira au monde une santé de fer ainsi que des forces nouvelles et illimitées.” “Le marxisme interpelle la raison [...] en prétendant que le mal qui règne en Russie est imputable non pas au changement de système, mais à la matière humaine, thèse qui me semble en grande partie exacte et qui explique la situation pénible et tragique dans laquelle s'est retrouvé le gouvernement soviétique lorsqu'il a essayé d'imposer le socialisme à cent soixante millions de gens frustes.” Pendant ce temps les wagons continuent de charrier les sans-abris. C'est tout simplement magnifique!

— Qu'est-ce qui est magnifique? demande Antoni en s'enfonçant lourdement dans la neige sale qui fond sous ses pieds. Qu'est-ce que tu racontes?

— Ce qui est magnifique, dis-je, c'est ta description du malheur où a sombré la raison du XIXe siècle. Bien qu'elle en fût incapable, elle a essayé d'y comprendre quelque chose. Revenons au début de notre conversation. C'est-à-dire à ton secret, Antoni. Lorsque la raison sombra dans ce terrible malheur, en bon serviteur fidèle, tu t'es senti obligé de la sauver. Tu n'as pu la trahir en disant : cette raison est sotte, ne nous commettons plus avec elle, puisqu'elle est stupide, puisqu'elle ne comprend rien à rien. Pour moi, c'est parfaitement clair. En fidèle serviteur, tu as continué de servir la raison rendue sotte par la terreur. C'est ce qu'on appelle en anglais *lip service*. Mais à mon avis tu as joué ton rôle de serviteur à contrecœur, sans conviction. Car tu savais déjà que la raison ne peut rien. Antoni, que pensais-tu au fond de toi ? Souviens-toi de la phrase où il est question de la fabrique de souffrances qui travaille à notre insu. Que se cache-t-il derrière elle ? Qu'as-tu voulu nous dire par là ?

— Je croyais en la raison humaine, dit Antoni, qu'aujourd'hui encore je considère comme invincible. Je prédis le jour, trésor, où notre raison triomphera.

— Lorsqu'on chargeait les sans-abris dans les wagons des gares moscovites, demandé-je, croyais-tu que notre raison finirait par triompher ?

— Oui.

— Et lorsque Hitler lança la Nuit de cristal, demandé-je, y croyais-tu aussi ?

— Oui.

— Lorsque les Allemands firent ici ce que l'on sait ? Que Staline tua Erlich et Alter ? Que Szmul Zygielbojm * se suicida ? Que Roosevelt et Churchill ne firent rien, alors qu'ils auraient pu faire quelque chose, pour sauver les Juifs polonais ? Y croyais-tu toujours à la force de la raison ? Croyais-tu qu'elle était capable de comprendre tout cela ? Je te considère comme un homme sage, Antoni. Je te prierais de ne point me dire de bêtises.

— Ce n'est pas joli de parler ainsi à une personne plus âgée que toi, dit Antoni. Tu pourras te le permettre dans trente ans, car tu seras alors plus vieux que moi. Mais pour le moment écoute-moi bien. Je sais où tu veux en venir en m'entraînant dans ces flaques. Tu n'as absolument rien à faire de mon livre sur mon voyage en Russie, de même que tu n'as rien à faire des aventures de la raison des XIXe et XXe siècles car ce ne sont pas tes affaires. Certes, tu t'y intéresses car tout cela est captivant. Mais au fond peu

---

* Membre du Conseil national polonais à Londres. Se suicida le 12 mai 1943 pour protester contre l'indifférence avec laquelle l'opinion et les gouvernements alliés accueillirent les nouvelles de l'extermination du ghetto (N.d.T.).

t'importe que cette raison ait compris quelque chose ou soit devenue complètement idiote. Ai-je raison, trésor?

— Tu as raison, Antoni.

— En fait, tu veux connaître mon secret. Il n'y a que cela qui t'intéresse. Non pas celui dont tu as parlé car tu sais parfaitement ce que je pensais de notre condition humaine sur cette planète et des chances de notre raison. Non, ce que tu veux savoir, c'est autre chose : il s'agit d'un secret plus important, plus grand. Ai-je raison, trésor?

— Tu as raison, Antoni.

— Mais ce secret, dit Antoni, je ne le trahirai pas. Même Adam l'ignore car je n'ai pas cru bon lui en parler : vu son jeune âge, je n'ai pas voulu le démoraliser. Seule Janka le connaît, mais ne lui demande pas car elle-même est tenue au secret. Néanmoins, puisque je ne t'ai pas trouvé désagréable, que parfois même je t'ai un peu aimé, je vais te dire quelque chose qui n'est peut-être pas sans lien avec mon secret, avec la phrase de *Mon voyage en Russie* où il est question de la fabrique de souffrances. Tu en penseras ce que tu voudras. Écoute. Nous ne pouvons juger des intentions de Dieu — nous ignorons où se trouve la grande fabrique de souffrances — que sur la base de ce qui a été créé. Car notre connaissance, celle de notre raison, se limite à ce qui est créé. Dis-moi, mon trésor, lorsque tu écris un poème raté... Cela t'arrive-t-il?

— Oui, dis-je. Cela arrive à tous ceux qui écrivent.

— Justement, dit Antoni, lorsque tu écris un poème raté, l'aimes-tu ce poème? Es-tu bien disposé à son égard? Ou bien le déchires-tu immédiatement, le jettes-tu dans le poêle?

— Je le déchire, dis-je. En mille morceaux. Afin que personne ne puisse le lire au cas où le vent renverserait la poubelle.

— Eh bien, voilà, dit Antoni. C'est la même chose pour nous. En fait, Il nous a ratés. Comme un poème raté, comme un poème minable. Tu en penseras ce que tu voudras. »

Nous évoluons dans la fiction la plus complète. Seule la neige, la pluie, le voile grisâtre qui s'ouvre et se ferme sur la Vallée suisse sont réels tandis que, debout près du socle de Chopin, j'essaie, tout en contemplant les fenêtres du rez-de-chaussée de son immeuble, de pénétrer le secret d'Antoni. « Il se peut qu'Antoni n'ait jamais eu de secret. Il se peut que je me trompe en croyant que quelque chose le liait à son dieu polonais ou juif. A propos de ses ancêtres, de son grand-père et de son arrière-grand-père (*Souvenirs varsoviens*), n'a-t-il pas parlé du commentaire stérile du vieux Livre, mille fois déformé et maladroitement expliqué », « de l'obscur talmudisme » et du « cercle de l'obscurité » dans lequel vivaient « les jeunes victimes du talmudisme ». On peut en déduire que, pour lui, le dieu juif appartenait à la sphère des coutumes. Si l'on en juge d'après les épithètes dont il les affuble, ces coutumes ne lui inspiraient guère de sympathie. Mais admettons qu'Antoni n'ait eu aucun secret : qu'est-ce que je cherche, en me promenant avec lui dans la Vallée, à lui soutirer ? Peut-être est-ce moi, chrétien incirconcis, qui suis un obscur talmudiste ? Stériles commentaires, cercle du Livre obscurément commenté...

La porte de la cuisine s'ouvre, sur le balcon apparaît Antoni, coiffé d'un Stetson gris.

« Il a vraiment bien fait, pensé-je, de se couvrir la tête car avec cette neige et cette pluie il aurait pu prendre mal. »

Antoni ôte son chapeau comme pour me faire signe : il m'appelle. Ventre à terre, je m'élance à travers la Vallée suisse, glissant sur la neige durcie, m'empêtrant dans le voile grisâtre du brouillard, bondissant par-dessus les flaques de boue. Lorsque j'arrive sous le balconnet, il n'y a plus personne. Seule une voix de l'au-delà, une voix du néant :

« Approche, mon trésor, j'ai quelque chose à te dire. »

Un homme élégant à lunettes, la trentaine environ, aux traits typiquement juifs — « très ressemblant », comme on disait et comme on dit toujours à Varsovie —, l'air très intellectuel. C'est un ingénieur agronome, mais il pourrait passer pour un journaliste, un chercheur ou un écrivain.

Nez proéminent, cou allongé, front haut. Il porte un costume en tissu sombre, bleu marine sans doute, à fines rayures. Jadis ce tissu s'appelait « tennis ». Sur la photographie, il se tient de profil ; derrière lui, il y a une branche d'arbre fruitier chargée de minuscules feuilles ou de gros bourgeons : le cliché a donc été pris au début du printemps. Aucun problème pour en déterminer la date : la fillette que l'homme aux lunettes porte dans les bras semble avoir deux ans. Or l'on sait qu'elle est née en 1940. Nous sommes donc au début du printemps 1942. Froide journée printanière saturée de senteurs prometteuses. L'homme est en costume, la fillette — elle avait pour prénom Athalie mais ses parents l'appelaient Alusia —, porte un petit manteau à capuchon. Collants blancs, souliers à lacets. D'un bras, elle enlace l'homme par le cou, de l'autre elle tient un petit seau. Toute joufflue, de grands yeux, des sourcils sombres et bien dessinés. Ce sera — c'eût été — une jolie femme. On dirait que la fillette nous sourit. En fait, son sourire s'adresse à la personne qui la photographie. Je présume que c'est la mère de la fillette, Anna Perechodnik, de la famille Nusfald, appelée par l'homme à lunettes Anka, copropriétaire du cinéma « L'Oasis » à Otwock. Comme le cinéma marchait bien, juste avant la guerre, Anna Perechodnik, avec ses frères, avait décidé d'en faire construire un autre. Mais le bourgmestre de la ville leur refusa le permis de construire. Certainement parce que, sur les trois cinémas d'Otwock, deux au moins appartenaient à des Juifs — j'ignore tout sur ce troisième cinéma —, et le bourgmestre, qui n'aimait guère les Juifs, ne voulait pas avoir dans sa ville un cinéma juif de plus. L'homme qui tient dans les bras Alusia, c'est Calel Perechodnik. Précédemment, à propos de l'article de Wiktor Kulerski, j'ai donné une forme erronée de son prénom : Celek. Au moment où Anna Perechodnik prend le cliché, il était policier dans le ghetto d'Otwock. En 1943 ou en 1944, Calel Perechodnik, qui se cachait à Varsovie, a tenu un journal dont son frère, qui je crois vit aujourd'hui au Canada, a transmis une copie aux archives de l'Institut d'histoire juive. Comme me l'ont dit les employés des archives, c'est, semble-t-il, le seul journal relatant les événements du ghetto d'Otwock. La photo sur laquelle on peut voir Calel Perechodnik, Alusia et la branche printanière, est classée dans un dossier avec le journal. Ce dernier renferme une autre photographie de Calel Perechodnik. L'inscription bilingue, en polonais et en français, qui y figure au dos indique qu'il s'agit d'une photo de passeport. Calel Perechodnik fit des études d'agronomie en France. Lorsqu'il revint à Otwock, sa femme et lui envisagèrent d'émigrer en Palestine. Étant plutôt aisés, ils projetaient d'y acheter des terres: ainsi Calel aurait-il pu mettre à profit ses connaissances acquises en France. Mais ils ne partirent pas.

« Pourquoi, monsieur Calel, n'êtes-vous pas partis? demandé-je en regardant la photo à l'inscription bilingue. Ne bastonnait-on pas sur le campus universitaire de Varsovie, ne défenestrait-on pas du petit train jaune et bleu, ne brisait-on pas les vitres des villas juives? Vous habiteriez à Tel-Aviv. Votre petit-fils aurait exactement l'âge que vous aviez en 1942. Votre petit-fils, un homme à lunettes, au front haut, au cou maigre. Le même gentil sourire que vous.

— Premièrement, dit Calel, nous n'étions pas malheureux ici. Anna était copropriétaire de "L'Oasis" et moi, j'avais une entreprise dans le bâtiment. Nous étions citoyens de la République et en dépit des projets des "nationalistes radicaux" de nous priver de cette citoyenneté, nous considérions que c'était aussi la nôtre. Deuxièmement, au moment où l'on défenestrait, où l'on bastonnait, je faisais mes études en France, je n'ai donc jamais eu à subir ces voies de fait dont je n'avais connaissance que par ouï-dire. Enfin que les Allemands nous tueraient tous, je ne pouvais évidemment le deviner. »

A l'appui du journal de Calel Perechodnik, je peux rectifier quelques informations que j'ai données précédemment. Lorsque commença la liquidation d'Otwock, les policiers juifs — information provenant du livre de Leokadia Schmidt — ne jetèrent pas leurs képis aux pieds des Allemands ni ne furent fusillés. L'information tirée du livre d'Abraham Lewin *Journal du ghetto de Varsovie* — je ne pense pas en avoir parlé — est également fausse : selon elle, la liquidation d'Otwock aurait été menée par les Allemands « avec l'aide de cinq cents policiers juifs venus de Varsovie ». Selon une autre information de Lewin, les Juifs d'Otwock auraient été chassés à pied jusqu'à Varsovie : c'est faux. Le ghetto d'Otwock était entouré d'une palissade et non par des barbelés. Il semble également que soient erronés les renseignements fournis par Adolf Berman selon lesquels à Otwock il y avait deux ghettos : un ghetto dans la ville et un autre appelé « ghetto des maisons de santé ». Du moins Calel Perechodnik ne le mentionne à aucun moment. S'il y avait eu deux ghettos, il en aurait été question dans son récit qui est d'une précision extrême. Enfin, je voudrais aborder les informations concernant les dates. La liquidation n'a pas eu lieu le 20 août, comme on pourrait le déduire de l'article de Wiktor Kulerski, ni, comme je l'ai moi-même déduit du récit d'Adolf Berman, le 21. Karl Brandt — dans le journal de Perechodnik son nom s'écrit « Brand » — arriva pour la première fois à Otwock le mardi 18 août. Il demanda aussitôt le plan du ghetto d'Otwock et ordonna la destruction de toutes les maisons construites en dur. Avec les briques des maisons détruites, les Juifs, dans un délai de vingt-quatre heures, devaient « entourer le ghetto de murs ». Cet ordre ne fut pas exécuté pour la bonne raison qu'il était inexécutable. Il semble que Brandt ne fut là que pour superviser la liquidation car, d'après le journal de Perechodnik, un homme du nom de Lipner dirigeait l'ensemble de l'opération. Toutefois Calel Perechodnik ne donne aucune information sur ce personnage. On ignore même si ce SS s'appelait vraiment Lipner car, si à plusieurs reprises son nom apparaît sous cette forme, à un moment, au-dessus du nom, on a ajouté au crayon ; « sz », Lipszer, Liszner ? L'opération fut lancée le 19 août au matin : « A 7 heures du matin, je suis justement au marché, une voiture pleine d'Ukrainiens franchit la palissade, les premiers coups de feu éclatent, je file à la maison, à ce moment, de la rue Warszawska surgit un camion suivi des limousines des dignitaires SS.» L'une d'entre elles est certainement la petite Opel noire que l'on voyait souvent dans les rues du ghetto de Varsovie. Je présume que dans cette Opel se trouvait l'un de ces messieurs: Brandt, Hoefle, Mende, Klostermeier.

Je transcris encore quelques citations du journal de Calel Perechodnik. Préférant ne pas les assortir de commentaires, je me dois de fournir quelques informations indispensables à leur compréhension. Le commandant de la police juive à Otwock s'appelait Kronenberg. Le 19 août, les Juifs d'Otwock furent entassés sur une place entourée de barbelés située devant un atelier de menuiserie. D'après Perechodnik, ils étaient huit mille. On promit aux policiers juifs que leurs épouses et leurs enfants ne seraient pas déportés. Mais, lorsque commença le chargement dans les trains, les Allemands décidèrent de ne plus tenir leur promesse. Chassant les policiers, ils embarquèrent eux-mêmes leurs familles dans les wagons. Le train partit en direction de Świder, Josefów, Falenica. Les exécutions commencèrent après le départ du train. Pendant les jours qui suivirent, les policiers furent chargés de nettoyer le ghetto, de guetter les Juifs qui se cachaient dans la forêt ou ailleurs et que les gendarmes finissaient par attraper au cours de rafles quotidiennes. Les Juifs qui avaient été pris étaient enfermés dans la maison d'arrêt d'Otwock puis fusillés le lendemain matin. Calel Perechodnik faisait partie de la brigade de policiers chargés du nettoyage et de la surveillance. Son journal devrait être publié intégralement. Mais ce projet aboutira-t-il? Ce texte contient des passages fort désagréables tant pour les Juifs que pour les Polonais. Or la majorité des Juifs et des Polonais ne sont guère épris de vérité, tel est du moins mon avis. Perechodnik qui, en septembre 1939, s'était enfui vers l'est — il revint à Otwock quelques mois après — raconte par exemple comment les Juifs se comportèrent à l'égard des Polonais après le 17 septembre, c'est-à-dire après l'invasion des soviets. Il est même perplexe — un Juif d'Otwock qui se considérait comme un citoyen de la République ne pouvait comprendre une chose pareille —

devant l'attitude de ses compatriotes des confins du pays. Voici un de ces passages désagréables.

« Otwock 1942.

« La seule femme dans Otwock ne perdant pas la tête, c'est l'épouse de Kronenberg, Tola ; elle fait faire la queue à son beau-père, pendant ce temps elle s'installe au commissariat pour faire la téléphoniste. Auparavant son mari a donné au major Brand deux montres en or.

« J'ai vu une jeune femme respirant la santé et la vie, je l'ai vue au moment où un Ukrainien l'a littéralement dépecée avec une pelle. Comme il n'avait plus de balles, il s'est emparé du manche de cet outil et l'a battue vivante, entre les seins, avec une telle violence qu'il a fini par la couper en deux.

« Les Allemands pendant ce temps se déplacent avec leurs chaises, s'assoient à proximité, boivent de la bière, fument des cigarettes, mangent, rient. De temps en temps, ils tirent dans la foule pour empêcher que les gens ne restent sur place. Parfois ils sortent quelques personnes de la foule, les battent avec tant d'acharnement que leurs victimes finissent par rendre l'âme.

« Je retourne sur la place. "Docteur, donne-moi une signature pour du poison." Il sort son stylo, son bloc-notes. Écrit quelque chose en latin, signe, date l'ordonnance du 19 août 1942, ajoute la formule habituelle réservée aux poisons "Pour Perechodnik". Je reviens vers la palissade, passe la feuille au Polonais, toujours le même ; quelques minutes plus tard, il revient, m'envoie dix tablettes de Luminal. Il ne me demande pas d'argent. Cet inconnu a-t-il payé pour moi, est-ce la pharmacie qui n'a pas demandé d'argent ? Je reviens sur la place, comment agit le Luminal ? Faut-il en consommer une grande quantité ? Qui connaît ce produit ? On dit que trois comprimés sont mortels.

« J'espère que le transport des Juifs d'Otwock est arrivé à Treblinka dès jeudi, c'est-à-dire le lendemain. Certains prétendent que le transport de Falenica qui est arrivé vendredi a été achevé avant Otwock.

« Je longe des maisons basses, il est minuit passé, dans

ces demeures, il y a vingt-quatre heures encore, la vie battait son plein, maintenant elles sont désertes, sombres. Je fais attention à ne pas trébucher dans l'obscurité, je tombe sans cesse sur des cadavres, des connaissances, des amis mais aussi des gens que je ne connais pas. Je ne les éclaire même pas de ma lampe, je ne veux pas les reconnaître, ni voir ces cervelles éclatées, cette mare de sang. Je suis dans la maison de mes parents, j'ouvre le volet, ma tante surgit. Résigné, je lui donne du pain, un seau d'eau et lui dis doucement : "Tout Otwock a été déporté, Anna et Alusia sont peut-être déjà mortes. Ils ont aussi embarqué Rachel."

« Je laisse mon imperméable d'été chez Wolfowicz, il me pèse trop, une heure après je reviens, tout l'appartement est démoli. Ce sont les Polonais qui l'ont détruit de fond en comble, en fait le ghetto est constamment entouré par la lie polonaise qui saute par-dessus la palissade, ouvre à coups de hache les portes et pille tout ce qu'elle trouve. Parfois ils tombent sur des cadavres encore chauds, mais peu importe. Ils se battent sur les corps encore tièdes, l'un arrache un oreiller ou un costume à son compagnon. Nous pénétrons dans l'appartement de Grynhorn, tombons sur un Polonais qui a fourré son butin dans un sac. Il est furieux et en même temps surpris, de quel droit ce Grynhorn le gêne-t-il dans son travail, mais désemparé, il abandonne son sac et saute par-dessus la palissade.

« Encore heureux qu'il ne faille creuser des fosses, les Juifs nous ont préparé le travail, dans chaque maison il y a en effet un abri antiaérien, creusé dans le sol, un abri n'ayant pas servi où les femmes jetaient les ordures et les eaux usées, maintenant il faut vite y traîner les cadavres, les jeter tout habillés sur ces détritus, les recouvrir de sable au ras du sol, c'est tout. Nous travaillons en silence, le corps d'une femme inconnue gît dans une fosse, nous le recouvrons du corps de Mulik Noj, mon camarade, que nous recouvrons de celui de Fiołek, le célèbre bandit. Des Polonais, debout derrière la palissade de la rue Szkolna, nous épient. Ils regardent les fossoyeurs.

« J'ai salué l'arrivée du premier gendarme avec un

sentiment de soulagement extrême. [...] Il ne venait pas pour exécuter une sentence, mais s'est tout simplement éclipsé de sa brigade occupée à une rafle générale pour la bonne raison qu'il estimait l'affaire peu lucrative : l'argent trouvé sur les cadavres allait tout droit à une bourse commune, il a donc préféré, ce monsieur, s'éclipser, se présenter devant la maison d'arrêt et alors : "*Alles Geld, Gold, mysen zi aweggeben aznyt werd ir derszosyn.*" Caractère magique du mot "*derszosyn*", comme si une heure après ils ne devaient pas de toute façon être tués. Tous se précipitent vers lui, lui remettent tout leur argent, le supplient de les faire travailler jusqu'à dix-huit heures par jour. Tout, pourvu qu'on les maintienne en vie. Ils l'appellent : "*Unser Gott.*"

« Puis quelques coups de feu isolés éclatent à nouveau, on achève les corps qui remuent encore. A ce moment, les ouvriers qui se tiennent sur le côté s'approchent des morts, fouillent leurs poches et jettent sur les ordures les cadavres encore chauds de leurs prédécesseurs. La place est libre, l'équipe suivante composée de dix ouvriers peut se mettre à l'œuvre.

« Je suis retourné sur les lieux, je n'ai reconnu ni la rue Kupiecka, ni les autres rues. Presque tous les immeubles juifs ont été vendus aux Polonais pour être démolis. Des rues entières ont disparu [...]. Le territoire entier du ghetto retentit du fracas de murs qui s'écroulent, il n'est que décombres et braseros où viennent se réchauffer les ouvriers. On est en novembre, il fait assez froid. Juste avant de démolir notre maison, les Polonais ont détruit un immeuble dans le grenier duquel avaient été cachés des livres saints écrits en hébreu. On les a regroupés, mis en tas et, au lieu de les faire brûler avec du bois, qui, à ce qu'il semble, fait défaut, le kilogramme coûtant cinquante grosz, on a mis directement le feu à ces livres hébraïques. Cela a donné un feu bien faible car les livres se consumaient lentement sans brûler vraiment. »

Calel Perechodnik qui accompagna à l'Umschlagplatz d'Otwock sa femme et sa fille, qui ne partit pas avec elles car il avait peur de mourir, puis qui pensa qu'il devait mourir car il n'était pas parti avec elles, survécut deux années encore. Après le soulèvement de Varsovie, il se cacha dans un bunker qui fut vraisemblablement découvert par les Allemands. On sait seulement que cela se passa après le 28 octobre 1944. Une copie de son journal est conservée aux archives de l'Institut d'histoire juive, répertoriée sous l'étiquette: « Section des journaux, n° 55. »

Il pleut, bien qu'il soit difficile de parler de pluie car c'est tout juste de la bruine, un peu plus que de la bruine peut-être: il pleut tout doucement comme cela arrive dans les environs de Varsovie. Cette petite pluie de juillet balaie les visages, elle semble ne pas vouloir s'arrêter de sitôt, disons aujourd'hui ou demain. Dans le caniveau on entend des glouglous, mais comme il ne s'agit que d'une pluie légère, ces glouglous ne sont pas réguliers, ils ne se font entendre que lorsque la pluie concentre ses forces pour tomber un peu plus dru. Les gouttelettes restent suspendues aux aiguilles des pins. Un homme coiffé d'un capuchon gris passe entre les arbres près de la villa de Sarah Fliegeltaub. Mais Icyk, couché sur son lit sous un plaid en poil de chameau, ne le voit pas. On ne sait donc pas qui se cache sous ce capuchon gris: un ami, un étranger? Qu'il est doux de somnoler sous un plaid en poil de chameau. Cette magnifique couverture crème et beige est l'unique objet de valeur que possède Icyk, si l'on exclut son Parker à plume d'or, qui lui aussi a une certaine valeur, et sa Remington déglinguée qui, elle, n'en a presque plus. Oui, qu'il est doux de somnoler sous ce plaid de valeur tandis que tombe une fine pluie d'été, que là-bas des glouglous, des flic-flac se font entendre et qu'un mystérieux personnage en capuchon gris se promène entre les pins. Toutefois cette douce somnolence ne s'accompagne guère de doux rêves. Car plus on s'enfonce dans le sommeil, plus les glouglous s'éloignent, tandis que tout en bas, là où sommeille le dormeur, des bruissements, des bourdonnements, des chuchotements, émanations d'un rêve fort désagréable, signes de funeste augure, se font de plus en plus insistants. « A en juger d'après ces bruits inquiétants, le rêve que je suis sur le point de faire, pense Icyk en sombrant de plus en plus profondément dans le sommeil, risque d'être fort désagréable, il vaudrait donc mieux me réveiller pour remonter à la surface, là où les glouglous résonnent dans le caniveau, là où des gouttes de pluie se balancent aux aiguilles des pins. Mais j'ai l'impression que je n'arriverai plus à me réveiller car je dégringole de plus en plus bas, je n'ai plus la force, depuis ces profondeurs de plus en plus insondables, de remonter à la surface. » A ce moment-là apparaît le colonel Adam Koc. Petit homme en civil aux lunettes à monture métallique, il émerge des bruissements et chuchotements : ce n'est donc pas lui qui les émet, mais quelque chose se trouvant à ses côtés. Icyk ne le connaît pas personnellement — d'où pourrait-il le connaître ? —, mais le rêve dit que le colonel, lui, le connaît parfaitement. Il sait même qu'Icyk écrit des chroniques pour le journal *Der Moment*. Il a même lu son roman, celui qui raconte les mésaventures des Juifs qui en 1665 se mirent en route sur les traces du Messie du nom de Shabbetaï Zévi. Bien qu'Icyk et Adam Koc se trouvent à une profondeur considérable — on n'y entend plus les glouglous du caniveau ni les flic-flac des gouttelettes sur le rebord en tôle de la fenêtre —, Icyk sait pourquoi il rêve du colonel. En revanche, il ignore si ce savoir lui est donné dans son rêve ou en dehors, s'il se trouve entièrement plongé dans ce cauchemar ou seulement en partie, son autre moitié restant à l'extérieur du rêve tout en regardant de loin le colonel Koc. Icyk rêve du colonel car avant le déjeuner — il ne tombait pas encore cette fine pluie légère — sous la véranda on a parlé de lui :

« Salazar, dit Jakub Wurzel, je parle de celui qui gouverne au Portugal, lui aussi, vient d'être victime d'un attentat. Il est fort possible qu'il s'agisse d'une chaîne de complots exécutés à l'instigation d'une seule et même puissance. Je ne serais pas étonné que d'ici quelques jours, le maréchal Vorochilov ou le maréchal Göring soient eux aussi victimes d'un attentat. Ou tous les deux à la fois. » Et Jakub Wurzel de jeter à Icyk un regard significatif comme si ce dernier en personne avait perpétré l'attentat contre Koc et Salazar ou comme si, dans les jours à venir, il s'apprêtait à attenter à la vie de Göring et Vorochilov. « Cela arrange peut-être certains de provoquer une Deuxième Guerre mondiale...

— Un nouveau Sarajevo, en quelque sorte, dit Szymon Warszawski. Mais il n'y aura pas de guerre car seul un fou pourrait à l'heure actuelle en provoquer une. Hitler n'est pas aussi fou qu'on le dit. D'autre part la découverte de l'ypérite nous protège efficacement contre une deuxième guerre.

— En tout cas, cela a été un véritable massacre, dit Sarah Fliegeltaub. Fejga est allée aujourd'hui chez le boucher où on lui a raconté que des morceaux de ce Bieganek ont été récupérés sur le balcon et le sentier. Celui qui lui a rapporté cette histoire se trouvait ce jour-là à Świder. Il passait justement tout près de la villa du colonel Koc.

— La puissance qui, d'après vous, monsieur Jakub, commande ces attentats devrait engager des terroristes un peu moins maladroits, dit Icyk. L'homme qui saute sur la bombe qu'on lui a demandé de lancer n'est pas un terroriste digne de ce nom. Sans vouloir de mal au colonel, je trouve que c'est du mauvais travail.

— Chez le boucher, on raconte aussi que ce Bieganek est ou plutôt était communiste, dit Sarah Fleigeltaub.

— S'il était communiste, dit Jurek Wasiutyński, cela veut dire qu'il était juif. Ce n'est pas encore ce que l'on dit aujourd'hui, mais cela ne saurait tarder. C'est une chose que je n'arrive pas à comprendre : que nous soyons encore là à attendre, alors que nous avons notre propre État ou du moins une réelle perspective d'en avoir un. » Et Jurek de regarder avec un air entendu Icyk comme si ce dernier était responsable du fait que les Anglais aient cessé de délivrer des certificats d'entrée en Palestine. « Parfois j'ai l'impression que les pogroms ne sont pas pour déplaire à certains de nos Juifs.

— Quant à l'identité de ce Bieganek, dit Icyk, comme il ne reste de lui que des lambeaux, il semble peu probable que l'on parvienne à la connaître de sitôt.

— Cela a été un véritable massacre, répète Sarah Fliegeltaub. Mais je n'arrive pas à comprendre que l'on puisse trouver un intérêt dans l'assassinat du colonel Koc qui est par ailleurs un homme respectable, une personnalité éminente.

— Oui mais il est petit, dit Icyk, et sa calvitie est grande. » Cette boutade, à en juger d'après les regards lourds de signification qui lui sont adressés, tombe comme un cheveu sur la soupe.

« Je vais vous expliquer, dit Jakub Wurzel. En fait, l'attentat n'était pas dirigé contre le colonel Koc, mais contre le maréchal Rydz-Śmigły. En effet, Koc est le lieutenant du maréchal pour les affaires politiques. Cet attentat serait un avertissement adressé à Rydz-Śmigły: aujourd'hui c'est ton lieutenant, demain ce sera toi. La puissance étrangère lui laisse ainsi entendre que s'il ne se décide pas à s'entendre avec elle, elle le supprimera.

— Une personnalité aussi importante que le colonel Koc, dit Sarah Fliegeltaub, à mon avis, ne devrait pas habiter à Świdry Małe. C'est un endroit bourré de bois et de fourrés, un territoire terriblement dangereux où les terroristes peuvent se cacher sans difficulté.

— Au jour d'aujourd'hui, madame Sarah, dit Jakub Wurzel, aucun lieu n'est sûr. Je viens de lire dans *Notre revue* qu'une voiture attelée de deux percherons était entrée en collision avec l'automobile du voïvode Michał, "menaçant de son long timon de bois" l'amitié polono-roumaine, pour reprendre les termes du journal. Le successeur du trône roumain passe par la rue du Nouveau-Monde et au croisement des Allées de Jérusalem manque d'être trucidé par un timon. » Et Jakub Wurzel de jeter à nouveau un regard entendu à Icyk comme si ce dernier était le cocher ou carrément l'un des deux percherons de la voiture. « Nous vivons des temps très dangereux. Tous autant que nous sommes, du voïvode Michał au colonel Koc, nous devons en être conscients.

— Je vous propose de passer à table, dit Sarah Fliegeltaub. Fejga, si tu me casses cette soupière, je ne sais pas ce que ta mère te fera car elle ne trouvera nulle part l'argent pour me la rembourser. Vous ne pouvez vous imaginer la sottise de cette créature ! » Et Icyk de penser à part lui : « C'est quand même incroyable qu'au cours d'une conversation relativement brève, on m'ait regardé avec des airs entendus à quatre ou même cinq reprises. Il y a de l'abus, peut-être faudrait-il que je réagisse, car il est impossible que je sois responsable de la délivrance des certificats, de l'attentat à Świdry Małe, de la circulation au croisement des Allées de Jérusalem et du Nouveau-Monde ainsi que de la soupière remplie de potage au gruau. » En effet, à ce moment précis, Sarah Fliegeltaub scrute Icyk d'un air entendu comme s'il était responsable de la chute manquée de Fejga qui par bonheur a réussi à retrouver son équilibre. Cela dit, Sarah Fliegeltaub n'a pas complètement tort, car si Fejga a trébuché, c'est que juste après être entrée dans la salle à manger, elle s'est aperçue qu'Icyk assis sous la véranda regardait attentivement, pour ne pas dire impudemment, ses jambes exceptionnellement longues. Se dirigeant vers la table, elle ne pense pas à ce à quoi elle devrait penser, à la soupière fumante de potage au gruau, mais à ce que pourrait signifier le regard d'Icyk : serait-ce Dieu possible qu'un homme aussi savant soit amoureux d'elle, grande sotte qu'elle est ?

C'est donc à cause de la bombe que n'a pas eu le temps de poser le criminel du nom de Bieganek, et non pas à cause de la soupière fumante, que le colonel Koc apparaît en rêve à Icyk, non pas sous son plaid en poil de chameau mais au château de Varsovie. N'ayant jamais mis les pieds au château, la salle dans laquelle Icyk discute avec le colonel Koc est floue : sans être complètement vide, elle comporte quelques vagues meubles, sans doute des tapisseries d'Arras.

« C'est une région très dangereuse, dit le colonel Koc. Elle est truffée de bois et de fourrés. Va-t'en d'ici, Icyk. Je t'en conjure.

— Mais je ne peux partir d'ici car elle ne veut pas me suivre. Sans elle, je ne quitterai pas cet endroit », dit Icyk en montrant au colonel Koc les longues jambes de Fejga qui apporte justement dans la salle du château — cette apparition, elle, n'a rien de flou — une soupière fumante de potage au gruau.

— Si tu ne veux pas partir d'ici », dit le maréchal Rydz-Śmigły qui apparaît à son tour, longue pèlerine et bonnet carré orné d'un galon, aux côtés du colonel Koc, « alors pourquoi as-tu voulu embrocher de ton timon le grand voïvode Michał?

— Je n'ai voulu embrocher personne, dit Icyk. Les percherons se sont emballés sans que le cocher ait pu les retenir.

— Qui était ce cocher? demande le colonel Koc.

— Moi, avoue Icyk. Mais Fejga est également responsable car elle était assise à mes côtés. » Il parcourt la salle des yeux avec l'espoir que le maréchal Rydz-Śmigły aperçoive les longues jambes de Fejga. Malheureusement cette dernière a disparu, la soupière aussi.

« Pars, Icyk, dit le maréchal Rydz-Śmigły. Nous nous arrangerons pour étouffer cette affaire de timon. Nous trouverons bien un moyen de nous entendre avec le voïvode Michał. Mais si tu ne pars pas, tout le monde saura que tu as été stipendié par une puissance étrangère.

— Alors dites-lui de partir avec moi, dit Icyk. » Mais le maréchal Rydz-Śmigły et le colonel Koc ne semblent pas comprendre de qui il parle d'autant que Fejga n'est plus dans la salle du château.

« Va-t'en, Icyk, dit le colonel Koc. C'est le moment ou jamais. Oui, le moment ou jamais. Je te donne ma parole d'officier.

— Si tu n'as pas d'argent, dit le maréchal Rydz-Śmigły, nous le paierons nous-mêmes ton certificat.

— Mais je l'aime, dit Icyk. La région est un véritable maquis, je ne peux y abandonner la femme que j'aime.

— Parfois j'ai l'impression, dit le maréchal Rydz-Śmigły, que les pogroms ne sont pas pour déplaire à certains de nos Juifs.

— Le certificat sera à votre disposition demain dans ma villa à Świdry Małe, dit le colonel Koc. Tu gagneras la Palestine sous le nom de Bieganek. Les Anglais seront au courant et ne te feront aucune difficulté. Là aussi, je te donne ma parole d'officier. »

S'enlisant dans la neige, Icyk prend la fuite. Il y est contraint car partir en Palestine sous le nom de Bieganek est trop dangereux. S'enfonçant dans la neige, Icyk fuit devant les deux hommes qui, voulant lui remettre un certificat libellé au nom de Bieganek, le pourchassent entre les pins de la grande forêt Białowieska. « Si cela se passait à Otwock ou à Śródborów, pense Icyk en pataugeant au milieu des congères et des pins, j'arriverais à les semer car je connais ces régions bien mieux que le colonel ou le maréchal. Mais de ma vie je n'ai mis les pieds dans la forêt Białowieska alors qu'eux viennent y chasser plusieurs fois par an. Dans cette forêt qu'ils connaissent bien, je n'ai aucune chance, je ne vais pas tarder à être rattrapé, c'est sûr. De surcroît, je suis en pyjama alors que ces messieurs portent des pelisses, des bonnets de fourrure. Le maréchal Rydz-Śmigły et le colonel Koc ont en effet eu le temps de se changer, on se demande bien quand. Cela amenuise encore mes chances tout en augmentant les leurs. » Icyk voudrait se retourner pour expliquer à ces deux hommes que cette poursuite n'a aucun sens. Car même s'ils le rattrapent, sans Fejga il n'ira pas en Palestine. Ils feraient donc mieux de la poursuivre elle. Si elle se trouvait à proximité et était rattrapée, elle se laisserait peut-être convaincre. Or Icyk ne peut se retourner car son rêve lui dit que celui qui fuit dans un songe n'en a pas le droit. Le colonel Koc est juste derrière son dos, ses doigts — mais ce sont peut-être ceux du maréchal Rydz-Śmigły — sont sur le point de toucher le col du pyjama qu'Icyk a eu l'imprudence d'enfiler après le déjeuner sans penser qu'il allait sous peu se retrouver dans la forêt Białowieska. Ce qui est curieux, c'est qu'Icyk s'enfonce jusqu'aux genoux dans la neige alors que le colonel Koc non seulement ne s'enlise pas, mais rebondit comme sur une piste olympique. Les doigts se resserrent sur son col de pyjama. A ce moment, Icyk tombe dans une congère, la bouche pleine de neige, et suffoquant, il arrache le plaid en poil de chameau de dessus sa tête. Glouglous dans le caniveau, flic-flac sur le rebord en tôle de la fenêtre. La pluie fine tombe toujours, il ne semble pas qu'elle ait l'intention de quitter Otwock. A table est assise Chaja qui regarde par la fenêtre. Elle fume une cigarette dans un très long fume-cigarette en argent.

« J'ai hurlé ? demande Icyk.

— Horriblement, dit Chaja. Tu sais l'heure qu'il est. Le goûter va bientôt être servi. Fejga est en train de mettre la table.

— Quel chien elle a, cette Fejga, dit Icyk. Je pourrais l'insérer dans un de mes récits. Tu sais à quoi j'ai rêvé ?

— Comment veux-tu que je le sache ? répond Chaja qui, visiblement peu intéressée par le songe d'Icyk, continue de regarder par la fenêtre. Tu as hurlé, cela devait être terrible.

— Prophétique, dirais-je. J'ai rêvé au colonel Adam Koc. Sûrement à cause de cet attentat. Il m'a demandé quand j'avais l'intention de partir d'ici avec toi.

— J'ai téléphoné à Chaïm Sandler, dit Chaja. Il m'a dit qu'il aurait peut-être un rôle pour moi dans *Nacht mentshen* * d'Urké Nachalnik. Il doit monter cette pièce à la saison prochaine rue Bielańska. Tu t'imagines bien que si ça marche, je ne partirai pas d'ici. Ce Nachalnik habite à côté, tu pourrais peut-être lui parler de moi pour qu'il parle de moi à Sandler. Chut, tais-toi, écoute. C'est tellement doux ces glouglous dans le caniveau. Je pourrais les écouter pendant des heures.

— Eh bien, écoute-les toute seule », dit Icyk désespéré qui tire sur sa tête le plaid en poil de chameau.

La pluie, fine et légère, a cessé de tomber. Au-dessus de nous le ciel est d'un bleu d'azur, d'un blanc d'azur. Au-dessus des cimes des pins, à une hauteur vertigineuse, se déroule, tel un ruban, une fine brume blanche ou blanchâtre. Nous sommes à pied, Hania et moi. La Renault rouge est garée devant l'école à l'angle des rues Narutowicz et

* « Les hommes de la nuit » (yid.).

Poniatowski. Nous marchons en enfonçant nos pieds dans le sable gris mêlé d'aiguilles de pins en direction de la petite place située à proximité de la rue du 11-Novembre. Là-bas, au-delà de l'amas de scories et de la casse de voitures, il faut tourner à gauche, puis à droite. Du côté droit, vous verrez alors un grillage rouillé derrière lequel se dressent des tas de briques ainsi que sous un toit en tôle, des portes et des fenêtres préfabriquées. Un compteur électrique a été fixé contre un pin : c'est un chantier privé. A gauche, vous verrez également un grillage rouillé derrière lequel une femme dépend son linge d'un fil tendu entre deux conifères : combinaisons roses, culottes bleues sous un ciel blanc azuré. Si la petite pluie se remet à tomber — cette brume blanchâtre n'est guère annonciatrice de beau temps —, toute la lessive sera à recommencer.

« Cela ne devait pas être facile de se cacher ici, dit Hania au moment où nous passons à côté de la femme qui dépend son linge.

— C'est possible dans la villa grise, dis-je, ou dans ces cabanons là-bas, plus loin, derrière les pins.

— A l'époque ces cabanons n'existaient peut-être pas, dit Hania. Ce sont sans doute des cabanons d'après-guerre. De plus ce genre de délit pouvait coûter fort cher.

— Si on les avait cachés dans ces cabanons, dis-je, nul n'aurait eu à en répondre car ces derniers n'appartenaient à personne.

— Si ces cabanons y étaient à l'époque, dit Hania, on y élevait sûrement des lapins ou on y stockait du charbon. A partir de là, il n'était pas difficile de remonter au propriétaire de ces lapins ou de ce charbon.

Le vent se lève, la tôle retenue par des briques sur les toits des cabanons se met à s'agiter. Le ciel blanc et azuré déroule un chapelet de nuages gris clair. Lorsque le vent redouble de force, les feuilles de tôle sur les toits émettent un bruit métallique en se heurtant les unes aux autres.

— Non, dit Hania. Il n'y a pas d'endroit ici où l'on puisse se cacher. Regarde ces pins. Si encore la forêt était dense. Mais entre ces pins on voit tout.

— Par contre, il est possible de rester couché dans les

genévriers pendant un jour ou deux, dis-je. A condition de rester plaqué au sol, on peut passer inaperçu même s'ils longent le grillage. A moins qu'ils ne patrouillent avec des chiens... »

Les nuages ont changé de couleur, ils sont maintenant gris foncé. Nous retournons à la Renault rouge garée devant l'école. Sur Otwock tombe à nouveau une pluie légère. Un homme en capuchon gris se promène entre les pins tout près de la villa de Sarah Fliegeltaub.

Cette histoire s'est passée quelque part entre Otwock et Karczew, elle a été écrite par un Juif, ce qui prouve que ce dernier ou cette dernière a survécu. Son journal n'ayant pas été édité, je n'ai pas réussi à mettre la main dessus. Je ne connais donc cette histoire que par le récit d'une personne qui a lu ce journal. Mais il est possible que cette personne, en me relatant ce qu'elle a lu, comme cela arrive souvent, ait déformé ou embrouillé les faits. Je vais donc raconter ce qui s'est passé le plus brièvement possible, en omettant certains détails superflus. Cela se passe donc entre Otwock et Karczew. Un taillis, un chemin, des champs, une ou plusieurs tourbières. On est en août ou en septembre 1942 : dans les champs il y a du foin ou des blés mûrs. Un gendarme sur un cheval — j'ignore s'il passe là par hasard ou si c'est à l'occasion d'une rafle, la suite des événements semble toutefois faire pencher pour la première hypothèse — tombe sur un groupe de Juifs. Y avait-il parmi eux des femmes et des enfants ? Je l'ignore également. Sans descendre de son cheval, le gendarme tue deux Juifs. Il s'apprête à tuer les autres, lorsqu'il s'aperçoit qu'il est à court de munitions. Patrouillage d'une zone avec deux cartouches dans la cartouchière, cela ne fait pas un pli : infraction au règlement. Il se peut aussi qu'il ait épuisé ses munitions une demi-heure auparavant. Tout près de là rôde ou passe un garçon. On ne m'a pas précisé son âge. Mais il s'agit d'un enfant. Le gendarme ordonne aux Juifs de se coucher à terre — sur le foin, sur le chemin, je ne sais — et dépêche le garçon au poste d'Otwock ou de Karczew: il faut qu'il lui rapporte des munitions. Le gamin s'en va, met du temps à revenir. Il se peut qu'il ne se presse pas, il se peut que le poste soit très éloigné. Les Juifs sont allongés sur le foin ou sur le chemin. Le gendarme est sur son cheval. Cela dure une heure et demie. Il porte un casque. Sur les photographies de l'époque, ceux qui étaient à cheval portaient toujours des casques. Il n'a plus de munitions. Les Juifs sont plus d'une dizaine. Une heure et demie plus tard, le gamin revient avec les munitions, le gendarme tue les Juifs, puis s'en retourne à Otwock ou à Karczew. On peut supposer que l'un des Juifs, celui qui raconte l'histoire, s'est levé après le départ du garçon pour s'enfuir vers la forêt, laissant le gendarme devant l'alternative suivante: le rattraper ou surveiller ceux qui sont allongés au sol; le calcul est simple, mieux vaut tuer une dizaine de Juifs qu'un seul. On pourrait assortir cette histoire d'une citation extraite du *Journal du ghetto de Varsovie* d'Abraham Lewin, datée du 9 août 1942: « Les Juifs vont à l'abattoir comme des moutons. » Dans les récits du ghetto de Varsovie, cette phrase revient comme un leitmotiv, sous cette forme ou sous une autre. Il me semble toutefois qu'il existe un commentaire plus approprié, car la phrase d'Abraham Lewin est le cri d'un Juif qui, ne pouvant supporter ce qui se passe, seul a le droit de tenir de tels propos. Ce commentaire ou cette explication se résument en un mot: le totalitarisme. Ils auraient pu se jeter sur le cheval, ils auraient pu le tuer, mais pour des raisons imprécises ils ont préféré attendre calmement le retour de l'enfant. Ils y ont gagné un sursis d'une heure et demie.

Lorsqu'on veut faire des emplettes au Supersam, le plus pratique est de tourner de la place de l'Union dans la rue Boy et de se garer à la hauteur de la rampe où viennent se ranger les camions de livraison. Je suis assis avec Hans-Ulrich dans son Opel blanche. Tous deux nous attendons Hania qui, debout sous la pluie, fait la queue pour un panier. Je pense à part moi: « Sûr qu'elle maudit le moment où elle a décidé de rester en Pologne : à Tel-Aviv, il ne faut certainement pas faire une queue d'un kilomètre pour avoir un panier. A moins que Dieu, gratifiant les Juifs du don de la guerre, les ait par la même occasion privés de celui du commerce. Les boucles rousses de Hania mouillées par la pluie se transforment en touffes, en spirales, en papillotes rousses, se collent à ses joues, à sa nuque. De l'Opel blanche, elles ne sont guère visibles. Je ne peux que me les imaginer. Doux rêve ! »

J'abandonne l'image des gouttes de pluie dégoulinant le long des mèches rousses de Hania pour réfléchir à la manière de rebaptiser notre ami. La variante polonaise Janek-Urszul conviendrait peut-être mieux. Comment Hans-Ulrich se prénomme-t-il lui-même ? Se considère-t-il comme Hans-Ulrich, comme Janek-Urszul ou considère-t-il qu'il est tout entier dans le trait d'union qui relie Hans et Ulrich, Janek et Urszul ? La dernière variante me semble plus plausible. Notre ami est né dans une petite ville de la région d'Opole. En l'espace de cinquante-deux ans — Janek-Urszul a mon âge —, il a eu le temps d'être citoyen du IIIe Reich, citoyen de la République populaire de Pologne, citoyen de RDA, citoyen de RFA, puis à nouveau citoyen de la Pologne populaire, puis à nouveau citoyen de la République fédérale. Quant à savoir à quelle forme ou difformité d'État il appartient aujourd'hui, je l'ignore et n'ose lui demander de crainte de le blesser, chose que je voudrais éviter à tout prix car je l'aime beaucoup. Il a dû en accumuler des expériences, tout au long de sa vie polono-allemande. Si ces dernières devaient être relatées, à l'intention des Polonais et des Allemands, cela donnerait, d'un côté comme de l'autre, un véritable best-seller. Depuis des années, j'insiste auprès de notre ami pour qu'il essaie de coucher sur le papier ou qu'il raconte ce que cela fait d'être en même temps allemand et polonais. Mais Janek résiste à mes sollicitations. Cela ne m'étonne pas : ce n'est certainement pas facile d'avoir deux nationalités. D'autant que les Allemands et les Polonais ont dû lui en faire voir de toutes les couleurs. Mais il arrive que notre ami me raconte sa vie. En 1945, quand les Russes entrèrent dans la petite ville natale du jeune Hans-Janek, il fut libéré. Ou plus exactement « il aurait dû être libéré » car les événements prirent une telle tournure qu'il ne le fut pas. Mais c'est là une tout autre histoire. J'ose espérer qu'un jour Hans *alias* Janek nous la racontera. « Pour moi, ce qui s'est passé, dit Janek, quand j'y pense aujourd'hui, est aussi incompréhensible qu'à l'époque. Je veux bien croire qu'étant en même temps Hans et Janek, je sois incapable de comprendre le caractère de mes compatriotes allemands de l'époque. Les Russes publièrent un arrêté — je ne me souviens pas exactement quand, mais je me rappelle qu'il neigeait, c'était donc en hiver, à la fin 45 sans doute — qui stipulait que tous les habitants, les hommes domiciliés dans la ville, devaient se présenter au poste de commandement russe. Dans cet arrêté, on donnait une limite d'âge que j'ai oubliée, mais, ayant à l'époque dix ans, je n'étais guère concerné. Cet arrêté stipulait également que les hommes devaient se munir de vêtements chauds : il n'était donc pas difficile de deviner où seraient envoyés ceux qui se présenteraient au poste de commandement. Eh bien ils y allèrent, tous, à l'exception d'un seul qui décida de ne pas obtempérer et qui se cacha dans un poêle. Vous y comprenez quelque chose, vous ?

— Évidemment que je comprends, dis-je. Moi aussi je me serais caché dans un poêle, un grenier ou derrière une armoire.

— Je ne parle pas de celui qui s'est mis dans le poêle, dit Janek, mais de ceux qui se présentèrent devant les autorités russes. En fait, celui qui se cacha dans le poêle se comporta ni plus ni moins comme un imbécile car il n'y avait pas de raison de se cacher : les Russes ne traitaient pas les Allemands comme les Allemands traitaient les Juifs. Certes, ils n'étaient pas très agréables avec nous, mais c'est normal. Ce que je veux dire, c'est qu'ils ne faisaient pas de rafles, n'allaient pas de maison en maison, ne tiraient personne de dessous le lit ou de derrière l'armoire. Ils se contentèrent de publier cet arrêté et attendirent. Celui qui se présentait était embarqué. Celui qui ne se présentait pas ne partait pas. Mais un peu plus tard ce dernier allait être “déplacé” comme on dit aujourd’hui, c’est-à-dire qu’il allait sous peu se retrouver en zone américaine ou anglaise. J’ignore combien de personnes revinrent parmi celles qui se présentèrent au poste de commandement. De même que j’ignore où elles furent envoyées. En Sibérie ou ailleurs, dans d’autres camps ? Elles auraient pu ignorer cet arrêté. Elles auraient pu se cacher, toutes, dans les poêles, sous les lits. Mais non. Elles se présentèrent parce que le NKVD le souhaitait et que, quand la police souhaite quelque chose, il n’y a rien à dire, il faut obéir.

— Si tous vos Allemands s’étaient cachés, dis-je, le NKVD se serait mis à les rechercher. Ils auraient certainement fini par faire des rafles.

— C’est possible, dit Janek. Mais cela ne leur vint même pas à l’esprit que cela valait la peine de prendre le risque de sauver sa vie. Comme je viens de vous le dire, à l’époque je ne comprenais pas leur attitude, je ne la comprends pas mieux aujourd’hui. Pourquoi donc se sont-ils tous présentés ? Tout comme vous, je pense que si j’avais été concerné, je me serais certainement caché dans un poêle. On peut donc en conclure — et Janek de m’adresser ou plutôt de s’adresser un léger sourire ironique — que j’ai une tête plus polonaise qu’allemande. Mais le problème n’est pas là. Ce que je veux dire, Janek, c’est que vous faites erreur en affirmant que les Juifs allaient à l’abattoir comme un troupeau de moutons. Ils y allaient, certes. Mais comme un troupeau d’hommes. Les Allemands, les Anglais, les Italiens ou les Français auraient fait de même à supposer qu’une Gestapo, un NKVD, une Sûreté quelconque l’eût souhaité. Cela n’a donc rien à voir avec la nature juive, le caractère juif ou les penchants juifs. Chez tous les hommes, il y a quelque chose qui fait que si on leur en donne l’ordre, ils se mettront en rang deux par deux, quatre par quatre ; si on leur en donne l’ordre, ils creuseront des fosses, se précipiteront dans les chambres à gaz.

— Il me semble que cela se passa juste avant l’insurrection, dis-je. Les Allemands recouvrirent les murs de

Varsovie de *Bekanntmachung* ordonnant à tous les hommes de venir creuser des tranchées antichars. Si j'ai bonne mémoire, quelques dizaines de Varsoviens seulement se présentèrent.

— Oui, dit Janek, mais c'étaient des Polonais. Or les Polonais sont un peuple élu. Dieu les a choisis et leur a dit : « Vous seuls ne serez pas soumis, à vous seuls il sera permis de déclarer publiquement que vous n'en avez rien à faire de tous ces *bekanntmachung*, de ces *prikazes*, de ces convocations.

— C'est une bien douce idée que de se savoir élu, dis-je. Jadis elle me procurait une réelle satisfaction. C'est avec délectation que je la retournais dans ma tête afin de comprendre pourquoi Dieu avait choisi les Polonais, pourquoi Il les avait pris en affection. Mais aujourd'hui cette idée me semble ridicule. Personnellement, j'estime que nous sommes tous élus, Juifs, Polonais, Allemands... Élus pour quoi, je me le demande. J'ignore si nous avons été élus pour vivre ou pour autre chose. Il m'arrive de penser que cette élection est un véritable miracle, un prodige, une aubaine. Nous avons été élus pour participer à la vie, pour communier avec l'existence. Mais parfois une idée horrible me vient à l'esprit : nous aurions été choisis pour une tout autre raison, dans un but franchement horrible, nous aurions été élus pour défiler au pas comme vous venez de le dire. Lorsque cette idée me vient à l'esprit, je n'ai pas envie de la pousser plus loin, je préférerais ne pas savoir par qui et pour quoi, pour notre malheur, nous avons été élus. Puisque nous en sommes à parler de ce but, je vais vous raconter un de mes souvenirs qui n'est pas sans rapport avec cette histoire d'Allemands à ce point naïfs ou soumis qu'ils allèrent presque d'eux-mêmes se jeter dans la gueule du loup. Vers 1946, je me trouvais plus ou moins dans votre région ou du moins non loin de là, c'est-à-dire dans ce que l'on appelait alors les "terres reconquises".

— Êtes-vous allé dans ma ville ? demande Janek.

— Non, dis-je. Ma grand-mère, dont la propriété avait été divisée en parcelles et qui par ailleurs était une personne très entreprenante, considéra qu'il était préférable pour elle de quitter pour un certain temps la Pologne centrale, car on ne savait ce qui pouvait encore arriver à une ancienne propriétaire terrienne que tout le monde connaissait dans la région. Elle partit donc s'installer à Cieplice où elle fonda une pension dans une maison ayant appartenu à des Allemands. Il s'agit de la ville qui se trouve, vous savez, à côté de Jelenia Góra. En 1946 ou peut-être en 1947, j'y passai mes vacances. Je me souviens bien des quelques Allemands qui n'avaient pas encore quitté la région. En fait, j'étais bien plus intéressé par le petit train électrique — si j'ai bonne mémoire, les wagons étaient jaunes — faisant la navette entre Jelenia Góra et Cieplice que par ces Allemands à la triste mine, faussement humbles et qui se comportaient envers les Polonais avec un empressement et une gentillesse, disons-le, déplaisants. Mais ce qui m'a le plus marqué, ce n'est ni ce petit train jaune, ni la triste figure des Allemands. C'est mon sentiment à leur égard. Figurez-vous que j'estimais, moi, petit garçon de douze ans, que ce petit train jaune devait comporter des wagons pour les Polonais seulement — *nur für Polen* —, j'estimais, non pour des raisons racistes mais à cause des crimes qu'ils avaient commis, que les Allemands étaient tous sans exception des sous-hommes bons à être exterminés, fusillés ou gazés. J'avais à l'époque, je le répète car cela me paraît fondamental, onze ou douze ans. Quoi qu'il en soit, ce souvenir m'est fort désagréable. Si je compatis aujourd'hui avec les Allemands de Cieplice bien qu'ils fussent eux-mêmes responsables de leur sort, ce n'est pas tant d'eux que je veux parler, mais de moi, enfant de douze ans, qui voulais voyager dans un wagon réservé aux seuls Polonais.

— Heureusement, dit Janek, que vous aviez douze ans à l'époque.

— L'idée de coller au mur des gens et de les fusiller à la mitraillette peut séduire un garçon de dix-quinze ans, dis-je. Pour lui cette image qui lui est suggérée par l'histoire est naturelle, légitime. Un groupe d'hommes doit être exterminé, eh bien allons-y ! Il n'y a là rien de barbare ni même d'étonnant car l'extermination est humaine.

Voilà à peu près le raisonnement qu'il tient. Je présume que je n'étais pas le seul à penser ainsi.

— Mes Allemands, dit Janek, qui se présentèrent docilement là où on leur ordonna de se présenter, estimaient sans doute également que dans cet ordre il y avait quelque chose d'évident, que s'opposer à ce qui est évident, conforme à la nature, est une preuve de bêtise, de folie, que l'insoumission ne milite guère en faveur de la santé mentale de celui qui a osé s'opposer.

— Ma comparaison vient peut-être mal à propos, dis-je, mais Hania qui se tient dans cette queue longue d'un kilomètre semble aussi accepter l'évidence de la situation dans laquelle elle se trouve. Car à supposer qu'elle ne l'admît pas, elle devrait se mettre à hurler, à gueuler que cette queue, du point de vue de certaines normes morales, est intolérable. Comme nous nous accommodons facilement de ce que nous propose l'histoire !

— Si vous ne m'ouvrez pas le coffre, dit Hania en cognant du coude la vitre de l'Opel blanche — elle a les deux mains prises par trois sacs en plastique bourrés d'achats —, je n'y arriverai pas. Ayez pitié d'une femme.

— Ne compte pas là-dessus, dis-je en abaissant la vitre pour mieux admirer ses merveilleuses papillotes rousses toutes dégoulinantes de pluie. Ici personne n'aura pitié de qui que ce soit. La pitié a depuis longtemps disparu de ce monde. »

« Si tu le désires, dis-je, je vais te raconter le rêve que j'ai fait au petit matin.

— Non merci, dit Hania. Je trouve indécent de raconter ses rêves. C'est comme si on sortait en pyjama dans la rue.

— Mais c'est un rêve que je dois raconter, dis-je. J'ai rêvé d'Antoni, cela vaut donc la peine d'être raconté. Écoute. Nous étions à Jelonki, au milieu des maisonnettes en bois où étaient naguère logés les maçons du palais de la Culture, aujourd'hui la cité de l'Amitié. Pourquoi pas la cité Staline puisqu'il existe bien un palais Joseph-Staline que ce dernier nous a offert ! Notre planète aussi devrait porter le nom de Joseph Staline! Bref, allons-y pour l'Amitié. C'est blanc bonnet et bonnet blanc. Nous nous trouvions donc dans la cité de l'Amitié. Probablement dans le petit jardin de la maison verte à la véranda vitrée où nous devions assister à une représentation du théâtre Domowy. Était-ce vraiment cette maison, je n'en suis pas tout à fait sûr. Dans mon rêve, c'était elle et en même temps c'en était une autre. Bref, c'était l'endroit où devait se produire le théâtre clandestin. Nous étions là à attendre, dans le jardin, toi, Włodek, Jacek, Janusz, Mme Ola et moi ainsi que d'autres personnes encore, l'arrivée d'Antoni. Ce dernier n'arrivant pas, nous étions fort énervés car sans lui cette représentation ne pouvait avoir lieu. Puis soudain Antoni fit son apparition. Non pas à Jelonki toutefois, dans le jardin au milieu des maisonnettes vertes, mais à Ursynów. Je m'étais donc déplacé de Jelonki à Ursynów. Ce n'était toutefois pas un hasard car, après la représentation, nous avions raccompagné Włodek chez lui, à Ursynów justement. Mais dans mon rêve il ne s'agissait pas de raccompagner qui que ce fût. Il n'y a pas là-bas de dépôt d'autobus, je crois qu'il se trouve à Piaseczno. Pourtant dans mon songe, entre les grands immeubles gris de la cité Imielin ou peut-être de la cité "Na Skraju", il y avait un énorme dépôt avec des dizaines, des centaines d'autobus et de trolleybus. C'est là qu'Antoni fit son apparition, vêtu comme il devait l'être: Stetson gris, cache-poussière par-dessus une veste en tweed. A ce moment tous ceux qui l'attendaient à Jelonki ou Ursynów accoururent ou plus exactement se jetèrent sur lui, l'enlacèrent, le serrèrent, l'embrassèrent. Impossible d'arriver à lui! Jouant des coudes, je finis par l'atteindre. Lorsque je lui pris le bras — une personne le tenait de l'autre côté —, il me caressa la joue en disant d'un ton monocorde: "C'est toi, mon trésor." C'était agréable et en même temps déplaisant car nous savions bien que nous avions sous les yeux le fantôme d'Antoni. Émergeant d'une foule de trolleybus il dit: "Je ne pourrai aller à cette représentation." Je ne me souviens pas exactement de ses paroles, je te transmets seulement leur sens: "Je ne pourrai pas aller à cette représentation clandestine car je suis vieux et las. Mon trésor, excuse-moi auprès des acteurs. Dis-leur que je suis très fatigué. Je vais aller dormir. " J'ignore — mon rêve est muet à ce sujet — où Antoni avait l'intention d'aller se coucher. Dans le dépôt d'Ursynów? Dans son appartement allée des Roses? Dans un immeuble de la cité de l'Amitié? Te souviens-tu de cette jeune actrice qui jouait trois rôles différents dans la pièce? Cette fille en combinaison verte. Il tenait surtout à ce que je m'excuse auprès d'elle. Je devais lui expliquer qu'il ne pourrait venir la voir jouer car il était très las. C'était là-dessus que se termine mon rêve. Quelque part dans un jardin à Jelonki ou entre des trolleybus à Ursynów. Antoni part se coucher et moi, je m'en vais l'excuser auprès de la jeune actrice.

— Mais que signifie ce rêve? demande Hania.

— Rien, dis-je. Il y a des rêves qui signifient quelque chose, d'autres qui ne signifient rien. Ils n'ont pas tous obligatoirement un sens.

— Il me semble quand même que ton rêve veut dire quelque chose, dit Hania.

— Non, dis-je. Il ne signifie rien. J'ai rêvé à Antoni. Un point c'est tout. C'est réconfortant, mais cela ne signifie rien.

— Antoni devrait t'apparaître dans des rêves se déroulant à Varsovie, dans la Vallée suisse ou dans le Jardin de Saxe, dit Hania. Éventuellement sur les allées Ujazdowskie, entre le monument de Chopin et la place des Trois-Croix. Toi, tu le vois à Ursynów et à Jelonki. C'est sans doute là que se trouve le sens caché de ton rêve. Mais je n'en saisis pas la signification. »

Encore quelques informations sur l'aspect d'Umschlagplatz. Elles proviennent du *Journal du ghetto de Varsovie* de Henryk Makower. L'auteur de ce journal, médecin du service d'ordre, c'est-à-dire de la police juive, avait souvent l'occasion d'aller à Umschlagplatz: son képi et son brassard lui permettaient d'y circuler librement. Combien y avait-il de sorties à Umschlagplatz? D'après le livre de Władysław Szpilman, *La Mort d'une ville*, j'ai conclu que mis à part la sortie ou plutôt l'entrée principale qui se trouvait là où se dressent les deux poteaux en béton, il y avait, il pouvait y avoir d'autres sorties. Le récit de Henryk Makower relate les faits suivants: « Nous dirigeant vers la *Transferstelle*, nous passâmes une barrière et arrivâmes à Umschlagplatz. » La barrière de la *Transferstelle* correspond à une entrée, si l'on en croit le récit de Spzilman, donnant sur la rue Dzika. Elle se trouvait tout près de l'entrée principale, près de la grande porte en bois devant laquelle se tenait Marek Edelman. Makower entra dans Umschlagplatz par la barrière de la *Transferstelle* — cela se passa après sa fugue manquée en janvier 1943 — et il en sortit par une porte ou peut-être par une barrière qui se trouvait de l'autre côté des voies: « Nous contournons l'hôpital, quittons l'aire d'Umschlag et débouchons sur une rue que je ne connais pas. Mais je sais que c'est la bonne direction pour se rendre rue Daniłowiczowska. » Puis l'auteur se retrouve au commissariat de la Schupo, rue Bonifraterska. La rue qu'il ne connaissait pas était soit la rue Pokorna soit la rue Żoliborska. Cette sortie d'Umschlagplatz — aucun récit que je connais ne la mentionne — se trouvait donc dans le mur ou la palissade qui fermait Umschlagplatz du côté est. Ou alors — ce n'est pas non plus impossible — à proximité du bâtiment des Archives, juste derrière lui, à son angle situé au sud-est.

Autres informations provenant du récit de Makower. A Umschlagplatz, il y avait une maison d'arrêt. Makower la cite à deux reprises: « Elle a été prise par les Allemands et se trouve à la maison d'arrêt à Umschlag. » Ou bien: « Il passa chef de service de la section carcérale à Umschlag. » Encore une fois il n'est pas question de cette prison ou de cette maison d'arrêt — est-ce un hôpital-prison? — dans d'autres récits, il est donc impossible d'en déterminer la situation exacte. Se trouvait-elle dans l'hôpital pour enfants? Dans un baraquement? Ou alors dans l'ancien bâtiment des Archives? L'affaire du nombre d'édifices situés à Umschlagplatz est loin d'être simplifiée par le récit de Makower. Je pense avoir déjà comptabilisé cinq bâtiments. Toutefois rien n'est certain. Le journal de Makower semble dire quant à lui qu'il n'y avait qu'un seul bâtiment : celui de l'hôpital pour enfants. Certes, il parle à plusieurs reprises du bâtiment de l'hôpital — où il travaillait pendant la grande liquidation, tout en étant médecin-chef du service des maladies infectieuses à l'hôpital Berson et Bauman — ainsi que du bâtiment des Archives, c'est-à-dire là où les gens attendaient d'être embarqués dans les wagons. Mais dans son récit on trouve une phrase laissant entendre que ces deux bâtiments n'en faisaient qu'un. A propos du bâtiment de l'hôpital : « Presque toutes les chambres et tous les couloirs étaient recouverts d'une boue gluante, un mélange d'urine, d'excréments et de poussière. Les gens traînaient dans cette fange comme ils le firent plus tard dans l'autre moitié du bâtiment entièrement affectée à Umschlag. » Cette deuxième moitié du bâtiment, c'est sans aucun doute le bâtiment des Archives. Mais s'il y a une deuxième moitié, cela voudrait dire qu'il n'y avait qu'un édifice divisé en deux parties. Pour ce qui est du nombre d'étages et de la question des bains, Marek Edelman, si nous nous en souvenons, parle de trois étages. Dans le récit de Makower, une scène se déroule au quatrième étage. Il s'agit sans aucun doute du bâtiment de l'hôpital pour enfants : « Lorsque j'arrivai à Umschlag, avant que l'hôpital y fût transféré, j'appris que des médecins habitaient au quatrième étage dans une chambre individuelle. » Quant aux bains — d'après le livre de Leokadia Schmidt on n'arrive pas à déterminer leur emplacement —, il semble qu'ils fussent situés dans le bâtiment de l'hôpital. Makower relate en effet l'histoire de la femme du chef de la poste communale, Mme Jaszuńska, qui avait réussi à se cacher dans l'hôpital. Puis il écrit les phrases suivantes : « Le représentant du service d'ordre poussa sa cargaison dans les bains situés tout près de là. Mais les nerfs de Mme Jaszuńska craquèrent, elle eut une crise d'hystérie, se mit à pousser des cris terribles. Les Allemands accoururent et fusillèrent tout le monde. » Mais les bains formaient peut-être un bâtiment à part ? Il est possible en effet que ce représentant de l'ordre dirigeât aux bains ceux qu'il devait mener hors d'Umschlagplatz seulement après avoir quitté le bâtiment de l'hôpital.

Les derniers jours de la grande liquidation (première moitié de septembre 1942), l'aire d'Umschlagplatz fut semble-t-il entourée, du moins au sud, par un cordon de SS. Ce cordon se trouvait-il rue Stawki ou rue Niska ? Plus loin ? C'est difficile à dire. Makower, qui raconte l'histoire d'un groupe de personnes qu'il fit sortir de l'hôpital le dernier jour de la liquidation (samedi 12 septembre), écrit : « Un instant plus tard nous nous trouvâmes à l'extérieur du cordon de SS. » Je me demande si ce n'est pas le cordon qui, un peu auparavant, avait empêché un homme se trouvant sur le territoire appartenant sans appartenir à Umschlagplatz de s'enfuir : sur le trottoir, devant l'entrée principale de l'hôpital ou devant la porte en fer du bâtiment des Archives. Je voudrais parler de cette section de rue où apparaît Szmerling, assis au beau milieu de la chaussée. Si nous nous souvenons bien, le fait de se trouver là, même en l'absence de Szmerling, ne voulait pas dire pour autant que l'on était sorti d'Umschlagplatz. Mais je doute qu'un cordon de SS, de Lituaniens ou d'Ukrainiens, ait été placé rue Stawki ou aux environs pendant une si longue période : du 22 juillet au 12 septembre. Donc il y avait sûrement des barbelés ou des palissades, la phrase de Makower ne concernant que le ou les derniers jours de la liquidation. Je ne comprends pas non plus ce que Makower a à l'esprit lorqu'il parle de la sortie, des sorties d'Umschlagplatz : pensait-il à la sortie principale, la porte en bois, ou à un autre passage se trouvant ailleurs, peut-être là où se tenait le cordon. Cette sortie apparaît dans son récit à deux reprises. Makower parle des médecins qui quittèrent Umschlagplatz le 12 septembre : « Pendant ce temps, la direction de l'hôpital, accompagnée de l'hydraulicien Dulder, le renard d'Umschlagplatz, sans s'occuper de nous, passa par la sortie où attendait une ambulance. » Un peu avant, il est question d'une dizaine d'enfants que l'auteur essaie de faire sortir de l'hôpital : « La voiture démarra, je me tenais à ses côtés. Lorsqu'elle atteignit le virage qui donnait sur la sortie, un vélomoteur conduit par un SS vêtu d'une veste en cuir fit soudain irruption. Il regarda la voiture, la marmaille à l'intérieur et s'écria : *Nieder mit dem Scheiss.* » Un virage qui donne sur la sortie ? S'agit-il du croisement des rues Stawki et Dzika ? Niska et Dzika ? Niska et Zamenhof ? Si c'est le cas, on peut dire que cette issue était distincte de l'entrée principale, qu'elle se trouvait en dehors d'Umschlagplatz. Les enfants revinrent à l'hôpital et furent embarqués dans les wagons. Inutile de traduire la phrase du SS.

Je voudrais ajouter aux informations de Henryk Makower ces quelques phrases d'un reportage paru dans un numéro d'avril 1987 de la *Tribune du peuple* et intitulé : *La cité Stawki* ou *Il est difficile de vivre dans l'intimité.* Le reportage relate les soucis quotidiens des résidants de la cité : « Située à l'intersection de trois quartiers : Śródmieście, Wola et Żolibórz, la cité Stawki, ensemble de trois immeubles "en ligne brisée" et sur une cour fermée servant d'aire de jeu et de repos, vue de l'extérieur semble harmonieuse. Initialement, la cité n'était que l'embryon d'un projet architectural plus ambitieux longeant la rue Stawki. Toutefois à ce jour une partie non négligeable du terrain à bâtir est occupée par une base PKS dont les administrateurs ont tenu à souligner l'hégémonie par une solide enceinte métallique. » « Le malentendu vient de ce que des terrains dotés d'une infrastructure technique aient été transformés en parkings. S'il n'est pas possible dans l'immédiat de fixer une échéance pour l'évacuation de la base PKS et du dépôt MZK, du moins conviendrait-il de veiller à ce que l'environnement immédiat de la cité soit amélioré. » « La cité est prise entre les mâchoires d'une tenaille : d'un côté la base PKS, de l'autre le dépôt MZK, en face une station de camions de la "Maison du Livre" ainsi que les garages de l'Administration municipale. Tableau que vient compléter la circulation intense de la rue Buczka et qui devait encore être "enrichi" par une station de lavage, les ateliers PGM de la Vieille Ville et un entrepôt de voitures occidentales. Les résidants et l'administration de la cité se sont organisés en autogestion et grâce à leurs efforts conjugués ont pu faire obstacle à la mise en œuvre de ces investissements. » « Dès le début de sa création, la cité qui s'était distinguée à Varsovie par l'originalité de ses jardins suspendus fut atteinte par la "maladie" universelle des tuyauteries et conduites éclatées. Tout d'abord à l'intérieur, puis à l'extérieur des immeubles. Dix ans après, il fallut prendre la décision de changer toute l'installation d'eau chaude et d'eau froide au 15 rue Inflancka. Aujourd'hui, les travaux dans cet immeuble sont pratiquement terminés, mais l'immeuble suivant attend son tour : manque de chance, il est impossible de trouver des coudes et des joints. » Où sont donc ces immeubles disposés géométriquement, cet aire de jeu et de repos, cette base PKS, ces balcons conçus de manière originale, ces terrains dotés d'une infrastructure ? Dans la cité Stawki. Où se trouve cette cité ? Entre les rues Dzika et Stawki. Que s'y est-il passé jadis ? Nul ne le sait. Les tuyaux éclatent, il n'y a ni coudes ni joints. Mon Dieu que c'est déplaisant !

« A Przytyk tout a commencé avec des gens qui renversèrent des étalages juifs au marché, dit l'un. Cela a duré plusieurs jours. Il y a eu trois morts en tout : deux Juifs et un *goy*.

— A Przytyk, dit un autre, tout a commencé avec un paysan qui voulait acheter du pain dans une boulangerie juive barrée par des piquets de boycottage. Il a été battu, cela a été le signal de départ. Il y a eu sept morts. Je m'en souviens très bien parce qu'à l'époque je terminais ma première classe au lycée.

— Je vais vous dire, moi, comment cela s'est passé, dit un troisième. Les Juifs arrêtèrent l'évêque en visite à Przytyk. En fait, ils ne l'arrêtèrent pas car ils n'avaient aucune raison de le faire, mais les gars de l'aile nationaliste radicale firent courir ce bruit. C'est ainsi que tout a commencé. Je ne me souviens pas du nombre des victimes, mais elles furent très nombreuses.

— J'arriverai toujours à vérifier ce nombre, dis-je.

Quant à ces histoires d'évêque, de paysan ou d'étalages, ce sera beaucoup moins simple. Et il est fort possible que, dans cinquante ans, on ne soit toujours pas parvenu à déterminer l'origine exacte des événements de Przytyk.

— C'étaient deux petits glaives entrelacés d'un ruban. Ils les portaient au revers de leur manteau. On les appelait les "petits glaives du Valeureux", dit l'un.

— Je m'en souviens bien, dit un autre, car, après l'incident du théâtre, ils m'enfermèrent dans la même cellule qu'eux. Je me gardai bien de dire que c'est moi qui avait crié au théâtre : " La ferme, les gars de l'*Obwiepol* * ", car ils étaient douze et moi j'étais seul ; ils m'auraient fichu une sacrée trempe. Dès qu'on nous eut enfermés, ils sortirent leurs petits glaives qu'ils avaient pris soin de cacher parce qu'ils avaient peur de la police et ils les fixèrent à leurs revers. C'étaient de petits glaives de trois centimètres environ autour desquels ils avaient enroulé une espèce de couronne, une couronne de laurier, je crois : voilà à quoi ressemblait leur insigne. On les appelait "les petits glaives du Valeureux".

— C'est vrai qu'ils portaient les papillotes derrière les oreilles, dit un troisième, elles étaient longues, bien soignées. C'était très à la mode.

— Je n'ai jamais vu ça, dit un quatrième. Pourtant je sais de quoi je parle parce que j'y allais souvent, à la place Parysowski. Il se peut qu'aujourd'hui à New York ils portent les papillotes derrière les oreilles. Mais à Varsovie, jamais de la vie ! Tu n'y connais rien ! Fais attention : c'est tellement facile de dire des bêtises plus grosses que soi.

— A l'époque, il y avait très peu d'autobus à Varsovie. Ceux qui venaient de la place Kazimierz Wielki étaient de la même couleur que les tramways, ils étaient rouges.

— Ils étaient jaune et rouge. L'autobus C de la gare centrale à la place Muranowski, je l'ai pris plus d'une fois.

---

* *Obwiepol:* acronyme désignant « Obóz Wielkiej Polski » (camp de la Grande Pologne), mouvement de masse fascisant créé par Roman Dmowski (N.d.T.).

— La coupole de la Grande Synagogue était verte, comme recouverte de vert-de-gris.

— La coupole était en cuivre, elle étincelait.

— Je crois qu'elle était grise. Mais le mieux est de vérifier sur les photos.

— Je vérifierais volontiers, dis-je, si par bonheur elles étaient en couleur.

— Il y avait sûrement une patinoire. Ton Antoni peut donc y faire des glissades. Quant au café, je ne m'en souviens pas. Du côté des allées Ujazdowskie, il y avait, je crois, un bâtiment pas très élevé qui longeait les allées face à la Vallée, je crois.

— Il n'y avait pas de café. Du côté des allées se dressait un grand immeuble. Et derrière lui, un petit palais, c'est du moins ce qu'il me semble.

— Si je me souviens bien, le café donnait sur une terrasse.

— On y accédait par les allées Ujazdowskie.

— Non, par la rue Chopin, il y avait même une petite barrière.

— Cette barrière était verte.

— Non, elle était blanche.

— Qu'en penses-Tu, mon Dieu Tout Puissant ? »

Icyk est allongé sur son lit dans un pyjama bleu d'azur tout en fixant les ravissantes jambes de Fejga en train de faire le ménage dans sa chambre. Ce qui, vu la mauvaise volonté de Fejga à nettoyer où que ce soit, quoi que ce soit, doit être considéré comme un événement peu ordinaire. Cela ne peut arriver qu'à Icyk pour la simple raison que Fejga a un petit faible pour lui, petit faible qui, comme le présume Icyk, est agrémenté d'une tonalité, d'une teinte bien particulières que l'on pourrait qualifier d'érotique et qui me procure à moi, Icyk, un plaisir fou : il est très agréable d'entendre dans la voix de Fejga lorsqu'elle dit : « Je viens nettoyer chez vous », un je ne sais quoi de prometteur ou de langoureux totalement absent de sa voix lorsqu'elle prononce la même phrase à la porte de la chambre de Jakub Wurzel ou de Szymon Warszawski. Il est plaisant de penser que Fejga, tout en faisant le ménage de ma chambre, associe à sa tâche certains espoirs troubles, qu'elle ressent dans son service une émotion obscure et tout à fait légitime dans la mesure où moi, Icyk, je scrute de manière bien impudente ses jambes fort ravissantes. « Fejga, dit Icyk, tu as vraiment des jambes adorables. Il faut que je les immortalise car il est impossible qu'elles sombrent dans le gouffre de l'oubli pour s'y mêler à d'autres jambes.

— Cela me gêne que vous me regardiez avec tant d'insistance quand je fais le ménage chez vous, dit Fejga. Cela m'empêche de travailler.

— Comment sais-tu que je te regarde avec insistance si tu me tournes le dos, demande Icyk.

— Je le sais parce que je le sais », dit Fejga en grimpant sur une chaise, puis de cette chaise sur le rebord de la fenêtre qu'elle s'apprête à nettoyer sans que cette dernière ne le nécessite vraiment. J'en déduis donc, pense Icyk, que Fejga fait exprès de grimper sur le rebord de la fenêtre pour que je puisse contempler ses jambes sous un meilleur éclairage, d'un point de vue différent, plus avantageux car vues d'en bas ses jambes sont encore plus longues. « Je vous en supplie, j'ai encore à faire la cuisine, Mme Sarah sera furieuse après moi : que je sois là à causer avec vous alors que les pommes de terre des pensionnaires ne sont toujours pas épluchées.

— Sais-tu, Fejga, que, dans le gouffre de l'oubli il y a des milliers et des milliers de jambes qui voudraient être ressuscitées mais pour une raison ou une autre ne le sont pas ? Donc si je n'immortalise pas les tiennes, dans cinquante ou cent ans, elles se perdront dans l'abîme de l'oubli, personne ne saura comment elles étaient, en quoi elles se distinguaient des autres. C'est à mon avis très important. Dans cent ans les gens désireront savoir. Ils m'en voudront de ne pas avoir éternisé ce qu'il fallait éterniser : le galbe de ton mollet, la finesse de ta cheville...

— Excusez-moi », dit Fejga tout en posant un tabouret sur le rebord de la fenêtre. Elle a donc l'intention, pense

Icyk, de frotter aussi la tringle au-dessus de la fenêtre ou alors voudrait que je voie ses jambes carrément par le bas, sous un éclairage encore différent, un angle encore plus flatteur. Puis elle grimpe sur le tabouret et ses jambes apparaissent à Icyk d'un point de vue réellement inhabituel, de bas en haut. Plus haut règne l'obscurité. Cette pensée éveille chez le contemplateur un malaise, déclenche en lui une contraction dans le creux du ventre, sensation fort agréable du reste. « Si Mme Sarah vous entendait, elle me dirait de ne plus venir faire le ménage chez vous. Vous seriez obligé de le faire vous-même.

— C'est pourquoi je considère qu'il est de mon devoir de peindre tes jambes, dit Icyk. C'est un devoir envers les générations à venir afin qu'elles ne m'en veuillent pas de ne pas avoir fait ce que j'avais à faire.

« En fait, pense-t-il en regardant ces longues jambes élancées recouvertes d'un léger duvet captant la lumière, se détachant sur un fond de jasmin, je pourrais les embellir, ces jambes superbes, en priant les générations à venir de bien vouloir me le pardonner. Elles ne seraient pas mal non plus dans des bas à couture, juchées sur des talons, hauts ou plats. Un petit triangle plus sombre qui s'arrête juste au-dessus de la cheville, derrière, là où commence la couture. Elles ne seraient pas mal du tout. »

— Je ne savais pas que vous étiez peintre, dit Fejga. Bah, vous me faites marcher. Vous croyez que je ne vous entends pas quand vous écrivez sur cette machine ?

— Je peindrai tes jambes avec des mots, dit Icyk. Ce n'est pas la même chose, mais elles n'y perdront rien. Quant à savoir pourquoi, je ne vais pas te l'expliquer car tu ne comprendrais pas. Il faudrait que je me lance dans des considérations hautement philosophiques.

— C'est difficile, demande Fejga qui, s'apprêtant à nettoyer la tringle, se hisse sur la pointe des pieds — en dessous il y a le tabouret sur fond de jasmin —, d'écrire sur cette machine ?

— Prends garde de ne pas tomber, dit Icyk. Si tu veux, je t'apprendrai.

« Toutefois l'embellissement de ces jambes, pense Icyk,

parées de chaussures à talons serait une bêtise car elles n'ont guère besoin d'être enjolivées. Deuxièmement, ce travestissement ne leur rendrait aucun service, car ce qui est embelli sombre, de manière légitime bien que mystérieuse, dans le gouffre de l'oubli. Troisièmement, en revêtant ces jambes de bas à couture et en les juchant sur des talons, hauts ou plats, je trahirais tout ce qui est trahissable : ces jambes, ma vocation, les générations à venir et, s'Il existe, Dieu en personne. Qu'elles restent donc comme elles sont : sur fond de jasmin, dans des pantoufles de feutre. A l'intention des générations futures, je précise afin qu'il n'y ait nul malentendu, que les pantoufles de feutre de Fejga étaient marron clair, à carreaux, la grille de ces derniers étant plus sombre. Elles venaient d'être achetées par la mère de Fejga à la foire de Karczew. Le propriétaire de l'étalage s'appelait Fogelman. Motek Fogelman. »

— Fejga », dit Sarah Fliegeltaub en entrant dans la chambre d'Icyk tout en fixant d'un air soupçonneux Fejga et plus particulièrement ses jambes tendues sur la pointe des pieds. « Fejga, combien de fois devrai-je te le répéter. Les pommes de terre ! Veux-tu que mes chers pensionnaires soient privés de déjeuner ?

— J'ai justement terminé », dit Fejga. Du tabouret, elle descend sur le rebord de la fenêtre, du rebord sur le plancher. Au passage — je pense à la deuxième étape de son périple — elle accroche sa jupe au rebord de la fenêtre et si Sarah Fliegeltaub qui ne me quitte pas des yeux n'était pas là, je pourrais contempler ses jambes, celles de Fejga bien sûr, non seulement sous un angle nouveau, mais sous un autre jour, dans toute leur plénitude. Il n'en est rien. Fejga tire sur sa jupe, s'empare du tabouret, de la serpillière, du balai et sort de la chambre. Ce faisant, elle a un étrange sourire aux lèvres, mais comme elle me tourne le dos, je ne le vois pas, Icyk ne le voit pas, nous ne le voyons pas. C'est donc pure conjecture. Autre conjecture : elle sourit à l'idée que ses jambes seront peintes et immortalisées. Autre conjecture encore : elle sourit car elle ne comprend pas bien le sens des mots « peindre »,

« immortaliser ». Je présume que Fejga ne savait pas lire. Quand bien même elle aurait su lire, je ne pense pas qu'elle aurait mis à profit ce savoir pour lire des livres. Elle fréquentait cependant les cinémas « Le Miramar » et « L'Oasis ». Aussi ces mots auraient-ils pu lui être suggérés par l'image de longues jambes minces apparaissant à l'écran de l'une de ces salles, perchées sur des talons aiguilles, moulées dans les bas noirs de Marlène Dietrich, cachées dans la fourrure argentée de Greta Garbo. C'est le genre d'associations qu'elle aurait pu faire. Personnellement je la préfère dans ses pantoufles de feutre. Car si cette époque avait ses stars, ses divas, pour moi Fejga reste la plus grande. Je pense que si elle existe quelque part, elle appréciera d'être immortalisée ainsi : fourrure argentée de Greta, bas noirs de Marlène, pantoufles de feutre de la foire de Karczew.

— Mon cher monsieur Icyk, dit Sarah Fliegeltaub, ce ne sont pas mes affaires et mes pensionnaires ont le droit, s'ils le désirent, de flirter avec le personnel. Toutefois je vous serais extrêmement reconnaissante de respecter ma pension qui, comme vous le savez, jouit d'une excellente réputation à Varsovie.

— Fejga », dit Icyk tout en s'asseyant sur le lit car il ne serait guère convenable qu'il s'y vautre en présence de Mme Sarah, « Fejga est une créature si adorable que je ne puis rien vous promettre. Si vous ne voulez pas que je flirte avec elle, engagez donc un laideron que je chasserai de ma chambre afin qu'elle ne me gâche mon humeur.

— Je sais bien qu'elle est ravissante, dit Sarah Fliegeltaub. J'avoue qu'il ne m'est pas désagréable de voir déambuler dans ma cuisine une créature aussi charmante. Pourtant, les vieilles femmes n'aiment pas beaucoup les personnes jeunes et jolies. Moi, au contraire, cela me réconforte. S'il y a sur terre de telles beautés, cela signifie que quelqu'un là-haut a à cœur qu'elles existent. Que quelqu'un y a pensé. Bref, c'est une sorte de preuve. *A propos* *, si vous le désirez, je vais vous raconter une

* En français dans le texte (N.d.T.).

histoire. Mais vous vous apprêtiez peut-être à sortir avec Mlle Chaja ?

— Pas du tout, dit Icyk. Je vous écouterais avec plaisir. Seulement laissez-moi enfiler ma veste d'intérieur car je ne me sens pas très à l'aise dans ce pyjama.

— Nous étions dans le train avec Fejga », dit Sarah en s'asseyant sur la chaise que j'occupe lorsque j'écris à la machine. Cette chaise étant placée tout près de la fenêtre, j'ai maintenant sous les yeux, sur fond de jasmin, une chevelure ébouriffée et, pour être exact — car je tiens beaucoup à ce que ma prose soit exacte, précise et conforme à la vérité que j'ose appeler vérité de l'existence, de notre existence, ici, à Otwock, dans la région de Varsovie —, j'ai donc sous les yeux, à la place des pantoufles de feutre de Fejga Rozenblat, les cheveux ébouriffés de Sarah Fliegeltaub. Or j'estime que ces cheveux jaune-noir, au travers desquels on voit clairement la peau jaune rosé de son crâne, méritent également d'être peints et immortalisés car on ne peut dire que quelque chose soit plus ou moins digne d'immortalisation, de même qu'on ne peut dire que quelque chose — je pense aux jambes de Fejga et aux cheveux de Sarah — soit plus beau ou plus laid. Tout ce qui existe, ne serait-ce que par le seul fait, absolument invraisemblable et extraordinaire, d'exister, est beau, digne d'être immortalisé, tend à être éternisé. Cette aspiration est l'unique vérité de notre existence ici-bas, la seule chose importante au cours de notre passage sur terre car elle contient l'injonction à laquelle doit se soumettre celui qui prend la plume et inscrit des signes sur le papier : l'écrivain, le *sofer* *. « Je vais vous raconter une histoire *à propos* de notre petite beauté, dit Sarah Fliegeltaub. Cela se passa il y a un an environ, au printemps de l'année dernière. Fejga et moi étions dans le petit train pour Varsovie. Étant très chargée, je l'avais prise avec moi pour qu'elle m'aide. C'était en avril, je crois, car j'associe cette histoire à ce qui se passa alors à la Fête-Dieu. Tout

* Le scribe, en hébreu (N.d.T.).

a commencé avec le fameux incident de l'autel, rue Warszawska. Une sale histoire, vraiment.

— A Varsovie, dit Icyk, tout a commencé, je crois, avec le communiqué de l'Agence PAT à propos de trois Juifs communistes qui, rue Bielańska, arrachèrent des mains d'une femme l'image de la Sainte Vierge et la piétinèrent. Le lendemain l'Agence PAT démentit cette information, les nationalistes-radicaux étaient donc dans le coup. Mais on ne peut l'affirmer. Si ces trois hommes étaient communistes, ils étaient capables de tout. Les communistes ont des idées tellement saugrenues... Peut-être cherchaient-ils à susciter des troubles antisémites. Il est tout à fait possible qu'une cellule ait imaginé un tel plan.

— Ici, dit Sarah Fliegeltaub, tout a commencé avec cet autel. Un fou qui s'était enfui de l'asile "Zofiówka" mit le feu à un autel rue Warszawska. Mais il est fort possible que ce soit eux qui aient mis le feu pour ensuite nous en accuser. C'est ainsi que tout a commencé car après cet incendie criminel, les gars avec les petits glaives sont venus de Varsovie. Bris de vitres, défenestrations du petit train de banlieue, etc. Ils jetaient par la fenêtre tout ce qui leur tombait sous la main. C'est justement à cette époque que nous prîmes le train avec Fejga pour nous rendre à Varsovie. C'était peut-être un peu avant, j'ai le souvenir qu'en avril et en mai on éjectait déjà des fenêtres. Une fois, mon beau-frère leur échappa de justesse. Il parcourut le train d'un bout à l'autre. Heureusement, cela se passa juste avant Michalin où il descendit pour rejoindre Jozefów à pied.

— Il ne fallait pas prendre le train pendant cette période, dit Icyk. Pourquoi le preniez-vous?

— Je vais vous le dire, dit Sarah Fliegeltaub. J'avais des paquets à transporter. D'autre part, il n'est pas concevable qu'on n'ait pas le droit de prendre le train. Le train appartient à tout le monde, c'est du moins mon opinion. Bref, un peu après Miedzeszyn, quatre de ces voyous entrèrent dans le wagon où Fejga et moi étions assises. Je dis bien "voyous" car il s'avéra que c'étaient réellement des voyous. C'étaient des étudiants. Trois d'entre eux portaient une casquette bordeaux, vous savez, ces casquettes à fond brodé. Et les voilà qui s'y mettent : "Et ceci, et cela, ça pue le hareng ici, si je pouvais, j'interdirais à ces caques de harengs de voyager dans nos trains, pourquoi devons-nous respirer ces puanteurs juives, si seulement nous pouvions avoir un Hitler qui nous balaie d'ici toutes ces ordures." Et encore d'autres obscénités dont je vous ferais volontiers grâce, mais en tant qu'écrivain, il faut que vous sachiez : "Les petites Juives l'ont de travers, on pourrait vérifier." C'est celui qui n'avait pas de casquette qui dit cela. Un autre dit : "Il y a quelque chose qui me dégoûte, qui m'écœure chez ces petites Juives." Fejga est jeune, aussi le fait de se faire traiter de petite Juive n'a rien de bien méchant. Mais dire cela d'une femme de mon âge, ce n'est pas vraiment très joli.

— Vous savez, il m'arrive aussi d'être traité de "petit juif", par des gens très cultivés même, voire des amis. "Ce petit Juif pense que." "Ce petit Juif a écrit que." Ils sont comme ça, les Polaks. »

En fait, Icyk n'a pu employer ce mot — on est en 1937 — dans une conversation avec Sarah Fliegeltaub car à mon avis ce mot n'était pas utilisé à l'époque. « Je ne crois pas, dit Icyk — qui en 1977 à New York répète à Hania l'histoire du petit train jaune et bleu — que j'aie pu employer ce mot. Non pas qu'il fût incorrect ou qu'il n'y eût pas de Polaks en Pologne — il y en a toujours —, mais à cette époque je l'ignorais. Ou si je le connaissais, c'était plutôt dans sa version russe.

— Aujourd'hui, à Varsovie, on entend souvent ce mot, dit Hania. Les Polonais disent des Polonais : ces Polaks.

— C'est un vilain mot, dit Icyk. N'ayant plus de Juifs sous la main, ils s'insultent entre eux.

— J'ai bien cru alors qu'ils allaient nous jeter du petit train, dit Mme Sarah, aussi pendant tout le trajet, je guettais les gares où nous passions. On approche de Michalin, on est à Józefów, après ce sera Świder où l'on pourrait descendre. Je crois que c'est juste avant Józefów que deux d'entre eux s'asseyèrent à côté de Fejga. Malgré leur "répulsion" pour les "petites Juives", je craignais qu'il ne se passât quelque chose. Je me demande bien ce que j'aurais fait. J'aurais sans doute poussé Fejga du train, puis j'aurais sauté à sa suite. Mais pour ouvrir ces portières automatiques en cours de route, il faut être costaud. Je me demande bien comment cela se serait terminé. Bref, après Józefów, celui qui se tenait près de la porte et qui avait l'air un peu plus sérieux malgré sa tête de voyou dit : "Je ne comprends pas. Si cette tribu — ce sont exactement ses paroles —, si cette tribu a crucifié Jésus, pourquoi Dieu permet-il que des créatures aussi ravissantes naissent en son sein ?" Puis il jeta encore un coup d'œil à Fejga et ajouta : "De telles petites beautés." Celui qui était assis à côté d'elle dit alors : "En revanche, il les a châtiées en le leur mettant de travers." Et à ce moment-là, Fejga éclata en sanglots. Cela n'avait rien à voir avec des larmes ordinaires, les larmes avec lesquelles on pleure quand on a du chagrin. C'était plutôt un hurlement. Oui, c'est ça, elle hurlait. Elle n'est pas bien maligne, ma Fejga, vous le savez bien. Mais lorsqu'ils se mirent à blasphémer de la sorte, elle qui pourtant est bête comme ses pieds, comprit qu'il ne s'agissait plus d'elle, que ces voyous ne l'insultaient plus elle personnellement. Et je crois que c'est justement pour cela qu'elle se mit à pleurer. Quant à eux, monsieur, ils eurent l'air de comprendre car ils furent pris de honte et passèrent au wagon suivant. L'un d'entre eux se retourna encore une fois à la porte et dit à Fejga, comme s'il avait été blessé par son attitude, comme si elle l'avait offensé par ses larmes ou plutôt ses hurlements : "Idiote de petite Juive." C'est grâce à cela que nous n'avons pas été éjectées du train.

— Grâce à quoi ? demande Icyk.

— Je ne sais pas, moi, dit Sarah Fliegeltaub. Sans doute grâce à ses braillements abominables. Ou grâce au bon Dieu. Mais il faut que j'y aille car elle est si bête qu'elle ne sait même pas combien de pommes de terre elle doit éplucher pour le déjeuner. Encore une fois, monsieur, vous qui êtes un homme sérieux, je vous prie instamment de ne pas démoraliser le personnel de ma pension. Je ne devrais pas vous le répéter mais hier elle a dit à Luba, enfin non, je ne peux pas vous répéter ce que j'ai entendu.

— Qu'a-t-elle dit? demande Icyk avec insistance.

— Elle a dit que vous étiez amoureux d'elle.

Là-dessus Mme Sarah sort de la chambre car elle doit aller vérifier le nombre de pommes de terre qu'a épluchées Fejga assise sur les marches de l'escalier de l'entrée latérale, un pot émaillé de bleu à ses pieds. Enfilant ses chaussettes, Icyk — il est temps de partir en promenade — conclut que cette phrase de Fejga prononcée hier au-dessus du pot émaillé de bleu, bleu à l'extérieur, blanc à l'intérieur — « Monsieur Icyk est amoureux de moi » —, doit être considérée comme une vérité quasi absolue car Icyk est vraiment amoureux de Fejga Rozenblat. Bien que ce ne soit pas tout à fait le genre d'amour auquel cette dernière aspire, il est quand même permis de dire, compte tenu de la difficulté à trouver un mot plus précis et adéquat pour désigner ce qu'Icyk ressent lorsqu'il pense à Fejga, que nous avons affaire à de l'amour. Je t'aime, Fejga Rozenblat. Je vous aime Sarah Fliegeltaub, Chaja Gelechter — vous, dans tous les sens du terme —, je vous aime Jakub Wurzel et Shloïmelé le boiteux. Chaque être a besoin d'amour. Chaque être devrait être amour pour être aimé en retour. Mais il me semble — Icyk poursuit ses méditations tout en agrafant ses bretelles — que je m'aventure un peu trop loin: mon amour et ma pitié universels, qui voudraient immortaliser tout être et tout désir, risquent, conséquence logique et inéluctable, de s'adresser à l'un de ces voyous du train jaune et bleu qui traita Fejga « d'idiote de petite Juive ». Si ce dernier mérite aussi d'être éternisé, il ne convient toutefois pas que cette immortalisation soit élogieuse. Il n'en est pas de même pour Fejga qui a droit à tous les honneurs. Je m'en vais donc lui déclarer mon amour, ouvertement ou à mots couverts. Cela ne manquera pas de lui faire plaisir, alors que d'être immortalisée ne semble guère la réjouir. Fejga ne paraît pas comprendre de quoi il s'agit. Mais sait-on jamais. Lorsque, dans une cinquantaine d'années, elle apprendra qu'elle a été éternisée, elle trouvera cette nouvelle bien douce. Quel âge a-t-elle aujourd'hui? Dix-huit ans je crois. Elle en aura alors soixante-huit. Il se peut que cela lui fasse plaisir. Car pourquoi ai-je écrit tout cela: pour tes beaux yeux, Fejga Rozenblat.

Une enveloppe bleue, de celles que l'on utilise dans l'administration. Sur l'enveloppe, on peut lire l'inscription: «Varsovie Ghetto Umschlagplatz», ainsi qu'un numéro d'inventaire: «Inv. 1426». Dans l'enveloppe, il y a une photo. D'après les employés des archives de l'Institut d'histoire juive, c'est la seule photo d'Umschlagplatz qu'ils aient en leur possession. J'ai déjà dit que j'avais vu une photo représentant le chargement des wagons. Par la suite, dans des albums édités en Pologne ou en Israël, j'en ai trouvé d'autres sur lesquelles on pouvait voir la rampe, les wagons, des Juifs avec des balluchons. Mais la photo qui se trouve dans l'enveloppe bleue représente autre chose: elle montre un fragment, si je puis dire, d'Umschlagplatz. Mais ce n'est pas certain. La photo n'a fait l'objet d'aucune description. Seule l'inscription sur l'enveloppe atteste que nous avons affaire à une partie d'Umschlagplatz. Quelqu'un — tout récemment car l'enveloppe est neuve — a décidé que c'était Umschlagplatz, que la photo avait été prise là et pas ailleurs. J'ignore qui est cette personne de même que j'ignore si elle ne s'est pas trompée. La photo pourrait représenter une autre partie du ghetto de Varsovie. Elle aurait pu être prise pendant la grande sélection déclenchée le 6 septembre 1942 — tous les récits divergeant à ce propos, j'avance la date proposée par Marek Edelman dans *Le ghetto lutte* — entre les rues Gęsia, Zamenhof, Lubecki et Stawki.

La photo: à droite, il y a un mur, sous ce mur des gens avec des balluchons. Il est difficile de voir s'ils sont immobiles ou s'ils se déplacent. Il semble plutôt que la plupart d'entre eux marchent. A gauche, il y a un immeuble; on peut voir les fenêtres du rez-de-chaussée et, semble-t-il, des volets. Si c'est le cas, cette photo n'a pu être prise à Umschlagplatz, car aucune source ne mentionne que le bâtiment de l'hôpital ou celui des Archives fussent munis de volets. Au pied de cet immeuble, on peut voir une dizaine de personnes, sans nul doute des policiers juifs : ils ont des brassards, et leurs képis, facilement identifiables, n'ont pas la même forme que les képis des Allemands ou que ceux des policiers bleu foncé. Pour ce qui est des brassards, une personne ayant connu le ghetto m'a dit que les policiers juifs portaient sur le même bras deux brassards : l'un avec l'étoile de David — je me souviens très bien l'avoir vu à Varsovie pendant la guerre —, l'autre avec un insigne de policier. Mais à ma connaissance aucun récit ne parle de ces deux brassards ; ceux que l'on voit sur les photographies n'en portent qu'un seul. Où est la vérité ? Entre le mur et l'immeuble, il y a une chaussée pavée. Rien qu'une chaussée. Ni devant l'immeuble, ni sous le mur, il n'y a de trottoir. Au fond, là où le mur rejoint l'immeuble — en fait il s'agit d'un effet d'optique car le mur est parallèle à l'immeuble —, il y a un réverbère à gaz. Au milieu de la chaussée il y a un caniveau, également parallèle au mur et à l'immeuble aux volets, dans lequel s'écoule un liquide. Les jambes écartées, un homme se tient au-dessus du caniveau — il se peut toutefois qu'il l'enjambe —, donc un homme qui pourrait être un policier juif ou un policier bleu foncé se tient au-dessus du caniveau ou l'enjambe. Étant donné qu'il est pris de face, nous voyons son képi de face également, il n'est par conséquent pas possible de dire s'il s'agit d'un képi polonais ou juif. « Ils avaient sur leurs képis, m'a dit M. Michał qui sortit du ghetto après la seconde liquidation, celle qui eut lieu en janvier 1943, entre un et cinq clous, suivant leur grade. C'est d'ailleurs l'un de ces policiers avec des clous sur le képi qui me mit en contact avec un officier SS très élégant qui sortit mes parents du ghetto, moyennant une grosse somme d'argent évidemment. Il portait, je parle de cet SS, des gants blancs glacés. » La personne qui prend la photo étant trop loin, on ne peut voir si celui qui se tient les jambes écartées au-dessus du caniveau porte un képi avec des clous. De même qu'on ne peut voir son bras sur lequel est fixé un brassard.

L'uniforme, si c'en est un, ne permet pas non plus de dire qui est cet homme. Culotte de cheval, grandes bottes. La photo est un peu floue, impossible de déterminer s'il s'agit d'un uniforme de policier bleu. Les Juifs ne portaient pas de costume: seul un képi et un brassard les distinguaient des Juifs ordinaires. Pourtant, il y existait quelque chose qui ressemblait à un uniforme. Sur les photos, ils apparaissent le plus souvent vêtus de cache-poussière et chaussés de grandes bottes. Telle était en quelque sorte leur tenue de service. L'homme au-dessus du caniveau ne porte pas de cache-poussière. Mais c'est, je crois, un policier juif. Je me souviens bien des policiers bleus: je les revois en discussion avec le gardien de notre immeuble, sous le porche de la rue Koszykowa; l'un d'entre eux vint un jour chez nous, je ne sais pour quelle raison, il resta même un bon moment dans le couloir. Je suis donc certain de pouvoir distinguer un policier bleu d'un policier juif. Ce qui a été gravé dans ma conscience de gamin — j'avais tout au plus sept ans — me dit qu'il s'agit d'un policier juif.

Le seul indice permettant de déduire quelque chose de cette photo, c'est la corpulence, l'embonpoint de l'homme du caniveau. Il s'agit d'un homme robuste, puissant. A supposer que la photo ait été prise à Umschlagplatz cela pourrait être Szmerling. L'endroit où il se tient apporte de l'eau à mon moulin, si je puis dire. C'est peut-être un hasard — un homme qui justement se trouvait au milieu de la chaussée y a été photographié —, mais cet endroit, entre l'immeuble et le mur, c'était la place de Szmerling. C'est là qu'on le voyait, assis ou debout. Toutefois dans les récits où il apparaît, ce caniveau n'est jamais mentionné. Détail non négligeable si l'on veut vraiment savoir si cette photo représente Umschlagplatz. N'oublions pas qu'il n'en existe pas d'autre — est-ce vraiment sûr? —, c'est du moins l'unique photo qui ait été conservée. Mais lorsque je regarde ce gros personnage saisi en plein mouvement au-dessus du caniveau, je me pose une autre question, plus fondamentale: est-ce lui, n'est-ce pas lui? Si c'est lui, que peut-on apprendre sur lui à partir de cette photographie?

Je sais très peu de chose sur Szmerling. Dans ses notes, Emmanuel Ringelblum écrit que le commandant d'Umschlagplatz était appelé par les Allemands « le bourreau juif ». Mais les Juifs — « à cause de sa ressemblance avec le maréchal italien » — lui donnèrent le surnom de Balbo. Aujourd'hui ce sobriquet évoque plutôt un monstre issu tout droit d'une fable et d'une légende. A propos de Szmerling, Ringelblum écrit encore que c'était « un géant criminel », « un géant à la barbe pointue et au visage de brigand ». Henryk Makower évoque également la barbe de Szmerling dans son *Journal du ghetto de Varsovie*: « Son visage arrogant à la barbe soignée, sa silhouette un peu voûtée me rendaient fou de rage. » Sur la photo représentant peut-être un fragment d'Umschlagplatz, on ne peut voir sa barbe pointue et soignée. Ce qui ne signifie pas pour autant que celui qui franchit le caniveau n'est pas Szmerling: la photo, comme je l'ai déjà dit, est floue, la barbe a pu s'estomper. Autre qualificatif appliqué à Szmerling par Henryk Rudnicki dans son livre *Le Martyrologe et l'extermination des Juifs de Varsovie*: « sadique très élégant ». Plaçons côte à côte Szmerling et Lejkin * qui, après l'arrestation de Szeryński **, fut nommé commandant de la police juive et nous aurons sous les yeux une parfaite incarnation de Double-Patte et Patachon. En effet Lejkin — Ringelblum, *Chronique du ghetto de Varsovie* — était « un petit homme au corps et à la tête minuscules ». Henryk Makower a aussi dit de lui: « Petit, un nain presque, mais trapu, fort, un homme à la main de fer. Tout le monde tremblait devant lui, pour n'importe quel délit, il vous envoyait sa cravache en pleine figure. [...] Lejkin plaisait aux Allemands, il a même eu sa photo dans le *Völkischer Beobachter* avec une légende flatteuse: « *Der kleine jüdische General.* » Je souhaiterais mettre la main sur cette photo sous réserve que cette information soit

* Jacob Lejkin, adjoint de Szeryński, fut tué par l'Organisation juive de combat.

** Szeryński, colonel, ancien officier de la police polonaise, Juif converti, chef du service d'ordre juif.

fiable, car elle me semble un peu étrange. Nous n'en savons pas plus sur le petit général juif que sur Szmerling. L'aspect physique des célèbres bandits du ghetto de Varsovie — Lejkin, Szeryński, Szmerling, Ganzweich * — est amplement illustré par les citations que je viens de rapporter : géant criminel, sadique élégant, visage de brigand, main de fer. Il suffisait de les regarder pour s'apercevoir que c'étaient des sadiques, des bandits, des criminels, des assassins. Mais de quoi avaient-ils l'air, ces criminels ? Étaient-ils exactement comme les autres assassins ? J'aimerais en savoir un peu plus.

— Szeryński était de taille moyenne, dit M. Michał. J'ai eu plusieurs fois l'occasion de lui parler, je m'en souviens donc assez bien. La dernière fois que je le vis, c'est après l'attentat où il fut blessé à la tête. Ou au bras. Il se déplaçait alors avec un garde du corps. Il me dépassa dans la rue et me dit en me désignant la personne qui marchait derrière lui : "C'est mon *tielokhranitiel* **."

— Ce qui m'intéresse, c'est son visage, dis-je. Vous souvenez-vous de son visage ?

— Il était de taille moyenne, dit M. Michał. Il était bien habillé. Malheureusement je ne me souviens pas de son visage.

Pourquoi me suis-je soudain intéressé à l'aspect physique des criminels ? Cette curiosité m'est apparue en écrivant ce livre. Je voulais savoir comment étaient leurs visages, leurs uniformes, leurs décorations. La grosseur de leurs doigts, la forme de leurs yeux, la coupe de leur barbe. Initialement les motifs de ma curiosité, au fond assez étrange, m'étaient tout à fait incompréhensibles. Les assassins du ghetto de Varsovie, du moins ceux de nationalité allemande, ont souvent été pris en photo sur le tas, il n'est donc pas difficile de satisfaire cette curiosité. Ce qui m'intéressait, ce n'étaient pas tant les criminels anonymes — ceux que l'on voit sur les photos le sont presque tous — que ceux que je connaissais de nom. Ceux

---

* Haïm Ganzweich, chef des « Treize ». Voir note, p. 82.

** « Garde du corps » en russe (N.d.T.).

à qui je pouvais attribuer des actes concrets et connus : le physique lié aux faits. Par conséquent peu m'importait l'aspect d'un soldat ou d'un gendarme allemand envoyé par hasard dans une unité sur le territoire du ghetto. En revanche, l'aspect de Brandt, Mende, Hoefle ou Globocnick de même que celui de Szeryński, Szmerling, Lejkin me fascinaient. Ce n'est que plus tard que m'est venu cet intérêt pour Szmerling et Lejkin. Je présume d'ailleurs que c'était un intérêt de substitution : ne pouvant observer Brandt, je le remplaçai par Szmerling, avec l'espoir que ce dernier serait plus accessible. Avant d'interroger M. Michał sur l'aspect de Szeryński et de Szmerling, j'eus avec lui une conversation sur Karl Brandt. Ou même deux conversations car à l'issue de la première qui ne m'apprit rien, je décidai, ce qui n'était pas très gentil, de faire pression sur M. Michał une seconde fois afin de l'obliger, de le contraindre à se souvenir.

— Excusez-moi », c'était la première fois que je houspillais M. Michał, « mais je ne me souviens vraiment de rien. Pourtant Brandt se tenait tout près de moi, pas plus loin que vous en ce moment, peut-être même plus près. Il m'a presque touché. Voilà ce qui se passait : je recopiais à la machine la liste de boulangers qui devaient recevoir des numéros. Vous savez ce qu'étaient ces numéros ? Pendant la sélection de septembre, celui qui recevait un numéro pouvait compter sur un petit sursis. Je m'étais entendu avec les boulangers pour ajouter à cette liste le nom de mon père. Ils avaient donné leur accord. Tout en écrivant, je n'avais qu'une idée en tête : les sauver tous les deux, mon père et ma mère. Tout de suite après le nom de mon père, j'inscrivis celui de ma mère, ce qui provoqua un véritable drame. Les boulangers se mirent à crier qu'ils n'avaient pas donné leur accord, que c'était une honte... Ils avaient évidemment raison car les numéros étaient en nombre limité, à la place du nom de ma mère, un autre devrait être inscrit. C'est à ce moment qu'apparut Brandt. Il attendait sûrement la liste des boulangers — pourquoi, je n'arrive pas à m'en souvenir —, car il s'approcha de moi et me l'arracha des mains, ou peut-être de la machine. Je vous prie de m'excuser, cela peut paraître invraisemblable, mais je ne me souviens absolument pas de son visage.

— C'est difficile, je le reconnais, dis-je. Je vous comprends. Quand on se trouvait si près de Brandt, on avait certainement cinquante pour cent de chances de survivre.

— Vous n'avez rien compris, dit M. Michał. Il ne s'agit absolument pas de cela. Si je l'ai oublié, c'est parce qu'il ne m'intéressait pas. Il me laissait totalement indifférent. Je ne pensais qu'à mon père et à ma mère. A ce qu'il fallait faire pour les sauver.

— Je sais bien que je ne devrais pas vous forcer la main — c'était ma deuxième conversation avec Michał — mais il y a en moi quelque chose qui me force à le voir, de mes propres yeux. Vous vous souvenez peut-être quand même de quelque chose?

— Cette scène avec les boulangers, dit alors M. Michał, se déroule dans une grande salle. Mais je suis bien incapable de vous dire si c'était la halle d'un marché ou celle d'une fabrique. Cette salle se trouvait là où est érigé le Monument du ghetto. Sûrement à proximité du Conseil juif, quelque part rue Zamenhof. Les 6 ou 7 septembre, pendant la dernière sélection, lorsque les Allemands donnèrent l'ordre à tous ceux qui vivaient encore de se présenter entre les rues Lubecki et Zamenhof.

— Ils y étaient sûrement tous, dis-je, ceux du *Vernichtungkommando* et du *Referat* IV B4.

— Oui, dit M. Michał. Ils étaient tous d'une élégance inhabituelle. Bottes lustrées, gants blancs. Ils se conduisaient comme des aristocrates horrifiés de devoir se commettre avec de misérables pouilleux.

— J'ai dans mes notes, dis-je, une phrase que j'ai recopiée du *Journal* d'Abraham Lewin. Écoutez. Dans les rues, un jeune officier surgit au milieu des Juifs, il les bat, je ne sais avec quoi au juste, un bâton, un fouet? et crie: A cause de vous, maudits Juifs galeux, j'ai perdu trois années de ma vie, cela fait trois ans que vous nous empoisonnez la vie, chiens que vous êtes. Bien entendu, il crie tout cela en allemand, aussi ai-je demandé à une personne qui connaissait bien cette langue de me traduire cette phrase: “*Euretwegen, ihr verdammten räudigen Juden, hab ich drei Jahre meines Lebens verloren, schon drei Jahre lang quält ihr uns, ihr Hunde.*” Un jeune officier. Mais je ne crois pas que ce soit Brandt. Brandt était-il jeune?

— Je ne sais pas, dit M. Michał. Ces messieurs étaient très élégants, très soignés. Je parle des officiers, non des gendarmes subalternes.

— Brandt portait-il des gants blancs? demandai-je.

J'ai un compte à régler avec ce Brandt. Il serait intéressant de savoir pourquoi Brandt, Hoefle, Mende m'intéressent à ce point. Sûrement pas pour des raisons littéraires. Je n'ai nullement l'intention de faire leur portrait car ces gens me répugnent. Si j'en faisais de la littérature, je me dégoûterais à tout jamais. Ils ne m'intéressent pas non plus pour des raisons que l'on pourrait appeler documentaires. Je ne travaille pour aucune commission chargée de poursuivre les bourreaux, mon but ne consiste donc pas à rassembler des dossiers sur les criminels de guerre. Du reste, le physique de Brandt et consorts, aujourd'hui presque tous décédés, n'apporterait aucun élément intéressant à cette commission. Mon objectif n'est pas non plus de lire les motivations de leurs agissements d'après leurs traits. Les visages des assassins sont généralement peu révélateurs de leurs intentions. Ils peuvent même être totalement muets. Leurs motivations sont du reste bien connues car les plus grands bandits de ce siècle, Hitler et Staline, ont écrit des livres dans lesquels ils ont exposé leurs idées criminelles. Elles sont plus simples que l'on croit. Rien ne sert d'aller chercher midi à quatorze heures, d'aller consulter Naphta de *La Montagne magique*, comme le font les gens qui n'ont pas fait eux-mêmes l'expérience de cette idéologie criminelle. Elles se situent au niveau des bandits eux-mêmes; ce n'est pas plus compliqué que cela.

Pourquoi l'aspect physique de Brandt m'intéresse-t-il à ce point? Ses yeux, sa bouche, ses cheveux, ses doigts. Sans oulier son uniforme: ses barrettes, ses distinctions. En passant par son képi; chez les Allemands, le port du képi était très subtil. Comme je l'ai déjà dit, je ne saisis pas moi-même les raisons de ma quête. Mais l'explication pourrait en être la suivante : Brandt ou Mende sont la personnification ou l'incarnation de la monstruosité apparue parmi les hommes dans la première moitié de notre siècle. J'ignore si monstruosité est le bon mot. Mais je n'en ai pas d'autres à l'esprit. Lorsque j'essaie de m'imaginer, de donner corps à ce concept, je vois une espèce de plasma qui se propage, submerge, engloutit, déglutit. Ce plasma, dont la nature est plus spirituelle que charnelle, a envahi les esprits, les a domptés, a entraîné leur mutation secrète en phagocytant, cancérisant ce qui jadis était compassion, pitié, amour. Il s'est figé dans les livres des grands bandits du XXe siècle. Mais il s'est aussi incarné dans des hommes, si tant est que l'on puisse dire que ce sont des hommes. Voilà pourquoi je souhaiterais savoir à quoi ressemblait l'*Untersturmführer* Karl Georg Brandt, chef du *Referat* IV B4 (affaires juives) du service de la *Sicherheitspolizei* et du SD (district de Varsovie). Karl Brandt ou l'incarnation du plasma spirituel de mon siècle.

Ce plasma était d'une nouveauté déconcertante. Ceux qui, en 1942 ou en 1943, eurent affaire à lui, ne furent sans doute pas en état de comprendre ce qui se passait. Quand bien même ils auraient compris, ils ignoraient les mots avec lesquels ils auraient pu décrire ce phénomène inédit. Aussi eurent-ils recours à des vocables qui, depuis des siècles, sont appliqués à la description des scélérats, des bandits, des criminels. Je reviens un moment à Szmerling. « Visage de bandit ». « Géant criminel ». « Sadique élégant ». La banalité des épithètes montre que ceux qui vivaient cette histoire nouvelle et déconcertante manquaient de mots pour la décrire. On peut aussi considérer que, bien qu'ils fussent conscients de la nouveauté de l'événement, ils ne voulaient l'admettre. Ils le repoussaient en le plaçant, à l'aide justement de ce vocabulaire banal, au niveau des phénomènes du passé, facilement compréhensibles car bien connus. Généralement, dans les récits du ghetto de Varsovie, Brandt est décrit plus ou moins de la même manière que Szmerling. Il s'agit de la même langue qui transforme l'*Untersturmführer* en bandit ou en criminel classique. Noemi Szac-Wajnkranz (*Dans les flammes*, Varsovie, 1947) le regarde alors qu'il s'approche en voiture de la colonne de prisonniers se dirigeant vers Umschlagplatz: « Ses yeux exorbités jettent des éclairs. » Dans le reportage de Władysław Szlengel *Ce que j'ai lu aux morts*, Brandt est « livide et furieux ». Henryk Nowogródzki est confronté à Brandt pendant la grande liquidation près de l'immeuble sis au 19 rue Zamenhof, là où siège le Conseil juif: « Visage déformé par un sourire sadique », « poches bilieuses sous des yeux mauvais », « veine mobile sur la tempe ». C'est peut-être avec un peu plus de véracité, un peu plus de réalisme, que Henry Makower décrit les SS; ses phrases sont courtes et simples. Brandt: « Un homme corpulent au visage de boucher. » Mende: « Un bel homme au visage doux. » Brandt à nouveau: « La gueule bouffie et ordinaire de Brandt perçant de ses yeux minuscules ceux qui passaient devant lui. » Dans le récit de Makower, l'*Untersturmführer* dirige le contrôle ou la sélection « en jouant de son fouet », il se comporte exactement comme devrait se comporter un criminel sadique. L'authenticité de ces portraits est du reste douteuse: avait-il de petits yeux ou des yeux exorbités?

Le fait que dans les récits Brandt apparaisse bleu de fureur, qu'il sourie de manière sadique — étant transformé en personnage conventionnel il n'existe plus —, pourrait également être expliqué ainsi: en s'incarnant, la monstruosité, apparue dans la première moitié de notre siècle, n'a pas provoqué de transformations extérieures. Seul l'intérieur de l'homme a été affecté. Ainsi Brandt ne présentait-il extérieurement rien de particulier alors qu'intérieurement il avait subi une mutation profonde: une mutation provoquée par le plasma. Des yeux exorbités, des poches sous les yeux, ce sont là des attributs habituels de gens honnêtes, de gens ordinaires. Celui qui a un visage de boucher peut être une personne tout à fait comme il faut. Dans le *Traité moral* (1947), Czesław Miłosz émet une tout autre opinion. Il considère que ce qu'il appelait « l'effet de pression des avalanches » sur les systèmes éthiques, provoque des changements sur l'aspect extérieur : « La forme de leurs paupières n'est pas la même que celle d'un homme ordinaire. » Il mentionne encore le « reflet trouble d'insecte » dans les yeux des agents de la Gestapo. Observation perspicace car ceux qui incarnaient le plasma étaient sans doute reconnaissables — du moins pendant la dernière guerre, car par la suite les choses ont un peu changé — à leurs yeux. Dans le récit d'Adina Blady Szwajger, *Brève Histoire de l'hôpital Berson et Bauman*, nous pouvons lire : « Un agent de la Gestapo entra, on aurait dit qu'il sortait tout droit d'un tableau ; il y avait en effet parmi eux des garçons vraiment très beaux, seuls leurs yeux étaient de glace. » Puis cet homme aux yeux de glace approche son pistolet de la tempe de l'auteur en disant « qu'il n'en a pas du tout envie, mais que *Befehl est Befehl.* » En fait il plaisante, le coup de feu ne part pas. Là, je suis de l'avis de Miłosz : je veux dire que le plasma est, peut être, reconnaissable car il a une apparence propre. Ce problème peut sembler futile : un visage, est-ce au fond si important ? Toute la question posée par Miłosz il y a trente ans — *Comment les reconnaître ?* — me paraît déterminante. Le plasma continue de prendre corps, il n'est pas près de cesser son activité : cet horrible siècle n'est pas encore terminé. Il est bon de savoir qui l'on fréquente, un homme normal ou une incarnation du plasma. L'art de reconnaître les gens n'est pas aisé car les choses sont souvent embrouillées, diluées. Comme sur ce cliché représentant peut-être un fragment d'Umschlagplatz, comme le visage de celui qui fait un pas au milieu de la chaussée, au-dessus du caniveau. Nul ne sait si c'est Szmerling car son visage est estompé.

J'ai écrit, m'appuyant sur une information que j'ai obtenue à l'Institut d'histoire juive, que le journal de Calel Perechodnik était le seul texte relatant l'histoire du ghetto d'Otwock. Ce n'est pas tout à fait exact. Perechodnik fut à n'en pas douter — c'est ainsi que j'aurais dû présenter les choses — le seul à tenir un journal de bord dans le ghetto d'Otwock. Mais une personne à qui j'en parlais attira mon attention sur un récit rapportant également ce qui s'y déroula ; d'un point de vue différent toutefois car l'auteur de ce texte se trouvait de l'autre côté des barbelés. Ce texte fut publié par le mensuel *La Création*, cahier 1, janvier 1947. Son auteur est le célèbre metteur en scène Edmund Wierciński qui, en 1942, vivait à Otwock et qui, du moins je le présume, rédigea son récit la même année, l'intitulant *Les Rameaux d'acacia*. Les événements qu'il décrit sont dignes d'attention. J'en ai lu des récits sur l'histoire des Juifs pendant la guerre, mais à mon avis, celui de Wierciński est l'un des plus fondamentaux : non pas tant du point de vue thématique que de celui de sa tonalité. Il relate l'histoire des Juifs exactement comme peut le faire un simple observateur, comme devraient en parler les Polonais. Le récit est sobre, concret, serein. Il est imprégné de douleur et de colère à l'encontre de ses compatriotes qui profitèrent du malheur des Juifs. Ses sentiments sont exprimés comme il convient de le faire : sans cris. Je présume que dans cinquante ou cent ans, lorsque l'œuvre théâtrale de Wierciński sera tombée dans l'oubli, on se souviendra de lui comme de l'auteur de ces quelques pages. Pourtant, depuis quarante ans *Les Rameaux d'acacia* sont enfouis dans les annales de *La Création*. Durant ces quarante années peu de gens ont dû lire ce texte. Le nom de Wierciński ne figure même pas, bien que *Les Rameaux d'acacia* évoquent les rapports entre les Polonais et les Juifs, dans l'index du célèbre ouvrage de Władysław Bartoszewski et Zofia Lewinówna *Cet homme, mon compatriote*. A mon avis un témoignage de cette envergure mériterait d'y être cité, ne serait-ce que pour savoir si, en quarante ans, nous avons changé. S'il ne l'est guère, cela veut peut-être dire quelque chose. Peut-être voulons-nous tout oublier. Je ne parle pas de ce qui est arrivé ici aux Juifs polonais, mais plutôt de ce qui nous est arrivé à nous qui observions. Peut-être préférerions-nous nous oublier nous-mêmes ? Le récit de Wierciński permet de faire le point sur la question des deux ghettos d'Otwock. « On chassait les Juifs des maisons de repos et on les mettait de force dans un ghetto spécial. » Il y avait donc un ghetto spécial — à un autre moment Wierciński parle des « limites du ghetto cerné de barbelés » — et il y avait le territoire des maisons de repos juives qui, selon Wierciński, ne faisait pas partie du ghetto. Ce territoire n'était pas délimité ou s'il l'était, c'était partiellement : « Je me retrouvai soudain au milieu de jolies maisons et villas sur un terrain boisé et valonné. J'étais stupéfait de tomber sur un si joli coin dans cette vilaine ville. » L'auteur des *Rameaux d'acacia* laisse entendre que les Juifs, ceux qui vivaient dans les maisons de repos et ceux qui étaient enfermés dans le ghetto spécial, pouvaient, jusqu'au jour de la liquidation, circuler librement : le ghetto était entouré de barbelés, mais il semble qu'il ne fût pas particulièrement risqué de s'aventurer au-delà des fils de fer. La liquidation — c'est un fait désormais établi — commença le 19 août. Calel Perechodnik aperçut la première voiture d'Ukrainiens à proximité de la palissade à sept heures du matin. La femme de chambre qui apporta à Wierciński son petit déjeuner l'informa que les Allemands étaient entrés dans le ghetto avant le lever du jour : « A trois heures la Gestapo se mit à vider le ghetto. » En s'appuyant sur *Les Rameaux d'acacia* on peut suivre assez précisément le déroulement des opérations. Il faisait exceptionnellement chaud : « Ciel sans nuages, soleil de plomb, branches d'arbres immobiles. Journée qui s'annonce étouffante, torride. » Et plus loin : « D'heure en heure la chaleur s'intensifiait. L'air était lourd, le soleil rampait paresseusement dans un ciel blanc, indolent, un ciel en sueur. » Lorsque à deux heures de l'après-midi Wierciński se rendit à la gare, le ghetto n'était toujours pas vidé. Des coups de feu retentissaient, des colonnes de Juifs se dirigeaient vers ce que l'on pourrait appeler l'Umschlagplatz d'Otwock, vers le lieu de leur concentration. La rame, composée de cinquante wagons, n'avait pas encore été avancée. De la fenêtre du petit train jaune et bleu, Wierciński n'aperçut qu'un wagon couvert de chaux, garé sur une voie latérale. Pourtant, à cette heure de la journée, le rassemblement des Juifs devait être terminé car sur la place on amenait quelques personnes isolées qui vraisemblablement avaient échappé à la première liquidation du ghetto.

Voilà la description de l'Umschlagplatz d'Otwock vu de la fenêtre du petit train jaune et bleu: « Une foule de Juifs occupait la petite place située à quelques centaines de mètres de la gare: ils étaient assis à même le sol, serrés en rangées régulières formant un grand carré. Immobiles et silencieux, ils regardaient passer leur train. Au premier rang, on pouvait voir une fillette, figée dans une pose d'enfant, insouciante, tendant sa petite main à sa mère prostrée. Dans l'autre main elle tenait une poupée. Un soleil de plomb écrasait les gens assis à terre. Sur la place il n'y avait le moindre arbre susceptible de donner un peu de fraîcheur [...]. Près de la voie, à l'ombre de quelques pins, se dressait une longue table d'acajou autour de laquelle des soldats étaient confortablement installés. Ils gesticulaient, riaient bruyamment, essuyaient la sueur de leurs visages brûlés par le soleil et étanchaient leur soif avec une bière mousseuse. La table était couverte de bouteilles, certaines jonchaient en désordre l'herbe desséchée. » D'après *Les Rameaux d'acacia*, le chargement dura tout l'après-midi pour se terminer tard dans la soirée. Wierciński revint à Otwock vers sept heures. Entre la gare et l'« Umschlagplatz », une rame composée de cinquante wagons numérotés de 1 à 50 — le premier et le dernier étant réservés aux voyageurs — attendait. « La moitié des wagons — pouvons-nous lire dans le récit — était encore vide. » Régulièrement la locomotive s'ébranlait et le train avançait de quelques mètres. Cela indiquait qu'un wagon de plus avait été rempli et que le chargement du wagon suivant avait commencé. Tard dans la soirée, autour du train, probablement une fois que le dernier wagon eut été chargé, on alluma des feux et on installa des sentinelles. Le chargement se déroula dans un silence de mort. Lorsque la nuit fut tombée, les prisonniers des wagons se mirent tout d'abord à chuchoter, puis à crier: « De l'eau. » Les sentinelles étaient postées là pour empêcher que l'on ne donnât de l'eau par les lucarnes grillagées de barbelés. Le convoi s'ébranla dans la nuit. Wierciński ne précise pas l'heure. Il écrit seulement qu'il sortit dans le jardin et, assis sur un petit banc — clair de lune, stridulation des grillons, parfum des acacias —, entendit le sifflement de la locomotive et le grondement de plus en plus lointain des wagons.

La suite des *Rameaux d'acacia* relate ce qui se passa à Otwock les jours suivants. Capture des Juifs qui se cachent, exécutions sur le territoire du ghetto, enterrement des fusillés. Le ghetto était gardé par les policiers juifs. Toutefois la surveillance n'était pas trop stricte dans la mesure où elle n'empêchait pas les voisins polonais de venir piller ce que leurs voisins juifs avaient laissé. « Les gens arrivaient à la hâte, en cachette. Ils portaient sur le dos d'énormes balluchons. Ils ployaient sous le poids d'oreillers, de couvertures, de matelas, de vêtements enveloppés dans des draps ou des nappes bariolées. Ils avaient les bras chargés d'objets insolites : lampes, vases de cristal, statuettes en plâtre, jouets d'enfants, valises usées, en loques, élégantes... Couverts de sueur, lançant des regards inquiets, ils faisaient penser à des fourmis sauvant les trésors de leur fourmilière détruite. » Wierciński décrit quelques scènes de ce type. Il eut même l'occasion de discuter avec les pillards. Lorsqu'il leur demandait pourquoi ils faisaient cela, ils répondaient : « Qu'est-ce que j'ai volé ? » « Il vaut peut-être mieux que ces biens ne soient pas perdus. » « Tout cela nous appartient. Ils nous ont suffisamment exploités. » Toutefois un témoin déclara : « Ce sont ni plus ni moins des pillards. » Un autre : « Ils sont sans vergogne. » Mais les phrases de Wierciński relatant la rapine des Juifs envoyés à la mort ne sont rien comparées à celles relatant ce qui se passa ce jour-là à Otwock. Ces lignes ne devraient jamais être oubliées : le petit train jaune et bleu qu'a pris Wierciński dépasse l'Umschlagplatz d'Otwock, les Juifs assis en rang et les Allemands buvant de la bière autour d'une table d'acajou. Il traverse ensuite le pont au-dessus de la petite rivière qui s'appelle Świder. Il fait, je le rappelle, une chaleur torride. « Quelques minutes plus tard nous traversions le pont au-dessus de la petite rivière. Des centaines de femmes, d'hommes et d'enfants, en costumes de bain multicolores, barbotaient dans l'eau peu profonde de la rivière, paressaient sur la plage ou à l'ombre des arbres de la berge. Beaux et hâlés, des jeunes gens et des jeunes filles étaient agglutinés autour de vendeurs de kvas et de crème glacée. Malgré les fenêtres ouvertes, les visages des passagers, fatigués par la lourdeur de l'air, se rassénérèrent peu à peu. Quelqu'un lança une plaisanterie, quelques rires timides fusèrent. » Wierciński ne fait aucun commentaire car ces scènes ne s'y prêtent évidemment pas. La seule chose que l'on pourrait éventuellement évoquer, car il s'agit de la même chose, c'est le manège qui tournait sur la place Krasiński en avril 1943 et que Czesław Miłosz immortalisa dans son poème *Campo di Fiori*. Nombreux sont ceux qui se souviennent de ce manège installé tout contre le mur du ghetto de Varsovie. Il a même été photographié, à un moment toutefois où il n'était pas ouvert. La plage au bord de la Świder est certes moins célèbre, mais elle aussi mérite d'être éternisée.

Les Rameaux d'acacia livrent aussi une information, plusieurs informations même, sur le chef de la Gestapo d'Otwock du nom de Schlicht. Dans le récit de Wierciński, ce personnage apparaît sous le nom de Monsieur S. : « On capturait aussi ceux qui se cachaient dans les environs. Le chef de la Gestapo locale, Monsieur S., escortait en personne les colonnes de fugitifs. » Wierciński nous a laissé un portrait assez détaillé de Schlicht. Il est difficile de comparer ce fonctionnaire d'Otwock — qui occupait certainement un rang hiérarchique très modeste — à un Brandt ou un Hoefle. Le hasard, qui en l'occurrence s'appelle Wierciński, a fait que nous savons sur lui beaucoup plus de choses que sur les deux autres. D'où la conclusion que la mémoire est un outil injuste : nous frappons à une porte et c'en est une autre qui s'ouvre. Mais l'essentiel n'est-il pas que quelque chose s'ouvre ? Wierciński décrit Schlicht comme « un pantin en uniforme verdâtre » ; il lui rappelle une araignée. Visage blafard, dents jaunes. « C'était un homme insignifiant, pouvons-nous lire dans *Les Rameaux d'acacia*, petit et fluet. » Il portait un képi bordé d'un galon noir, un uniforme verdâtre avec des épaulettes de SS, de hautes bottes noires sur des jambes arquées et une grosse cravache dans une main recouverte de duvet roux. Schlicht circulait dans Otwock en voiture à cheval dont les pneus étaient en caoutchouc. Elle était conduite par un cocher en civil et attelée à une paire de chevaux blancs. D'après le récit de Wierciński, nous parvenons à déterminer les lieux que Schlicht fréquentait, les lieux qui en quelque sorte lui appartenaient. Ce sont la gare — Schlicht se tenant derrière le contrôleur qui relève les billets, il examine attentivement les arrivants —, le restaurant près du marché — on peut le voir sur les marches de la taverne invitant quelqu'un à y pénétrer avec lui — et enfin le petit jardin de sa villa neuve au crépi blanc crème. Le mieux est de l'imaginer là, chez lui : il nourrit de feuilles de chou des lapins blancs qu'il élève dans des cages. Selon Wierciński — cette information est toutefois à prendre avec des pincettes, il semble plutôt que ce fût une rumeur qui circulait à l'époque dans Otwock —, avant de devenir SS, Schlicht était tailleur dans une petite ville des environs de Berlin.

— Arrête-toi là-bas, dis-je à Hania qui s'écarte de la chaussée et gare sa Renault rouge devant une villa des années trente. Séparée de la rue par un grillage et une haie, cette maison à un étage est recouverte d'un crépi jaune. La haie — des arbustes d'acacia — vient manifestement d'être taillée avec soin à hauteur de grillage. Dans le jardin, également très bien entretenu, il n'y a personne. Personne à part lui, car je le vois debout contre la haie d'acacia : juché sur un tabouret ou sur un escabeau — chemise brun-jaune, manches retroussées, cravate noire au nœud lâche —, il taille la haie avec un sécateur. J'ai l'impression que c'est cette villa.

— Quelle villa ? demande Hania.

— La villa où il vivait, dis-je. Elle est récente, à un étage, entourée d'arbustes d'acacia. Wierciński l'a décrit debout à la fenêtre d'une villa de ce type. Tout près il devrait y avoir une statuette de la Sainte Vierge avec une inscription : « Bienheureux les cœurs affligés, les opprimés, les persécutés. »

— Mais tu es devenu fou, dit Hania. Que vas-tu leur demander ? Si c'est ici qu'habitait l'agent de la Gestapo Schlicht ? " Vous souvenez-vous de Schlicht, l'agent de la Gestapo ? " Tu vas te faire mettre dehors. Ces acacias n'ont d'ailleurs pas plus de quinze ans. Le crépi est neuf, il a été refait il y a deux ou trois ans. Et même s'il a habité ici, qu'est-ce que cela peut bien faire ? Le lieu où il vivait, la villa d'où des Polonais ont été chassés, est-ce tellement important ?

— Attends, dis-je. Si j'y entrais, je pourrais l'imaginer en train de descendre les escaliers ou bien assis à la cuisine devant une tasse de thé, accoudé sur une toile cirée à carreaux bleu clair. Lorsque nous sommes arrivés à Łódź en 1945, nous avons emménagé dans une maison qui avait été occupée par des agents de la Gestapo de Łódź. Dans la cuisine la table était recouverte d'une toile cirée. Des carreaux et des fleurs bleus.

— Je ne te comprends pas, dit Hania. Qu'est-ce que cela peut vraiment te faire ? Qu'est-ce que cela t'apportera de replacer ce Schlicht dans son décor ?

— Je ne comprends pas non plus, dis-je. C'est comme si j'obéissais à une injonction intérieure dont le sens m'échappe. Il faut que je voie certains lieux, il faut que je les décrive de telle sorte que ceux qui me liront les voient aussi. Pourquoi ces lieux et pas d'autres ? Je l'ignore. Je te ferai d'ailleurs remarquer que cet ordre étrange concerne des lieux fort désagréables. Ce sont même des lieux qui ont été déshonorés, avilis. Cela ne m'intéresse guère — pourquoi, je l'ignore — de décrire l'endroit où se trouvait le bunker d'Anielewicz ou le lieu, à l'angle des rues Twarda et Prosta, où se trouve la bouche d'égout par laquelle, en mai 1943, des rescapés du ghetto — Marek Edelman et ses camarades de l'Organisation juive de combat — s'échappèrent. Du point de vue de l'historien, ces lieux sont intéressants : je pourrais par exemple décrire leur aspect au moment des faits et leur aspect actuel, quarante années et des poussières après. Mais l'ordre auquel j'obéis —

lorsqu'il s'agit d'endroits où il s'est passé quelque chose "d'héroïque" — n'opère plus. Je ne dis pas que ces lieux m'indiffèrent, mais je préfère laisser à d'autres le soin de les décrire. Il y a là — je parle de cet ordre, de son essence — quelque chose de déplaisant, d'humiliant pour moi. Décris, concrétise, montre aux autres — me souffle cet ordre — le lieu situé près de la gare d'Otwock où attendaient des wagons blanchis à la chaux, le lieu où se trouvait l'Umschalgplatz d'Otwock, le lieu où ils étaient assis en rang d'oignon, le lieu où était dressée une table d'acajou à laquelle des Allemands buvaient de la bière, le lieu où, à travers une palissade, des Polonais passaient, emportant couvertures, oreillers, lampes, sucriers.

Hania dirige sa Renault rouge sur l'asphalte de la chaussée. La villa jaune et la haie impeccablement taillée sont maintenant derrière nous. Nous nous dirigeons vers la gare, c'est-à-dire vers la table d'acajou et les cinquante wagons blanchis à la chaux.

— Dis-moi un peu, en toute sincérité, poursuit Hania, as-tu une échelle des valeurs pour ce genre de choses, qu'est-ce qui pour toi est le plus important? Le bunker au 18 rue Miła ou l'embranchement ferroviaire rue Stawki?

— L'embranchement ferroviaire, dis-je. L'embranchement ferroviaire est nettement plus important. Pourquoi? Je me le demande.

— Je ressens la même chose, dit Hania. L'embranchement est plus important parce que ce qui s'est passé dans le bunker d'Anielewicz n'était pas un fait nouveau: les hommes l'ont vécu de nombreuses fois. Mais ce qui s'est passé sur la voie de raccordement est sans précédent.

— Cet ordre pourrait se résumer ainsi, dis-je: érigeons des monuments dignes de notre temps: la rampe, les voies entre les rues Dzika et Stawki, le sentier des pilleurs de couvertures et d'oreillers, le chemin à travers champs où étaient allongés des hommes que surveillait un gendarme à cheval attendant le retour de l'enfant parti chercher des munitions, la plage au bord de la Świder où des gens se doraient au soleil, mangeaient des glaces tandis que tout près de là on assassinait leurs voisins. Ce sont des monuments uniques.

— Veux-tu rentrer à Varsovie? demande Hania, ou veux-tu encore voir quelque chose?

— Arrête-toi devant la gare, dis-je. Je veux revoir l'endroit sur le quai surélevé. L'endroit où je me tenais il y a quarante-cinq ans.

Je cite encore un passage du texte d'Edmund Wierciński évoquant les lendemains de la liquidation du ghetto d'Otwock. « Dans les bosquets environnants, écrit Wierciński, on pouvait voir pendant quelques jours des cachettes d'enfants : de petits trous creusés dans le sable chaud et recouverts de rameaux d'acacia. Des passants jetaient de la nourriture sur ces branches ; la nuit, les hôtes de ces terriers venaient furtivement s'abreuver aux puits les plus proches. » Wierciński décrit ensuite les affiches roses signées «*Der Kreishauptmann en Warschau*» et placardées sur les murs de la ville. Elles spécifiaient que les personnes hébergeant des Juifs étaient passibles de sanctions et ordonnaient d'informer la police ou la gendarmerie du lieu où les fugitifs avaient trouvé asile. Et Wierciński de commenter ou plutôt de s'interroger : « Se trouva-t-il quelqu'un pour informer la police, la gendarmerie ou la police criminelle que le lieu d'hébergement des enfants ayant illégalement fui leur quartier de résidence juif était de petits trous recouverts de rameaux d'acacia? »

— Nous y sommes, dit Jacek qui gare sa Fiat jaune rue Dzika, entre la station d'essence et le centre commercial revêtu de tôle ondulée bleue : droguerie — vaisselle, lessive en poudre —, quincaillerie, bureau de tabac, pâtisserie Camargo, Supermarché Sam. Au premier étage il y a d'autres boutiques — on y accède par un escalier intérieur —, mais je n'y suis jamais allé. De loin, le centre commercial a bonne allure ; de près, il ressemble à tous les magasins polonais ; ici quelque chose se détache, là autre chose se décolle.

— Voyons tout d'abord la façade, le long de la rue

Stawki, dis-je. Nous chercherons ensuite l'endroit où se trouvait la rampe, l'endroit où stationnaient les wagons.

Rue Stawki, nous longeons le bâtiment dans lequel se trouvait l'hôpital pour enfants et où sont aujourd'hui installées des écoles professionnelles ainsi que la direction de la base PKS. L'immeuble est imposant : il semble qu'il ait été construit à la fin des années vingt ou au début des années trente. Il y a deux entrées sur la façade. L'entrée principale, qui semble toutefois délaissée au profit d'une porte latérale le long de laquelle sont accrochées les plaques avec les noms des écoles, se présente ainsi : double porte constituée de planchettes peintes en brun-rouge et percée de deux lucarnes oblongues dont l'une a la vitre partiellement brisée. Cette porte date sans nul doute de l'après-guerre.

— C'est devant cette entrée que se tenaient les policiers juifs veillant à ce que les prisonniers d'Umschlagplatz ne puissent passer de l'immeuble des Archives à celui de l'hôpital. Mais d'après toi, où se trouvait le bâtiment des Archives, où se trouvait la porte de fer donnant sur la rue Stawki ? Il devait être contigu au bâtiment de l'hôpital. Si c'est le cas, de quel côté ? Du côté de la station d'essence ou du côté de la base PKS ?

Du côté de la base, dans le mur frontal de l'immeuble de l'hôpital, il y a des fenêtres qui devaient exister à l'époque. De ces fenêtres, on a une vue sur le territoire occupé par la base PKS. Plus loin, il y a un mur — briques recouvertes de crépi blanc — ainsi que la guérite de la base.

— Tu veux parler du bâtiment où ils étaient gardés ? demande Jacek. Il devait plus ou moins se trouver là où se trouve la station d'essence. Là où se trouve la plaque commémorative. Quant au mur derrière lequel il y a la base, il existait peut-être à l'époque. J'ai comme l'impression que c'est un mur ancien. Regarde bien. Il a été crépi après la guerre, mais ce ne sont pas des briques d'après-guerre.

— Un mur de quarante ans peut très bien avoir l'air d'un mur de cent ans, dis-je. Il a pu être construit au moment où la base a été installée ici.

— Et ces voies de tramway, dit Jacek. Penses-tu qu'elles soient aussi d'après-guerre ? Pendant la guerre, les tramways ne circulaient certainement pas dans la rue Stawki. Mais peut-être s'agit-il d'une ligne d'avant-guerre ?

— C'est facile à vérifier, dis-je. J'ai chez moi un plan datant de 1938. Il est très beau. Les lignes de tramways sont rouges, celles d'autobus bleu foncé. Je crois que juste à cet endroit, là où il y a les rails, il y avait le mur séparant Umschlagplatz du ghetto. Ce mur longeait la rue Stawki, plus ou moins de la rue Dzika à la rue Zamenhof ou au-delà de la rue Zamenhof. Là-bas, il faisait un angle droit et remontait vers le nord, le long de la rue Dzika.

— Ce qui veut dire que la frontière passait au milieu de la chaussée, dit Jacek. Et qu'Umschlagplatz se trouvait en dehors du ghetto.

— C'est à peu près ce qu'indique le plan du ghetto se trouvant dans le livre de Kermisz sur l'insurrection de 1943, dis-je. Le texte est en hébreu mais j'ai fait la connaissance d'un hébraïsant adorable qui a bien voulu me le traduire. Le plan est assez clair. Lorsqu'on le juxtapose aux plans de Varsovie, on voit nettement comment les choses se présentaient. Mais il se peut que le mur fût un peu plus loin, que Szmerling fût assis là où se trouvent les rails.

Cette discussion avec Jacek est pénible, j'ai sans cesse envie — sentiment étonnant pour un homme de cinquante-deux ans — de pleurer, de m'asseoir au milieu de la chaussée, le visage enfoui dans les deux mains, là où Szmerling était assis. Domine-toi, crétin. Tu as cinquante-deux ans, tu es là pour témoigner, non pour pleurer !

— Pouvez-vous nous laisser entrer, madame, dit Jacek à une petite femme aux cheveux gris et au visage blafard assise dans la guérite de la base PKS. Il devrait y avoir ici des rails. Peut-être y sont-ils encore. Vous savez, cet embranchement et cette rampe où ils chargeaient les Juifs. Nous souhaiterions voir s'il en reste quelque chose.

— Si je vous laisse entrer, dit la femme aux cheveux gris, ils me feront sauter la prime. Allez chez le directeur technique. Dans le baraquement, à gauche, après le couloir.

Mais le directeur n'y est pas. Nous ne réussissons donc pas à pénétrer sur le territoire de la base afin de vérifier s'il reste quelque chose des rails. En sortant, je passe la tête par le guichet où est assise la femme aux cheveux gris.

— C'est là qu'ils chargeaient les Juifs, dis-je. Vous êtes au courant?

— Oui, dit la femme. Ils m'auraient fait sauter la prime. A mon avis, c'est là où se trouve la station d'essence. Ou un peu plus loin, là où il y a les immeubles.

— Ces baraquements, dit Jacek tandis que nous longeons le bâtiment de l'hôpital en direction de la station d'essence, m'ont tout l'air d'être des entrepôts d'époque. C'est fort possible.

— Cette voie de raccordement était certainement composée d'une vingtaine de rails, dis-je. D'une vingtaine de rampes ou de quais. Il est fort possible que là où se trouvent la base et les baraquements, il y eût le poste de la *Transferstelle* où l'on chargeait des marchandises, des uniformes pour la Wehrmacht, bref, où l'on chargeait des produits du ghetto, tandis que là où se dressent les tours grises, il se passait ce que tu sais.

— Je vais prendre une photo de la station d'essence et de cette plaque, dit Jacek. Mets-toi là que je te prenne aussi. Il me semble que la cour où ils étaient gardés se trouve précisément ici.

— Je crois qu'elle se trouvait un peu plus loin, dis-je, derrière le bâtiment de l'hôpital. Il y a plusieurs entrées de service. C'est à l'une de ces portes que se tenait l'infirmière à qui Leokadia Schmidt confia son enfant. Regarde, il y a un grillage aux fenêtres, dans son récit elle en parle.

— Ce sont certainement des grillages d'avant-guerre, dit Jacek. Aujourd'hui, on ne les place pas de la même façon.

Jacek est au milieu de la chaussée, à l'angle des rues Stawki et Dzika, et moi devant la station d'essence. J'ôte mon chapeau car je suis mal à l'aise d'avoir le chef couvert. Mais aussitôt je sens que je devrais peut-être le remettre, par respect pour les Juifs : ne sommes-nous pas dans la plus grande synagogue de la planète ? Une autre idée me vient alors à l'esprit : cette synagogue n'est pas la propriété exclusive des Juifs. Elle est universelle, elle nous appartient à tous : aux Juifs, aux chrétiens... Le contrat qui y a été scellé en juillet 1942, et qui a résilié celui qui avait été conclu il y a des milliers d'années, nous concerne tous. Nous en sommes tous partenaires. La coupole de cette synagogue, ce sont les nuages gris s'étirant du centre-ville à Żolibórz.

— Passons par là, dit Jacek. C'est exactement ici qu'il y avait les deux poteaux en béton. J'y suis venu avec Marysia dans les années soixante quand ils y étaient encore.

— C'est donc exactement là qu'il y avait la porte, les barbelés, le poste de garde, dis-je. C'est par là qu'on les chassait. C'est à peu près ici que pendant six semaines Marek Edelman a fait le piquet. Ici exactement. Là où tu te tiens.

Là où il y avait les poteaux, la porte, le poste de garde et les barbelés, il y a maintenant un couloir étroit coincé entre la station d'essence et le centre commercial bleu. C'est un passage pour les voitures, situé à l'arrière du centre. Le chemin par lequel on les chassait est maintenant réservé aux camionnettes de livraison — une camionnette franchit le poste de garde, les barbelés, passe entre les poteaux — qui viennent décharger des cartons de macaronis, des plateaux chargés de gâteaux, des barils de lessive. Ceux qui se présentaient d'eux-mêmes recevaient trois kilos de pain et un kilo de marmelade. Lola Kapelusz, l'épouse d'un avocat de Łódź — je tiens cette information du *Journal du ghetto de Varsovie* d'Abraham Lewin — se présenta avec sa fillette à deux reprises car la petite n'avait rien mangé depuis deux jours. On les refoula car il n'y avait plus de place dans les wagons. Vraisemblablement cela se passa le jour où les Allemands envoyèrent des policiers juifs pour disperser à coups de bâton la foule agglutinée à la porte. Cela dura plusieurs jours, puis on ne donna plus ni pain, ni marmelade. Les rafles reprirent de plus belle.

Longeant le centre commercial, nous le contournons par-derrière, pour aboutir à une aire de jeux. Au sud, elle est fermée par un grillage derrière lequel se trouve une cour ou plutôt un terrain de sport appartenant aux écoles professionnelles. A l'ouest, il y a le centre commercial bleu, à l'est le mur arrière du baraquement de la base PKS. Une aire de jeux. Des poteaux en métal qui en été servent probablement à soutenir des balançoires. Des structures en planches, sortes de tentes ou de cabanes où les enfants peuvent jouer au gendarme et au voleur, aux cow-boys et aux Indiens ou à autre chose. Si le cœur leur en dit. Mais cela m'étonnerait.

« C'est possible que ce soit ici, dit Jacek tandis que nous traversons l'aire de jeux en direction des immeubles situés entre les rues Dzika et Inflancka. Les voies et les rampes. Le chargement dans les wagons.

— D'après Rudnicki, qui n'est pas très précis mais qui est quand même venu ici trois fois, le chemin qu'il appelle "sentier sablonneux" était assez long.

— D'ici à l'hôpital, dit Jacek, il doit y avoir deux cents mètres. Peut-être plus. C'est donc probablement ici.

— C'est ici, je pense, qu'eut lieu la dernière sélection, dis-je. C'est ici que l'on proposa à Korczak de revenir au Conseil juif: une dernière intervention aurait pu les sauver, lui et les enfants.

— On lui fit cette proposition dans la cour, dit Jacek, alors qu'il était assis avec les enfants au pied du mur.

— Tout près d'ici devrait se trouver la grande porte que mentionne Leokadia Schmidt, dis-je. A côté de cette balançoire peut-être. Tu sais, cette porte surmontée de l'inscription: "Passage interdit sous peine de mort." A moins qu'elle ne se trouvât à l'emplacement du centre commercial. Plus ou moins à la hauteur du supermarché, là où le samedi les gens font la queue pour des paniers.

— Il y a quelque chose que je ne comprends pas, dit Jacek. Pourquoi a-t-on construit ces immeubles? Pourquoi ce centre commercial? Pourquoi les enfants se balancent-ils ici sur des balançoires? N'est-ce pas là l'un des rares lieux que l'on ne devrait jamais oublier? Comme

Verdun, comme les Thermopyles ? C'est même plus que les Thermopyles, plus que Verdun. Car dans quelques siècles ces lieux auront été oubliés. En revanche, Umschlagplatz restera dans la mémoire de tous. D'autres peuples dont nous ne pouvons prévoir l'histoire se soulèveront, d'autres historiens se pencheront sur le lieu où se trouvait la porte avec l'inscription : "Passage interdit sous peine de mort." Pourquoi a-t-on érigé ici ces abominables tours ?

— A ma connaissance, lorsque ces immeubles furent construits, les Juifs ne protestèrent pas, dis-je. En tout cas, je n'ai jamais entendu parler de réticence de leur part. Auparavant, ils avaient accepté — je crois même que ce sont eux qui l'ont proposé — que le Monument soit érigé un peu plus loin, entre les rues Zamenhof et Gęsia, rue Anielewicz. Là où se déroula la dernière rafle de septembre. Le Monument, à mon avis, devrait se trouver ici.

— S'ils n'ont pas protesté, dit Jacek tandis que nous arrivons sur une place, une placette, un square — je ne sais comment définir ce lieu —, sur un terrain entouré d'immeubles situés entre les rues Dzika et Inflancka —, s'ils n'ont pas protesté, c'est sûrement parce qu'ils ont voulu qu'il en soit ainsi. Non pas que cela leur fût égal. Mais ils voulaient qu'il y eût ici des immeubles, que la vie continuât. Comme s'ils redoutaient Umschlagplatz, un Umschlagplatz désert où il n'y eût eu que des baraquements en ruine, des rails et des wagons. Avec la vie, Umschlagplatz s'éloignerait un petit peu, s'enfoncerait dans le passé. C'est peut-être là une explication.

— Ce n'est pas si mal au fond que des gens y habitent, dis-je. N'est-ce pas là un monument ? Regarde, c'est même très joli.

En effet, ce terrain perdu au milieu d'immeubles, comparé aux autres plutôt sinistres que l'on voit dans ce pays, est tout à fait charmant, parfaitement entretenu. Les thuyas appuyés à une clôture en bois traité ont belle allure, le parking, avec la puanteur de ses gaz d'échappement, se trouve de l'autre côté, derrière les immeubles. Les allées sont nettoyées. Les poubelles, ces horribles bacs métalliques à roulettes, sont invisibles. Quelques arbres — si ces derniers sont doués de mémoire, quatre d'entre eux doivent se souvenir — vont bientôt se couvrir d'un manteau de verdure, ne manquant pas de réjouir le cœur de ceux qui demeurent dans les immeubles gris. Je crois que ce sont les peupliers que Marek Edelman évoque dans sa conversation avec Hanna Krall: « La locomotive se tenait là où il y a des peupliers. »

— Quand les feuilles sortiront des bourgeons, je te dirai quels sont ces arbres, dit Jacek. D'après l'écorce je ne suis pas capable de les reconnaître. Mais ce sont sans doute des peupliers.

Une jeune fille en jeans se promène avec un cocker-épagneul qui renifle mes pieds. Une femme avec une écharpe rouge est penchée au-dessus d'un grand landau. Deux garçons de neuf-dix ans s'amusent à grimper entre les peupliers.

— Vous savez ce qu'il y avait ici? leur demandé-je.

— Non, dit l'un.

— Si, dit l'autre. Le ghetto, mais il était un peu plus loin, là-bas. Ici se trouvaient les embranchements, c'est de là que l'on faisait partir les Juifs.

Si aujourd'hui, sur ce terrain perdu au milieu des immeubles, un sociologue posait la même question à ceux qui font la queue pour des paniers, achètent des gâteaux, emportent des lessives, lavent des voitures, promènent des chiens, il obtiendrait sans doute la même réponse. Mais méfions-nous de ces questions. Mieux vaut les poser à des enfants car, avec les adultes, on ne sait jamais.

— Retournons rue Dzika, dit Jacek. Je parle de l'ancienne rue Dzika. Il y reste un immeuble qui se trouvait, je crois, du côté aryen. Tout contre le mur. Il y a longtemps, lorsque je suis venu ici avec Marysia, il n'était pas encore crépi. Maintenant qu'il l'est, il a une autre allure, il faut que tu le voies.

C'est un immeuble comme les autres, à deux étages, correct. Il a sûrement été refait il y a plus de dix ans car le crépi jaunâtre est un peu abîmé. La gouttière complètement rouillée a besoin d'être remplacée. Il n'y a rien de plus à dire sur cet immeuble de la rue Dzika, de l'ancienne rue Dzika.

— Maintenant imagine-toi une personne qui à l'époque vivait dans cet immeuble, dit Jacek. Une femme, disons. Elle ouvre la fenêtre, pose sur le rebord un oreiller. Elle s'accoude, se penche légèrement, regarde. Jour après jour. Combien de jours dura la grande liquidation?

— Cinquante et quelques, dis-je. Cinquante-quatre, je crois. Mais je ne sais pas s'il était permis de regarder. Peut-être tirait-on en direction des fenêtres.

— C'est possible, dit Jacek. Accoudée, elle regarde. En bas il y a le mur hérissé de verre pilé. Plus loin, au-delà du mur, la rampe et les wagons.

— Et nous? dis-je. Que faisons-nous? Nous regardons également. Nous marchons, nous observons. Ici, il y avait la rampe, là les wagons. Ici des poteaux, là-bas une porte.

— Ce n'est pas la même chose, dit Jacek. Nous regardons ce qu'il y a aujourd'hui. Ce qu'il y avait autrefois, nous le voyons au travers du voile du présent.

— Le vieux Hillel Zeitlin *, dis-je au moment où la Fiat jaune prend la rue Karmelicka et se dirige vers le Monument, a probablement été fusillé devant les wagons. Avant de mourir, ils revêtaient un habit liturgique. C'est ainsi qu'il s'habilla avant d'y aller. Tu sais qui c'était.

— Non, dit Jacek. Je n'ai jamais entendu parler de lui.

— C'était un journaliste et un écrivain, dis-je. C'était semble-t-il une personnalité très influente et respectée. Il avait deux fils, Aaron ** et Elhanan. Lorsqu'il reçut le prix Nobel, Singer parla d'Aaron avec beaucoup de tendresse. Ils étaient sans doute amis. J'ai lu ses vers en polonais car il a été un peu traduit. C'était un bon poète, je crois, cet Aaron.

— Singer est aussi un bon écrivain, dit Jacek en tournant de la rue Anielewicz dans la rue Marchlewski. Très bon même.

---

* (1871-1942), auteur, penseur et journaliste.

** Aaron Zeitlin, né en 1898, écrivain hébreu et yiddish. Émigra à New York au printemps 1939.

— Un *sofer*, dis-je.

— Qu'est-ce que cela signifie, *sofer*? demande Jacek.

— C'est le seul mot hébreu que je connaisse, dis-je. A part, bien sûr, les mots que tout le monde connaît : *zaddik, heder* *, *yeshiva* ou *mezouza. Sofer*, cela veut dire scribe, copiste. Le *sofer* est celui qui recopie la Torah. Avant de commencer, il doit se purifier rituellement. Dès lors il n'a plus le droit de se tromper car, s'il commet une seule erreur, tout ce qu'il a recopié est bon à jeter.

— C'est évidemment irréalisable, dit Jacek. Surtout si l'on avance à tâtons. Mais on peut considérer cette démarche comme un idéal vers lequel il faut tendre.

— Ou comme un engagement, dis-je. Tu t'engages à faire tout ton possible pour ne point te tromper. Viens chez moi, nous allons vérifier sur mon plan si avant la guerre il y avait des voies de tramway rue Stawki.

A mon guide sommaire du ghetto de Varsovie ou plutôt aux documents — ce terme convient mieux, je crois — qui me serviront un jour à établir un guide — ceux dont je dispose à l'heure actuelle sont trop informes pour prétendre à ce titre —, il conviendrait d'ajouter le registre des immeubles se trouvant sur le territoire du quartier Nord et n'ayant pas été détruits par les Allemands. Je parcours le ghetto tout en consignant les immeubles restés intacts.

Nous voici rue Sienna, entre la rue Marchlewski et le palais de la Culture. D'un côté de la rue Sienna, au nord, il n'y a rien; de l'autre, au sud, il y a quatre immeubles d'avant-guerre : ils ont belle allure, ont été rénovés tout récemment, il y a deux ou trois ans au plus. Pour ce qui est de ces édifices, je ne peux jurer de rien : faisaient-ils ou non partie du ghetto? Pendant la guerre, la rue Sienna était comparée — quelques récits l'attestent — aux Champs-Élysées. Les Champ-Élysées du ghetto de Varsovie. C'était en effet la plus belle rue du ghetto. Qui plus est, l'une des seules où poussaient des arbres. Dans le ghetto la verdure

* École élémentaire juive.

était très rare. Lorsque l'on voulait se promener, on allait rue Sienna ou au cimetière, celui qui se trouve près de la rue Okopowa. Le cimetière, l'unique jardin, l'unique parc du ghetto, était également un lieu de promenade : au printemps ou en été on s'y rendait — c'est M. Michał qui me l'a raconté — avec de petites chaises. Ici on papote à l'ombre des arbres en fleurs, là on jette par-dessus le mur des sacs de pommes de terre, plus loin on voit une charrette noire ployant sous le poids de corps nus. De quoi pouvaient bien parler ces Juifs assis sur de petites chaises entre les tombes du cimetière ? Certainement de ce dont on cause dans un parc ou un jardin public. Si les gens se promenaient rue Sienna à l'ombre des arbres, cela signifie que la rue entière, tant du côté nord que du côté sud, se trouvait dans le ghetto. Je sais par ailleurs que cette rue était barrée : par un mur, des barbelés, une palissade ? Sa partie sud ne pouvait donc faire partie du ghetto et les quatre immeubles se trouvaient donc à l'époque — quand exactement ? — du côté aryen. Il se peut que la rue Sienna n'ait été coupée en deux que lors de la grande liquidation. Juste avant, juste après ? Je suis au milieu de la rue Sienna et la tête levée, je regarde les quatre immeubles qui, pour une raison mystérieuse, n'ont pas été détruits au cours des quarante-cinq dernières années.

— J'aimerais savoir si ces immeubles ont été enregistrés par quelqu'un, dis-je. Si c'est le cas, mon travail n'aurait aucun sens. Il est en effet possible qu'il existe un registre de ces immeubles.

— De quels immeubles ? demande Hania.

— De ceux qui n'ont pas été détruits, dis-je. Qui sont encore debout. Les Allemands détruisirent tout à l'exception d'une vingtaine de maisons. On se demande bien pourquoi. Ils avaient sûrement une idée derrière la tête. Je me demande combien il y a d'immeubles aujourd'hui dans notre ghetto.

— Quelques dizaines sans doute, dit Hania.

— Moins que cela. Je vais les énumérer et toi, tu les compteras. Ces quatre immeubles-ci. Celui où il y avait la revue *Femina*. Celui qui se trouve rue Marchlewski, à côté de *Femina* et qui est en cours de restauration. Celui situé rue Leszno, c'est-à-dire allées Świerczewski, là où il y avait les "Treize".

— Cela fait sept, dit Hania. Il y a aussi les trois immeubles de la rue Krochmalna au niveau de la rue Żelazna. Plus celui qui se trouve rue Chłodna près du pont, là où il y a actuellement une pharmacie. Cela fait onze.

— Deux immeubles de plus rue Karmelicka, dis-je, au-delà de la rue Nowolipki. Trois rue Żelazna, là où se trouvait la *Befehlsstelle SS*. L'immeuble du 2A rue Wolność, celui du 90 rue Żelazna, là où se trouve la maternité. L'immeuble ou plutôt les deux immeubles près du rond-point Prosta-Świętokrzyska.

— Cela fait vingt, dit Hania. Ce n'est pas si mal. Ajoutons-y l'immeuble de la rue Miła près du bunker d'Anielewicz. Deux ou trois immeubles rue Leszno, derrière les Tribunaux avant d'arriver rue Żelazna.

— Il faut encore passer rue Nalewki en allant vers la place Muranowski ainsi que rue Gęsia en remontant vers la rue Bonifraterska, dis-je. Mais à mon avis aucun immeuble de l'époque n'y est resté. Cela fait combien d'immeubles en tout?

— Vingt-deux ou vingt-quatre, dit Hania. Il faut aussi rajouter l'hôpital entre les rues Sienna et Śliska. Ce sont en fait deux bâtiments distincts. Plus trois immeubles rue Śliska, en face de l'hôpital. Et l'immeuble tout près de « Phénix » rue Sienna.

— Il faudrait aussi ajouter les bâtiments des fabriques rue Okopowa, dis-je. Ainsi que ceux situés rue Próżna et place Grzybowski, car c'est là que se trouve la plus grosse concentration. La rue Próżna jusqu'en juillet 1942 était dans le ghetto. En tout cas, cela fait de quarante à cinquante immeubles. Peut-être un peu plus de cinquante. C'est tout ce qui reste. Encore convient-il de diviser ces cinquante et quelques immeubles en deux catégories : ceux qui ont été partiellement incendiés, puis reconstruits et ceux qui sont restés intacts. Ces derniers ne sont certainement pas plus de vingt. C'est cela, vingt au maximum.

— Le ghetto tout entier tiendrait aujourd'hui dans une toute petite rue, dit Hania.

— Déjà à l'époque il rétrécissait sans cesse, ses frontières étant constamment déplacées. Et il continuera de rétrécir car le nombre de ses immeubles ne cessera de diminuer. Presque tous sont dans un piteux état, sont voués à être rasés, démolis. Il existe un livre, écrit par l'auteur des *Vendeurs de cigarettes de la place des Trois-Croix*, Zieman. Il s'intitule *Les Frontières mouvantes du ghetto de Varsovie* ou *Les Frontières changeantes du ghetto de Varsovie*. Malheureusement il est écrit en yiddish ou en hébreu. Bref ces frontières ne cessent de changer. Viendra un jour où le ghetto ne sera plus qu'un immeuble. Puis il ne sera plus rien.

— Ce jour-là, tout ce qui restera de lui se trouvera sous terre, dit Hania. Mais nous ne serons plus de ce monde car cela ne se passera pas avant quelques dizaines d'années.

— Tant mieux, dis-je. Je ne voudrais pas vivre jusqu'au jour où le dernier immeuble de notre ghetto passera sous terre. Allons encore faire un tour rue Śliska. C'est à deux pas d'ici.

— Mais tu la vois d'ici, la rue Śliska, dit Hania. Il n'y a rien à y voir. A part ces trois immeubles dont la partie arrière donne sur la rue Prosta. Ou sur la rue Pańska.

— Rue Śliska, dis-je, habitait Hillel Zeitlin. Je n'arrive pas à savoir s'il est allé de lui-même à Umschlagplatz ou s'il y a été emmené. Ce qui est sûr, c'est qu'il s'y est rendu les mains vides. Tous ses manuscrits sont restés dans son appartement. Il semble que par la suite Ringelblum, ou quelqu'un d'autre de l'*Oneg Shabbat* * à qui Ringelblum avait confié cette tâche, se soit rendu chez lui pour y récupérer ses manucrits. Mais il revint bredouille. Zeitlin les avait sans nul doute cachés, enterrés dans la cave.

— Tu sais où se trouvait l'immeuble dans lequel il vivait ? demande Hania.

* « Allégresse du Shabbat », nom secret de la société créée par E. Ringelblum, en octobre 1939, pour transmettre à la postérité le témoignage du ghetto de Varsovie.

— Non, dis-je. Nous allons passer tout près sans même le savoir. Il se peut que cet endroit ait entendu parler de nous, qu'il sache qu'en ce moment nous passons et pensons à lui.

— As-tu entendu parler de cette femme, demande Hania au moment où nous passons devant l'endroit où sont enfouis dans une cachette aménagée derrière des briques noircies les manuscrits calcinés de Hillel Zeitlin, de cette femme qui s'agenouilla sur un trottoir?

— Quand? Récemment? demandé-je.

— Mais non, l'été 1942, dit Hania. Non pas ici, dans le ghetto, mais rue du Nouveau-Monde. Je l'ai lu dans *Le Journal* d'Abraham Lewin. Je ne sais pas d'où il tenait cette information. Quelqu'un avait dû lui raconter cette histoire, quelqu'un qui s'était trouvé du côté aryen puis était revenu dans le ghetto. Rue du Nouveau-Monde un gendarme fusilla un enfant juif. Une femme chrétienne qui avait assisté à la scène s'agenouilla alors sur le trottoir et se mit à prier à voix haute. Je me souviens de la phrase de Lewin. « Elle priait Dieu afin qu'Il dirige son glaive contre les bourreaux. » Tu imagines cette scène? Quelque part à l'angle de la rue Warecka. Près du magasin d'alimentation fine. Ou sous le passage que nous prenons pour aller chez Alinka. Près de la boutique de fromages. A genoux elle prie afin que Dieu s'en mêle enfin.

— Cela ne rime à rien de demander à Dieu d'intervenir, dis-je. En voyant une telle scène, Dieu doit savoir ce qu'Il a à faire. D'autre part, en parlant de Lui, nous n'avons pas à utiliser des expressions qui nous sont propres: Il "doit", Il "ne doit pas", car notre conception du devoir ne Le concerne pas, ne peut Le concerner. Dieu ne nous doit absolument rien. S'il est et voit, Il fait ce qu'Il veut et non pas ce que selon nous Il devrait faire. Un dieu qui nous écouterait serait vraiment un dieu minable.

— Pourtant tu Le pries, dit Hania. Même en ce moment tu Le pries. Afin qu'Il dirige tes pas là où reposent les manuscrits de Zeitlin. Afin qu'Il te permette de rester tout près d'eux.

— Oui, je prie, dis-je. Comme cette femme de la rue du

Nouveau-Monde. Afin qu'Il retourne son glaive contre les bourreaux. Afin qu'Il me permette de mettre la main sur ces manuscrits. Afin qu'Il prenne sous sa protection ces immeubles dont je m'apprête à lui présenter le registre. Mais le sens de ma prière m'échappe. Je prie, ce qui ne signifie pas que je sache pourquoi je prie.

— Tu considères quand même que cela sera utile. Que tu seras écouté.

— Écouté par la prière. C'est peut-être ainsi qu'il faudrait le formuler. Je prie car je considère que la prière est dotée d'une force souveraine. En fait, je considère moins que je ne sens, que je ne crois; la prière écoute, la prière sera entendue et exaucée par la prière.

— Ce qui signifie que le dieu que tu pries est prière, dit Hania, ou qu'Il est dans la prière. Te souviens-tu de ce que disait rabbi Pinhas de Korzec? Chacun découvre Dieu là où il le peut: “L'un dans les larmes, un autre dans la prière, un autre dans les chants de louanges.”

— La prière est prière, dis-je. C'est tout ce qu'il nous est permis de savoir.

— Je suis vraiment heureux que vous vous soyez enfin décidé à venir, dis-je. Hania est également ravie mais elle est malheureusement absente, elle est allée au Supersam.

— J'ai fait halte à l'hôtel Victoria», dit Icyk. En employant une telle expression, il m'étonne, mais après réflexion je me rends compte qu'Icyk l'a utilisée sciemment. Il l'a préparée dans sa tête avant de composer notre numéro de téléphone afin de me faire comprendre qu'en venant ici, il a moins franchi une distance de sept mille kilomètres qu'un demi-siècle, qu'il est un hôte d'un autre temps, d'une autre époque, d'un autre éon. Si nous acceptons comme prémisse le fait qu'entre 1939 et 1945 un éon s'est achevé, relayé aussitôt par un autre, cette prémisse me semble, à Icyk comme à moi, des plus vraisemblables. L'homme peut-il passer la première moitié de sa vie — s'agissant de moi: le début de sa vie — dans un éon, puis l'autre, la fin de sa vie, dans un autre éon?

« J'ai fait halte à l'hôtel Victoria, ce n'est pas très loin. Je vais en profiter pour aller faire un petit tour au Jardin de Saxe et dans la rue Tłomackie. Au passage, je jetterai un œil à notre synagogue.

— La rue Tłomackie n'existe pas, dis-je. Monsieur Isaac, lorsque vous sortirez du Jardin de Saxe, prenez la direction de la place Dzierżyński.

— Je sais qu'elle n'existe pas, me coupe Icyk. Tu n'as rien à m'apprendre, mon cœur. J'en profiterai pour passer par la rue Tłomackie. De ton côté, prends l'autobus D place Kazimierz Wielki et va jusqu'au terminus, à l'angle des rues Zamenhof et Gęsia. Ou alors prends le "8" à l'angle des allées de l'Indépendance et de la rue du 6-septembre ; de chez toi, de la rue Filtrowa, c'est plus commode mais plus long. N'oublie pas de descendre à l'angle des rues Zamenhof et Muranowska.

— Vous avez une sacrée mémoire, dis-je.

— Que puis-je avoir d'autre ? dit Icyk. Viens comme tu veux, et donnons-nous rendez-vous, disons dans une heure, à l'intersection des rues Niska et Stawki.

— Maintenant l'autobus 157 y va, dis-je. Mais on peut aussi y aller par le " 15 " et descendre rue Stawki.

— Le " 15 " allait à la place Wilson, dit Icyk. En 38 ou peut-être en 39, Mlle Lilka louait une garçonnière rue Krasiński. Mais qu'est-ce que je te raconte là... Donc dans une heure à l'intersection des rues Niska et Stawki. Nous irons ensuite nous promener du côté de la rue Gęsia ou du côté de la rue Miła, puis nous nous rendrons au cimetière. Je te montrerai, mon cœur, ce qu'il y avait autrefois, et toi, tu me montreras ce qu'il y a aujourd'hui. Ce que vous y avez construit.

— On peut y voir des immeubles en briques grises, dis-je. Rien d'extraordinaire.

— Je veux bien le croire, dit Icyk. A en juger d'après l'hôtel où je suis descendu, les Le Corbusier ne sont pas légion chez vous. Peut-être eût-il fallu laisser les ruines ?

— C'est le centre de la ville, dis-je. Imaginez-vous un peu, monsieur Isaac, des montagnes de briques pilées au cœur de la ville? Une avalanche de briques calcinées. Certes ce serait un monument.

— Que racontes-tu là?» dit Icyk. D'après son ton, je sens qu'en employant ce mot, je l'ai ému ou alors offensé. «Qu'est-ce que cela veut dire, un "monument"? Est-il possible de commémorer de tels événements? Ou alors tout est monument. Bon, dans une heure. Veille seulement à ne pas arriver en retard car il n'est pas convenable qu'un vieux Juif comme moi attende un *goy*.

— Savez-vous l'âge que j'ai? demandé-je. Cinquante-deux ans.

— Connais-tu le mien? demande Icyk.

— Oui, dis-je. L'âge de tout le monde.

— Bonne réponse, dit Icyk. Mais c'est moi qui l'ai inventée. Bon, au revoir.

— Vous verrez une station d'essence, dis-je. Juste à l'angle de la rue Dzika. Lorsque vous quitterez la rue Karmelicka, vous ne pouvez pas ne pas la voir.

— Alors mettons-nous d'accord, rendez-vous à côté de la station, dit Icyk.

— D'accord, dis-je. Rendez-vous à Umschlagplatz.

Cette phrase, je n'ai pu la prononcer car elle contient quelque chose que je ressens — il m'est difficile d'expliquer pourquoi — comme indécent, comme intolérable. Aussi me suis-je décidé à l'inscrire dans mon roman: j'estime qu'à partir du moment où cette phrase m'est venue à l'esprit, je dois la transcrire car, du fait de son caractère indécent, elle mérite réflexion. Qu'y a-t-il d'indécent en elle? Tout d'abord cette phrase peut être lue ou énoncée — sa structure phonétique ou grammaticale l'autorise — d'un ton léger qui en l'occurrence est intolérable, car il pourrait être considéré comme une offense à la mémoire de ceux qui ont franchi la porte à l'intersection des rues Stawki, Niska et Dzika. Deuxièmement, cette phrase a l'air de m'inclure, bien que symboliquement, dans le cercle de ceux qui ont passé par là; ce qui pourrait être considéré comme un abus moral. Ces deux raisons me semblent toutefois moins essentielles qu'une troisième que voici: cette phrase, «Rendez-vous à Umschlagplatz», semble contenir un présage, elle semble augurer que l'histoire va se répéter, que les gens réitéreront les mêmes réactions, les mêmes réflexes qu'eurent les SS ou les policiers juifs d'Umschlagplatz : Brandt, Szeryński, Szmerling. L'hypothèse que tout va recommencer est indécente et intolérable. Faut-il pour autant ne pas l'énoncer ? Je l'ignore. Tantôt je pense que oui, tantôt que non. Celui qui vit dans le plus proche voisinage d'Umschlagplatz sait que tout peut arriver.

La phrase qui a clos l'entretien téléphonique entre l'hôtel Victoria et la rue Filtrowa, c'est-à-dire ma conversation téléphonique avec Icyk qui, près de cinquante ans après, se décida à revenir à Varsovie, ne fut pas prononcée. Elle aurait pu le blesser : « Qu'est-ce que tu t'imagines, mon cœur » et Icyk de raccrocher, puis, lorsque nous le rappelons, Hania et moi, Icyk de dire qu'il est très occupé, qu'il ne peut nous rencontrer. Cela, Hania ne me l'aurait jamais pardonné, je ne me le serais jamais pardonné moi-même. J'ignore si Icyk aurait réagi ainsi, mais ce n'est pas impossible. Car dans ce genre de situations il était très logique avec lui-même. Lorsqu'il était offensé ou considérait qu'il l'avait été, son offenseur pouvait tout au plus espérer être traité comme du vent. Je dis bien tout au plus car il arrivait qu'Icyk entrât dans une terrible furie. Je me souviens d'une scène qui se déroula lors de sa dernière visite à Varsovie. Nous étions installés à une petite table du café Ujazdowska, celui qui se trouve sur les allées Ujazdowskie, non loin des bâtiments où siégeait la Kripo. Une personne, peu importe qui, au cours de la conversation qui concernait bien évidemment — car que pouvait-elle concerner d'autre ? — les destins juifs, polono-juifs, judéo-polonais ici à Varsovie, déclara : « Les Juifs ont fait ici beaucoup de mal. » Icyk parut ne pas réagir, ce qui m'étonna. Il se contenta de déchausser ses lunettes, ses fameuses lunettes à monture métallique, et les tenant à hauteur de nez, la tête légèrement penchée, il regarda par-dessus les verres l'auteur de cette phrase. Ce dernier n'était pas juif. Dans les mots qu'il avait énoncés d'un ton peut-être un peu trop agressif, il n'y avait rien de blâmable car cette personne n'avait pas à l'esprit, ce qui apparut très nettement dans la suite de la conversation, l'ensemble des Juifs, mais ceux qui avaient pris le parti des communistes, ceux qui, à la fin des années quarante et au début des années cinquante, dans l'immeuble de la rue Koszykowa, s'employaient à arracher les ongles, à écraser les doigts dans des tiroirs. Mais Icyk ne sembla guère comprendre à qui s'adressait cette phrase: « Les Juifs ont fait ici beaucoup de mal. » Ou bien il la comprit, mais fut blessé par la généralisation qu'elle impliquait: Icyk considérait en effet qu'un Juif qui devient communiste cesse d'être juif. La conversation poursuivit son cours. Des destins polono-juifs ici à Varsovie, nous passâmes aux destins judéo-polonais là-bas à Jérusalem. « Si j'étais Juif polonais, né à Varsovie, un Juif sioniste, un Juif révisionniste * même, du genre de Jabotynski, je crois que je ne me sentirais pas bien, que la nuit, je rêverais que je lévite au-dessus du Jardin de Saxe ou peut-être plus haut, au-dessus du gratte-ciel de la place Napoléon. — Que peux-tu en savoir, mon cœur, répondit Icyk en se levant de table. Je vais me chercher un autre café. » Je ne demandai pas à Icyk — aujourd'hui je le regrette — ce que d'après lui je ne pouvais savoir. Voyant qu'Icyk avait envie de prendre un autre café, celui qui précédemment avait prononcé la phrase concernant, à son sens et non pas à celui d'Icyk, les Juifs travaillant dans l'immeuble de la rue Koszykowa, se leva promptement: « Ne vous fatiguez pas, monsieur Isaac, je vais vous l'apporter. » Un instant après, il revenait avec une tasse de café qu'il posait devant Icyk: « Il n'y a plus de crème, elle a tourné. » Icyk sortit de son porte-monnaie cinq pièces de vingt złotys qu'il plaça sans un mot en petit tas devant celui qui lui avait porté la tasse. Ce dernier réagit comme il convient de réagir: il repoussa les pièces de monnaie en disant: « Permettez, monsieur Isaac, que je vous offre ce café. » Alors Icyk prit les pièces de vingt złotys, lui sourit gentiment et dit: « Les Juifs, mon cœur, ont fait ici beaucoup de mal. » Puis il lui lança à la figure

* Courant du sionisme de droite.

les cinq pièces de monnaie. Sourire aimable ou pas, je crois qu'il s'agit là d'un véritable accès de furie.

Revenons à la phrase que je n'ai pas prononcée à la fin de mon entretien téléphonique avec Icyk : « Rendez-vous à Umschlagplatz. » Je ne l'ai pas prononcée pour la bonne raison que je n'ai pu la prononcer. Icyk, je crois l'avoir déjà dit, ne se décida pas à venir à Varsovie. Quant à ma conversation avec lui, n'ayant pu avoir lieu, j'ai dû l'imaginer. Je m'en veux d'insérer dans mon livre des éléments inventés. Je fais de mon mieux pour qu'il y en ait le moins possible. J'écrirais volontiers un livre dans lequel aucun fait ne serait imaginé, un livre dans lequel il n'y aurait que l'histoire commune des Juifs et des Polonais. A mon avis, seul un tel ouvrage serait un digne témoignage de ce qui s'est passé, une digne réparation dont nous, Polonais, sommes redevables aux Juifs. Mais je n'ai pu écrire ce livre car je suis limité par mon expérience qui dans cette affaire est plus morale que réelle, plus morale que vécue. Mais il n'est pas impossible non plus que mon roman, où fiction et réalité se côtoient, soit aussi une sorte de réparation. C'est du moins ainsi que je l'ai conçu. Pour ce qui est de ma conversation avec Icyk, je puis me justifier sans problème. Je considère en effet ce dialogue fictif comme plausible. Tous deux, Hania et moi, avions très envie qu'Icyk vienne à Varsovie. En attendant sa visite, je me suis souvent imaginé notre première rencontre à l'aéroport de Varsovie, le trajet en Renault rouge jusqu'à l'hôtel, la visite d'Icyk rue Filtrowa : « Ce tableau représentant le prince Joseph sautant dans l'Elster, dit Icyk, je me souviens très bien de l'avoir vu chez ma tante à Żoliborz il y a cinquante ans. » Cette conversation téléphonique entre la rue Filtrowa et l'hôtel Victoria, je l'ai également imaginée plus d'une fois. Je me rappelle qu'un jour, tandis que Hania et moi allions en Renault rouge à Otwock, j'essayai de concrétiser cette conversation. M'adressant à Hania, je mis donc en forme mon premier entretien téléphonique avec Icyk : il dira ceci, alors moi je lui répliquerai cela, puis il me répondra ceci... A ce moment, Hania, lâchant le volant comme elle a l'habitude de le faire, ce qui risque un jour de se terminer par un terrible accident, me dit: « Il ne viendra jamais ici. — Mais pourquoi? — Tu ne comprendras jamais. » Je peux donc dire que ma conversation avec Icyk, bien que fictive, ne l'est pas vraiment dans la mesure où elle a eu lieu, en moi, plusieurs fois, que souvent cette phrase y a été énoncée sous diverses formes dont la suivante: « Rendez-vous près de la station d'essence à l'angle de la rue Dzika. Là et pas ailleurs. »

C'est vraisemblablement la phrase qui vient à l'esprit d'Icyk qui, debout au vingt-deuxième étage de son gratte-ciel, la main gauche appuyée au châssis métallique de la fenêtre, cherche un épilogue à son roman dont le manuscrit souligné et griffonné d'encres rouge et verte — Icyk utilise au moins trois stylos à encre — repose tout près de lui à droite sur son bureau. Tout en réfléchissant, Icyk comprend qu'il lui arrive quelque chose de mauvais: « Ce pacemaker, pense-t-il, c'est vraiment de la merde, il faut absolument que ces Américains me le changent. Ou alors, chose plus probable, mon heure est venue. » Sa main droite semble s'être détachée de son corps: « C'est drôle, pense-t-il encore, que ce soit la main droite qui se soit détachée et non la gauche, celle qui me fait mal tandis qu'elle est appuyée sur le châssis métallique de la fenêtre. » Tout en se détachant, elle s'envole au-dessus du bureau, balayant au passage l'encrier rouge, le manuscrit du roman et le stylographe à plume d'or, la plume du Parker qui, il y a cinquante ans, reposait sur son cahier bleu entre la remise et les groseillers blancs et rouges. « C'est drôle », pense encore Icyk, qui essaie, de la main gauche, de rattraper sa main droite. Mais c'est irréalisable: en lévitant horizontalement au ras du plancher, on ne peut attraper une main qui se promène plus haut: « Je me demande si, comme l'affirmait un disciple de Rabbi Mendel de Worki, c'est un voyage d'une pièce à l'autre ou plutôt, comme le disait Rabbi Mendel lui-même, une simple promenade d'un coin à l'autre de la chambre. Mais où, sur quelle étagère ai-je mis ce livre de Buber où j'ai lu cette histoire. Si je pouvais m'arrêter un instant de léviter, je vérifierais ce qui y est écrit. » La main droite d'Icyk, celle qui s'est détachée, est tout près du rayonnage où se trouve le livre de Buber, la troisième étagère à partir du bas. Il pourrait facilement l'en extraire. Mais au moment où sa main approche le livre, Icyk Mandelbaum cesse de l'éviter.

A ce moment, Arié Wilner *, Abrasza Blum, Zysze Frydman, Menahem Kirszenbaum, Władysław Szlengel *, Anna Natalblut, Szachno Zagan, Tobcia Dawidowicz *, Paulina Braun, Abraham Gepner *, Icchak Giterman, Szmul Brasław, Niuta Tajtelbaum — le pardessus de Szmul est déchiré à la couture d'où s'échappe l'ouatine, la marinière de Niuta est tachée de chaux, mais qu'importe — ainsi que des gens un peu moins jeunes, Vladimir Medem *, Haim et Leïb Dawidsohn, Józef Szpisman, Bronisław Mansperl et Jecheskel Portnoï s'approchent d'Icyk, le saluent, de leurs doigts tièdes lui touchent la barbe — Icyk avec une barbe? —, le front, les joues. Ils le prennent par-dessous le bras et depuis les Tribunaux — pour se rendre dans notre quartier, c'est le chemin le plus court —, ils le conduisent rue Leszno. Le tenant toujours par le bras, ils longent la *Befehlsstelle SS*, au 103 rue Żelazna, puis tournent rue Leszno pour prendre la direction de la rue Karmelicka. Ils passent devant la revue *Femina*, au 35 rue Leszno où, à la lumière des lampes à acétylène, l'orchestre de la police juive sous la direction de Szymon Kataszek donne un concert, non — ce sera mieux ainsi —, où chante le rossignol du ghetto, la toute jeune Marysia Ajzensztadt. Comme elle est jolie, Marysia qui aura toujours dix-huit ans. De la rue Leszno, ils tournent dans la rue Karmelicka, ils s'approchent de l'immeuble où siégeaient les « Treize ». Mais ils ne s'y rendront pas. Ils remontent la rue Karmelicka le long de la clôture en bois

---

* *Arié Wilner:* délégué de l'Organisation juive de combat. *Abrasza Blum*, « père spirituel de la résistance armée », selon Marek Edelman. *Władysław Szlengel*, auteur d'expression polonaise. Avant l'insurrection d'avril 1943, rédigea une préface à ses poèmes : « Ce que j'ai lu aux morts. » *Tobcia Dawidowicz*, agent de liaison. *Abraham Gepner*, chef du département de ravitaillement dans le ghetto. *Vladimir Medem*, un des fondateurs du Bund, parti Socialiste juif.

derrière laquelle se trouve « l'atelier » du grand Schultz. A l'angle de la rue Nowolipie se trouve la porte de « l'atelier », ils la franchissent. Ils passent la porte suivante, celle qui ferme la rue Karmelicka. Ils remontent la rue Nowolipie, passent entre les immeubles où vivent les ouvriers de « l'atelier » de Schultz. Ils sont tout près de la passerelle qui, suspendue au-dessus d'eux, permet de passer de la rue Nowolipie à la rue Nowolipki, ou même des « ateliers » Hoffman et Schultz aux « ateliers » Roerich. Ils tournent dans la rue Smocza, passent à côté du poste de police à l'angle de la rue Nowolipki. Non loin de là se trouve l'immeuble où en 1950, sous des décombres, on retrouva la deuxième partie des archives d'Emmanuel Ringelblum dans des bidons et des coffres métalliques. Mais ils ne passent pas devant cet immeuble. Ils remontent les rues Dzielna, Pawia, Gęsia. Lorsqu'ils passent le poste de garde situé à la sortie de la rue Gęsia et donnant sur la rue Okopowa, un peu moins de vingt pas les séparent de la porte de Fer. Au cimetière, entre les rues Okopowa et Młynarska, les marronniers sont en fleur. Il leur sera fort plaisant de marcher sous ces cônes blancs. Ou sous ces moignons écrasés par les obus, noircis par le feu. La porte s'ouvre et ils pénètrent dans le cimetière. Là où sont ensevelis nos parents.

— Ne te fâche pas, mon cœur, dit Icyk, tandis que nous sortons du cimetière et que doucement nous remontons par la rue Mordekhaï Anielewicz entre les immeubles gris en direction du Monument. Bien qu'il me soit fort agréable de me promener avec toi, je ne suis pas venu ici pour cela. Je souhaiterais entendre quelque chose. Mais avec toi à mes côtés, je n'y arrive pas.

— Je comprends tout à fait, dis-je. Excusez mon indiscrétion, mais que désirez-vous entendre au juste?

— Je souhaiterais de tout cœur entendre les grands solos de Shloïmelé le boiteux, dit Icyk, lorsque gémissant et bredouillant, il converse avec les Esprits. Te souviens-tu de Shloïmelé le boiteux?

— Je m'en souviens, dis-je, monsieur Isaac, pensez-vous que vous parviendrez à l'entendre?

— Je pense qu'on ne doit plus entendre grand-chose, dit Icyk, mais lui, j'en suis absolument certain, continue de chantonner. Ici ou à Otwock. Il se peut que j'y aille demain. Comment s'appelle cette rue?

— Mordekhaï Anielewicz. Et celle qui lui est perpendiculaire, c'est la rue Karmelicka.

— Karmelicka, quel nom étrange, dit Icyk. Bon, rentre chez toi et embrasse Hania de ma part. Ce soir je vous téléphonerai peut-être. Mais maintenant je vais faire un petit tour.

Cette photo est mondialement connue: un garçonnet coiffé d'une casquette à visière, avec des chaussettes montantes, les mains sur la tête. On ne sait pas quand ce cliché a été pris. Pendant la grande liquidation, en juillet ou en août 1942? Pendant l'insurrection du ghetto, en avril 1943? Ou peut-être à un autre moment. Cela ne peut être pendant la seconde liquidation, en janvier 1943, car la photo a été prise au printemps, en été ou en automne, certainement pas en hiver. Le garçon est debout dans une cour ou dans la rue devant une porte cochère. C'est difficile à dire car nous ne voyons que l'entrée sombre du porche ainsi que l'un de ses angles. D'après l'aspect de cette encoignure — le crépi se détache par lambeaux —, on peut déduire que l'immeuble d'où a été tiré le petit garçon est vétuste. Nous nous trouvons donc quelque part rue Miła, Gęsia ou Wołynska plutôt que rues Sienna ou Grzybowska. Mais ce peut être encore ailleurs. Derrière l'enfant il y a une fosse oblongue, on y voit quelque chose de blanc. Des ordures sans doute. Par conséquent on est plutôt dans une cour que dans une rue. A droite, par rapport à nous qui regardons la photo, se tiennent quatre Allemands. L'un d'entre eux est sous le porche, les trois autres juste à côté, près de l'encoignure abîmée et d'une gouttière en ferraille. Deux des visages — sur de bonnes reproductions trois même — sont nettement visibles. J'ai examiné cette photo tellement longtemps et tant de fois que si, quarante ans après, je rencontrais l'un de ces trois

Allemands dans la rue, je le reconnaîtrais aussitôt. L'un d'entre eux tient sous le bras une mitraillette apparemment pointée dans le dos du petit garçon à casquette et en chaussettes montantes. Les Allemands portent des casques ; celui avec l'arme automatique porte sur son casque des lunettes de motocycliste. A gauche, nous voyons quelques femmes et quelques enfants. Tous ont les mains sur la tête. Les hommes portent des casquettes. Tout à fait à gauche, se tient une fillette de cinq ou six ans, plus petite que le garçon en chaussettes longues, un fichu sur la tête. Elle aussi a les bras levés, mais comme elle se trouve sur le bord de la photo, nous ne voyons qu'une de ses mains sur sa tête coiffée d'un foulard. Sur cette photo — les personnes à gauche étant serrées les unes contre les autres, je peux donc me tromper —, il y a en tout vingt-trois personnes : dix-neuf Juifs et Juives et quatre Allemands. J'attire l'attention de ceux qui regardent cette photo sur le très beau visage de la femme à gauche. C'est certainement la mère de la fillette au fichu. Elle a les cheveux coiffés sur le côté, des pommettes saillantes, des yeux immenses et une grande bouche. On peut imaginer des pommettes rouges sur des joues très pâles. Un brassard blanc sur le bras levé. L'étoile de David est invisible. Cette femme aussi, quarante ans après, je la reconnaîtrais dans la rue. Mais cela n'aura pas lieu.

Le garçon debout au centre de la photo porte un imperméable court, juste au-dessus des genoux. Sous l'imperméable, il porte probablement un pull-over, mais on n'en sait rien car l'imperméable est boutonné. Sa casquette, légèrement de travers, est un peu trop grande pour lui. C'est peut-être celle de son père. Ou de son frère aîné. L'identité du garçon est connue : Artur Siemiatek, fils de Léon et Sarah née Dąb, natif de Łowicz. Artur a mon âge : nous sommes tous les deux nés en 1935. Nous sommes debout, côte à côte, lui sur cette photo prise dans le ghetto de Varsovie, moi sur une photo prise sur le quai surélevé de la gare d'Otwock. On peut concevoir que les deux clichés ont été pris le même mois ; la mienne, quinze jours plus tôt. Il semble même que nos casquettes soient semblables. La mienne, un peu plus claire, semble aussi un peu trop grande pour moi. Lui porte des chaussettes montantes, moi des socquettes blanches. Sur le quai d'Otwock je fais un beau sourire. Son visage à lui — c'est un sergent SS qui prend la photo — n'exprime rien.

— Tu es fatigué, dis-je à Artur. Cela ne doit pas être très commode, cette position avec les bras levés. Regarde ce que nous allons faire : c'est moi qui vais maintenant lever les bras, et toi, tu vas les baisser. Il se peut qu'ils ne remarquent rien. Non, restons là tous les deux les bras en l'air.

Zbyszek et Adam — celui à qui Antoni ne voulut livrer son secret afin de ne point le démoraliser — viennent de recevoir leurs prix américains. Nous sommes dans les salons de la rue Idzikowski, quelque part à Varsovie et en même temps quelque part à New York ou à Paris. Nous trinquons en l'honneur de Zbyszek et d'Adam, mangeons du salami, du jambon et du riz en sauce.

— Marek Edelman est ici, dit Hania. Tiens, il est là-bas. Regarde.

— Pourrais-tu me présenter à Marek Edelman? demandé-je à Wiktor. Je viens d'écrire un livre sur le ghetto de Varsovie dans lequel il est cité. Il faudrait quand même que je fasse enfin sa connaissance.

— Avez-vous vraiment dit — c'est la première question que je pose à Marek Edelman une fois que Wiktor me l'eut présenté — dans une interview que seule compte la force? Je parle de l'interview, vous savez, celle que vous avez accordée aux jeunes de l'opposition.

— Oui, c'est ce que je leur ai dit, dit Marek Edelman. Seule compte la force, rien d'autre.

Puis, lorsque je lui eus posé toutes les questions que je voulais lui poser — en fait il en reste encore une infinité —, Marek Edelman dit :

— Dans le monde, il n'y a plus de Juifs. Ce peuple n'existe pas, ce peuple n'existera pas.

— Je vais terminer mon livre sur cette phrase, sur votre phrase. Si vous en êtes d'accord, dis-je.

— Je suis d'accord, dit Marek Edelman. Il n'y a plus de Juifs. Et il n'y en aura jamais plus.

Sur l'auteur

Né en Pologne, à Varsovie en 1935, Jaroslaw Marek RYMKIEWICZ est à la fois poète, auteur dramatique, essayiste, historiographe et romancier. Son originalité tient au caractère polyphonique de son écriture qui s'exerce avec aisance à la frontière de plusieurs genres. Traducteur de Shakespeare, Calderon, T.S. Eliot et Garcia Lorca, il s'est également fait remarquer comme critique littéraire. Il a obtenu un grand succès de librairie en 1984 avec *Les Entretiens polonais*.

ACHEVÉ D'IMPRIMER SUR LES PRESSES
DE COX & WYMAN LTD. (ANGLETERRE)

Dépôt légal : novembre 1993
N° d'édition : 2353
Imprimé en Angleterre